A MEMORY CALLED

EMPIRE

名為帝國的記憶

阿卡蒂・馬婷——著　葉旻臻——譯

Arkady Martine

導讀

也許文明和野蠻的分野，並不如我們所想那般涇渭分明

——讀泰斯凱蘭二部曲

二〇二〇年，新銳作家阿卡蒂・馬婷（Arkady Martine）以出道作《名爲帝國的記憶》（*A Memory Called Empire*）奪得科幻大獎雨果獎最佳長篇小說殊榮，並於隔年推出續集《名爲和平的荒蕪》（*A Desolation Called Peace*）。二〇二二年雨果獎將於九月揭曉，阿卡蒂・馬婷再度以續集入圍決選，獨步文化也選在頒獎前夕推出二部曲中文版，究竟是什麼樣的作品，能夠一舉擄獲世界各地科幻迷的心呢？

故事背景設定在兩個截然不同的文化之下，一邊是疆域橫跨星際、文明高度發展、極度重視禮儀和文學作品的大帝國「泰斯凱蘭」（Teixicalaan），另一邊則是位在星際邊陲，凡事以生存考量，並戮力確保獨立地位的「萊賽爾」（Lsel，意爲傾聽）太空站。

主角瑪熙特是太空站民，帝國通知前任大使發生意外，她獲派前往帝國繁華的都城「世界之鑽」（The Jewel of the World）調查眞相。萊賽爾之所以始終能維持獨立，便是因爲其獨特科技「憶象機器」，能將前人的記憶儲存，植入後人腦中，分門別類形成一條條「傳承鏈」（包括重要的礦業和飛行員等），使知識與經驗代代相傳，維持文明的存續。然而，前任大使已失聯多年，瑪熙特只能帶著十五年前的記憶啓程。

泰斯凱蘭文化則相當注重社會階級和繁文縟節，這點從取名方式便可略知一二，他們的姓名由兩個

名詞組成，第一個部分為數字，第二個部分則是從植物、工具或無生命的物品而來，王公貴族還要加上如詩的稱號，例如皇帝動衛，「芳蹤如刀鋒閃光使滿室生輝」的十九手斧。此外，帝國公民人人表情節制、言談皆引經據典，唯有熟習其文化者，才能理解對話中暗潮洶湧的言外之意。

初來乍到的瑪熙特，雖自恃對帝國文化已有一定程度瞭解，仍須仰賴聯絡官三海草從旁指點，沒想到兩人隨即發現前任大使神祕身亡，腦中的憶象此時更神秘斷線，使瑪熙特發現自己身陷險境、孤立無援。究竟她能否順利查出眞相？而背後的陰謀又會對兩個文明的關係，產生什麼樣的影響？

二部曲《名為和平的荒蕪》則是將舞台移至萊賽爾太空站附近的空域，帝國艦隊的艦橋上，瑪熙特和三海草再次攜手，這次要面對的除了熟悉的政治權謀與角力，還有無法溝通的嗜血外星異種，兩人能否成功化險為夷？她們的關係又將迎來什麼樣的發展？

《名為帝國的記憶》出版時，便有書評譽為「太空歌劇、政治驚悚、賽博龐克的完美結合」，可想而知，故事一定少不了峰迴路轉的刺激情節，除了前輩死亡的謎團，瑪熙特也捲入深似海的宮廷陰謀，篡位、叛亂、繼承危機、無所不在的政治角力，還有宮中的詩賦大賽與枕邊的花言巧語，甚至發現家鄉的太空站也有人圖謀不軌……

本作精巧的世界觀建構，也讓故事情節更加立體，彷彿讀者就是瑪熙特腦中的憶象，陪她一起經歷驚心動魄的冒險，同時一窺泰斯凱蘭文化的博大精深，受其潛移默化，包括都城「世界之鑽」的地景和設計、帝國生活的方方面面（宗教、飲食、娛樂、風俗、行政制度等）、泰斯凱蘭的敘事傳統，特別是其對詩歌的熱愛，各種意象和隱喻的使用，不僅夾雜在字裡行間，緊要關頭也得靠詩歌力挽狂瀾。

政治驚悚方面，也有很大一部分是建立在泰斯凱蘭文化的曖昧不明上，節制的表情以及隱晦的譬喻，讓身為外來者的瑪熙特無不時時注意所有蛛絲馬跡，試圖從每場對話背後的暗潮洶湧，分辨對方究竟是敵是友，並搞清楚身爲大使在謎團中心扮演的角色。

而這種「他者」的經驗，除了回饋到瑪熙特自身，讓她在疲勞轟炸的文化衝突中，開始省思自身的文化和價值，也貫穿了本作主要的人物關係，像是瑪熙特和腦中的前任大使，不斷爭執孰是孰非，該選擇哪個立場，爲誰的利益行事。還有最重要的，瑪熙特和三海草的關係，即便兩人一同經歷各種凶險，早已發展出深厚情感，卻仍常因各種「文明」和「野蠻」的差異發生衝突，甚至傷了對方也不自知。

作者在每章開頭安排的引文，包括書籍、報章雜誌、新聞報導、文學作品、通訊等，也暗藏玄機，乍看只是擷取兩個文明針對同一主題或事物的不同觀點，但隨著讀者跟隨瑪熙特的腳步，慢慢熟習帝國文化（或說遭到帝國文化滲透），便會瞭解其中的內容，其實是以相當幽微曲折的方式，指涉相關的故事情節，可說別有一番閱讀趣味。

賽博龐克的設定，也在故事中扮演重要角色，像是都城先進的人工智慧系統，唯有配戴「雲鉤」（cloudhook）的泰斯凱蘭公民，才能和其連線，受其接納，還有神祕莫測的帝國警察「太陽警隊」，彷彿都城自身便是一個生生不息、瞬息萬變的有機體。而萊賽爾居民的憶象機器，不也是在探討賽博龐克的核心命題「存在」？和憶象融合的過程中，瑪熙特不斷質疑自我的存在，一方面試圖在生理和心理上劃出界線，一方面又想達成完美的融合，作者以經典的賽博龐克筆法，從各個層面描繪瑪熙特的矛盾和掙扎，堪稱一絕。

二部曲進一步探討了集體意識的議題，像是透過科技將士兵的感官和心智融合，雖使作戰更有效率，同袍傷亡帶來的情緒反應卻也更加激烈。而溝通的形式也從來不只一種，或許只是人類囿於所限無法理解，面對這樣的方式，「人類」自身的內涵是否也會受到挑戰，進而遭到撼動，乃至更新呢？種種議題都相當值得讀者深思。

作者阿卡蒂．馬婷本名安娜林登．韋勒（AnnaLinden Weller），擁有歷史博士學位，研究領域為拜占庭帝國史，以筆名寫作科幻小說，是為區隔學術研究和個人創作。本作描寫的泰斯凱蘭帝國，靈感便是來自幅員廣大、兼容並蓄的拜占庭帝國，而她目前擔任城市設計師，也讓都城的細節更加栩栩如生、活靈活現，她同時也是在創作過程中，認識了現今的妻子、同為作家的薇薇安．蕭（Vivian Shaw）。

英文中有個說法叫作「Better the devil you know」，按照字面或許姑且可以譯為「最好和熟悉的魔鬼打交道」，就像弱小的萊賽爾太空站，為了維持獨立而與強大的泰斯凱蘭帝國明爭暗鬥，同時還必須提防暗處惘惘的威脅。然而，其他的「魔鬼」，真的是無法「理解」的嗎？「理解／無法理解」的界限何在？「他者」的定義又是什麼？如同暴力襲捲之下，生命都同樣會受苦，而理解他者的方式永遠都超乎我們想像的寬廣，也許最終，文明和野蠻的分野，其實並不如我們所想那般涇渭分明。

泰斯凱蘭二部曲篇幅將近五十萬字，如此精簡的導讀當然無法囊括所有細節和奧妙，帝國文化的博大精深，也並非寥寥幾筆就可帶過，就留待讀者翻開書頁，自行體驗，也請期待書中不少香豔刺激、令人臉紅心跳的情節！

文／楊詠翔（博客來Okapi「鹹水傳書機」專欄、自由譯者）

只要你曾經愛上一個侵吞著你本身文化的文化，這本書就是獻給你的。
也獻給許多個世紀前的格里高・巴列弗尼（Grigor Pahlavuni）和佩卓斯・傑塔達（Petros Getadarj）

「我們的記憶是一個比宇宙更完美的世界，它將生命重新給予了那些已不存在的人。」

——莫泊桑，〈自殺〉

「我寧願不與仙女卡呂普索逍遙度日，也要活在君士坦丁堡的煙塵中。那裡處處都有喜樂的泉源，令我朝思暮想：雄偉美麗的教堂、高聳的列柱、悠長的步道、城裡的房屋，和各式各樣爲君士坦丁堡的樣貌增添富麗光采的事物，和友伴的聚會與閒談，而其中之最——乃是爲我斟出金漿的酒壺，你的口唇與其中的花朵——」

——尼基弗魯斯·烏拉諾斯（Nikephoros Ouranos），安提阿大公，〈書信集，第三十八則〉

序章

在泰斯凱蘭，代表帝國疆域的星圖處於永恆的變動狀態，船艦起降不歇。

戰艦「昇紅豐收」號裡的戰略推演桌上方，泰斯凱蘭的太空版圖以全像投影的形式完整展開。即將轉向返家的戰艦，和泰斯凱蘭的都城星球之間，隔著五個跳躍門、兩週的次光速航程。全像投影呈現出製圖家眼中的安寧盛世：熒熒閃爍的光點代表行星星系，全都屬於我們。影像中，某位艦長往外望著帝國領空，鎖定了一處邊界，挑中了泰斯凱蘭這個巨輪的一條輻軸。相同的情境不斷重複：上百位像這樣的艦長，望著上百幅像這樣的全像投影。每一位像這樣的艦長都率軍攻入一個新的星系，帶上各式各樣包藏禍心的禮物：貿易協定、詩歌、稅賦、防禦承諾、槍口燻黑的能量武器，還有高聳雄偉的新總督官邸，興建於太陽神殿的多角形中央廣場周圍。每一位艦長都一再如法炮製，讓一個又一個星系成為星光熠熠的全像投影上另一個亮點。

文明的巨爪一掃，伸進了星體之間的暗處，安撫了每一位艦長的心。當他們望向虛空之中，都不希望有任何東西回視。在星圖上，宇宙分割成了帝國與非帝國、世界與世界之外。

啓程回到宇宙的中心之前，「昇紅豐收」號和它的艦長還有最後一站要停。萊賽爾太空站位於帕札旺拉空域內，是一顆旋轉中的脆弱寶石，直徑二十英里的環體繞著中央柱自轉。有一顆恆星恰好在附近，太空站的位置處在恆星與最近的宜居行星中間的平衡點。在一連串採礦太空站之中，萊賽爾是最大的一座，泰斯凱蘭伸長的手已經觸及太空中的這個小區域，但尚無法使它臣服於帝國的重量之下。

一個太空艙靠自己的動力從太空站的中央柱噴射而出，航行數個小時，來到等候中的戰艦金灰兩色的金屬船殼邊，交付貨物（一名人類女性、一些行李和指令）後毫髮無傷地返航。它返抵太空站時，「昇紅豐收」號已經在次光速動力原理的限制之下，開始遲緩地往泰斯凱蘭中央的航向移動。還會有一天半的時間，從萊賽爾太空站可以看得見它，它會慢慢縮小成針尖似的光點，消失在視野中。

萊賽爾的礦業大臣達哲・塔拉特目送形影愈退愈遠：一個休眠中的威脅，像重錘般懸掛在空中，占據從萊賽爾議會會議室窗口望出去的大半視野。在他看來，這個擋住熟悉星空的龐然大物，又一次證明泰斯凱蘭對太空站的飢渴野心。也許很快就會有一天，像這樣的一艘戰艦不會後退，反而會將能量武器瞄準脆弱金屬外殼內的三萬條人命——包括塔拉特在內——開火，讓他們墜入致命冰冷的太空，宛如破裂的水果灑出籽來。塔拉特相信，對一個擴張不受控制的帝國而言，這是不可避免的走向。

萊賽爾議會的戰略桌上沒有發光的全像投影星圖，只有光禿禿的金屬，被無數人的手肘磨得發亮。塔拉特再度思索起這後退的戰艦何以讓人感覺像是即刻的威脅，同時他不再望向窗外，回到座位。

帝國無節制的擴張或許不可避免，但塔拉特內心有著沉靜、堅決而深謀遠慮的樂觀，認爲這不是唯一的選項，好一陣子以來都並非只有這個選項。

「啊，成功了，」傳承大臣亞克奈・安拿巴說道。「她上路了。我們應帝國要求派駐帝國的新任大使。我衷心希望她讓帝國離我們愈遠愈好。」

塔拉特知道事情沒這麼簡單。上一任派駐泰斯凱蘭的萊賽爾大使就是由他派遣，那是二十年前，自己正值中年，對高風險計畫愛不釋手。將一位新大使送進不可回收的太空艙派任出去，並不是什麼成功。他以二十年如一日的動作將手肘擱在桌上，將細瘦的下巴用更細瘦的雙手托著。「假如，」他說。

「我們不是讓她帶著十五年來沒有更新的憶象出發，那就更好了。不管對她或對我們都是。」

安拿巴大臣自己的憶象機器是個經過精確校準的腦神經植入物，在她的腦中裝載了過去六任傳承大臣代代相傳的記憶紀錄。她無法想像自己若沒有近十五年來的經驗，該怎麼面對像達哲・塔拉特這樣的人。如果她新加入議會時進度落後了十五年，她一定會寸步難行。但她聳了聳肩，對最新一任駐帝國大使所缺乏的資源不甚在意。

她說，「那是你的問題。阿格凡大使是你派去的，而阿格凡在二十年的任期中，只肯回來那麼一趟更新憶象紀錄。現在我們派了德茲梅爾大使接替他，只帶了他十五年前留給我們的版本。就因爲泰斯凱蘭要求——」

「阿格凡完成了他的任務。」塔拉特大臣說。戰略桌周圍的水耕大臣和飛行員大臣點頭同意：阿格凡大使的任務，就是避免萊賽爾以及同區的其他小型太空站成爲泰斯凱蘭擴張計畫中的俎上肉，爲此他們一致同意對他的缺點視而不見。如今，泰斯凱蘭突如其來地要求他們派出一位新任大使，對上一位大使的狀況未做解釋，議會的大部分成員也打算等事態明朗之後，再來算阿格凡大使的帳——現在不知他究竟是死了、被策反了，或者只是成了帝國內部政治動盪下的犧牲品。達哲・塔拉特一直支持著他的門生阿格凡。而身爲礦業大臣的塔拉特，在萊賽爾議會中的地位是六位大臣之首。

「德茲梅爾也會完成任務。」安拿巴大臣說。瑪熙特・德茲梅爾是她從新任大使候選人裡挑中的：她認爲這名人選和過時的憶象眞是天作之合。同樣的能力、同樣的態度，也對異星的文化傳統——泰斯凱蘭的文學和語言——抱有同樣媚外的愛慕，那種傳承可不是安拿巴所要保護的。讓這麼個人選帶著阿格凡大使唯一的憶象拷貝走得遠遠的，再完美不過。最好藉此讓那支靡爛敗壞、腐化人心的憶象傳承鏈離開萊賽爾——也許是永遠離開呢，如果安拿巴自己的任務也順利完成的話。

「我相信德茲梅爾足以適任。」飛行員大臣荻卡克・昂楚說。「現在，我們可否來商量議會目前的問題，也就是我們應該如何處理安赫米瑪門的狀況？」

安赫米瑪門是萊賽爾太空站的兩座跳躍門中距離較遠者，通往尚未被泰斯凱蘭染指的太空領域，昂楚對那座門格外關切。近來，她已經在同一個地點損失了兩艘偵察船——如果只有一艘那還可能純屬意外。造成船艦失事的東西，是她無法溝通的對象。那兩艘船暗燈失聯、出現輻射干擾雜訊前傳回來的訊號完全無法解讀。更糟的是，她不僅失去了兩艘船上的飛行員，也失去了他們漫長的憶象傳承鏈。損毀的憶象機器和失事組員的遺體已經不可能找回，那些飛行員共通同享的心智內容也無法移植到新的飛行員腦中。

目前，議會其他成員對於此事的關切程度還不太高，但等到他們開完會、等到昂楚播放完剩下的錄音，他們就會關切起來了——除了塔拉特之外。

他懷抱著一種可怖的希望。他想著：*終於終於，也許現在有了另一個帝國，比朝我們步步進逼的那個帝國更大。也許它即將前來。也許我的等待就要到終點了。*

但他把這些念頭留在心裡，沒有吐露。

第一章

從座標B5682.76R1的氣態行星後方，十二閃焰女皇自船首起身，宛如一道灼人強光，使太空中熠熠生輝。她的光芒如同皇座上的尖矛一般向外穿刺，擊中了該空域的人類居所外覆的金屬殼，在其上照出閃閃光亮。十二閃焰女皇的御艦偵測到十座相似的太空站，此數量至今未有增加。人類男女在金屬殼內永恆地繞著軌道生活，沒有一顆行星足以爲家，不知道季節遞嬗、萬物生死。其中最大的太空站自名爲萊賽爾，在其住民的語言中代表「傾聽、被聽見」之意。但那裡的人民逐漸變得行徑怪異、閉關自守，儘管他們擁有學習語言的能力，也立刻開始學習……

——《帝國擴張史》，第五卷，第七十二至八十七行，作者佚名，但咸認爲由史學家暨詩人僞十三河所著，寫於泰斯凱蘭皇帝三拱點治下。

◎

針對前往都城的旅客，泰斯凱蘭要求您提出以下身分證明：一、基因紀錄，以證明您的基因型爲本人獨有，未與複製體共享；或提供經公證之文件，證明您的基因型具有百分之九十以上之獨特性，且未有其他個體主張該基因型之所有權；二、您所欲攜帶之貨品、動產、貨幣、意念通訊裝置清單；三、由泰斯凱蘭國內合格業主提供之工作許可證（需簽名公證），包含薪資與人事管理資料；或持皇家泰斯凱蘭語言檢定最高級成績證明；亦可由政府局處機關、個人或其他授權單位發出邀請函，載明出入境時間；或提出足以支持個人生活之財力證明……

——721Q表格，太空站外籍旅客簽證申請表，拼音語言版本，第六頁。

瑪熙特搭乘一艘種子艇——小到幾乎塞不下她和行李的泡泡形太空船——來到都城，泰斯凱蘭帝國的核心行星與首都。她從帝國巡艦「昇紅豐收」號的側邊彈射出來，在朝向行星的彈射軌跡中，摩擦大氣層造成的燃燒扭曲了她的視線。於是，她第一次親眼看見的都城——不是透過資料膠片、全像投影或憶象——有著白熾的烈焰鑲邊，像無邊的汪洋一般閃爍發光：整顆星球就是一座巨大的城市，富麗堂皇且高度都市化。就連星球上黑暗的斑點——尚未改爲金屬建築的古老都會區、衰退中的廢城、湖泊經過水利治理後剩餘的區塊——看起來都有人口分布。只有海洋未遭開發，閃耀著水藍色的奪目光輝。

都城非常美麗，也非常廣大。瑪熙特去過好些個星球，那些最靠近萊賽爾、並非完全不宜人居的行星，但現在她依然驚嘆不已。她的心跳加速，抓住安全帶的手掌濕黏。都城的模樣一如所有泰斯凱蘭語文獻和歌謠裡所描述：帝國中心的寶鑽，大氣中的微光使之更臻完美。

〈它就是要讓妳看了有這種感覺。〉她的憶象說。他是她舌頭後方微弱的、靜電般的味道，是她邊緣視野中的一抹灰眼與晒黑膚色，是她腦後的一個聲音，但不盡然屬於她自己：那聲音跟她年紀相仿，只不過是男性，帶點沾沾自喜的傲氣，對於來到此地跟她一樣興奮。她感覺自己的嘴角因爲他的笑意而勾起，笑得比她臉部肌肉偏好的方式更大、更開。他們彼此還半生不熟，而他的表情總是非常強烈。

滾出我的神經系統，伊斯坎德，她在心中對他微微喝斥。憶象是前人的記憶，經由植入與宿主融合，一半儲存於她的腦神經，另一半儲存於她腦幹上貼附的小型陶瓷與金屬複合機械。未經宿主同意，

憶象不應該接管宿主的神經系統。不過，在這種伙伴關係發展的初期，「同意」這個概念比較複雜。存在她心智中這個版本的伊斯坎德，還記得擁有身體的感覺，於是他有時候會把瑪熙特的身體當成自己的來用。她對此感到擔心。彼此之間還有這麼大的隔閡，但他們應該已經要融為一體了才對。

但是這次他輕易退出了，伴隨著火花般的麻刺感和電流似的笑聲。〈遵命。讓我看看好嗎，瑪熙特？我想再看這裡一眼。〉

她再度俯瞰都城——這次距離更近，往上爬升的空港像一枝由好幾面網子構成的花朵，逐漸接近她的小艇。她讓憶象透過她的雙眼往外看，感同身受地體會到他的欣喜激動。

她心想：對你來說，下面那裡是什麼樣的地方呢？

〈是世界。〉她的憶象說。當他還是個活生生的人，尚未成為這一長串記憶之鏈的一環時，就是在都城裡擔任萊賽爾的大使。他這句話是用泰斯凱蘭語說的，說來就成了個循環論證：泰斯凱蘭語裡的「世界」和「都城」是同一個字，跟「帝國」也是同一個。三者之間沒有區別，尤其是在高等帝國方言裡，只能靠前後文脈絡來判斷。

伊斯坎德話中的脈絡模糊不清，這一點瑪熙特已經見怪不怪。她設法適應。儘管她已研讀泰斯凱蘭的語言和文學許多年，她的流利程度還是不及他，那種截然不同的等級只能靠沉浸式的練習而養成。

〈世界，〉他又說了一次。〈但也是世界的邊緣。〉帝國，但同時也是帝國的邊疆。

瑪熙特模仿了他說的話，用泰斯凱蘭語大聲講出來，因為種子艇裡只有她一個人。「你說的這話一點意義也沒有。」

〈沒錯，〉伊斯坎德表示贊同。〈擔任大使的時候，說各種沒有意義的話就是我的習慣。妳該嘗試看看的，很有趣。〉

伊斯坎德躲在瑪熙特體內的隱密地帶，用最親暱的語態稱呼她，彷彿兩人是複製體手足或愛侶。瑪熙特從不曾把這種語彙講出聲來。她在萊賽爾太空站有一個自然人弟弟，是她所擁有最接近複製體手足的存在，但她弟弟只會講太空站居民的語言，以泰斯凱蘭語中的「你」這個第二人稱親暱用法來稱呼他，既沒意思又不太體貼。她可以用「你」來稱呼幾個跟她一起上過語文課的人——比如說，她的老朋友兼同學夏札・托瑞，就會恰如其分地接收到她的好意。但自從瑪熙特獲選為派駐泰斯凱蘭的新任大使、接收了前任大使的憶象，夏札就再也沒有跟她說過話了。她們之間產生裂痕的理由很明顯，也很小家子氣，瑪熙特感到十分遺憾——而且她不會有機會修補這道裂痕，除非她寫一封道歉信，從她和夏札都渴望親眼目睹的帝國中心寄出。這樣做肯定於事無補。

都城愈來愈接近了，塡滿整條地平線，是一個巨大的圓弧，她正在往弧線中降落。她對著伊斯坎德想道：*我現在是大使了。我會說有意義的話。如果我想要。*

〈妳說得對。〉伊斯坎德說。在泰斯凱蘭文化裡，這種話是用來稱讚幼兒的。

重力抓住了種子艇，也滲入了瑪熙特的大腿和前臂骨骼，讓她有種暈頭轉向的感覺。空港的大網張了開來。片刻之間，她覺得自己在墜落，會一路墜落到行星的表面，在地上撞得血肉模糊。

〈我以前也是這樣，〉伊斯坎德迅速用太空站的語言——也就是瑪熙特的母語——說道。〈別怕，瑪熙特。妳沒有在往下掉。這顆星球就是這樣。〉

空港接住了她，幾乎沒有半點顚簸。

她有時間把自己整頓一下。似乎出於某種原因，她的種子艇被排進一長列其他船艦的隊伍，沿著一條巨大的輸送帶移動，一一接受辨識，並分配到各自的通關口。瑪熙特發現自己在演練待會要跟通關口另一側的帝國公民說的話，活像個準備考口試的一年級學生。在她的意識深處，憶象仍是個默默注視、發出低頻嗡嗡聲的存在。他偶爾會動一動她的左手，用手指在安全帶上敲敲點點。這是屬於另一個人的緊張小動作。瑪熙特眞希望他們事前有長一點的時間來習慣彼此。

但她也沒有接受植入憶象的正常程序，沒有先在萊賽爾的心理師照護下，經過一年以上的融合療程：她和伊斯坎德只有僅僅三個月的時間共處，就遠赴外地，需要開始攜手合作——憶象和新宿主合而爲一、無分你我地合作。

當「昇紅豐收」號抵達，懸停在萊塞爾太空站所屬恆星的平行軌道上，他們要求萊賽爾派出一位新任大使讓他們載回泰斯凱蘭，並且拒絕解釋前任大使發生了什麼事。瑪熙特很肯定，萊賽爾議會是經歷了好一番政治攻防，才決定該送什麼東西、什麼人過去，以及該要求哪些資訊。只有一件事她很清楚：她是太空站中少數年紀大到足以供職、但又年輕到還沒加入憶象傳承鏈的居民之一——也是更少數擁有適當能力、接受過外交培訓的人才之一。瑪熙特是那群人才中的佼佼者。她的皇家泰斯凱蘭語言文學檢定成績足以和帝國公民並駕齊驅，她也對此深感自豪——應考之後的這半年，她都幻想著自己會在累積了成就與經驗的中年時期去到帝國的都城，參加當季對非公民開放的沙龍，蒐集資訊準備傳給在她死後要繼承她記憶的對象。

現在好了，她來到都城了：她的憶象適性測驗結果全是綠燈，這可比任何泰斯凱蘭語考試都還重要。她的憶象是伊斯坎德·阿格凡，前任的駐泰斯凱蘭大使，目前由於某種緣故已不適任——可能是死亡、蒙辱去職，或是還活著但被擄爲人質。瑪熙特從自家政府那裡得到的指示，就包括要調查判斷他到底惹上了什麼禍。還好她還有他的憶象。至少，他這個人——目前所存十五年前最後一次更新的這個版本——是萊賽爾所能提供給她最接近泰斯凱蘭宮庭嚮導的裝備。瑪熙特又一次在心裡懷疑，她踏出艇外時，伊斯坎德的血肉之軀會不會就在那裡等待她？她不確定哪一種事態發展對她而言會比較輕鬆：是面對一個蒙受外交恥辱，但並非無可挽救的前大使作爲她的競爭者？還是得知這位大使尚未將一生所學傳承給下一代就已逝世？

在她腦中的伊斯坎德憶象根本沒比她大幾歲，這有助於他們找到共通點，但也令人不習慣——大部分的憶象都是老年長輩，或英年早逝的死者。但伊斯坎德的知識和記憶最新版本的紀錄，是在他首次前往泰斯凱蘭都城赴職的五年後，回到萊賽爾時留下的。在那次紀錄之後，已經又過了十五年的歲月。

所以說，他還年輕，她也是，而且不管兩人意識的融合能帶來什麼好處，其效果都被他們有限的相處時間弱化了。帝國使節抵達之後兩週，瑪熙特便得知自己將成爲下一任大使。接下來的三週，她和伊斯坎德則在太空站的心理師監管之下，學習如何共存於這具過去只屬於她的身體。然後是在「昇紅豐收」號上漫長而緩慢的航程，以次光速穿越泰斯凱蘭的太空疆域裡星羅棋布的一個個跳躍門。

種子艇像熟透的水果般開了個口。瑪熙特的安全帶自動解開縮回。她雙手提著行李，踏入通關口，也就這麼走進了泰斯凱蘭帝國。

空港通關口是寬敞的實用主義風格建築，鋪著防損的地毯，玻璃和鋼鐵砌成的牆面上有清楚的標示牌。在通關口的連接隧道正中央、從種子艇到空港本體之間的半途，站著形單影隻的泰斯凱蘭帝國官員，身穿剪裁完美的奶油色服裝。她個子很小，窄肩窄臀，比瑪熙特矮得多，黑髮編成魚尾辮，垂到左邊衣領上。她的衣袖是寬大的鐘形，從上臂的豔橘色（伊斯坎德告訴瑪熙特：〈這是情報部的代表色。〉）漸層過渡到袖口的深紅色，只有在宮廷中有正式頭銜的貴族才能穿戴。她的左眼上方佩戴一片雲鉤鏡，鏡片顯示著帝國資訊網路上無盡滿溢的資料量。她的雲鉤就像其他行頭一樣時髦。她深色的大眼、纖小的顴骨與嘴巴，比起泰斯凱蘭流行的審美要求，顯得太秀氣點，但以瑪熙特這個太空站居民的標準，她就算稱不上很漂亮，也是相當有韻味。她禮貌地將兩手指尖在胸前相觸，向她頷首。

伊斯坎德將瑪熙特的雙手抬起，做出一樣的動作——瑪熙特手上原本提著的兩袋行李就這麼掉到地上，發出一陣尷尬的撞擊聲。她嚇壞了。他們相處的第一週過後，這種手滑的情況就不再出現了。

該死，她心想。同時她聽見伊斯坎德也說了一聲：〈該死。〉如此的雙重效果一點也不令人安心。

那位官員謹慎平和的表情毫無改變。她說，「大使，我是三海草，情資官，二等帝國貴族。很榮幸迎接您蒞臨『世界之鑽』。奉皇帝六方位陛下之命令，我將擔任您的文化聯絡官。」在一段長長的停頓之後，那位官員接著說：「您需要協助搬運您的物品嗎？」

「三海草」是個老派的泰斯凱蘭名字：數字的部分是低數值，名詞的部分是植物的名稱，雖然瑪熙特先前沒有看過拿這種植物來取名的。出現在泰斯凱蘭語名字裡的名詞都是植物、工具或無生命的物體，但植物類是以花卉為大宗。「海草」很有記憶點。「情資官」代表她不但隸屬於情報部（如她的服裝所顯示），也是個受訓完成、小有地位的官員，擁有二等貴族的頭銜——屬於特權階級，但不到舉足輕重或家財萬貫的程度。

不管心裡有多惱火，瑪熙特還是讓雙手維持著伊斯坎德所擺出的行禮姿勢，鞠了個躬。「萊賽爾太空站大使瑪熙特・德茲梅爾，在此任您與皇帝陛下差遣，願陛下盛世之治如耀目鋒芒照臨虛空。」有鑑於這是她與泰斯凱蘭宮廷成員的第一次正式接觸，她選用了她和伊斯坎德及萊賽爾議會審慎討論出的敬語「耀目鋒芒」，相傳由偽十三河所著的《帝國擴張史》中對十二閃焰女皇的美稱，這份史料也是關於帝國涉足太空站區的最早記載。是故，選用這個詞語顯示了瑪熙特的博學以及她對六方位皇帝的敬意，但不同於太空的「虛空」一詞，也謹慎地避開了泰斯凱蘭帝國對太空站區部分地帶所主張的統治權。

有點難判斷三海草是否意識到這個典故背後的暗示。她耐心地等待瑪熙特重新抓起行李，然後說，「那些東西您可得提好了。司法部那邊亟待您參與關於前任大使的討論，而且這一路上您可能有各式各樣的人物得招呼。」

很好。三海草嘲諷挖苦的能力和伶牙俐齒的程度都不容瑪熙特小覷。瑪熙特點點頭，等對方俐落轉身在隧道內前行，她便跟了上去。

〈他們每一個人都不容小覷，〉伊斯坎德說。〈文化聯絡官待在宮廷的時間有妳的半輩子那麼長。她的地位可不是憑空得來。〉

你剛剛害我表現得像個手足無措的野蠻人，現在還敢教訓我。

〈妳想要我道歉嗎？〉

你覺得抱歉嗎？

瑪熙特輕而易舉地想像出他的表情：淘氣的笑容，像泰斯凱蘭人一樣平靜的神色。她在全像影像中看過的那副豐滿嘴脣，將她自己的嘴角也歪歪地勾起。〈我沒有想讓妳覺得像野蠻人。他們就夠讓妳這麼覺得了。〉他並不覺得抱歉。他有那麼一點點難爲情，但即使如此，他的那份感受也沒有透過她的內分泌系統與她共享。

❁

伊斯坎德幫助她度過了接下來的半個小時。瑪熙特甚至沒辦法氣他這一點。他所做的完全就是憶象的標準行爲：提供一個直覺反應與自動運行能力的儲存庫給還沒有足夠時間親自學習的瑪熙特。他知道何時要低頭避過配合泰斯凱蘭人體型而建造、對太空站居民而言太矮的門框；在空中航站外側緩緩下降的電梯裡移開視線，免得對上都城倒映在玻璃上、逐漸升起的刺眼閃光。他知道爬上三海草的陸行車時腳步要踏到多高，並且像本地人一般行禮如儀。發生過行李的插曲之後，他實際移動瑪熙特的手時就很小心，但她給他控制跟人保持眼神接觸的時間、打招呼時點頭的角度，還有各種細微的動作，表示她沒有那麼異類、野蠻，而是可以融入都城的一分子。這是保護色。在不用眞的成爲本地人的同時表現得非常在地。她可以感覺到旁人好奇的眼神從她身上滑開，轉而專注在三海草更耐人尋味的一身宮廷正裝上。她不禁好奇伊斯坎德對都城究竟有多麼喜愛，因爲他融入其中的功力是如此精熟。

在陸行車上，三海草問，「您到這個世界來很久了嗎？」

瑪熙特必須純用泰斯凱蘭語來思考。三海草提出的是禮貌閒聊的標準話題，類似於「您曾來過我的國家嗎？」瑪熙特卻把它聽成了一個存在主義式的提問。

「不，」她說。「但打從還很小的時候，我就開始閱讀經典著作，因此常常在心中想像都城。」

三海草很贊同她的回答。「我不想害您無聊，大使，」她說。「但您如果想聽簡短的口頭導覽介紹我們經過的景物，我很樂意爲您朗誦應景的詩歌。」她撥了一下車側的控制開關，車窗變成透明。

「我不會無聊的。」瑪熙特誠心誠意地說。車窗外的城市，是一幅鋼鐵和淺色石材交融的模糊風景，霓虹燈的光芒在摩天大樓的玻璃牆爬上爬下。她們行駛在其中一條中央環狀道路上，以螺旋狀穿過政府機關建物，通向宮殿。嚴格來說，比起宮殿，它更像是一座城市中的城市。其中的居住者據統計有數十萬名，每個人都擔負著維持帝國功能運作的一小部分責任，下自園丁、上至六方位陛下本人：每個人都鑲嵌在帝國公民共享的資訊網路裡，源源不絕的資訊流讓每個人都浸泡其中，告訴他們該去哪裡、該做什麼，以及他們的這一天、這一週、這個紀元會往何方發展。

三海草的聲音非常悅耳。她朗誦著〈諸樓宇〉——一首描寫都城建築的詩，共有一萬七千詩行。瑪熙特不太確定她選來念誦的是哪一個版本，但這也許是瑪熙特自己的錯。在泰斯凱蘭語文學經典中，瑪熙特最喜愛的是敘事詩，除此之外，爲了模仿泰斯凱蘭的知識分子（以及爲了通過語言檢定的口說項目〉，她也盡可能大量背下其他類型詩歌，但她一直嫌〈諸樓宇〉太過枯燥。現在一面聽著三海草的朗誦，一面經過詩裡描述的建築物，感覺就截然不同。她的吟詠流利生動，對詩歌音律有足夠的掌握，可以在適合即興發揮的段落，加入有趣而切題的原創細節。瑪熙特的雙手在膝上交疊，聽著詩句穿透陸行車的玻璃車窗流動而過。

這就是都城，世界之鑽，帝國的心臟：字面敘事和親眼觀察的兩種版本猝然碰撞的地帶，行經建築物已有所改變之處，三海草便臨機應變地修改〈諸樓宇〉的經典詩句。過了一段時間，瑪熙特意識到伊斯坎德也在跟著三海草一起朗誦，從她意識的深處發出微弱的耳語，她覺得那聲音很是安撫人心。他知道這首詩，於是，如果有必要，她也會一起知道。畢竟，這就是憶象傳承鏈存在的目的：確保有用的記憶能夠妥善保存、代代相傳。

經過四十五分鐘的車程，穿過兩處車流打結，三海草背誦的詩節告一段落，她將陸行車停在一座樓房外細細的柱子基部，距離宮殿區的中央很近。〈司法部大樓。〉伊斯坎德說。

*這代表好事還是壞事？*瑪熙特問他。

〈不一定。眞好奇我到底做了什麼事。〉

違法的事吧。拜託，伊斯坎德，讓我大概知道有哪些可能性。你會做出什麼事害自己被抓去關？

瑪熙特感覺伊斯坎德好像對她嘆了聲氣，但腎上腺被另一個人的緊張情緒觸發，讓她同時感到一陣反胃。〈嗯哼。大概是煽動叛亂吧。〉

她眞希望自己能夠確定他是在開玩笑。

一群身穿灰制服的守衛圍住司法大樓的柱子，在門口處站得特別密集：這是個保全檢查點。守衛拿的是細長的深灰色棍棒，而非泰斯凱蘭軍團偏好的能量武器。瑪熙特已經在「昇紅豐收」號上看過不少能量武器，但他們的這種裝備倒沒見過。

〈電擊棍，〉伊斯坎德說。〈電力原理的群眾控制武器——我之前待在這裡時還沒有。這是鎮暴裝備，或者至少小報的娛樂版是這麼說的。〉

你已經十五年沒有更新，瑪熙特心想。可能很多事早就變了！

〈這裡是宮殿區的中央。如果他們擔心司法大樓發生暴亂，那就代表有些事從來沒變：這裡出了岔子。我們現在去看看我到底幹了什麼好事吧。〉

瑪熙特暗暗狐疑，是要出多大的岔子才會讓司法大樓門前擺出這場保全表演，而伊斯坎德是否也推了一把——她感覺到脊椎後升起一陣痲癢，往下竄到手臂，令她的尺神經難受地顫抖。接下來，三海草護送她進門，她便沒有時間再思考令人不安的念頭。她和瑪熙特都提供了指紋，泰斯凱蘭守衛輕拍瑪熙特的旅行外套和長褲口袋搜身時，站在一旁的三海草禮貌地避開視線。他們穩當地監管著她的行李，向她保證離開大樓時即可取回。

那些守衛把瑪熙特的人際界線禁忌破壞得一乾二淨，他們歇手之後，三海草告誡瑪熙特不要在無人陪同時隨便遊蕩，因為她的身分既沒有登錄在雲鉤上，也沒有另外獲得進入司法大樓的授權。瑪熙特疑惑地對著三海草揚起一邊眉毛。

「行政速度的問題，」三海草說著，俐落地穿過許多扇像瞳孔擴張收縮般的光圈門，走進石板地面的室內，往梯廳而去。「您的身分登錄和來往宮殿區的許可證明，我們當然會盡快處理。」

瑪熙特說，「我的交通時間就花了不只一個月，到現在還有行政速度的問題？」

「大使，我們等了三個月，才等到太空站應要求派出新任代表。」

〈我一定是幹了什麼大事，〉伊斯坎德說。〈宮殿裡的傳言都說，樓下是祕密法庭和審訊室。〉

電梯響了四聲。「所以等了三個月之後，連一個小時也還要斤斤計較？」三海草對瑪熙特作了個手勢，領她進電梯，這算是某種回答，儘管其中傳達的資訊不怎麼豐富。她們下了樓。

在樓下等著她們的，是一間可能作爲法庭，也可能充作劇院的房間：地板是藍色金屬材質，環形劇場式的一排排座椅圍繞著一張高桌，桌上放著某樣以罩布蓋住的大型物體。室內打著泛光燈。有三個陌生的泰斯凱蘭人，都是寬顴骨、寬肩膀，一個穿紅色法袍，一個穿了跟三海草的情報部服裝相同的橘紅配奶油色，另一個則穿著深灰色套裝，瑪熙特只聯想到電擊棍的金屬色澤。他們圍繞高桌站著，以低沉但迅速的嗓音爭論，擋住了瑪熙特的視線，使她看不見桌上的不明物體。

「把他送回去以前，我還是想要代表我所屬的部會親自檢查。」情報部的官員惱怒地說。

「我們完全沒有理由把他送回去給他們，」紅衣的泰斯凱蘭人說，帶著某種決斷的意味。「不但對我們沒有好處，可能還會引發——」

穿深灰套裝那位表示反對。「我的意見與你的部會相左，博理官大人，我完全肯定，由此引發的任何事件，最多都只會是雞毛蒜皮的小麻煩，輕易就能擺平。」

「噢，去你們的，晚點再吵吧，」情報部的那位說。「她們來了。」

紅袍男子在她們進門時轉過身，彷彿一直在期待她們的到來。天花板是很低的圓頂形，瑪熙特不禁把這裡想像成一顆積在地底的氣泡。然後她突然明白過來：桌上的那個形影是一具屍體。

它躺在一塊罩布下，赤裸的軀幹下半被遮住，雙手擱在胸前，指尖相觸，彷彿準備迎接死後的第二人生。它的臉頰凹陷，睜開的眼睛猶如蒙著一層朦朧的藍色薄膜。同樣的顏色也滲入了它的嘴唇和甲床。它看起來好像已經死了很久，也許已經死了……三個月。

瑪熙特聽見伊斯坎德帶著困惑的驚駭說：〈我變老了〉，清晰得宛若他就站在她身旁。她顫抖著，加速的心跳蓋過了三海草介紹她的聲音。那是一陣令人暈眩的激動，比降落在這個星球時的感覺還糟，是一股無來由的恐慌。這不是她的恐慌，是伊斯坎德的，她的憶象在她全身灌滿了她自己的壓力激素，腎上腺素的濃度高到讓她在嘴裡嘗到金屬味。屍體的嘴巴是鬆弛的，但她可以看見嘴角細微的笑紋，她的嘴感覺得到伊斯坎德的肌肉是如何經年累月形成那些紋路。

「如您所見，德茲梅爾大使，」紅袍男子說，瑪熙特完全沒在介紹過程中捕捉到他的名字。「我們不得不迎來一位新任大使。我很抱歉我們以這種方式保存他，但我們不想要破壞您的族人可能有的任何喪葬習俗。」

她靠近一些。屍體仍舊死氣沉沉，一動也不動，癱軟而空洞。〈幹。〉伊斯坎德說，一陣令人頭昏的雜訊隨之而來。瑪熙特驚恐又無助地相信她就要當場吐出來了。〈噢，幹，我做不到。〉

瑪熙特心想（或是伊斯坎德心想——她難以區分兩者間的差別，憶象和宿主間的融合不應該是這樣的，他的恐慌生理反應不該將她的內分泌系統全副劫持），現在她的腦內，就是伊斯坎德唯一存在的地方了。泰斯凱蘭要求派出新任大使時，她考慮過他已經不在人世的可能，在理智層面上思考過、計畫過，但是——他就躺在這裡，成了一具屍體，一具正在腐爛的空殼，而因為她的憶象陷入恐慌，她也恐慌起來。在未完成的融合程序中，情緒震盪是最容易導致失敗的因素，會讓她腦裡機器的微電路燒壞，只留下「噢幹他死了」和「噢幹我死了」和一團模糊，融混了一切而令人暈眩的模糊。

伊斯坎德，她試探道，試圖尋求撫慰，但是遠遠錯失了目標。

〈靠近一點，〉他對她說，〈我得看看。我不確定——〉

她尚未決定要不要照做，他就帶著兩人一起移動過去。在走近屍體的這段期間，她好像斷片了，一眨眼她就到了那裡，情況眞是錯得非常、非常離譜，她無法阻止——

「我們都將死者火葬。」她說。能用正確的語言說出這句話，她不知道該感謝誰才對。

「多麼有趣的習俗啊。」穿深灰色衣服的官員說。瑪熙特認爲他是由司法部派來，這個停屍間可能歸他管，不過紅袍男子才是葬儀師。

瑪熙特對他一笑，這個笑容對她的臉而言笑得太開，對伊斯坎德而言則太沒有節制，平和含蓄的泰斯凱蘭人一定會被這表情嚇著。「火葬之後，」她一面說，一面對抗著滾滾而來的腎上腺素，搜尋著正確的詞彙。「我們會將骨灰當作神聖之物吃下。如果他有子女和繼承人，就由他們先取食。」

那位官員固有的教養使他臉色發白，但堅毅的定力使他重複說了一遍：「多麼有趣的習俗啊。」

「你們的習俗又是如何呢？」瑪熙特問。她信步走近伊斯坎德的屍體。目前她的嘴巴似乎回到了她的控制之下，但她的雙腳還是由伊斯坎德掌管。「請別介意我這麼問。畢竟我不是帝國公民。」

紅袍男子說，「通常是土葬。」彷彿這是他每天要回答的問題。「您要親自檢視遺體嗎，大使？」

「有我特別要注意的地方嗎？」瑪熙特說，同時已經將罩布拉了下來。她的手指出汗，在布料上觸感黏滑。罩布下的屍體赤裸，是個年約四十的男子，全身皮膚最薄的部位都透著一樣的青藍色。他全身都注射了防腐液。注射的點非常明顯醒目，分別在頸動脈和尺靜脈，針孔周邊包圍了一圈蒼白浮腫的皮肉。屍體的右手拇指底部還有另一個注射點，扭曲了手部的形狀。她發現自己又陷入短暫的斷片，緊盯著那隻手——她原本是看著他的臉，現在視線移到了手腕，彷彿憶象需要看清楚自己原有的軀體經歷的每一項變化。就算瑪熙特有意願繼承他的骨灰（她還不確定自己是否眞有此意），她也覺得如果把紅袍男子注射到他身體裡的不明物質一併服下，可眞是個非常愚蠢的念頭。足足保存了三個月沒有腐爛呢。喉嚨裡湧起膽汁的味道，藏在內分泌激素浪潮的金屬氣味下。遺體就是應該腐敗分解，重新循環。

但是帝國保存一切，相同的故事都能一講再講，血肉之軀又為何不能保存？

她碰屍體手腕，憶象將她的手指一路帶到注射點，再循著傷疤線條摸向掌心。皮肉的觸感宛如橡膠，彈性詭譎。她腦中的伊斯坎德還沒有這道疤痕，還沒有死——又一陣暈頭轉向的浪潮襲來，她的視野邊緣出現虹彩的擾動與閃點，她再度心想我們要把電路都燒壞了，住手——

〈我做不到。〉伊斯坎德又說了一次，她的腦中出現一股巨大的抗力，一陣彷彿火花燒入大地的迸裂——然後他就消失了。

剩下一片死寂。甚至再也感覺不到他透過瑪熙特的眼睛向外望。她感覺陷入了無重力狀態，全身充滿了她無意中製造出的腦內啡，孤單感強烈得嚇人。她的舌頭好笨重，嘗起來的味道像鋁。

她從來不曾遇過這種事。

「他是怎麼死的？」她問。她訝異自己聽起來完全正常、不動聲色，只是為了延續對話而提問。泰斯凱蘭人完全不知道憶象的存在，沒有人能夠理解她身上剛剛發生了什麼事。

「他是窒息嗆死的，」紅袍男子說著，熟練地用兩隻手指觸摸屍體的頸部。「喉嚨閉鎖。非常不幸，但非帝國公民的生理構造就是和我們如此不同。」

「他吃了什麼導致過敏的東西嗎？」瑪熙特問。這似乎很荒謬。顯然伊斯坎德是死於過敏性休克。她嚇得麻木無感，要是不小心，可能就會發出一串歇斯底里的笑聲。

「還是在跟科學部的十珍珠部長共進晚餐的時候。」那位來自情報部的官員說。他就像是從古典的泰斯凱蘭畫作裡走出來的人物：五官對稱得不可思議，嘴脣飽滿，額頭不高，鼻子彎勾的角度完美，眼睛宛如兩座褐色深潭。「您真該看看事後的新聞報導，大使。這是個挺熱門的小報話題呢。」

「十二杜鵑沒有不敬的意思，」站在門邊的三海草說。「消息沒有傳出宮殿區的範圍，這不適合讓一般大眾知道。」

瑪熙特將罩布拉回屍體的下巴。這沒有什麼幫助，他還是躺在那裡。「這消息也不適合讓太空站知道嗎？」她說。「要求我來都城赴任的信使說得太過模糊了，根本沒有必要。」

三海草的一邊肩膀稍微聳了一聳。「大使，雖然我身爲情資官，但並不是每位同僚都能私下了解情報部整體的決策。」

「您希望他的遺體如何處置呢？」紅袍男子問道。瑪熙特抬眼看他。他以泰斯凱蘭人的標準來說相當高䠷，他友善得令人不安的綠眼睛幾乎跟她的視線等高。她不知道該拿遺體怎麼辦。她沒有親自幫任何人火葬過；她太年輕了，她的父母都還健在。而且，通常你只需要聯絡葬儀業者讓他們處理，同時最好讓親友握著你的手，跟你同聲哭泣、哀悼故人。

至於這具屍體要怎麼辦，她就比較沒有頭緒了。沒有人會爲伊斯坎德哭泣哀悼，甚至連她也不會，而且泰斯凱蘭沒有葬儀業者懂得如何著手處理。

她勉強說出，「暫且先不處置。」然後她用力嚥下殘存的反胃感。她的手指感覺像有電流通過，接觸過屍體皮膚的地方都在微微刺痛。「一旦我了解這裡有何設備可用之後，我當然會安排。不過在那之前，他也還不會腐爛，對吧？」

「會，只是非常緩慢。」紅袍男子說。

「大人——」瑪熙特望向三海草求救。她這個文化聯絡官總可以發揮一下功能吧——

「博理官四槓桿大人，」三海草應聲道。「來自科學部。」

「四槓桿，」瑪熙特繼續說，刻意省略了對方的頭銜——代表的是廣義的「科學家」，擁有官方資格的科學家。「腐爛的跡象何時才會明顯到能夠察覺？也許再過兩個月嗎？」

四槓桿笑得露出了一點銀白的牙齒，「是兩年，大使。」

「太好了，」瑪熙特說。「這樣時間就很充裕了。」

四槓桿點點頭，雙手指尖交觸搭成三角形，猶如在聽她下令。瑪熙特懷疑這些人是在縱容她。那麼她接受，不得不然。她需要足夠的空間思考，但她在這裡做不到，在司法大樓的底層，面對三個帝國官員和一個停屍間技師，全都在等待她犯下某種無可挽回的錯誤，落得跟伊斯坎德一樣的下場。

被自己的生理構造背叛。他在都城住了二十年，吃的食物跟泰斯凱蘭人一樣。她相信這個死因嗎？

*伊斯坎德，*她在心中對憶象原本該在的空缺位置說，*你死前到底給我們惹上了什麼禍？*

他沒有回答。觸探那個空缺點讓她又感覺自己在墜落，雖然她知道自己的雙腳穩穩踩在地上。

「我希望，」瑪熙特對三海草說，語調緩慢平穩，用字正確，試圖掩蓋她的昏眩和恐懼。「登錄自己的身分為太空站派駐泰斯凱蘭的合法大使。」

「當然了，大使。」三海草說。「還有，我想找行李了。」她想離開這裡，愈快愈好。

「不客氣，三海草，」十二杜鵑說。「好好享受妳的大使。」

「博理官大人、十二杜鵑、二十九圖表，仍舊感謝您們賞光。」

三海草聳聳單肩，彷彿沒有任何人、任何話能激起情資官的出格反應。頗突兀地，瑪熙特喜歡她，也知道這份喜歡說穿了就是想抓住一個盟友的急切感。少了跟她對話的憶象，她是如此孤單。等到那股震驚過去、情緒震盪的效應消退，他一定不久後就會回來了吧。沒事的，她很好。她甚至不再頭暈了。

「那我們出發吧？」她說。

第二章

特急新聞請注意！／驚奇爆料，重要消息／第八頻道**立即**放送！

今晚，七綠玉髓和四梧桐爲您帶來歐戴爾星系一號歐戴爾星的報導，由三漆樹副將領導的第二十六軍團，在平定一號歐戴爾星發生的叛亂之後，目前已經準備突破軌道——稍後人在首都中央廣場的四梧桐，將訪問新任行星總督九梭子。歐戴爾門的貿易活動可望於未來兩週恢復正常⋯⋯

——第八頻道晚間新聞，透過都城內部的雲鉤網路，播送於泰斯凱蘭皇帝六方位治下第十一紀元第三年之第二百四十五天。

跳躍門接觸指引列表，第二頁／全二頁

十七、以本地無線電送出跳躍信號

十八、向機員及乘客做跳躍預告

十九、以1／128th速度接近最大視覺扭曲點

——萊賽爾太空站飛行員訓練手冊，第二百三十五頁。

大使套房裡充滿伊斯坎德的存在感，瑪熙特的腦海中卻完全感覺不到他，彷彿她整個人被掏得裡外

相反，內在沒有得到憶象灌注的記憶，外在反而被他的所有物給包圍。瑪熙特抵達之前，套房清掃通風過——或者至少她希望有，窗戶是敞開的，吹進窗裡、捲起簾子的空氣也驅不散清潔消毒液的味道。但這裡仍然非常像是個有人住過的地方，而且住了很久。

擁有實體的伊斯坎德喜歡藍色，還有某種以暗色金屬製成、看起來價值不菲的家具。工作桌和矮沙發的工業風線條，會讓生長在太空站或太空船的非行星住民感到賓至如歸，但地板上鋪著有花紋的絲滑長毛地毯。帶著一閃而逝的欣喜渴望，瑪熙特想像自己在家裡赤腳而行，只爲了讓身體享受那愉悅的觸感，接著她又想到，憶象的繼承者連在美學偏好上都和前人相似。伊斯坎德喜歡赤腳踩在織物上，顯然她也一樣，儘管她過去還沒有機會體驗。

套房的內門後面是一間臥室。在床鋪上方的天花板，伊斯坎德像張貼廣告一般掛了一幅金屬拼貼的星圖，是以位於泰斯凱蘭帝國的視角繪出太空站的空域。*睡在這裡，就能在夢中坐擁整個空域的資源！*

那眞是一幅美麗的作品，幾乎不顯得粗劣。幾乎。

床頭桌上放了一小堆紙本典籍，還有堆疊整齊的資料膠片。瑪熙特懷疑伊斯坎德怎麼會是那種把睡前讀物乖乖排好的人，她自己肯定就不是。如果他在這裡給她問就好了，如果他一直沒有回來，她該怎麼辦？如果她和伊斯坎德還來不及完全融合，那股恐怖的情緒震盪就燒壞了憶象機器和她腦幹之間的連節，那該怎麼辦？如果他們有更多時間，機器本身就無關緊要——她會變成伊斯坎德，或伊斯坎德會變成她，或者說，他們會變成一個全新的、更完整的存在，名爲瑪熙特．德茲梅爾，但切身知道伊斯坎德．阿格凡所知的一切，他的肌肉記憶、累積的技能、本能直覺，他的聲音會和她混合爲一。他們應該像那樣成爲憶象鏈中新的一環。可是現在呢？她該怎麼做？寫信回去詢問維修方法嗎？放著沒完成的任務，也沒搞清楚他的死因，就這麼跑回家？至少，就算沒有他的幫助，語言對她也不成問題——她大半時候是用泰斯凱蘭語作夢，都城更常常出現在她的夢境裡。但是，當她探向他在他們連接之後所占據的位置，就再度感覺到那股令人暈眩、彷彿正在墜落的恐慌。她坐在床緣，看著書堆方正的邊角，直到她肯定自己不會昏倒。這些書被打掃房間的某人整理過，也就代表任何明顯的、足以定罪的證據一定也被清理掉了。

她已經想到定罪這回事了。

她當然會這麼想。她告訴自己，要假設別人有所欺瞞。要假設這之中牽涉了惡意傷害，假設言外另有他義。窒息嗆死。過敏，或是呼吸到某種太稀薄的空氣。政治無所不在，都城就是如此。這裡的每個人都有一只雲鉤，悄悄將故事送進他們的雙眼。她兒時就是讀著、說著這些關於陰謀和背叛的故事——但她說出來的只是蒼白的模仿，只是用完美的詩句格律和太空站上沉悶而空白的金屬牆壁對話。這樣的她並不是什麼開心討喜的玩伴，然而她也不在乎。

她要像個泰斯凱蘭人一樣思考。

足以作為罪證的資訊會被清理掉，或是掩藏成尋常無害的模樣。

或者是伊斯坎德自己藏的，如果他知道、或懷疑自己即將遭遇的命運，如果他夠聰明。（他的憶象是很聰明，但那個憶象久未更新。過了十五年，人有可能會變。）

瑪熙特好奇起她如果在這裡住了那麼久，又會變成什麼樣子。尤其是在沒有憶象的狀況下——現在憶象的問題不只是過期未更新，而是整個消失了。假如他沒有回來（但他當然會回來的，這只是個小小的失靈錯誤，她明天醒來，他就會出現了），除了罪證之外，她還要考慮機器遭到破壞的問題。她的憶象機器出錯了——不論是因為外力破壞或機械故障，或是個人原因導致的融合失敗。有可能是她自己的錯，她自己的心理在抗拒他。她不禁顫抖，雙手的感覺仍然刺癢又怪異。

「您的行李完成檢查程序，現在交還給您。」三海草說，她穿過伊斯坎德臥室的光圈門——那扇門有如瞳孔擴張般打開。瑪熙特坐得直挺挺，努力不露出半點腦神經出問題的跡象。「連個違禁品的影子都沒有。到目前爲止，您是一位相當無趣的野蠻人呢。」

「您期待會有什麼刺激的東西嗎？」瑪熙特問。

「您是我的第一個野蠻人，」三海草說。「每件事我都期待。」

「您一定遇到過非帝國公民吧。這裡可是『世界之鑽』啊。」

「遇到和負責聯繫是不一樣的。您是我的非帝國公民。我要爲您開通門戶。」

她用的動詞型態很老式，恰恰成了約定俗成的慣用語。瑪熙特冒險讓自己的口語聽起來不如原本希望的流利：「我以爲開門這回事對二等貴族的職責而言是紆尊降貴了。」

三海草的笑容比大多數泰斯凱蘭人的表情更鮮明，她的眼裡也有笑意。「您沒有雲鉤。有些門您開不了，大使。都城系統不曉得您是眞人。何況，如果沒有我，您要怎麼幫您的郵件解密？」

瑪熙特揚起一邊眉毛。「我的郵件有加密？」

「而且已經遲覆了三個月。」

「那是，」瑪熙特說著站起來走出臥室——至少這扇門認得她。「伊斯坎德・阿格凡大使的郵件。不是我的。」

三海草跟在她後面。「德茲梅爾大使，或阿格凡大使，其中並沒有區別。」她一面說，一隻手一面前後搖晃。「都是大使的郵件。」

他們之間的區別甚至比三海草認爲的還要小。或者，如果他的憶象能回來的話，就會是如此。瑪熙特特意識到，自己除了擔心機械故障之外，還在生他的氣。看到他自己的死狀，他就只會恐慌，害她臂上腺素狂飆，頭痛到史無前例的程度。現在，再多經過十五年泰斯凱蘭文化薰陶的他，遭逢幾乎可以肯定是謀殺的橫死之後，她必須單獨面對他留下的未覆郵件，以及一位充滿幽默感的文化聯絡官。

「而且是加密的郵件。」

「當然。一個大使的郵件如果不加密，那就太不尊重了。」三海草取來一個碗缽，裡面裝滿資料微片匣——包裹著電路的小片長方形木頭、金屬或塑膠，每一片都裝飾了寄件者的個人代表圖示。她抓起了一大把，夾在她的手指之間，看起來就像她的指節長出了爪子。「您想從哪個開始？」

「如果郵件是發給我的，我就應該自己讀。」瑪熙特說。

「在法律上，我是完全同等的代理人。」三海草說，語氣相當討人歡心。

但討人歡心是不夠的。瑪熙特想要一個盟友——想要三海草幫助她、為她所用、不對她造成立即的威脅，畢竟三海草奉派來看管她的期間，就住在隔壁房裡，還要為她開門，而且她也開始發覺自己在都城裡會是多麼寸步難行，因為她對都城全知的監視之眼而言並不是個真人。儘管如此，這都不足以讓三海草在實際上成為瑪熙特意志的延伸，不論三海草自己怎麼說。

「也許在泰斯凱蘭的法律上是這樣，」瑪熙特說。「但根據太空站民的法律，您絕對不是。」

「大使，我希望您不是認定我不值得您信任，不配帶您在宮廷裡行動。」

瑪熙特聳聳肩，雙手一攤。「前任大使的文化聯絡官怎麼了呢？」她問。

就算這個問題對三海草造成困擾，她的臉色也完全沒有洩露任何跡象。她平板地說，「兩年任期屆滿之後，他就被轉調了。我想他應該根本沒有留在宮殿區裡。」

「他叫什麼名字？」瑪熙特問。假如伊斯坎德還與她同在，她就會知道問題的答案了。那兩年的任期想必就是伊斯坎德初到都城的頭兩年，還在憶象所記得的五年範圍內。

「是叫十五引擎吧，我想。」三海草說，樣子相當輕鬆——而瑪熙特卻不得不緊緊抓住伊斯坎德的桌子邊緣，一陣複雜紛亂的情緒憑空向她湧來：有好感也有挫折，一張臉孔的殘影，戴著一片黃銅鑲邊的雲鉤，將左眼窩從頰骨到眉骨整個遮住。這是伊斯坎德的憶象所記得的十五引擎。在記憶的閃現與潮湧中，瑪熙特朝憶象探了探，在心中喊「伊斯坎德？」，沒有任何回音。

三海草盯著她看。她納悶自己看起來是什麼樣子。可能是臉色蒼白又心神不寧吧。

「我想跟他談談。十五引擎。」

「我能對您保證，」三海草說。「我擁有廣泛的經驗，而且在與非帝國公民合作的各項必要能力指標都得到罕見的高分。我相信我們會很順利的。」

「閣下——」

「請叫我三海草吧，大使。我是您的聯絡官啊。」

「三海草，」瑪熙特說，同時努力不要讓自己的聲音提高。「我想向妳的前任者詢問我的前輩在這裡是如何處理事務的，也許還會問到他極為不幸、時機也極為不巧——依他收到的信件數量來判斷——的死亡。」

「啊。」三海草說。

「是的。」

「如妳所說，他逝去的時機是極為不巧，但純屬意外。」

「我相信是，但他畢竟是我的前任者，」瑪熙特說。她知道，如果三海草是個表裡如一的道地泰斯凱蘭人，要了解跟自己相同社會地位的前人的私密細節，對她而言會是一個在文化上難以拒絕的請求。就像萊賽爾太空站的人提出想要了解自己預定要接收的憶象。「我想跟他曾經熟識的人談談，就像我們未來也會彼此熟識。」她試圖喚起肌肉記憶，回想伊斯坎德用她的臉擺出泰斯凱蘭式微笑時眼睛睜大的確切幅度，憑感覺模仿那個表情。

「大使，我對妳目前的狀況再同情不過，」三海草說。「我寄剩下的回信時，也會順便傳訊息給十五引擎，不管他現在人在哪裡。」

「……妳指的回信，就是我沒有辦法親自回覆的信吧，因爲信件加密過。」

「沒錯！但幾乎所有的標準格式我都能破譯，非標準的格式大部分也可以。」

「妳還是沒有解釋爲什麼我的郵件要用我沒辦法破譯的方式加密。」

「這個嘛，」三海草說。「我絕無冒犯之意，我相信妳在妳的太空站是個十分博學的人。但在都城裡，加密通常是以詩句密碼爲基礎，我們當然不會預期非帝國公民熟知這些詩作。而大使的信件之所以要加密，是爲了展示大使本人的聰慧，以及對宮廷與宮體詩歌的熟稔——這是一種習俗。這不是眞正的密碼，更像是一種遊戲。」

「我們萊賽爾那邊也是有人寫詩讀詩的，妳知道吧。」

「我知道。」三海草說，她同情的態度讓瑪熙特想抓著她搖晃。「但妳瞧瞧，」她拿起一個暗紅色亮面的微片匣，由兩個部件嵌合於一塊金色封蠟上，蠟印是都城的圖形——泰斯凱蘭的皇家紋章。「這一定是寄給妳的，日期是今天。」她拆開封蠟，微片將內容灑入她們之間的空中，是一連串泰斯凱蘭文字的全像投影，瑪熙特覺得自己應該要看得懂。她可是從兒時就開始閱讀帝國的文學作品。

三海草觸摸一下她的雲鉤，並且說，「其實，我相信妳可以手動破譯這種訊息——妳知道拜占庭重音詩（註）的格律嗎?」

「十五音節抑揚格對句，第八和第九音節之間有一休止，」瑪熙特說，話出口的當下才發覺自己更像個接受口試的考生，而不是博學的泰斯凱蘭帝國臣民，但她不知道如何改變這一點。「很簡單。」

「沒錯！所以說，宮廷裡大部分的往來訊息，用的只是單純的換位加密法，開頭的四組對句是出自上一季寫得最好的詠頌詩——就是讚美詩，如果妳懂得音節和休止，這個妳一定也知道——這幾個月用的都是二月曆的〈開拓之歌〉。如果妳眞的想自己破譯郵件，我可以幫妳拿一份來。」

「我當然想聽聽都城裡公認最好的詠頌詩是什麼樣子。」瑪熙特說。

三海草嗤了一聲。「妳眞不錯。憑妳這氣場，妳應該要是這裡出生的本地人才對。」

瑪熙特不覺得這是讚美。「信裡說什麼？」她問。

三海草瞇起眼睛——瞳仁微微牽動，往左再往上，對雲鉤送出微動作指令——然後注視著資料微片。「一份正式邀請函，邀您前往皇帝陛下主持的沙龍和詩賦大賽，以及正式外交餐宴，時間是三天後。我想您會去吧？」

「有不去的選項嗎？」

「這個嘛，如果妳想要冒犯前任大使的往來對象，讓大家認定萊賽爾太空站與帝國的利益爲敵，那麼拒絕出席晚宴就是個完美的開始。」

瑪熙特往前湊近，近得能感覺到三海草的氣息吹在她臉上的溫暖搏動，然後笑得露出整排牙齒，盡可能擺出一副野蠻的樣子。瑪熙特看著對方努力保持鎭靜、不要退縮，看出了她的行動成功的那一刻，然後理性思考了一下現在發生的事。

「三海草，」瑪熙特說。「我們何不就別把我當成白痴看待了吧。」

「沒問題，」三海草說。「妳的同胞是用侵入他人空間的方式來示威嗎，還是平常就這麼做？」

「必要的時候才這樣，」瑪熙特說。「基於禮尙往來，我也不會假定妳在嘗試一項非常明顯的外交關係破壞行為。」

「聽起來挺公平。」

「那麼，我接受皇帝陛下慷慨的邀請。請送出訊息，我會簽字。然後我們來解決一下積存的資料微片吧。」

◎

積存的郵件消耗了下午剩餘的時光，還拖到晚上。大部分的微片都是一個地位不高，但在政治上仍有重要性的大使辦公室日常的往來通訊——朝臣或大學針對萊賽爾風俗民情、經濟活動和觀光旅遊的詢問，曾居住在泰斯凱蘭空域但打算回鄉的太空站提出的返國請求——這些信件瑪熙特都簽核了。還有數量比較少的一類是入境請求，她也予以許可，轉交給負責核發「外星人入境簽證」的帝國機關。處理到一半的太空站安全通行簽證，數量則意外地多，是為了泰斯凱蘭的軍事運輸行動而申請的——簽證上全都蓋了伊斯坎德的私章，但只有少數幾份經過他實際簽核。這些處理到一半的文件不具效用，因為核發程序尚未完成。彷彿伊斯坎德在正式核准半個軍團的泰斯凱蘭戰艦通過萊賽爾的領空時，突然被打斷了。瑪熙特不禁暫停片刻，訝異於簽證申請的數量之多，並且納悶這些文件為什麼沒有整批一併封緘簽核。然後她將這些申請擱置一旁，等之後再靜靜考慮。不論伊斯坎德死前做了什麼，如果沒有先研究泰

註：Political verse，為西洋文學中真實存在的詩歌形式，於公元九到十世紀間開始盛行，是中世紀與現代希臘詩歌的常見格律。原文名詞中的Political與現代英文的「政治」概念無關，而是指常民、世俗（非宗教的）的意思。

斯凱蘭軍團大規模移動的原因，她不打算就這麼讓他們的戰艦通過太空站的空域。

這裡面沒有「昇紅豐收」號的申請。一定是伊斯坎德以外的某個人核准了那艘太空船去接她。但話說回來，那份申請送出處理時，伊斯坎德已經死了。瑪熙特感到些微不舒服。有人派出了那艘太空船——她得查清楚是誰——

但三海草已經遞給她下一個微片匣，結果內容亂七八糟，是關於一批船運貨物的進口稅，假使伊斯坎德還活著、在這封信原先寄送的時間答覆，也要花上半個小時來處理。瑪熙特花了將近三倍的時間，因爲目前當事人其中一方（太空站人）已經離開這個行星，另一方則透過婚姻歸化爲帝國公民，並在此期間改了名字。瑪熙特叫三海草用他新改的名字去追蹤這位新入籍的泰斯凱蘭國民，發給他一份正式傳票，召他到星際貿易授權局的法務部門報到。

「不管他現在叫什麼名字，確保他付了向太空站人購買貨物產生的進口稅就好。」瑪熙特告訴她。結果，那個人取的新名字叫作「三十六全地形苔原車」。謎底揭曉時，瑪熙特和三海草都驚得無言以對。

「根本沒有人會幫小孩取這種名字，」過了一會，三海草抱怨道。「他眞是毫無品味。就算他的父母或監護人是來自低溫氣候、有苔原的星球，需要全地形車移動，也不該這樣取名。」

突然的疑惑讓瑪熙特皺起眉頭，她想起她在萊賽爾上的初期語言訓練課，情景還歷歷在目，全班都要想出自己的泰斯凱蘭語名字，在練習對話的時候使用。她取的名字是「九蘭花」，因爲她當時最喜歡的泰斯凱蘭小說，是描述十二閃焰女皇的同胞手足的冒險故事，女主角叫做五蘭花。從最喜歡的書裡取名，感覺非常有泰斯凱蘭風格。當時，其他孩子選的名字感覺都不如她好，讓她自認高人一等。如今她身在泰斯凱蘭帝國的中心，這整件事顯得不僅自命不凡，還非常荒謬。不管如何，她問三海草：「那你們泰斯凱蘭人自己是怎麼命名的？」

「數字是代表好運，或是你希望孩子擁有的特質，又或者是因應潮流。『三』一直都不退流行，比較小的數字都是。三代表穩定和創新，就像三角形，它不會滾動掉落，可以象徵爬上思想的尖端高點，類似這樣。這個人選了『三十六』，看起來只會像城裡的暴發戶。是有點蠢，但還不算太糟。糟糕的部分是『全地形苔原車』。我是說，像『血』和『陽光』，技術上還是可以接受，無生命的物體或建築物也可以，但這實在是……好的名字應該是取自植物、花卉和自然現象。而且音節不該太多。」

這是瑪熙特目前爲止看到三海草最有活力的樣子了。要瑪熙特不去喜歡她，眞的很不容易。她很有趣，講起三十六全地形苔原車就更有趣了。

「我在上語言課的時候，」她突然決定分享一點回饋，作爲文化交流——如果她們要共事，就應該好好合作。「我們要假裝幫自己取泰斯凱蘭式的名字，我有一個同學——就是那種考試分數很高但口音很重的人——把自己取名叫『二e小行星』。他用了無理數。他覺得這樣很聰明。」

三海草思考了一下，然後嗤笑道：「的確，」她說。「這眞是好笑極了。」

「眞的嗎？」

「超級。這就像把妳的整個人格變成一個自我挖苦的笑話。如果有一本小說的作者叫二e小行星，我就會買，感覺會是諷刺喜劇。」

瑪熙特笑了。「我們討論的這傢伙沒有寫諷刺劇的本事，」她說。「他是個很爛的同學。」

「聽起來的確是，」三海草表示同意。「但他誤打誤撞，反而更好笑了。」然後她又遞來一個微片匣，開始破譯下一個等待瑪熙特解決的問題。

整個下午就在這樣的工作中度過。這是瑪熙特擅長的工作，她受過訓練懂得執行，雖然操作形式很陌生、要使用泰斯凱蘭語，還必須仰賴三海草的解碼。日落時分，三海草幫她們點了裝在小碗裡的麵皮裹醃肉，浸著奶油狀的半發酵醬汁和紅油。她向瑪熙特保證，餐點裡不太可能有導致過敏的原料。

「這是餡髓，」她說。「連餵給小孩吃都沒問題的！」

「如果我死了，未來三個月就又沒人回信了，妳該怎麼辦呢？」瑪熙特一面說，一面用隨餐附上的二齒叉子戳戳一顆餃子。她咬下去的時候，麵皮迸開，吃起來又香又熱。紅油經過細心調味，辣度恰好只在她舌上稍停片刻，讓她擔心一下神經中毒反應，然後辛辣感便消散不見，只留下鮮美的滋味。她肚子餓極了。自從下了巡艦，她就沒吃過東西。

看著三海草懷著同等的興奮將她那碗餡髓狼吞虎嚥地吃掉，竟也令人心滿意足。瑪熙特向她揮了揮叉子。「這餵給小孩吃也太高級了吧。」她說。

三海草睜大眼睛，這就是泰斯凱蘭人版本的燦笑。「工作餐。美味到讓人沒耐心慢慢品味。」

「好讓人吃完趕快回去工作？」

「就是這個意思。」

瑪熙特把頭側向一邊。「妳就是那種整天都在工作的人，對吧？」

「這份工作的需求就是如此，大使。」

「請叫我瑪熙特吧，」瑪熙特說。「妳這麼好的幫手，別的文化聯絡官肯定比不上吧。」

三海草露出開心的表情。「噢，是的。但文化聯絡官只是我暫時任務。我的工作是情資官。」

情報、協定、機密——還有發言。如果瑪熙特讀過關於都城的文獻所言不假。「工作內容是？」

「政治。」三海草說。

這跟文獻裡寫的夠接近了。「那麼，妳要不要跟我解說一下那些軍事運輸簽證？」瑪熙特開口時，套房的門正好響起一陣和弦聲，她縮了一下，但三海草似乎不覺得刺耳。

三海草到門口去，在門邊牆上的鍵盤輸入一組密碼。瑪熙特看著她的手指，盡量將按鍵順序默背起來。她應該可以操作自家套房的房門密碼吧。（除非她比她所感覺到的更像個囚犯。對於可自由行動的眞人，都城的定義到底有多狹隘？她眞想問問伊斯坎德。）鍵盤滿意地投射出門外訪客的臉部圖像，名字和頭銜以一塊塊金色的手繪字體懸浮在他的頭上。是個年輕人，寬頰、古銅膚色，厚厚的深色髮線蓋住似乎頗得帝國畫作偏愛的短額頭。瑪熙特認得他在停屍間出現過，是十二杜鵑，那個沒什麼特色的第三位官員。不過，看著他的時候，瑪熙特覺得自己是在凝視著某個異文化中的男性審美標準模範。他活像一件藝術品，她覺得自己的毫無反應有點奇怪。十二杜鵑，一等貴族，三海草是這麼說的，也就代表她至少知道他的名字，可能也對他的名聲有耳聞。

「我不知道他來做什麼。」三海草說。這的確顯示她耳聞過些什麼。

瑪熙特說：「讓他進來。」

三海草將拇指緊緊壓在牆上的鍵盤（如果那是指紋鎖怎麼辦？但泰斯凱蘭人一定不會使用這麼落後的科技吧），門開了，放了身披橘色衣袖和奶油色翻領的十二杜鵑進門。瑪熙特準備好在沒有伊斯坎德幫助的情況下面對完整的迎賓程序（這種事她原本不該需要擔心的），但她才剛開始自我介紹，十二杜鵑就說：「我都來妳這裡了，就不用費事搞這套了吧。」他擦過三海草身邊，在她額側熱情地一吻，她露出深感不悅的表情。他接著坐到沙發上。

「德茲梅爾大使，」他說。「歡迎來到『世界之鑽』。幸會。」

三海草在他旁邊坐下，睜大眼，嘴角明顯勾起。「我以爲我們要省略正式禮儀呢，小花。」她說。

「省略正式禮儀不代表我不能客氣啊，小草。」十二杜鵑說，然後帶著一個大大的、很不泰斯凱蘭式的笑容轉向瑪熙特。這表情讓他顯得有點瘋癲。「希望她沒對妳失禮，大使。」

「小花，你一定要這樣嗎？」三海草說。

他們用小名互稱。這樣挺……可愛的，同時顯得既好笑又尷尬。「一點也沒有失禮。」瑪熙特說，三海草對她投來一個誇張的感激眼神。「歡迎來到萊賽爾太空站的領事區。我能如何爲您效勞？除了讓您和我的聯絡官敘舊之外？」

十二杜鵑換上了一副關切的表情，瑪熙特懷疑這是稍微在掩飾他不合時宜——且發自內心——的好奇興趣。每個泰斯凱蘭人都以爲她生性遲鈍、腦子像氣密門一樣僵硬，只辨認得出他人表面的形象：身上穿的制服、臉上關切的表情。這眞是非常不方便。不知道要花多久的時間才能讓人認眞看待她。

「我這裡有些令人擔憂的資訊，」十二杜鵑說。「關於前任大使的屍體。」

好吧，也許現在就要認眞起來了。（還有，她第一時間就認定伊斯坎德絕非死於意外也許是對的；這麼直截了當的死因跟他不合，也跟都城風格不合。）

「他的遺體有什麼問題嗎？」

「可能有。」十二杜鵑說。他做了個手勢，像在表示問題存在，更重點是問題的本質。

「別講得好像你會只爲了『可能』就來插手我的事，小花。」三海草說。

「我以爲前任大使的遺體應該算是我的事。」瑪熙特說。

「我們談過這個了，瑪熙特，」三海草簡短地說。「法律上的同等代理——」

「但那不是人格或倫理層面上的同等，」瑪熙特說。「尤其是牽涉到萊賽爾太空站公民的時候。前任大使顯然就是太空站人。屍體出了什麼問題？」

「四槓桿大人離開手術間以後，我和屍體在那裡多待了一下子，自行利用了手術間的造影儀器。」十二杜鵑說。「我目前在情報部的工作，是爲來訪期間的非帝國公民處理醫療和無障礙協助方面的需求，因此我對非帝國公民的生理構造很好奇。他們有些跟人類很不一樣呢！我不是在暗示萊賽爾太空站的人不是人類，大使，絕對沒有這個意思。但我的好奇心一向旺盛，妳問小草就知道。她跟我在當見習情資官的時候就認識了。」

「好奇心旺盛，而且三天兩頭惹麻煩，尤其是關於有趣的解剖鑑識和新奇的醫療行為。」三海草說。瑪熙特可以看見她下顎緊繃，還有嘴部銳利的稜角。「講重點。是二玫瑰木叫你來打探我的嗎？」

「別講得好像我只是個跑腿的嘛，小草，哪怕是幫情報部長跑腿。重點是，我事後留下來，檢查了前任大使的屍體。那具屍體並不是完全的有機體。」

「什麼？」三海草說。在此同時，瑪熙特發現自己得拚命閉緊嘴巴，以免爆出一句太空站人語言裡的髒話。

「怎麼回事？」她問。也許伊斯坎德置換過退化的髖關節。那樣就十分合理、容易解釋，而且比他顱骨底部的植入物更容易被發現。那個植入物將上一個人的憶象傳承給他，也記錄了他的知識、自我和記憶所留下的銘印——亦即憶象銘印，應該繼續代代相傳。

「他的腦中有金屬。」十二杜鵑說，連片刻短暫的希望也不留給她。

「是彈片嗎？」三海草探問。

「沒有傷口。相信我，如果有傷口，停屍間的助理會注意到的。全身成像儀掃描的結果更完整。我想不到為什麼他們之前沒做這項檢查——也許是因為大使死於過敏性休克的跡象太明顯——」

「妳立刻就認為有可能是彈片，我對這個想法很感興趣。」瑪熙特迅速說道，試圖讓對話的走向避開最危險的地帶。如果她能知道伊斯坎德針對憶象傳承的程序透露了多少，會很有幫助——但她現在無法問她腦裡那個版本的他，而且那個版本又怎麼會知道後續的自己（姑且稱之為後續吧）在中間的時間斷層都做了些什麼？

「都城常是危機四伏。」三海草說。

「意外總會發生，」十二杜鵑補充。「最近更頻繁。有個人的雲鉤操作不當，而都城系統反應過度……」

「這個問題妳不會需要面對。」三海草說，語氣中帶著歡快的安撫意味，瑪熙特完全不買帳。

「前任大使有雲鉤嗎？」她問。

「我不知道，」三海草說。「他若要使用雲鉤，必須由六方位陛下親自批准。非帝國公民沒有雲鉤——與都城系統相連結是一種權利；是身爲泰斯凱蘭人的權利。」

這是身爲泰斯凱蘭人的權利，讓門爲你敞開也是，還有，將某個人帶到風險升高的特定區域亦然。瑪熙特好奇，雲鉤到底會追蹤泰斯凱蘭人的行動到何種程度，以及這些資訊又是由誰管控。

「撇開雲鉤不談，」十二杜鵑插嘴。「前任大使的腦幹中有非常大量的不明金屬，而我在想，也許大使您會想先知道，以免有人也想在您腦裡裝進一樣的東西。」

「你還是這麼會逗人開心呢，小花。」

「還有誰知道這件事？」瑪熙特問。

十二杜鵑說：「我還沒告訴任何人。」然後將雙手隔著外套的長袖子拘謹地交疊起來。瑪熙特聽得出這句陳述裡的「還沒」的隱含意義，心裡好奇這個人對她有何圖謀。

「你爲什麼要告訴我？前任大使可能安裝的植入物有很多種——例如抗癲癇調節器，在中老年發展出癲癇的患者身上就很常見。」她說，搬出了萊賽爾對外人解釋憶象機器的標準謊言。「我猜想，泰斯凱蘭這麼偉大的文明一定也有這種產物吧。你只要查一查前任大使的醫療紀錄就可以了，不需要這麼大費周章。」

「如果我說，我想看看妳會怎麼做，妳會相信我嗎？你們的前任大使——嗯，以一位大使的標準而言，是個很有政治手腕的人。我很好奇是不是所有萊賽爾人都這樣。」

「我不是伊斯坎德，」瑪熙特說，並在說話的同時感到強烈的羞愧——她應該要更像伊斯坎德才對。如果他們有足夠的時間融合——如果他沒有在她腦海中消失。「『政治手腕』也因人而異。你覺得，博理官知道嗎？」

十二杜鵑笑得露出牙齒。「他沒有對妳提起。對我也沒有。但他畢竟是科學部的醫學院院士、是博理官——誰說得準他覺得什麼事情重要？」

「我想要，」瑪熙特說著站起身來，「親自去看看。」

十二杜鵑喜孜孜地抬頭看她，「噢，所以妳還是決定要發揮政治手腕了。」

第三章

每個細胞內都燃燒著化學火焰
屬於〔地球/太陽〕的〔死者名字〕
將化爲千朵繁花，如一生中呼吸的次數，不可勝數
而我們將銘記逝者之名
與其先祖之名
依他們的名號，眾人聚集在此
讓他們的掌心滴出血花，
將化學的火焰投向〔地球/太陽〕

——泰斯凱蘭標準喪禮頌歌（節錄），源於動衛二不凋花的哀悼曲，最早可追溯至泰斯凱蘭皇帝十二閃焰治下第二紀元。

❁

〔雜音〕——重複一次，姿態控制全數失效——我們在翻轉——遭到陌生能量武器攻擊，駕駛艙起火〔含糊詞語〕〔不雅用詞〕黑色——黑色的船艦，他們速度很快，好像〔不雅用詞〕虛空中的破

洞——不是星星——這裡〔含糊詞語〕不能——〔不雅用詞〕他們又來了更多〔零點五秒鐘的尖叫聲，隨後是一聲巨響，推測爲爆炸性減壓造成，持續一點八秒後，失去訊號〕。

——萊賽爾太空站飛行員亞拉・齊特爾，於空域邊緣執行偵察任務期間的最後通訊，242.3.11（泰斯凱蘭曆）

這次，瑪熙特步行前往司法部大樓，三海草和十二杜鵑與她同行，在她身邊不斷變化隊形。她感覺自己像個人質，或像某個需要防範刺殺行動的政治人物，這兩者用來描述她的處境都太過精確，讓她樂觀不起來。而且，她這會兒可是走在闖入停屍間的半途上；或是在幫助某個合法擁有停屍間通行權的人，偷渡不具資格者進場，非此即彼。她在發揮政治手腕。

但願太空站議會曾針對如何施展政治手腕一事給她更妥善的指示。她接到的大部分指示，都是要她在查明伊斯坎德・阿格凡出了什麼事之後善盡自己的職責，爲太空站的居民代言，在必要的時候努力阻止泰斯凱蘭人侵略。她的印象是，議會中大概有半數成員，特別是負責處理外交和文化保存事務的傳承大臣亞克奈・安拿巴，都希望她對泰斯凱蘭文化的喜愛恰足以讓她享受自己的任務；但也希望她對帝國文化懷有足夠的排斥，以免讓太空站民的藝術與文學遭遇更多的外來滲透。議會另一半的成員，以礦業大臣塔拉特和飛行員大臣昂楚爲首（儘管亞克奈・安拿巴對她寄予厚望，她仍認爲這一群才是六人政要組織中的務實分子），則不斷主張要阻止帝國侵略，並力圖確保太空站繼續作爲鉬、鎢、鋨礦產的首要供應者——當然還有作爲安赫米瑪門周邊資訊與旅遊的門戶。「我的前輩遭人謀殺，我可能要私下調查以保護太空站的科技機密」，這種事算得上是「阻止泰斯凱蘭人侵略」嗎？伊斯坎德應該知道吧，或者他至少會說得出一番犀利的見解。

都城中帝國政府所在的這個區域面積廣大且歷史悠久，形狀如同六芒星：四個區塊分別指向東、西、南、北，此外還有北和東之間突出的「天」、南與西之間的「地」。每個區塊裡都有細長如針的高塔，設滿檔案庫與辦公室，以多層空橋和拱廊彼此相連。人員最多的塔樓之間，有一層層的空中庭院，地板有的透明，有的嵌入砂岩和黃金。每個庭院的中央各設一座水耕花園，浮在垂直流動的水中行光合作用；這是這個星球上令人難以置信的奢華景象。水耕花園裡的花朵顏色似乎精心排列過，離司法部大樓愈近，花瓣的色彩就愈紅，直到中間看起來就像一汪發光的鮮血。瑪熙特看到當天早上她首先抵達的建築物，簡直無法想像那只是幾個小時前的事。

十二杜鵑在門邊一片閃亮的綠色金屬板上用食指飛快畫出龍飛鳳舞的圖形，瑪熙特猜想那是草寫簽名——她瞥見中間有「花」的字符，他的名字拼寫出來會有「花」和「十二」的字符，還有其他代表花卉種類的修飾字。司法部的門嘶嘶作響地打開。三海草正抬手要碰觸面板，十二杜鵑抓住她的手腕。

「進來就是了，」他悄聲說，推著她倆進去，讓門在背後關上。「人家會以為妳從來沒有偷溜進……」

「我們有合法通行權，」三海草用氣音說。「何況，我們都在都城的影像紀錄中——」

「看來我們的東道主不希望他的通行紀錄跟我們有關。」瑪熙特用恰好讓他們聽得見的音量指出。

「正是如此，」十二杜鵑說。「而且，如果鬧到有人要去翻遍都城的影音紀錄，找今天有誰進過司法部，那我們的問題就太大囉，小草。」

瑪熙特嘆道，「就這麼辦吧，帶我去看前任大使。」

三海草的嘴抿成一道細細的、充滿憂慮的線條，在十二杜鵑帶領她們走向地下室的途中，她退回瑪熙特左肩旁的位置。

停屍間看起來還是一樣。冰冷，聞起來乾淨得不自然，彷彿曾通過清淨機的壓縮翻攪。科學部的那位官員——或是做完檢查後的十二杜鵑——已將伊斯坎德的屍體用罩布蓋起。瑪熙特突然被一陣緩緩蔓延的驚恐所籠罩：上次她站在這裡時，憶象在她體內激起驚人的情緒浪潮和內分泌激素，然後消失不見。現在她重返舊地，故障狀況又以片段閃現的方式再現：這個房間是否對她有害？（她是否希望有害的是這個房間，如此一來造成故障的罪魁禍首就不會是她自己，也不會是萊賽爾太空站的同胞？）

十二杜鵑再度將罩布拉下，露出伊斯坎德・阿格凡死寂的臉。瑪熙特走近。她試著將屍體單單視為世俗的空殼，一個物理性的問題，而非供某人棲宿的居所，就像她身為同樣這一個人的憶象的居所。

十二杜鵑戴上滅菌手套，將屍體的頭輕輕抬起轉向，後頸朝向瑪熙特，隱藏住位於喉部主要靜脈、最大的防腐液注射點。屍體被挪動的樣子看起來柔軟有彈性，不像死了三個月那麼久。

「不太容易看得見——疤痕非常小，」他說。「但如果從頸椎頂端按下去，我相信妳會感覺到觸感的差異。」

瑪熙特伸出手，用拇指按著伊斯坎德顱骨上位於肌腱中間的凹陷。他的肌膚觸感如橡皮，太軟、太容易壓凹，感覺不對勁。憶象植入的疤痕在她指腹下，是一塊小小的不規則形，其下是憶象機器展開的結構，那股硬實的觸感幾乎跟顱骨本身一樣熟悉。她身上也有一模一樣的部位。她以前讀書時，常常用拇指摩挲著那裡，但自從她的憶象機器透過安裝手術接收了伊斯坎德的五年出使經驗，她就不曾再這樣做了。這不是他習慣的動作，而且在太空站以外的地方，這樣會露餡，所以她就讓這個動作隨著他們合而為一、成為融合的新人格而消失。

「是的，」她說。「我感覺到了。」

「那好，」十二杜鵑微笑道。「妳覺得那是什麼東西？」

她可以告訴他。如果他是三海草，她可能就會透露——她一察覺到這股衝動，就明白其中的危險性。不管向哪一個泰斯凱蘭人吐露實情，都沒有比較安全，畢竟她來到這裡才短短一天——但失去了伊斯坎德之後，她孤獨得好絕望，她就是想講。

「這肯定不是有機物，」她說。「但在他身上已經很久了。」避重就輕。她必須結束這場不智的驗屍活動，回到房間裡，把門關上，處理自己對……交朋友的渴望。不該跟泰斯凱蘭公民交朋友，尤其不該跟情報部的官員交朋友，他們兩個都是——

「我從沒聽說他動過脊椎手術，」三海草說。「他在這裡的期間內，從來沒有，不管是因為癲癇或其他緣故。」

「如果有的話，妳會注意到嗎？」瑪熙特說。

「妳知道他有多常待在宮廷裡嗎？妳這位前輩可是非常顯眼。如果他消失一個星期，會有人說陛下一定在想念他了——」

「真的啊？」瑪熙特說。

「我說過了，他這個人很有政治手腕，」十二杜鵑說。「所以，妳是說，這個金屬物也許在他當上大使之前就已經植入。」

「它的功用又是什麼呢？」三海草說。「比起它植入的時間，我對這個更感興趣，小花。」

「大使對這種科技的東西了解嗎？」十二杜鵑輕快地說。瑪熙特想，他有點嘲弄，甚至有點輕蔑。他在釣她上鉤。

「大使呢，」她說著用手勢指向自己。「不是醫療人員，也不是科學專家，不可能詳細解釋這種裝置在腦神經方面的作用。」

「但它是關於腦神經方面的。」三海草說。

十二杜鵑說，「那東西裝在他的腦幹裡，」彷彿這個答案已經夠充分了。「而且絕對不是泰斯凱蘭的產物。沒有哪個博理官會用那種手段影響人類心智的功能。」

「別這麼沒禮貌，」三海草說。「如果非帝國公民想要在頭骨裡面塞金屬，那是他們家的事，除非他們計畫成爲公民——」

「大使當然和泰斯凱蘭的政府運作有所牽涉，小草，妳知道的，這完全就是妳應徵新任大使聯絡官的原因——所以如果他裝了某種腦神經增能裝置，這當然有關係——」

「這項資訊眞的讓我耳目一新。」瑪熙特意有所指地說，但突然打住，因爲三海草和十二杜鵑突然雙雙直起身，擺出正經的肅穆表情。在瑪熙特背後，停屍間的門隨著輕輕的嘶嘶聲打開。她轉過身。

朝他們走來的是一位泰斯凱蘭女性，穿得一身骨白色：從長褲、多層次上衣到不對稱版型外套都是。她稜角分明的臉龐是深古銅色，顴骨寬大，薄薄的雙脣上方生著刀鋒般尖細的鼻子。她足蹬軟皮靴，踏在地上悄無聲息。瑪熙特覺得她是自己所見過最美麗的泰斯凱蘭女性，這代表她以當地人的標準而言算是介於普通到醜陋之間，身材太單薄、太高䠷，臉形和鼻形太立體，讓人難以移開視線。

她吸收了整個空間裡的光，將光線繞在自己的周圍。

這似乎不是瑪熙特自己的觀察，而像是憶象帶來的能力，直接浮現在她的腦海中，就像使用道地的泰斯凱蘭手勢，或是計算多元函數微積分——同時顯得完全自然卻又完全陌生。她納悶著伊斯坎德是否認識這名女子，也又一次氣惱他不在這裡接受她的提問，當她需要他時，他卻缺席，只留下片段的思緒和短暫的印象。

三海草往前一步，舉起雙手，指尖輕輕相觸，標準而正式地行禮，深深一鞠躬。

新來的訪客根本沒費神回禮。「眞是意想不到，」她說。「我還以爲，這種深夜時分，來拜訪逝者的只會有我一個人。」她看起來並沒有心慌意亂的樣子。

「容我介紹，萊賽爾太空站的新任大使，瑪熙特・德茲梅爾。」三海草說。她用了最正式的文法詞態，彷彿他們是站在皇帝的謁見廳裡，而非司法部的地下室。

都城裡很少人不經要求就直呼瑪熙特的名字。她感覺自己突然毫無防備。

「對於您痛失前輩，我深表哀悼。」白衣女子十分誠摯地說。

「這位是勳衛十九手斧閣下，」三海草繼續說，然後低語道，「她的芳蹤如刀鋒的閃光使滿室生輝。」這在泰斯凱蘭語中是十五音節長的分詞構句，彷彿白衣女子擁有專屬的代表詩。也許眞是如此。「勳衛」是宣誓對皇帝忠心不二的心腹、最親近的諫臣兼起居陪侍。千年以前，當泰斯凱蘭的版圖還只限於單一行星，勳衛同時也是皇帝的私人戰士。根據萊賽爾太空站上所能查閱到的歷史記載，勳衛這個官銜是在近幾個世紀才轉爲比較非武力的性質。

不過，從那句代表詩看來，瑪熙特對「比較非武力的性質」就不是那麼肯定了。她鞠躬。「閣下的致哀，我深表感激。」她一面說，彎下腰又直起身，幻想自己居高臨下，或許甚至能夠睥睨眼前這個身高出眾、擁有危險頭銜的泰斯凱蘭人。「又是什麼原因勞您大駕，像您說的來拜訪逝者呢？」

「我喜歡他。」十九手斧說。「而且我聽說妳要把他燒了。」

她靠得更近了。瑪熙特察覺自己跟她近到彼此手肘相貼，兩人一起低頭看著屍體。十九手斧將伊斯坎德的頭頸從原本被轉向一邊的姿勢扳直，以溫柔而熟稔的動作將他的頭髮撥開，露出前額。蠟封章戒指在她的拇指上閃爍。

「您是來道別的。」瑪熙特說，暗示出她發自內心的懷疑。勳衛的身分可不像普通的大使和叛逆的情資官同伴，需要偷偷摸摸溜進來看屍體。她有其他的理由。瑪熙特抵達的時候，或是她宣告要火化伊斯坎德的遺體時，驚動了十九手斧。瑪熙特並不笨，她預期新任大使必然會在政壇引起一些騷動，但她沒想到蕩漾的漣漪竟然會擴散到那麼高的層級，傳入皇帝身邊近臣的圈子。*伊斯坎德，她心想，你在這裡到底打算做些什麼？*

「絕不是道別。」十九手斧說。她斜眼看著瑪熙特，雙脣之間微笑的弧線露出一閃即逝的白牙。「要跟一位這麼出色的人物——更是朋友——永遠道別，是多麼失禮的念頭。」

她的雙手如此謹慎地擺在屍身上，是否也在搜尋著十二杜鵑已經發現的憶象機器？她或許是在暗示她知道憶象傳承的程序，也許她甚至以為自己在跟瑪熙特體內的伊斯坎德說話。但他聽不見，這對勳衛閣下而言太遺憾了；對瑪熙特而言也太遺憾了。

「您所挑選的時間挺不尋常。」瑪熙特盡可能以中立的態度說。

「倒不會比您更不尋常。您還帶了這麼可愛的一組同伴呢。」

「閣下，我向您保證，」十二杜鵑插話。「實情是——」

「我帶了我的文化聯絡官和她同僚來這裡，見證萊賽爾傳統中的私人哀悼儀式。」瑪熙特說。

「是嗎？」十九手斧說。三海草在她背後對她投來表示強烈讚賞的眼神，即便雙方對各種常見臉部表情的理解存在根本的文化差異，其含意仍然非常明顯。

「是的。」瑪熙特說。

「敢問儀式如何進行？」十九手斧詢問，用的是瑪熙特親耳聽過最正式、最禮貌的語態。

如果瑪熙特未來也有自己的十五音節代表詩，詩句的主題就會是關於她如何把一開始就不太妙的點子進行到底。「是守靈，」她一邊說，一邊即興編造。「繼承人要在前人的遺體身邊守望，時間與太空站公轉半圈等長——也就是你們的九個小時，在前人火化成灰之前，讓繼承人銘記此人的一切種種，以爲效法。守夜儀式需要兩名證人，所以我才帶了三海草和十二杜鵑來。守夜結束後，繼承人會依自己意願服食部分骨灰。」以一個空想出的儀式而言，這也不算太糟。瑪熙特可能就會想要在憶象融合程序中安排這種儀式。如果她回得去萊賽爾，也許就會提出如此建議，雖然這對她而言也不會有任何差別。

「全像投影不是也有同樣效果嗎？」十九手斧提問。「並非對您的文化習俗有貶斥之意，我只是單純好奇。」

瑪熙特相信她。「遺骸本身的實體存在能夠增加眞實感。」她說。

十二杜鵑發出一種像嗆到的細微聲音。「眞實感。」他跟著重複。

瑪熙特肅穆地點頭。顯然，她還是信任這兩位情報官的，或說至少相信他們的演技不會穿幫。她的心跳飛馳。十九手斧帶著毫不掩飾的興味在她和三海草之間打量，三海草看起來相當鎮定，但眼睛睜得大大的。瑪熙特很確定，這整套憑空胡謅就要被狠狠揭穿了。至少她人已經在司法部大樓裡，如果動衛閣下決定逮捕她，倒也不用跑太遠。

「伊斯坎德從沒提過這事，」十九手斧說。「但他對於萊賽爾太空站的生死大事一向很避諱。」

「這個儀式通常辦得比較私密。」瑪熙特說，這只有一半算是謊言。死亡的確是私密之事，但也是兩個人之間最親密的連結的開始。

十九手斧將罩布拉高到屍體的胸膛中間，輕撫一下，隨即退開。「妳跟他眞是不像，」她說。「也許有同樣的幽默感吧，但也僅此而已。令我驚訝。」

「是嗎？」

「非常驚訝。」

「泰斯凱蘭人也並非都彼此相似。」

十九手斧笑了，發出單單一道尖銳的笑聲。「不是，但我們有類型之分。例如妳的這位情報官，她就是演說家兼外交官十一車床的標準摹本，只差在她是女性，而且胸部太瘦。妳問她就知道了，她可以背誦他的詩作全集給妳聽，連他不慎遇上野蠻人的部分都不放過。」

三海草用一隻手比了個手勢，同時代表懊惱和受寵若驚。「我還以為閣下不會注意到呢。」她說。

「可別這樣想，三海草。」十九手斧說。瑪熙特不太能分辨她是否語帶威脅。也許她不管說什麼話都是這種語氣。

「認識妳眞是榮幸之至，瑪熙特，」她繼續說。「相信我們一定後會有期。」

「我也相信。」

「妳該回去守夜了，對不對？我誠心希望妳和前輩相聚愉快。」

瑪熙特覺得自己即將發出歇斯底里的笑聲。「我也如此希望，」她說。「您的到訪令伊斯坎德倍感榮寵。」

她提到的這個想法似乎讓十九手斧的內心起了某些複雜的反應。瑪熙特對泰斯凱蘭人的臉部表情仍然不夠熟悉，無法判讀她的神情。「晚安，瑪熙特，」她說。「還有兩位情資官。」她轉身，像走進來時一樣不疾不徐地離開。

門一在她身後關上，三海草就問：「剛剛妳說的有多少是眞的，大使？」

「一些些啦，」瑪熙特苦笑著說。「最後，她祝我們相聚愉快，而我表示同意，那部分肯定是眞的。」她停頓一下，在心裡暗暗咬緊牙關，繼續道：「我很感激你們的參與，你們兩位都是。」

「皇帝的動衛跑到停屍間來，這實在很不尋常，」三海草說。「尤其是她。」

「我很想看看妳會怎麼做，」十二杜鵑補充道。「要是打斷妳，就會破壞效果。」

「我也可以告訴她實情，」瑪熙特說。「也就是我一來到都城，我的文化聯絡官和另一名行爲不端的朝臣就帶我踏上歧途。」

十二杜鵑將雙手在胸前交疊。「我們也可以告訴她實情，」他說。「也就是她的朋友、過世的前任大使，體內有個神祕的腦神經植入物，還有可能是非法的。」

「眞是太棒了，我們每個人都在說謊。」三海草輕快地說。

「透過互利的欺騙達成文化交流的目標。」瑪熙特說。她單肩一聳。

「互利的效果維持不了多久，」十二杜鵑說。「除非我們三個達成協議，繼續維持對外說法。我還是想知道那個植入物的功能是什麼，大使。」

「而我想知道，我的前輩跟動衛閣下還有皇帝陛下本人交好，打的是什麼主意。」

三海草的手重重拍在停屍間的檯子上，雙手分別搭在屍體頭部的左右兩側，戒指在金屬檯面上敲出響聲。「我們既然可以交換謊言，那也可以交流眞相，」她說。「一人說一個，我們約定守密。」

「這是出自十一車床的事蹟，」十二杜鵑說。「他和外星盟衛之間的實話遊戲，記載在《神祕邊疆外訊》第五卷。」

三海草沒有露出難爲情的神色，儘管瑪熙特設想她大有理由覺得難堪。泰斯凱蘭的高等文化，正是以引經據典爲核心，但眞的需要引述得這麼明顯，連你的老友都能指認出處嗎？但她也沒有讀過《神祕邊疆外訊》，這部作品不會引入萊賽爾太空站。聽起來可能是無法通過泰斯凱蘭的審查關卡——宗教類的文本、關於帝國治理的主題，還有泰斯凱蘭外交與戰爭方面的非正典文獻，都很少有機會過關。

「十九手斧沒錯，」三海草說，態度平靜。「要是十一車床用這方法行得通，那麼我們也能。」

「一人說一句實話，」瑪熙特說。「我們會保守彼此的祕密。」

「很好，」十二杜鵑說。他舉起單手，將他光滑的頭髮往後耙梳，弄得亂七八糟。「小草，妳先。」

「爲什麼是我先？」三海草說。「我們會惹上這件事明明是你害的。」

「那就她先吧。」

瑪熙特搖搖頭。「我根本不曉得實話遊戲的規則，」她說。「我不是帝國公民，也未曾有幸閱讀十一車床的著作。所以，你們得示範一下。」

「妳玩得挺開心的嘛，對不對，」三海草說。「可以好好利用化外之民的身分。」

事實上，瑪熙特的確這麼覺得。她也只有在這個時候稱得上開心。她獨自來到異鄉，置身於泰斯凱蘭帝國之中讓她迷眩又驚嚇，過去她主要從文學作品中認識這個帝國時，它還比較平易可親、沒有這麼令人芒刺在背。她對著三海草聳肩。「我和泰斯凱蘭國民之間的差異是一道如此巨大的鴻溝，我怎能不爲此煩心苦惱？」

「我指的就是這樣。」三海草說。「好，我先。小花，你問吧。」

十二杜鵑的頭微微撇向一邊，彷彿在思考些什麼。瑪熙特幾乎可以肯定，他早就想到問題了，只是爲了製造效果而拖延。終於，他問道：「妳爲什麼要擔任德茲梅爾大使的文化聯絡官？」

「噢，眞不公平，」三海草說。「很聰明，也很不公平！你玩起這個遊戲比以前更厲害了。」

「我也比以前老了幾歲，而且不再那麼懾服於妳的魅力。說吧。說實話。」

三海草嘆了口氣。「因爲虛榮的個人野心，」她啓口，扳著手指一一細數她的理由，從拇指開始。「因爲發自內心好奇前任大使如何步步高升、獲得陛下的寵愛——你們的太空站是個好地方，但是十分渺小，瑪熙特，皇帝陛下沒有合乎常情的理由讓妳前輩的雙肩擔起他這麼深重的關切，儘管那雙肩膀是很賞心悅目。還有，嗯。」她停頓了一下。她的遲疑很戲劇化，但瑪熙特認爲其中並無虛假。三海草的難爲情先前沒有顯露出來，現在透過她緊繃的下顎，還有她閃躲所有人（包括屍體）目光的樣子清楚展現。「還有，因爲我喜歡外星人。」

「妳喜歡外星人。」十二杜鵑愉快地驚呼，與此同時，瑪熙特則說，「我不是外星人。」

「妳很接近了，」三海草說，她完全忽略十二杜鵑。「但是又夠像人類，我可以跟妳對話，這樣就更棒了。現在總該換人了吧？」

顯然，三海草並不願意在情報部的其他同僚面前承認這一點，瑪熙特差不多可以想像得出原因——喜歡不文明的人、對其有所偏好，基本上就等同承認她自己也不文明。（姑且先不論「喜歡」這個字眼還有什麼意思，這個動詞的指涉範圍彈性之大眞是令人頭痛。瑪熙特打算稍後再思考。）她決定寬大爲懷，不要向三海草追問，繼續她在遊戲中的任務。

「十二杜鵑，」她問。「我的前輩生前在政治上是什麼處境？」

「這不是一句實話，是整篇大學論文。」十二杜鵑說。「把範圍縮小到我知道的事上吧，大使。」

瑪熙特的舌頭在上顎一彈。「你知道的事情。」

「只有他知道的事情，」三海草提點道。「這樣比較公平。」

「老實說，」瑪熙特小心斟酌字句。「你爲什麼會想知道，萊賽爾太空站的大使在腦幹或其他部位裝了哪種植入物？」

「有人謀殺了他，我想知道理由。」十二杜鵑說。「噢，別表現得這麼震驚啊，大使！好像妳自己沒有想到同一件事。不管小草和那位博理官今早怎麼告訴妳的，我知道事情不單純。妳的心思在臉上一覽無遺，你們外星人就是什麼也藏不住。有人謀殺了大使，卻沒有人承認，連情報部都避而不談。而我多少受過一點醫學訓練——我差點當上博理官呢——所以我覺得，若要查明當局爲什麼掩蓋這件事，我是最佳人選。尤其，企圖掩蓋此事的不是司法部，而是科學部，科學部的十珍珠已經跟二玫瑰木結仇好幾年了——」

「他在說科學部部長，還有我們情報部部長。」三海草喃喃低語，她熟練地補充資訊的態度，就像另一個憶象。

十二杜鵑點頭，揮手示意她們安靜，然後繼續說。「我設法讓自己加入這起調查，確保十珍珠沒在情報部裡隻手遮天，然後我自己也下來這裡好好檢查。說實在，四槓桿煩人煩得要命，我卻仍然不知道大使到底怎麼死的。我發現植入物的存在完全是巧合。不過，現在妳被引過來之後，我就覺得他的死亡跟植入物之間一定有關，儘管一開始眞的沒這樣想。」他甩甩袖子，手掌平放在桌面上。「好啦，輪到我問問題了。」

瑪熙特嚴陣以待。她準備好要說出眞相——甚至可能會來個徹底自白，十二杜鵑願意承認伊斯坎德可能遭人謀殺，讓她鬆了一口氣。儘管不過片刻前，她才看到三海草公然表現出來的困窘態度，那是如此不符泰斯凱蘭習俗、如此展現出原始的人性——她自己現在也落入了泰斯凱蘭人的思考模式，把每個人都區分成文明或不文明，只不過標準跟他們相反。她感受到，其實她跟他們一樣有人性，他們跟她一樣有人性。

如果十二杜鵑不可避免地提出關於憶象的問題，她會告訴他們部分實情，然後面對後果。這樣好過武斷地認定每個泰斯凱蘭人都不值得相信，畢竟對一個兒時希望自己生爲帝國公民的人而言——就算只是爲了帝國的詩歌——這是多麼荒謬的想法啊。

「植入物的功能是什麼，大使？」

嘿，伊斯坎德，瑪熙特在心中說，探向憶象原本所在的沉默角落。看我的，我也懂得操弄人心。

「它的功能是記錄，」她說。「製作拷貝。記下一個人的記憶與思考方式。我們稱這叫做憶象機器，因爲它會製造出『憶象』，也就是這個人的複本，這能夠讓壽命不受肉體限制。但他的憶象機器現在可能已經失效。他死了，這三個月來機器記錄到的都是大腦腐敗的過程。」

「如果沒有失效，」三海草謹愼地問。「妳會怎麼處理？」

「什麼都不會做。我不是腦神經外科醫生，也不是任何種類的博理官。但如果我有能力，我會把憶象放進某個人體內，這樣一來，伊斯坎德過去十五年學到的事物就不會消失了。」

「眞噁心，」十二杜鵑說。「讓死人掌管活人的身體。難怪你們會吃屍體——」

「不要這麼侮辱人，」瑪熙特斥道。「這不叫做取代，這是『融合』。萊賽爾太空站的人口不多，我們用自己的方式保存我們獲得的知識。」

三海草繞過檯面來，兩隻手指貼在瑪熙特的手腕外側。她的觸碰產生了意外的侵略性。「妳身上也有這個東西嗎？」她問。

「實話遊戲時間結束了，三海草，」瑪熙特說。「妳猜猜看吧。我的同胞會讓我不帶著憶象就來到『世界之鑽』嗎？」

「無論是肯定和否定這個問題，我都能想到很有力的論點。」

「這就是你們的專長吧？你們都是。」瑪熙特管不住嘴巴——情緒爆發在泰斯凱蘭文化中不合宜，在她的母國也不成熟——但她就是停不下來。原本應該在心中幫助她、安撫她的聲音，如今依舊是一片靜默。「你們是情資官。你們擅長利用有力的論點來辯論、演說和玩自白遊戲。」

「是的，」三海草說。「這就是我們的專長。獲取資訊也是，還有從不幸或可疑的情境中取樂。現在就是這樣。我們可以結束了嗎，小花？你的目的達成了嗎？」

「稍微達成了。」十二杜鵑說。

「可以了。我們回妳的寓所去吧，瑪熙特。」

她的態度竟然如此溫柔，這樣發展一點都不好。瑪熙特抽回手腕，從她身邊移開。「妳難道不想獲取更多資訊嗎？」

「當然，」三海草說，彷彿這句話無關緊要。「但我也有職業道德。」

「她真的有，」十二杜鵑補充道。「有時候挺氣人的，不管她是否『喜歡外星人』，小草心裡其實是個保守分子。」

「晚安，小花。」三海草尖銳回應。自己不是唯一被惹火的人，這安撫了瑪熙特的心情，但她一點也不樂見這份感激。

❁

三海草偕同瑪熙特回到大使套房時，信箱內容再度被塞滿。瑪熙特看了看那些信，感到一股遲緩又無可逃避的絕望。

「明早再說，」她說。「我要去睡了。」

「妳就看看這一封。」三海草說。她拿起一片有金色封蠟的象牙色微片匣，材質可能是貨眞價實的象牙，來自某隻慘遭屠殺的巨獸。若發生在稍早一點的時間，瑪熙特可能會覺得受到冒犯或被挑起興趣，又或兩者皆是。但現在她只揮揮手表示：如果妳堅持，就這麼辦吧。三海草拆開封蠟，微片內容以淡金色的光芒投影在她手上，輝映著她身上的奶油色、紅色和橘色。

「動衛閣下想要盡快跟妳會面。」

當然了。（當然，她的微片匣是以動物材質製成。）她疑心重、聰明，又是伊斯坎德的舊識，她在停屍間無法得到想要的東西，於是另尋他法。

「我可以拒絕嗎？」瑪熙特問。「不，別把我的話原封不動回她，就跟她說『好』。」

❁

伊斯坎德的床鋪沒有任何味道，或說只有泰斯凱蘭肥皂的味道，那是一種空虛的氣味，只會讓人聯想到礦泉水。床很寬敞，放了太多被子。瑪熙特在床上蜷起身子，感覺自己像是位於宇宙中心的坍縮點，不斷向自身之內沉陷。她不知道自己思考時用什麼語言。床鋪上方的星圖拼貼畫在黑暗中閃閃發光——這品味眞差。她想念伊斯坎德，她想向某個知道她爲什麼生氣的人發脾氣。在窗外，「世界之鑽」發出跟每一座城市一樣的小小噪音，圍繞著她——

睡意像重力井（註）般攫住她，她放手投降。

註：Gravity well，又譯引力井、重力穴，指太空中大型天體周圍的引力場的概念模型，表示天體引力對外部物體的影響範圍。天體質量愈大，重力井愈深，範圍愈大。

第四章

都城內的料理，就像來往各星球的訪客所期待的一樣五花八門：都城的陸地區域都市化程度雖然已接近百分之六十五，但仍然如同其他行星，擁有多樣的氣候帶，還有絕佳的寒帶美食（作者眞心推薦四號北廣場「失落花園」的薄切小麋鹿後腿肉佐冬季時蔬，如果你願意跑這一趟！）。不過，經典的都城料理仍然非宮殿區的佳餚莫屬：地屬副熱帶，重點特色是宮殿建築中著名的花卉與水耕作物。美好的一天就以酥炸百合花瓣裹新鮮羊奶起司開始——幾乎所有街頭攤販都有供應這道菜色，趁熱最好吃。然後就可以前往九號中央廣場上眾多星際知名的餐廳，展開美食之旅⋯⋯

——摘自《都城味覺饗宴：追尋精緻體驗的觀光指南》，二十四玫瑰著，主要於西弧星系流通。

❁

〔⋯⋯〕因最新一代的零重力稻米種植效率進步，人口替代水準以外之出生人次可望於未來五年內提高至五百人。出生人口首先分配予基因遺產登錄名單上登記超過十年者，其次交由礦業大臣分配，預期目標是使下一代在礦產開採以及工程類憶象傳承方面擁有較高資賦⋯⋯

——節錄自水耕大臣針對「戰略性維生儲備及預期人口成長」之陳述。

早上，伊斯坎德還是沒有回來。

瑪熙特醒來的時候，腦海跟入睡前一樣空白。她覺得自己像個洞窟，發出空空回音，也如同玻璃般易碎，類似宿醉就要開始。她將手舉到面前攤平，手沒有顫抖。她將四個指尖輪流碰觸拇指，還是跟以往一樣順暢輕易。如果她的腦神經損傷了——比如憶象機器出現無可挽回的差錯，燒壞了應該要讓她和伊斯坎德永久連結且合而為一的神經路徑——這份異常也沒有在她的自我檢查中顯現。她肯定也能沿著畫在地上的線直走，但知道這點也毫無幫助。

若是在萊賽爾太空站，她現在早就錯過找融合療程治療師回診的時機了。伊斯坎德的憶象一直沒有回來，這非常值得擔心。她從來沒聽過憶象融合的過程中發生這麼嚴重的失誤——在停屍間時潮湧而來的錯誤信號、斷線、情緒震盪和沉默。若是在萊賽爾，她早就去醫療艙報到了。現在，她卻在泰斯凱蘭帝國的中心，坐在伊斯坎德的床上，氣惱著他沒有與她相伴。就算她出現腦神經問題而需要就醫，她身上也沒有產生足以讓泰斯凱蘭醫療人員注意的病兆。

伊斯坎德的臥室窗窄而高，三扇連成一排，黎明的日光像泛光燈般照進來。光線中飄著塵埃，輕盈舞動——也許她還是出現腦神經問題，或是偏頭痛。

她從床上起身行走，因為要自我檢查，她是沿著直線走，手在光線中一揮。那些東西竟然是灰塵。「世界之鑽」不需仰賴空氣濾淨器，這裡有天空、植物，一如以往短暫旅程中造訪的每一個星球。她如今這樣大驚小怪真是荒唐。只是這一切都好奇異陌生，自己又是如此孤單，不免產生焦慮偏執的幻想。

三個月的融合期不管對誰都不夠。她和伊斯坎德應該要有一年的時間熟悉彼此，讓她吸收他的一切，也足以讓他慢慢消融，從闖入她腦海裡的聲音，變成直覺性的第二觀點。過程中應該要有冥想練習、諮商療程和醫師檢查，但以上這些輔助，在現在這裡——她應該最嚮往的地方——都不可得。

伊斯坎德啊，她心想，你生前把我、你和整個太空站都攪進了這個大麻煩，遠超過我們應該承受的範圍，但你倒是不亦樂乎，還很享受這一團混亂。況且，你他媽的究竟是跑到哪去了？

毫無回應。

瑪熙特把掌根擊向兩扇窗中間的牆，用力到弄痛了自己。

「妳還好嗎？」三海草問。

瑪熙特旋身回頭。三海草靠在門框邊，已經著裝整齊，彷彿前一晚根本沒有脫過衣服。

「泰斯凱蘭語中的『妳』這個概念，包含範圍有多廣？」瑪熙特問著她，揉著撞痛的手。她恐怕把自己弄得瘀青了。

「是文法層面還是存在層面？」三海草問。「請更衣吧，大使，我們今天有很多場會面。我幫妳找到十五引擎了——妳前輩的前任聯絡官。我約了他在中央城區吃早午餐。此外，根據從情報部蒐集來的檔案，他的某些資料內容會讓妳難以置信。如果妳想讓他緊張，就問問關於『慈善捐款』的事，受款的人道組織據說支援了歐戴爾星系中一場引人困擾的小叛亂。」

「妳都不睡覺的嗎？」瑪熙特乾笑著問。「不管是在文法層面或存在層面。」

「偶爾會睡，兩種層面上都是。」三海草回覆，她的身影消失在臥室外的客廳，速度就跟她抵達時一樣快，留下瑪熙特兀自回想她對歐戴爾星系的少許了解——那裡爆發了小規模的叛亂，但是一如往常，萊賽爾太空站接收到的泰斯凱蘭語新聞對此事噤口不談。歐戴爾星系位於西弧星系群，是泰斯凱蘭帝國新近征服的地區之一，在六方位的統治期之初納入版圖。當時他身兼戰艦艦長，以軍人皇帝之姿竄起。不過，瑪熙特並不確定當地為何發生叛亂。但如果她能夠以十五引擎的政治劣勢對他施壓，那麼她就至少擁有一項優勢，讓他在必要時為她所用。

三海草可真是決心要讓自己派上用場呢。

瑪熙特穿著太空站民慣穿的長褲、上衣和短外套，都是最樸素的灰色。置身都城，非泰斯凱蘭人的身分還是讓她格格不入，但穿成這樣至少不會過分張揚。同時，她也在想自己是否能夠存活到讓去訂製帝國風服裝。當來到客廳，她發現三海草端出了兩個碗，裡面盛著某種奶油狀的黃粥。

「沒下毒，我保證。」三海草說，拿著湯匙吸了一口。「這道糊粥已經處理了十六個小時。」

瑪熙特接過一碗，心中只感到微微一點惶恐。「就算只是顧及妳虛榮的個人野心，我也相信妳不會故意害我送命。」她說。三海草從鼻子擠出一陣不太體面的聲音。「糊粥沒有處理過會怎麼樣？」

「會含有氰化物，」三海草輕快地說，「那是植物根莖中天然的反營養物質。總之，這很美味呢。妳嘗嘗看。」

瑪熙特依言照辦。拒絕也沒用。這裡沒有真正的安全可言，只有不同程度的危險。她原本就覺得茫然昏眩，現在又要接觸可能潛在的氰化物。粥嘗起來有淡淡的苦味，但濃稠又可口，她連湯匙背面也舔得乾乾淨淨。

◎

她們搭乘地鐵離開宮殿區。三海草領著瑪熙特來到地下四層，接著穿過一個廣場，那裡擠滿了低階職員，穿著奶油色衣服，沒有代表貴族身分的紅色點綴——三海草解釋那些人是稅計官，也就是會計師，他們一向集體行動。然後，她們進入車站，三海草說她們可以從這裡離開宮殿區，進入都城的主要區域。有人在地鐵站入口的牆上貼了海報，瑪熙特覺得看起來像是政治宣傳：上頭有泰斯凱蘭的戰旗，圖案是在星空背景前排成扇形的一束矛槍，捺印成怵目驚心的鮮紅色，矛槍的尖端做了變形設計，組成塗鴉風格的字符，瑪熙特必須瞇起眼才看得清楚那是什麼字。可能是泰斯凱蘭語裡的「腐爛」，但她必須說自己不太確定，「腐爛」這個詞應該不用分成六行。

「等我們回來，這就會被撕掉了。」三海草說著拉了拉瑪熙特的衣袖，重新引導她走下階梯。「會有人叫養工處來清理，這些事重複不斷。」

「所以這應該不是妳喜歡的政黨囉？」瑪熙特猜測。

「我呢，」三海草說，「是代表情報部的觀察員，立場絕無偏私。對這些喜歡在公共場所張貼反帝國政府海報的人，我完全沒有意見，反正他們也懶得參與地方政府事務，或報名考試加入公務體系。」

「最近這種事很多嗎？」

「一直都很多，只差在他們貼的海報會換個樣式，」三海草說。「至少不是全像投影式海報，這還挺令人高興的，不然我們走在路上還要穿過他們的投影。」樓梯底端是一座光亮的月臺，牆上沒被張貼更多海報的地方以馬賽克磚拼貼出上百種不同顏色的玫瑰。純白、金黃到刺眼的粉紅色都有。

「這是東宮站，」三海草說。「宮殿區有六個車站，代表羅盤上的六個方位，」她指向地鐵路線圖，宮殿區是一顆六芒星形狀。「象徵意義大於實際功能。比如說去皇家寓所要在地宮站下車，但以實際方位來說那其實是在天宮的方向。」

「天宮那裡有什麼？」瑪熙特問。列車來了，車廂造型跟太空港一樣簡潔俐落，擠滿了穿白衣的泰斯凱蘭乘客。大部分人的長相都一如畫作與照片裡的泰斯凱蘭人——棕色皮膚，身材矮小，顴骨平坦，胸脯寬大。但也有各種不同種族的人，來自四面八方的星系。她還看到一個無重力變種人，皮膚蒼白、毛髮豔紅，靠著外骨骼才能在重力環境下挺直身體。儘管如此，所有地鐵乘客都身穿相同服裝，只有奶油色袖子上搭配的顏色各異，代表他們各自所屬的公務單位。他們都是宮殿和都城裡的雇員，都是泰斯凱蘭人，都比她更屬於這個國度，不論她能背誦多少詩歌，她都不是這個國度的人。列車開始移動起來，她抓住一根金屬柱。列車先是在黑暗的地道中衝刺奔馳，接著冒出地面，駛上高架軌道。都城的景色在窗外飛掠而過，建築物模糊成一片。

「天宮那邊有檔案庫、戰爭部、國家審檢辦公室。」三海草回答了她稍早的問題。

「這些單位的位置果然得待在『天宮』，以宇宙方位而言。」

「妳對我們送進宇宙的東西挺有意見呢。」三海草說。

「文獻、戰爭和違禁品，你們輸出的不正是這些東西嗎？」

車廂門嘶地一聲打開，半數泰斯凱蘭乘客都下了車。剩下留在原位的人，身上的衣服色彩比較繽紛，其中還有幾個小孩，年紀最小的孩子毫不避諱地盯著瑪熙特，他們的照顧者（可能是父母、複製母體或保育員，很難分辨）也沒打算提醒孩子們禮儀。在這個當口，車廂裡人潮擁擠，但所有人都離瑪熙特和三海草遠遠的。瑪熙特尋思著這是因爲肢體觸碰的禁忌，還是排外情結。伊斯坎德在這裡的時候——儲存在憶象中的那個伊斯坎德在這裡的時候，也就是十五年前——針對外籍人士的排斥還沒那麼明顯，而這種現象也沒出現在她所知的任何泰斯凱蘭文化產物中。

與陌生人的舒適距離出現改變，代表的是不安全感。她在最基本的心理反應判讀訓練課程中學到這點。這堂課程是適性測試的一部分，萊賽爾的所有人民都必須參加。看來，都城裡確實發生某些變化，但她不知道那是什麼。

「我們搭東宮線，準備前往中央九號廣場。」三海草聳著肩膀回答，彷彿瑪熙特有問她問題。她指向車廂牆壁上地圖裡頭互相交錯的地下路線。地鐵線穿過都城各處，形成的圖形就像窗玻璃上凝結的冰晶：由眾多線條聚合，結構複雜到不可思議。不過，泰斯凱蘭人搭起地鐵來若無其事，輕而易舉。月臺上設置著一個精密的倒數時鐘，顯示列車將於何時進站，那些時間都精準無比。

⁂

中央九號廣場人潮洶湧，瑪熙特從來沒看過這麼多人聚集在同一個地方。每次她自認爲已經了解「世界之鑽」的規模，就會出現證明她錯了的事實。她凡事用萊賽爾當比較基準，來到這裡卻完全派不上用場。萊賽爾的規模在十個太空站中首屈一指，可供至多三萬人維生，但光是此刻僅僅一處的廣場上，泰斯凱蘭人數量就相當於萊賽爾的四分之一。他們來回穿梭、動向不定，不受走廊線或重力場強度變化限制，高興往哪走就往哪走。如果說他們的行動有任何法則可言，大概就是流體力學了，瑪熙特始終不擅長這門學科。

三海草是個出色的嚮導。她緊貼瑪熙特的左手手肘，近到不容許任何好奇的泰斯凱蘭民眾跑來對來自蠻荒之地的外籍訪客提出無禮問題，但又遠到讓瑪熙特保有一點個人空間。她沿路指出特色建築和歷史古蹟，一出神就忍不住自動背誦出多音節對句的詩歌。瑪熙特羨慕她對這些典故如此信手拈來。

以鋼鐵、黃金和玻璃砌成的建築物，從廣場中央爲核心向外散布，如同花瓣，中心區域露出蔚藍天空。瑪熙特要三海草在廣場中央停下來，好讓她背脊後仰，望向天際。蒼穹無邊無際、令人目眩，彷彿在緩緩旋轉。她就置身在世界的中心，然後——

——她的手（不，是伊斯坎德的手）淌出殷紅的血液，流到儀式缽裡的金色太陽上，他抬起頭，視線穿過太陽神殿以花瓣造型裝飾的天井，望見的天空也是相同形狀，閃爍著無數星辰。在天旋地轉之中，他忍著刺痛說，「在此，我們立誓守護一項使命，你和我——你的血和我的血——」

瑪熙特用力眨眼，閃現的影像隨即消失。她的背彎得痠痛，於是她打直身子。三海草對她微笑。

「妳中暑了。」她說。

（不如說是中了憶象的計吧。）

「我應該帶妳去神殿，讓神官幫妳灑金和灑血。妳沒有待在行星上過嗎？」

瑪熙特嚥了嚥口水。她的喉嚨乾燥，同時猶聞到來自**過去**的血腥紅銅味，這是用氣味形式出現的殘像。「在我去過的行星上，我從來沒有見過這種顏色的天空，」她勉強擠出話來。「我們不是跟人有約嗎？要是中途繞去宗教場所，一定會遲到吧。」

三海草意有所指地聳肩。「太陽神殿也不會跑掉，每個整點都有連禱儀式。如果妳是要離開都城或加入軍隊，因此想要祈求好運、得到繁星庇佑的話，那麼確實有更多祈禱儀式得辦。但現在的話，只要妳肯從中央九號廣場的中間移步一會兒，我們的餐廳就在那邊。」她伸直手臂指出位置。

她指的餐廳空間開闊明亮，每張白石桌面都布置盛水的淺缽，水上浮著重瓣的淺藍色花朵。這在瑪熙特看來，眞是令人髮指地鋪張炫富，但她懷疑三海草根本不覺得如此浪費水的行爲有何值得注意。

十五引擎在角落一張桌旁等她們。他是個中年人，寬大的肩膀下有個啤酒肚，鐵灰色的頭髮從貴族式的低髮線往後梳，用一只金屬環束成馬尾。他的雲鉤一如她所記得的樣子（其實就是伊斯坎德記得的樣子），是個尺寸特大的黃銅配件，占據了整個左眼窩，從顴骨延伸到眉骨。她感覺到一陣情緒猶如回聲般閃現，就像她稍早聽見三海草說出他的名字時一樣：隱約的好感，隱約的挫敗。但這些情緒躲在陰影中，只能依稀回憶。也許她根本沒有感覺到，也許這不是憶象帶來的有用資訊，只是殘存的記憶。

瑪熙特意識到，她以爲十五引擎會比較年輕，只比她大個五歲十歲，但事實上，他只是在伊斯坎德二十年前剛抵達這裡時，短期擔任過文化聯絡官而已。她的憶象已經有十五年沒有更新過，年紀尚輕，且不論十五引擎曾經對伊斯坎德有何了解，他的印象同樣有嚴重時差。

瑪熙特抬起手向他招呼。指尖交觸時感到一陣電流，彷彿兩隻手臂上的每一條神經都動起來。這是伊斯坎德多年來不斷重複這個動作留下的回音，簡直就像他回到她腦中。

十五引擎垂下雙手，開玩笑般打量著她，狡黠地說，「天啊，伊斯坎德，她只有你四分之一的年紀吧。你感覺如何啊？」

「我就知道！」三海草說著推了推瑪熙特的肩膀。「妳也有那種機器，而且妳腦子裡裝的當然就是前任大使了——」

「噓。」瑪熙特一邊說一邊坐下，彷彿回到十八歲：彆扭、稚氣，太長的手腳勉強縮進椅子裡。她看著十五引擎原本滿懷希望的表情轉為戒備。

「伊斯坎德或許誇大了轉移效果。」她簡短地說。

「但伊斯坎德你就在那裡——」

「不，現在這個時間點，他不在。」瑪熙特說。她希望三海草會把這段說明理解為憶象機器的功能設定，而不是功能故障。「另外，知道我的前輩如此大方跟人分享這項專有技術的資訊，眞是令人喜出望外。」

「不過，我看妳的聯絡官花了約莫三十六小時才從妳身上得到同一項資訊。」十五引擎說。

「這次狀況很特殊，大人，畢竟伊斯坎德死了。」

「是嗎？」十五引擎乾乾地說。

「沒錯，你認識的那個人已經死了。」

「那麼，我就沒理由跟妳談話了。」十五引擎說。「我將近二十年不曾涉足星際政治，十年前就從情報部辭職了。我過著平靜生活，遠離風雲莫測的中央政府，追求自己的事業。」他整頓一下，站起來，將椅子推離桌邊。盛著花的水缽隨之晃動，缽邊濺出一些水，流過石造桌面，滴在餐廳地板上。

如此的揮霍浪費讓瑪熙特看呆了。她說，「他生前一定很信任你。」她試圖為這場無疾而終的會面挽回成果，但十五引擎後退一步，敏捷地避開水窪——下一瞬間，整個世界被閃耀的白焰和巨響吞沒。

❁

她躺在地上，臉頰被水沾濕。空氣中翻騰著刺鼻的濃煙，泰斯凱蘭語的吼叫聲四處響起。餐桌或牆壁的一部分——某種沉重的大理石掉下來壓住她的腰臀，她試著要動，但尖刺的痛楚爆開。她的視線範圍只剩下不完整的弧形，其他都被椅腳和殘骸擋住，但她在那個弧形中看到火光。

她知道泰斯凱蘭語的「爆炸」，通常是軍武詩的詩眼，接在「震碎萬物」或「火花四射」之類的形容詞後。但現在她才從四周的吼叫聲中真正學到「爆炸」這個詞彙。這個詞很短，你可以大聲叫嚷出來，而眾人除了尖叫著「救命」之外，就是喊著這個詞，因此她才能推測出這個詞的本意。

她到處都沒看見三海草。

有液體滴到她臉上，就像臉側沾到的水窪一樣濕答答。液體不斷滴落，積聚在太陽穴的凹處，又溢出來流過她的臉頰和眼前，是鮮紅的血。瑪熙特轉過頭，拱起脖子。血往下流向嘴巴，她緊閉雙唇。

血來自癱倒在椅子上的十五引擎，他的襯衫正面——軀幹的正面——被炸得支離破碎，喉嚨上扎了許多爆裂碎片。他的臉完好如初，眼睛睜開，澄澈地凝視前方。炸彈一定離他們很近。根據她看得見的碎片判斷，位置在他右方。

伊斯坎德，我很抱歉，她心想。雖然片刻之前她才對十五引擎產生直接強烈的反感，但不管她多不喜歡他，他終究是伊斯坎德的舊識。她和伊斯坎德融合的程度已足夠讓她感到無端而起的悲傷、錯失機

會的遺憾，這股感受突破了不夠嚴密的心靈防衛。

她的鼻子前出現一雙膝蓋，奶油色長褲被煙燻黑。那是三海草，她用手掌擦掉她臉上的血。

「我很希望妳還活著。」三海草說。在一片喊叫聲中，瑪熙特很難聽清楚她的話，但喊叫聲被逐漸升高的電子嗡鳴聲蓋過，聽起來空氣中產生了電離作用。

「妳顯然走運了。」瑪熙特回覆。她的發聲功能正常，上下顎也沒問題。儘管三海草努力擦拭，血還是流進了她嘴裡。

「太好了。」三海草說。「妙極了！要是得向皇帝陛下稟告妳的死訊，我絕對會顏面掃地，還會葬送事業前途，而且會很難過。話說，如果我把壓在妳身上的這塊牆壁碎片移開，妳會死嗎？我不是博理官，關於非儀式性質的失血症狀，我什麼都不懂，我只知道不要把箭從別人的血管裡拔出來，而且這還是我從一部很糟的《諸皇祕史》改編劇裡學到的——」

「三海草，妳陷入歇斯底里了。」

「對，」三海草說。「我知道。」然後她就把壓住瑪熙特臀部的重物推開了。壓力的解除帶來了新的一波痛楚。空氣裡的嗡鳴聲愈來愈大，三海草的軀體和她之間的空間開始染上一種細緻而驚人的藍色，就像黎明漸近時的天空。餐廳的大理石地板上一格一格的感知電路亮起來，全都發出藍色的微光，光線將空中染上相同顏色。瑪熙特想到核子爐心熔毀外洩，高溫將人肉燙熟時，也是發出藍色閃光；她想到以前讀過關於閃電從天而降的敘述。如果這是空氣電離作用，他們早就死了。她勉強用手肘撐地，拉住三海草的手臂，坐起身來。

「空氣怎麼會這樣？」

「有炸彈引爆，」三海草說。「餐廳失火了。妳覺得空氣會變什麼樣？」

「空氣變成藍色了！」

「那是因爲都城發現——」

餐廳的一塊屋頂震動崩落，巨響震耳欲聾。三海草和瑪熙特同時伏身躲避，頭縮低夾在肩臂之間。

「我們得離開，」瑪熙特說。「可能不只一個炸彈。」這個字眼輕易地脫口而出。她好奇是不是伊斯坎德也說過。

三海草拉著她站起來。「妳以前遇過這種事嗎？」

「沒有！」瑪熙特說。「從來沒有。」萊賽爾太空站最近一次炸彈攻擊事件發生在她出生前。肇事的破壞分子——雖然他們自稱革命家——引爆炸彈後炸出了眞空。事後，他們被放逐到太空，斬斷了他們的憶象傳承：整整十三代的工程知識就這樣隨著最年長的成員而消失殆盡。太空站容不下這種害無辜者暴露在眞空中的成員。畢竟，如果一個憶象傳承鏈已經敗壞若此，那就不再值得保存。

在行星上就不同了。藍色的空氣仍然可供呼吸，儘管其中有濃煙的味道。三海草抓著她的手肘，兩人一起走向外面的中央九號廣場，天空的顏色鮮豔得不可思議，彷彿什麼事也沒發生。廣場上的泰斯凱蘭人紛紛逃向其他建築物裡的安全處，或是去陰暗的地鐵站找尋庇護。

「有沒有可能，」三海草問，「是十五引擎把炸彈帶在身上？妳有沒有看到——」

「他死了耶，」瑪熙特打斷她，「妳是說他在進行自殺攻擊？」

「如果是，他執行得還眞糟。妳沒死，我也沒死。而且，根據十五引擎的紀錄資料，不管跟歐戴爾星系有關或無關，都沒有任何跡象指出他加入本土恐怖分子、自殺炸彈客，或不滿足於只貼海報的倡議運動團體——」

「他爲何會想害死我們？他想跟我——好吧，是跟伊斯坎德——說話，而且是妳替我邀他共進早餐。」

「我正在試著思考我多麼嚴重地誤判情勢，」三海草說。「還有評估妳究竟面臨多少危險。這是否只是運氣不好，或者又有某件事觸發炸彈攻擊——」

「又有？」瑪熙特沒有回答，而是指出這個問題。三海草突然停步，整個人怔住，手還搭在瑪熙特的手肘上，拖著她一起停在原地。

廣場的中心正在她們面前展開。原本的磁磚和金屬鑲邊其實是骨架，現在全部拔地而起，散發著藍光，將群眾困在金色和玻璃的牆面間。逐漸逼近的透明牆面浮現文字，包圍住瑪熙特和三海草，以及周圍一小群滿身煙塵、驚魂未定的泰斯凱蘭人。牆上文字和路牌與地鐵地圖用同一種字符，以四行詩的格式不斷重複。**鎮靜與耐心乃安全之道**，瑪熙特讀道。**世界之鑽明白如何自保**。

「別碰，」三海草說。「都城會限制我們行動直到太陽警隊過來——也就是皇家警察。」她的嘴角往下撇。「我不應該被限制的，我有貴族身分，但它可能沒發現。」

瑪熙特沒有移動。牆面上爬滿金色的詩句和藍色的閃爍光芒。

「要是有人讀不懂怎麼辦？」她說。

三海草說，「每個公民都讀得懂，瑪熙特。」彷彿瑪熙特說的話毫無道理。她舉起手敲了敲左眼上方雲鉤的鏡框，調整一下。蓋在她眼上那片薄薄的透明塑膠發出紅、灰、金三色亮光，像是呼應她衣袖上的貴族代表色。「等等我，」她說。「這樣應該就行了。」

她擠到人群的最前方，瑪熙特也跟上去。瘀傷的痛楚從她的臀部擴散到下腹，走起路來好疼。三海草直直走向升起的廣場地面，鼻子離玻璃只有短短數吋的距離，她說，「三海草，二等貴族、情資官。向都城要求傳送情報部認證。」

玻璃牆上的一個小區塊和她的雲鉤同時湧現大量文字，彼此相映。資料正在傳輸。三海草發出低不可聞的細語——瑪熙特覺得可能是一串數字，但不太確定——玻璃表面顯示出她清楚讀懂的詞。

「核可。」

三海草伸出手，做的正是她叫瑪熙特不要做的事：她觸摸玻璃牆，彷彿預期它會像一扇門般在她面前打開。她的動作如此隨意，宛如出於直覺般自在，但她接著發出像被打了一拳的聲音，四肢僵直地往後一倒，瑪熙特大惑不解。她向外伸出的指尖和牆之間連著一條以藍色火焰構成的線。

瑪熙特連忙扶住她。她非常矮小，儘管泰斯凱蘭人的體型皆是如此，但三海草的個子小到跟太空站上發育未完全的青少年一樣，身高只及瑪熙特的胸骨，而且以一個穿了這麼多層衣服的人而言，她的重量實在輕得不可思議。瑪熙特跌坐在地上，三海草靠著她的腿，整個人嚇呆了，粗聲喘氣，眼睛往後翻。眾人紛紛對她們退避三舍。

都城仍然顯示「核可」的訊息，門卻沒有在同一個地方打開。瑪熙特腦中出現鮮明恐怖的幻想：也許維持「世界之鑽」運作的整套人工智慧系統，包括下水道、電梯和每一扇附密碼鎖的門，都是由某個伊斯坎德曾經得罪的對象所設計，現在目標就是要害死她，還有任何不幸與她有關的人。這個念頭十分荒唐：她就只有一個人，哪怕她繼承了伊斯坎德的所有陰謀計畫，若要置她於死地，也害得太多泰斯凱蘭市民遭池魚之殃了。怎麼可能為了區區一個野蠻人犧牲這麼多帝國公民。可是，她確確實實就被困在玻璃牆內，她的文化聯絡官隨意一動就慘遭電擊。一切這麼快就失控，荒唐的幻想也顯得合理。

「你們有人有水嗎？給她一點水？」她抬起頭問。她周遭的泰斯凱蘭臉孔沒有變化：有的布滿淚痕、有的帶著灼傷、有的毫髮無損，但沒有人露出難過的表情，至少以太空站民的標準而言沒有。她自己的臉感覺像張面具，因為情緒激動而揪緊。她突然害怕自己用了錯誤的語言說話，她不知道自己當下是在用哪一種語言思考，或是兩種並用。「水。」她無助地再說一遍。

有個男人對她萌生憐憫之情，或其實是對仍然癱軟昏迷的三海草於心不忍，他湊過去蹲下來。他的粗髮辮散開，汗濕的髮絲貼在前額，西裝左領別著一個大而俗氣的胸針，形似一簇連枝帶葉的紫花。

「來，」他大聲而緩慢地說，並遞出一個塑膠瓶。「這裡有水。」

瑪熙特接過水瓶。「我叫瑪熙特．德茲梅爾，」她說，「我是個大使——我不知道發生了什麼事。」我孤立無援。她打開瓶蓋，將水倒在彎成杯狀的手掌，然後試圖判斷該把水往三海草臉上潑，還是滴進她嘴裡。「謝謝你，先生，你可以通知宮殿區有個情資官受傷了嗎？叫他們派一輛……醫護車過來。」應該有個更精確的字，但她想不起來。

「她是情資官？」那男人問道。「妳應該等一下。太陽警隊馬上就會過來——都城會呼叫他們。讓他們關照妳們比較好。」

瑪熙特納悶他指的「關照」是否代表「成功謀殺」。但沒差了。她不打算逃，她無處可逃。「謝謝你給的水。」她說。

「妳是從哪裡來的？」

瑪熙特原本要發出笑聲，卻嗆到了。「太空，」她說。「一座太空站。」

「這樣啊，」那男人說。「我很遺憾。妳不用擔心。沒有人會認爲炸彈的事是妳的錯。這裡不是那種地方。」他伸出手，輕拍她的前臂，她瑟縮躲開。

「那麼是誰的錯呢？」瑪熙特問他。

她並不期待他會回答。但他聳聳肩說，「並不是每個身在都城的人都愛著這座城市。」然後他重新站起，將她和水瓶留在原地。

並不是每個身在都城的人都愛著這座城市。並不是每個身在這世界上的人都愛著這個世界。對某個人來說，文明這個概念無法擴及於整個已知的宇宙，某個有炸彈，而且並不在乎平民死活的人……

水珠從她的手指滴到三海草的嘴上，滑下面頰，如同十五引擎的血滴滑下瑪熙特的臉。瑪熙特不忍看她。瑪熙特把水瓶物歸原主，像遞刀子一樣將手把朝向對方，並小心穩住手。三海草發出聲音，像是喉嚨深處傳來細細的悶哼，瑪熙特判斷這是好徵兆：她還沒死，她可能不會死。

在四周泰斯凱蘭人包圍下，瑪熙特近乎隱形。這些人一無所知，她應該要變得更像伊斯坎德。這些人也不知道伊斯坎德生前做過什麼、沒做什麼，除非炸彈客就在他們之中——但就算如此，她也無能爲力，只能等待。

❁

太陽警隊的到來，就像在太空站上目睹行星升起：起先緩慢醞釀，然後一瞬間，都城圈禁他們的牆外側出現隱約的金色閃光，慢慢逼近。那是一隊帝國士兵，身披光亮鎧甲，活像瑪熙特兒時熱愛的泰斯凱蘭史詩人物，也像太空站上每一部描述帝國侵略的反烏托邦小說必備的場面。稍早害三海草慘遭電擊的那面牆天衣無縫地縮回廣場地面，讓路給士兵通過。瑪熙特想起給她水的人說「都城會呼叫他們」。

瑪熙特從地上爬起來，搭扶著三海草，用自己的腰臀支撐她的重量。她的頭半夢半醒地垂著，靠在瑪熙特肩上，雙手卻舉了起來，差點就要成功做出十指相觸的行禮手勢。在瑪熙特看來，這個手勢更像是本能反射，或是——如果這有可能——源於憶象的影響，而非出於三海草自己的意識。就像透過腦神經操控的傀儡。

太陽警隊的首領以無懈可擊、不假思索的正經姿態簡易回禮。他的臉孔就像隊伍中其他成員一樣，被一只巨大的雲鉤遮住半邊，髮線到下巴都覆蓋在金色盾形的不透明反光鏡片下。瑪熙特看不出對方任何面部特徵，她懷疑這正是他們作此裝束的目的。

「妳是瑪熙特・德茲梅爾嗎？」太陽警員問。在瑪熙特背後，剛剛給她水的那個人，還有他其餘的同伴，全都消失不見了。倏忽之間，她猜想這些人會不會就是始作俑者，現在趕忙躲避執法人員。並不是每個身在都城的人——

「是，」她說。「我是萊賽爾太空站的大使。我的聯絡官受傷了，我想返回宮殿區的寓所。」

瑪熙特無法看出對方有無反應、反應是正面或負面。「我們謹代表泰斯凱蘭帝國，」他說。「對您在國境內遭逢人身危險表示遺憾。針對本次爆炸事件的起因和動機，我們已經展開了調查，相信您會感到十分滿意。」

「當然，」瑪熙特說。「但如果能得到醫療協助、安全返回我的領事區，我會更加滿意。」

太陽警員繼續發言，彷彿瑪熙特根本沒開口。「爲了您的安全考量，大使，請跟我們走，我們會將您交付給『六方之掌』，如此一來，六方位皇帝麾下元帥一閃電與戰爭部長本人九推進器才能夠提供您必要保護。」

「六方之掌」即是泰斯凱蘭帝國的軍事單位：朝各個方向伸長的手指，企圖抓住整個宇宙，連最遙遠的邊疆也不放過。這個別名冷僻，泰斯凱蘭本國人多半稱之「艦隊」，或是指名由戰功彪炳的元帥所指揮的某個師或團。太陽警隊用上這個名詞，讓瑪熙特覺得自己被正式逮捕了，不僅被都城和皇帝逮獲，也被戰爭部抓捕。雖然對方說，這不是逮捕，是爲了她的安全考量而交付保護。

不過，兩者有多少差別？不管是誰來逮捕她，其實都沒差多少。

她從自己慘遭文化衝擊的腦海中搜索出最嚴謹正式的語彙，希望聽起來凶悍狠辣，不要洩露出她的失措。「尊貴的一閃電元帥所提供的保護並不等於萊賽爾的領事區。如果我有危險，我可以在我的寓所門外派人守衛。」

「我們無法保證這樣的保護手段足夠，」太陽警員說。「考慮到前任大使所遭遇的不幸意外。您要跟我們走。」

瑪熙特可以肯定這是一句威脅。「如果我不樂意呢？」她問。

「您要跟我們走，大使。當然，您的聯絡官和都城系統發生的事故實屬不幸，她會被送往醫院，她的雲鉤也會進行調校。您不用擔心。」太陽警員往前踏了一步，警隊的其他成員也像被激起的回音般隨即跟上，他們總共十個人，所有人外觀都如出一轍。瑪熙特在原地站穩。她真希望三海草已經清醒，可以能言善道地幫助她們擺脫這個麻煩——希望她可以告訴她，這位一閃電究竟只是個小軍官，還是重要的政治勢力；還有，太陽警隊是否本來就慣常替戰爭部服務，亦或這是爲了應對高級餐廳發生恐怖攻擊的例外。

這麼長一段時間裡，她一直希望三海草恢復意識、爲她提供資訊。但完全沒用。她不知道現在該怎麼辦，只知道自己不想接受他們的保護，也知道泰斯凱蘭軍隊不會讓她逃跑。如果她試著要逃，她就得拋下三海草，而她不想這樣。

那麼，還能怎樣阻止他們？

「恐怕我不能跟你們走。」她說。這是爭取時間，用多出來的幾秒鐘回憶外交辭令、使用最正式的稱謂，她要設法尋求庇護——她感覺自己彷彿即將主動走出氣密閘門，卻沒有檢查過太空裝的氧氣存量。「我先前接受了邀約，答應晤見動衛十九手斧閣下，她的芳蹤如刀鋒的閃光使滿室生輝。目前我有準時赴約的責任在身，若我未先履行對她的責任，就先去與可敬的一閃電部長會面，我相信她會十分不悅。即便在餐廳中發生了如此不幸的事件，也不應破壞帝國政府的功能，以及帝國與太空站的關係。」

但願她有把那句該死的代表詩給背對。

太陽警員說，「請等一下，大使。」然後轉向其他隊員。他們的雲鉤宛如面甲，遮住臉孔，金色的鏡面下有藍色、白色和紅色的微光閃爍，他們在用私人訊號頻道交談。

其中一名警隊成員回來找她，瑪熙特幾乎可以確定，這跟稍早和她說話的那位不是同一個人。「我們正在和動衛閣下的辦公室聯繫，請您耐心等候。」

「我可以等，」她說。「但如果您也能為我的聯絡官找輛救護車，我會甚為感激。」她總算想起「救護車」這個詞，她這麼多年來苦背單字、接受外交訓練，都在需要時派上用場，還眞是令人高興。儘管她全身沾滿黑灰、染著將近全乾的血跡。現在，她只希望十九手斧想見她的欲望——更確切地說，是想見伊斯坎德，想要他所承諾她的東西——夠強烈，夠從掌控都城警隊的軍事將領手中搶過優先權。

至於十九手斧是否正是安排炸彈攻擊的人，這問題還是別去想的好。現在先別想這個。一次解決一個問題。

第二名太陽警員退回隊伍。瑪熙特再也認不出他是哪一個，她只能專心站穩，扶著三海草，讓自己既面無表情又略帶不悅，她回想伊斯坎德如何只靠著瞇眼皺眉、牽動嘴形擺出微微冷笑，展露帝國式的輕蔑神色。她一面等待，一面想像自己像帝國的初代皇帝，在太空中殺出一條血路，或是像三海草最愛的十一車床，對外星人宣講哲理——她此時此刻在這裡所做的，不正是這件事嗎？他們一分鐘接著一分鐘拖延下去，警隊成員繼續用雲鉤彼此對話。三海草發出一聲算是清楚的「什麼？」，然後將臉埋在瑪熙特的肩膀上，有點可愛。

先前的第一個太陽警員（或是某個跟他外觀毫無差異的隊員）對其他人作了個手勢。他們散入廣場剩下的人群中，低聲說話，記錄目擊者的陳述。瑪熙特認為這是好徵兆：他們不打算用武力壓制她。

「我們叫了一輛救護車。」那名警員說。

「我會在這裡等車來，再去赴動衛閣下的約。」

他們之間出現一會兒的停頓。瑪熙特猜想對方的面甲下出現深感煩躁的表情。這個想像令她竊喜。

「您可以等，」警員說。「然後我們會護送您到動衛閣下的辦公室。現在您不適合搭乘大眾交通工具，許多地鐵站也關閉了，在我們調查完成前都得暫停服務。」

「我感謝你們投入的個人時間。」瑪熙特說。

「我們沒有個人時間。不客氣。」

這位警員使用第一人稱複數的方式不太尋常，有點令人不安。他說的最後一個「我們」以文法而言該改成「我」，動詞也該是單數格。應該要有人寫篇語言學論文解釋晚班女工集體遲到的現象——

沒差，不會有這回事。救護車來了，是一輛表面光滑、形似灰色氣泡的車輛，閃著白色燈號，以尖銳刺耳的高音作為警笛。車上走下數位身穿暗紅色長衫的醫學博理官。沒有伊斯坎德停屍間裡那位官員，瑪熙特暗自慶幸。他們溫柔接走三海草，保證她會順利恢復。都城裡的攻擊事件時有所聞，他們說。現在又比前幾年更多。這只是線路錯誤造成的神經刺激，龐大的人工智慧演算法負責運行都城的自動化功能，這又是一項數據異常波動。

「準備上路了嗎，大使？」跟她談話的太陽警員說。

瑪熙特希望她可以發一封訊息給十九手斧，內容大概會是：將在警隊護送下前往，非常抱歉，希望您不介意混亂的政治插曲，如果我沒出現，就是被消失了。

「我可不想遲到。」她說。

第五章

在泰斯凱蘭人的勢力突破星球軌道之前，我們受困於單一資源有限的行星，在草原、沙漠和鹹水之間克難建立城市。我們成長茁壯之後，那個軀殼再也容不下我們，於是第一位皇帝帶我們闖入黑暗，爲我們找到這一片樂園，也就是日後的都城——當時，統御全國男女老少的元首遵照一項常見習俗，從最親近的戰友中挑選盟衛，以血祭宣誓彼此的羈絆。最高貴、最忠誠、最不可或缺的夥伴，若有必要，他們會不惜割開血管，讓血流在皇帝的雙手上。這些以血宣誓的盟衛在今日被稱爲「勳衛」，他們帶著皇帝的意志遠征星際。第一位皇帝的第一位勳衛名叫一花崗岩，她的生涯是如此開始的：她生來擅長舞槍駕馬，不曾見過城市和空港……

——《諸皇祕史》，第十八版，供托育所教材使用的刪減版本。

※

……議會應由至少六名議員組成，表決重大事務時，每人各有一票，足以左右表決結果的第七票則屬於飛行員大臣，以紀念帶領太空站進入巴札旺空域的領航飛行員。議員的遴選方式如下：飛行員大臣由現役及退休飛行員一人一票選出；水耕大臣由前任者指定人選，若前任者已逝則遵照遺囑，遺囑從缺時則改由萊賽爾太空站人民普選；傳承部大臣則是前任者的憶象繼承人……

——摘自萊賽爾議會章程。

她沒有被消失。

和這天早上發生的其他事情相比，坐在太陽警隊車輛的副駕駛座回宮殿區的這段路超級無趣，瑪熙特有足夠時間感受到自身發抖，以及腎上腺素耗盡後的精疲力盡。她無比渴望閉上雙眼，靠在椅背薄薄的襯墊上，不再思考、不再反應，完全放棄努力。但如果她這麼做，只會被車上這位太陽警員看穿——可能還有其他太陽警員。她若是有機會，得向十二杜鵑或其他熟悉稀奇古怪醫學知識的人問問太陽警隊這群人怎麼回事。於是，在他們垂直爬升至都城上層的途中，她挺直身子，看向面前的窗外。建築稀疏起來，結構卻更加繁複，由更多鍍金玻璃和鋼鐵製成的橋梁緊密連接。回到宮殿區後，瑪熙特差不多就能認出自己位置了，沒有清楚到能爲人指路，但不至於全然迷失方向。

太陽警員全程貼在她肘邊，陪她穿過兩個廣場，以及北宮最大建築物裡的好幾條走廊。北宮本身是一座半透明赤灰色的方形建築，像座發光堡壘，靠本身結構支撐。泰斯凱蘭人在其中繁忙奔走，身上的衣服是灰色、粉色或白色的漸層——沒有憶象的幫忙，瑪熙特無法完全解讀顏色的象徵。他們對她投來困惑的神情，這也難怪：她身上還沾著十五引擎的血。一身潔白無瑕的十九手斧會怎麼想她，瑪熙特既不曉得，也不在乎。

如果都城的建築物都是同樣格局，瑪熙特猜測勳衛官邸同時是十九手斧的住所。大門也漆成赤灰色，設有密碼鎖，在太陽警員宣告瑪熙特・德茲梅爾前來赴約後便滑開，通向一間寬敞明亮的房間。瑪熙特聽得出警員語調裡的嘲諷。她的計畫實在挺淺顯的，她當下僅有的時間不容她謹慎思考。進門後是一片石板地和多面巨型窗戶，玫瑰色的玻璃避免太強的日光干擾全像投影——一系列影像組成寬敞的弧形工作區，如冠冕般圍繞在十九手斧身邊。她依舊一身白衣，但外套不知脫在何處，袖子捲到上臂。房間裡有其他泰斯凱蘭人——她的侍從或助理或官員——但她在眾人之間熠熠生輝，光采奪目。瑪熙特好奇十九手斧是從什麼時候開始這種穿衣風格，她打算要問三海草，才想起三海草人在都城某處的醫院裡。她試著抬頭挺胸，忍住臀部被餐廳倒塌的牆壁壓出瘀傷的疼痛。

十九手斧手腕一揮，揮除三個全像投影：其中兩個是文字，另一個看似由上俯瞰的中央九號廣場比例模型。畫面殘影閃閃發光。「我很感激，」她對太陽警員說，「你們護送德茲梅爾大使安然無恙地來與我會面。我保證會讓你們的區隊得到褒揚。退下吧。」

太陽警員順從地退出門口，留下瑪熙特獨自待在動衛的領地。她本著嚴肅的專業態度，向她正式舉手行禮。

「看看妳，」十九手斧說。「早上都這樣了，還是如此謹守分寸。」

瑪熙特發覺自己沒了耐性。「您希望我粗魯點嗎？」

「當然不是。」她把畫面和捲動的透明資訊視窗留給她的侍從操心，朝瑪熙特走來。「能把自己弄來這裡，妳挺有本事的。算是妳抵達都城之後第一個聰明的決策。」

瑪熙特憤而開口：「我不是來這裡給人侮辱——」

「完全沒有這意思，大使。以免妳擔心，雖然這只是妳第一個聰明決定，但妳一直挺精明的。」這兩個詞之間的區別很不友善，「精明」是用來形容詐欺犯、推銷員、某種狡詐的動物。

「就跟一個野蠻人一樣，是吧。」瑪熙特說。

「不是隨便一個野蠻人，」十九手斧說。「跟一些在特別焦躁的時刻進宮的年輕人相比，妳的表現優秀得多。放輕鬆，好嗎？我沒興趣在妳身上沾著別人體液時審問妳，再說，妳基本上是自己跑來請求庇護的。」

「我沒有請求。」瑪熙特說。

「那說是尋求吧，如果妳覺得這樣比較舒坦。」她一隻眼睛在白霧色的雲鉤鏡片下眨動，召喚一位侍從。「五瑪瑙，麻煩送德茲梅爾大使去沖澡，拿幾件合她身高的衣服給她。」

「當然，閣下。」

除了屈服還能怎麼辦？瑪熙特心想，至少她可以當個乾淨的人質。

◎

淋浴間並不華麗浮誇。地板鋪著令人放鬆的黑白地磚，牆壁置物架上放滿洗沐用品，瑪熙特沒有碰那些東西——它們是十九手斧的嗎？或是供所有隨從使用的公用淋浴間？她看起來很像是會要求他們和她同住的那種人。不對，那只是文學作品的套路，而泰斯凱蘭人也是人，不管他們多努力否認自己並不一般。水是熱的，瑪熙特站在水柱下，眼看十五引擎殘留的血跡自她雙臂沖下，流進排水孔。

她拿肥皂——塊狀肥皂，而非太空站淋浴間用的那種液體容器。然後，就在她的手進入視野、伸開手指——再標準不過的一個動作——的那一刻，她的手變成別人的手，一隻更粗糙寬大的手，指甲扁平方正，經過細心修剪。在這間淋浴間、伸去拿這塊肥皂的是伊斯坎德的手。水打在他肩膀的位置，比她再低一些——因為他們身高差十公分。他的身形和他的重心（在胸口而非臀部）取代了她對自己身體的感知。她記得他們初次融合時也像這樣，片刻，他的身體記憶強加在她身上——但他怎麼會來過十九手斧的淋浴間？

*伊斯坎德？*她再試了一次。一片死寂。不屬於她的肌肉隱隱發疼，極度疲憊。

然後，她又變回自己，她自己的身體回來了，那抹雙重記憶消失不見：留她獨自在淋浴間裡，只有臂部瘀傷的疼痛，沒有其他人的身體。她想起十九手斧曾說**他是我的朋友**，也想起她撫摸伊斯坎德遺體的臉龐時那股異樣溫柔。

伊斯坎德那種人，完全有可能和自比為刀鋒閃光的女人睡在一起。這個和瑪熙特・德茲梅爾融合為一的個體，曾經擁有強烈如火焰的野心，被問及他犯了什麼錯的時候，他說可能是煽動叛亂——那看起來就像他會做的事。

這或許解釋十九手斧為何願意提供她庇護。或者，是瑪熙特把神經系統一時的故障——憶象機器突然閃過電子訊號，告訴她這具身體是伊斯坎德的——硬套在她此刻的經驗上。也有可能，如果她和他的連結已經損毀（被人蓄意損毀。她在水流下打了個哆嗦），她現在根本不再能相信憶象給她的資訊。

瑪熙特用肥皂擦抹雙臂，再沖洗乾淨。整個淋浴間聞起來有黑檀木和玫瑰的香氣，她感覺她也認得，或至少記得那個味道。

沖完澡，她穿上五瑪瑙留給她的衣服，只有內衣褲除外：她不打算穿別人的內褲，她自己的還堪用，而且他們拿的內衣尺寸大太多。剩下衣物柔軟潔白又精細，褲子和上衣都是。瑪熙特希望能穿自己的外套，但已經髒到回天乏術。她不得不穿上據她猜測屬於十九手斧的衣服，光著腳走出去。

一名人質，乾淨的人質。

待她回到中央辦公室，已經有人擺出一組茶具。

十九手斧沉浸在她的工作區裡，行雲流水地來回調度她身邊的全像投影和平面影像，於是瑪熙特在擺有茶具的矮桌邊坐下等待。茶帶有淡淡花香和微微苦味，桌上僅有兩只陶瓷淺口茶碗，是雙手恰能捧起的大小。萊賽爾太空站的人喝茶完全不會如此正式：都用茶包和馬克杯，以微波爐煮水。如果瑪熙特需要提神，她會喝咖啡，泡法相同，只是把茶包換成冷凍乾燥的咖啡粉。

「妳來啦。」十九手斧說。她坐在瑪熙特對面，把茶倒進碗裡。「感覺好多了？」

「感謝您的熱情款待，」瑪熙特說。「我不勝感激。」

「如果在妳還沒平復精神前，我就期待妳開口，那也太不講理了。根據中央九號廣場的新聞，我猜妳今天早上受了不少創傷。」她拿起她的茶，抿了一口。「喝茶，瑪熙特。」

「我就不煩惱下毒或下藥的事來貶低您的招待了。」

「很好！那就省下了我說服妳的時間，另外，茶在生理上對妳應該完全無害——除非伊斯坎德來到這裡之後，萊賽爾太空站的人類生殖方式大幅改變了。」

「我們仍然是和你們一樣的人類。」瑪熙特說完喝了口茶。這茶嘗起來清新爽口，苦甜的青澀香氣在她喉嚨深處回甘。

「我同意，二十年完全不夠形成顯著的遺傳漂變。其他定義就很主觀了，依文化而定。」

「我敢說您現在是想要我問，泰斯凱蘭在主觀上認爲什麼不算是人類。」

十九手斧用食指在茶碗側邊輕叩，戒指在瓷器上敲出金屬的聲響。「大使，」她說，「我是妳前輩的朋友。算是他少之又少的好友之一，雖然我很希望這一點是我想錯了。看在他的分上，我給妳一次談話機會。但如果妳沒興趣以我們的共通點爲基礎建立一段關係，我們可以直接跳到結論。」她微笑，笑容如刀鋒的閃光，就像她的專屬代表詩所描寫。「我想和伊斯坎德說話。要不別再假裝是瑪熙特·德茲梅爾，要不就讓他出來講。」

*果真與刀鋒無異，*瑪熙特心想。

「絕無不敬之意，勳衛閣下，但我兩者都辦不到，」她說。「前者是不可能的，因爲我沒有在假裝是我自己。至於後者，實情比您所暗指還要複雜。」

「是嗎，」十九手斧說。她抿起嘴唇。「爲什麼妳不是他？」

「您可以在萊賽爾當個哲學家了。」瑪熙特說，語畢立刻後悔。就算她用了正式的敬稱「您」，這句話對泰斯凱蘭人而言還是過分親暱——但她不知道不拿歷史人物當典故（就像三海草老是提起十一車床），還有什麼別的說法。

十九手斧說，「過獎了。現在，好好解釋吧，瑪熙特．德茲梅爾——我相信妳套上的這具身體曾經叫這個名字，所以就依此稱呼妳也沒問題——解釋一下，妳爲何不是我的朋友。」

瑪熙特放下茶碗，掌心朝下擺在她借來穿的白色亞麻褲上。十九手斧對憶象原理的理解歪曲得令人詫異：她以爲伊斯坎德的意識會在她的軀殼裡遊盪，她自己則被推出去，消失或被殺死，只留下名字和殘存的身軀？太空站不會像那樣浪費自己的子民，光想就令人反胃——同時也讓她太清楚地想起在淋浴間裡，她感覺完全不像自己的那一刻。不是她，也不是她和伊斯坎德理應成爲的綜合體。「我會的，」她說，「但先告訴我：中央九號廣場炸彈的攻擊目標，是我還是伊斯坎德？」

「我認爲都不是，」十九手斧說。「眞要說也是十五引擎，而那還是個太過草率的推測。本土恐怖攻擊的受害者，絕大多數時候都是不幸在錯的時間出現在錯的地點。像十五引擎跟歐戴爾星系叛亂的關聯，這般無足輕重的政治風波，根本不足以害人被炸死，更別說我們這裡的炸彈客通常都是叛亂的支持者。」十九手斧說。

瑪熙特忍住她今早本來想問三海草的問題——歐戴爾星系的叛亂？歐戴爾怎麼了？她近乎肯定，十九手斧在試圖藉此把話題帶開。她不會上當，目前不會。她有時間可以再問歐戴爾星系和炸彈客的事，但她需要知道十九手斧想從她身上得到什麼，才能處理都城中更巨大的問題。

十九手斧看著她，觀察她沉默的姿態，接著繼續說。「我知道，這並沒有回答到妳的問題：除了我之外，還有沒有人知道你們太空站的憶象機器？」

她太尖銳、太老練。她在宮裡多久了？幾十年。比伊斯坎德還久。其中至少一半的時間，她都待在皇帝身邊，最危險、最接近權力核心的圈子裡。顯然，巧妙轉移話題和引導式提問是沒用的。宛如刀鋒，瑪熙特提醒自己。她試著當一面鏡子，將刀光反射回去。

「他跟您說過他死後會發生什麼事嗎？」她問。

「他說，萊賽爾絕不可能不讓下一位大使帶著他的憶象過來。他說那會是——他是怎麼說的——難以想像的浪費。」

「聽起來很像伊斯坎德。」瑪熙特冷冷地說。

「可不是嗎？自命不凡的傢伙。」十九手斧啜了一口茶。「所以妳確實認識他。」

瑪熙特單肩一聳。「不如我所期望那麼熟識。」她說，這是眞的，即使自己有所隱瞞。「那他和您說下一位大使會是怎樣？在她帶著他的憶象抵達都城的時候。」

「年輕；所知有限；以外星人來說，泰斯凱蘭語流利到不尋常的程度；對於和朋友重逢並回到工作崗位十分欣喜。」

「按我們的說法，」瑪熙特說，「這應該叫『版本過時』。我認識的伊斯坎德和您認識的不同。」

「這是我們現在討論事情時的障礙嗎？」

瑪熙特緩緩吐氣。「不是。在我們可能遭遇的問題中，這只是非常小的部分。」

「我的工作實際上就是在解決問題，瑪熙特．德茲梅爾。」十九手斧說，「但一般來說，如果能知道問題是什麼，我認為解決起來會容易些。」

「問題在於，」瑪熙特說，「我不信任您。」

「不，大使。那是妳的問題。我們的問題是，我還沒有辦法和伊斯坎德・阿格凡說話，以及，縱使他表面上已經過世，同一股動亂仍持續在我的都城裡、在妳身邊發生——甚至連跟他保持距離的人都遭了殃，例如十五引擎。」

「如果先前有其他爆炸事件，我並不知情，」瑪熙特說。「我也不知道十五引擎跟設置炸彈的人有什麼關係，或者是誰利用炸彈對他下手。」**同一股動亂**。伊斯坎德做了什麼？她若曉得，也許就會知道是誰殺害他，或至少知道爲何而死。那樣一來，她也會知道那是不是一樁靠多名平民死傷達成目標的復仇行動。但情況似乎不是那樣——他消失前，她問過他，他最可能闖下什麼禍，他說是**煽動叛亂**。但煽動叛亂和死得不明不白是兩回事，她不太能想像自己擁有足夠的適性繼承這種人的憶象——日常恐怖攻擊是政治行動的合理副作用，她可以繼承這樣想的人嗎。

「就我看來，在都城中心的高級餐廳裡設置炸彈，手法是升級了，」十九手斧說。「其他類似事件都局限在外省區域。所以，我推測十五引擎可能跟那些人扯上了關係，弄得自己死無全屍。」

瑪熙特不曉得十九手斧是不是開了個玩笑。很難說——如果她的話中有幽默，那也是非常銳利盤人，讓你還來不及感覺到痛，就先被剝掉一層皮。

「妳和他**可能**只是連帶受害者，瑪熙特。」十九手斧接著說。「但我認識伊斯坎德，所以我才好奇。」

「**我**好奇的是，」瑪熙特謹愼地說，「這種程度的恐怖攻擊是從哪些地方的動亂升級而來的。之前還發生過幾起爆炸事件？」

十九手斧沒有直接回答她。瑪熙特也不眞的期待她會回答。她說，「妳會這麼問，是因爲妳『版本過時』，對吧？」

「是的。我所接收的憶象——」瑪熙特這會兒又在煽動叛亂了，二十四小時內就犯了兩次，也許她和伊斯坎德對彼此想得沒錯，這種事太容易了。「——是伊斯坎德擔任大使僅僅五年時製作的版本。」

「眞麻煩。」十九手斧頗爲同情地說，這讓情況更糟了。

「但那不是我們的麻煩，」瑪熙特接著說。「我想閣下您並不明白什麼是憶象。」

「還請妳告訴我。」

「那不是重製，或替身。嗯……這是一套複製個體意識而成的語言，也是一個資訊交換協定程式。」

伊斯坎德如同殘像一般，在她腦海深處說：〈妳想得美。〉

你在嗎？她慌忙暗忖。

沒有。一片靜默，而十九手斧再度開口，瑪熙特沒有餘力分心，反正那聲耳語八成是她的想像，被幻想召喚出的鬼魂或預言。

「——跟伊斯坎德描述的過程不一樣。」十九手斧說著。

「憶象是活生生的記憶，」瑪熙特說。「帶有性格的記憶。或者說，性格和記憶兩者並無差異。我們很早就發現這一點。在我離開時，我們最古老的一支憶象傳承鏈已有十四代的歷史，現在或許到第十五代了。」

「一個採礦太空站上，有什麼樣的人值得被保存十五代？」十九手斧問。「執政首長？繼續製造憶象機器的神經生物學家？」

「是飛行員，勳衛閣下。」瑪熙特說，她發現自己對太空站突然感到強烈的驕傲，泉湧而出的愛國情操，她沒想過自己會有這種情感。「從我們到現在所處的空域殖民之後，萊賽爾及周圍太空站就未曾在任何行星駐點。空域內沒有行星可供居住，只有採礦用的星球和小行星。我們是太空站民。我們**永遠**會優先保存飛行員。」

十九手斧搖搖頭，那是一個哭笑不得、讓她顯得更具人性的舉動；幾綹黑色短髮落至前額，她用沒捧著茶碗的那隻手撥回。「當然了。飛行員。我要猜到的。」她停頓了一下，瑪熙特感覺這停頓主要是爲了製造效果：吸一口氣，標誌這一刻彼此共享愉快的發現，再丟掉她們因此建立的連結。「帶有性格的記憶。我們姑且同意這點。這又讓情況更有趣了，妳還是沒告訴我，爲什麼現在跟我說話的人不是伊斯坎德。」

「理想上，兩個人格會融合。」

「理想上。」

「是。」瑪熙特說。

十九手斧的手伸過她們之間的矮桌，擺在瑪熙特膝上，她的手勁沉重、篤實而堅定。瑪熙特想像自己被整顆行星的質量壓住，下降時被重力拉著墜落。「但現在狀況並不理想，是吧？」十九手斧說，瑪熙特搖頭。對，並不理想。

「告訴我哪裡出錯了。」十九手斧接著說。最令人難受的並不是她的質問，而是她語調中無窮無盡的同情。瑪熙特悲慘地想著，這眞是讓她學了關於審訊技巧的一課。對氣憤、疲憊、在陌生文化中孤立無援的人來說，相當有用。

「他本來在，」她說，她現在只想趕快結束這一切。「我知道的伊斯坎德，不是您知道的。我們本來在這裡。然後他就不在了。他不和我說話；我接觸不到他。這就是我愛莫能助的原因，閣下。事已至此，我很希望我做得到。那樣會簡單得多，有鑑於我的前人已經洩漏了我們的國家機密，我再隱瞞也沒意義。」

十九手斧說，「謝謝妳，瑪熙特，很感謝妳提供這份資訊。」接著她收回擺在瑪熙特膝上的手；隨著同一個動作，一併收回她沉重的關注，那份關注造成的壓力從體內一掃而空。瑪熙特的感覺是……她不確定。她鬆了口氣，並且因爲自己鬆了口氣而更加憤怒。現在她有喘息的空間了，她吸了兩口氣，刻意維持平穩。

「就算我的憶象如我倆所期望的那樣完整存在，我仍舊會是瑪熙特・德茲梅爾，」她說。「我們一向用最新一代繼承者的名字。」

「太空站民自有其文化習俗囉。」十九手斧說，瑪熙特如果更有經驗，就會聽出其中的不以爲然。她換個方式再試一次。（自己是一面鏡子。一名**乾淨**的人質。）「我想知道，依動衛閣下的高見，爲什麼有人認爲炸死十五引擎是造成衝突升級的合理手段？」

「總是會有人不喜歡當泰斯凱蘭人，」十九手斧冷淡尖銳地說。「他們希望我們從來不曾突破大氣層、沒有穿過跳躍門，也沒將勢力擴張到橫跨好幾個星系外。噢，他們希望我們……不受六方位這樣的強人主宰，不是一個在璀璨繁星指引下生生不息的國家。他們想要我們成爲共和國，或是不再併吞新星系，即便那些星系自己要求我們這麼做，或是——不曉得有多少事情表面上看起來完全正常，細看才知並非如此。那些人有的成了部長，或甚至自認能當上皇帝，把一切改造得稱心如意。泰斯凱蘭一向都有那種人在添亂，這我想妳很清楚。如果妳就像自己所宣稱，是個和伊斯坎德那麼相似的繼承者，那麼妳應該對我們的歷史瞭若指掌。」

確實如此。瑪熙特知曉數以千計的故事、詩歌、小說（和改編得很糟的影片版本），都在描述人們嘗試奪取泰斯凱蘭的烈日尖矛皇座，大多時候鎩羽而歸——或有人成功篡位稱帝，並且憑藉勝利宣布前任皇帝是不受太陽和星辰擁戴的暴君，不值得坐擁皇座，於是被自己正當地取而代之。儘管皇帝有生有死，帝國卻一再活過權力的更迭。

「大概清楚，」她說。「那另外一群人呢？畢竟恐怖攻擊通常無法幫助英明的領導者光榮上位，因為大多數平民不可能樂見此事，對新皇帝也不會有多少愛戴。」

十九手斧笑出來，瑪熙特感到一陣強烈的滿足。彷彿要讓這女人笑出來，是一場競爭激烈、求之不易的勝利，每次都讓人如獲至寶。也許伊斯坎德曾經是十九手斧的愛人——縱使瑪熙特缺少他的聲音和記憶，她還是擁有他內分泌系統的反應。

「另外一群人，」十九手斧笑聲漸歇後說，「不想要權力，他們只想摧毀目前的當權者。就這樣。他們只是**偶爾**造成問題。但我們當前就有這樣的問題，延續長達數年。近來，我們帝國的版圖龐大，局勢平和，給了國內男男女女很多時間思考那些惹他們不開心的事。」她站起身。「過來看看資訊圖表，大使。工作是不等人的，就算是像妳和我們的伊斯坎德這樣有趣又年輕的外星人也不例外。」

我們的？瑪熙特內心一驚，但沒有問出口。她凝神注視著。

十九手斧的隨從再次出現，彷彿他們一直在旁等待信號；一位收走茶具，另一位——帶瑪熙特去沖澡的那一位，五瑪瑙——被自己的一圈全像投影包圍，她的上司從人質身上打探完敏感資訊，準備回去工作了。十九手斧說：「總結一下，五瑪瑙，然後給我太陽警隊那邊的倖存者筆錄。」而五瑪瑙做了一個優雅、縮簡版的同意手勢。

「瑪熙特，」十九手斧接著說，彷彿瑪熙特也是她隨從——也許是**學徒**，這說法更精確——「妳本來想問十五引擎什麼？妳和他的會面是他退休後最公開的活動。他搬出宮殿區，隱居到外圍行政區去。他生活**貌似**低調，儘管他並不滿意皇帝陛下對帝國的規畫。」

那想必就是她早先談到歐戴爾時的含意——不論當地叛亂性質，十五引擎不滿帝國處理歐戴爾的方式。瑪熙特說，「我本來想問他，伊斯坎德是怎麼死的。」

「過敏性休克。」

「別開玩笑了。」瑪熙特說。

「妳的疑心病對妳在宮中肯定很有幫助。」十九手斧面無表情地說。五瑪瑙也許在混亂的螢幕後面嗤笑了出來。

「我們剛才的對話十分坦白，」瑪熙特稍微大膽了一些。「我總得試試。」

十九手斧手腕一揮，關閉一組全像投影，開啓另一組畫面。「我不知道具體是什麼樣的生理反應導致他的死亡。博理官的報告說是過敏。」

「閣下，像您這樣一位在宮中擁有如此輝煌經歷的人，我以爲您會更有疑心才是。」

十九手斧笑出來。「我還眞喜歡妳，大使。我想伊斯坎德也會有同感。」

那念頭讓瑪熙特感到一股意料之外的難受。她沒想過自己在懷念她所認識的伊斯坎德時，會感覺到這麼失落。不是每個憶象傳承鏈裡的繼承者都親身認識前人，但是繼承你所認識的人的憶象，一向被視作一種榮譽——繼承者不只是通過所有適性測驗和術科考試，還是被親自選中。她本來覺得自己不在乎：她只想成爲駐外大使，一個舉足輕重且不可或缺的角色。她也無法跟憶象鏈上的前人直接認識，因爲幾乎沒人移住泰斯凱蘭之後還回到萊賽爾。早在她知道自己會繼承誰的憶象（或能否有幸繼承任何人的憶象）前，她目標就是遠赴都城，培養自己的各項資賦適性。

即使如此，她仍希望自己能有機會認識——那具屍體的主人——曾經實存於此的伊斯坎德。而且她想念故鄉，想念行星自太空站上方升起，想念那個精明、有野心又還不需承擔責任的自己，跟夏札・托瑞和其他朋友在第九層太空站酒吧裡聊天，想像自己要做什麼，並且不眞的需要去做。

她說出口的只有：「沒錯，挑選的標準，正是我們與前人的相容性高低。」

「那麼十五引擎喜歡妳嗎？」十九手斧問。「如果妳和伊斯坎德的相容性那麼高。」想到她和伊斯坎德變得無從區別，瑪熙特覺得很有趣，或者說，她對這個念頭稍微感覺到興致。

「不。」她說。「我問了太多問題且我也沒辦法扮演二十年前他尚未退休時共事的對象。您喜歡十五引擎嗎？」

「他高深莫測、性格好鬥，和好幾個對我不甚欣賞的貴族家庭交情匪淺。他在情報部任職期間經常找我麻煩。我很高興他退休了，雖然當時我覺得有點可疑，現在也是——但他退休後一直沒有動靜。至少在表面上如此。基於尊敬之情，我會出席他的追思禮，他是位可敬的對手，曾是與我共飲的酒友，也曾是我朋友——前任萊賽爾大使——的朋友。」

她停下來，直直看向瑪熙特，宛若黑色的玻璃牆般面無表情。雲鉤的閃光在她眼中發亮。「我的說法，在萊賽爾裡算得上**喜歡**嗎？」

「差不多了。」瑪熙特說。憑伊斯坎德的魅力，當然足以讓指派給他的職員和單純受他吸引的友人都願意與他交好。就算雙方水火不容，他還是能同時和他們維持友好關係。「動衛閣下，有什麼人會因爲十五引擎的死受益？」

「任何不希望妳認識伊斯坎德舊識的人。」十九手斧一面說，一面叫出一份新的資訊圖表，手指飛快且細微地寫下註解，組織出一系列字符。「不過，有些人想讓不滿於帝國平亂手段的異議分子閉嘴，可能是那些人受益；又或是想煽動公眾恐懼的人。這種人近來可不在少數，像這樣的事件，還會出現自稱幕後黑手的叛亂分子，這事對他們都有推波助瀾的作用。所以說，有什麼人會受益——這個問法可有趣了，瑪熙特。妳該把動衛這個位階裡一半的人都算進去，特別是三十翠雀，他想切斷我們和其他星系的經貿往來，只留下和他家族有經濟利益的交易對象。他樂得拿排外主義當藉口，而泰斯凱蘭人在午餐席間情緒激昂的時候，很容易被排外主義給煽風點火……喔，妳也有嫌疑。如果妳想除掉前人的盟友，徹底改寫泰斯凱蘭和萊賽爾的外交關係。」

「我沒有放炸彈。」瑪熙特說，同時努力記下歐戴爾和三十翠雀，記下公眾恐懼——現在先把它們記下來，她稍後會在腦中拼出整面拼圖，旋轉角度，看清每個片段如何彼此嵌合。

「我說過妳有嗎，瑪熙特？」十九手斧說，那沉重的關注再次出現，暗示著無比親密的憐憫之情。一幅可能是回憶的畫面突然閃現，瑪熙特在腦中看見十九手斧和伊斯坎德同床共眠。那畫面代表欲望，肌膚之親，不只是政治上的友好關係。（即使這是眞的又怎麼樣？瑪熙特沒有這個意圖——但也不是說她就不會，十九手斧很——）

「冒昧打擾，閣下，」五瑪瑙打斷她們，瑪熙特大大鬆口氣。「您該看一下中央七號廣場的畫面。」

十九手斧揚起眉毛。「傳過來吧。」她說。五瑪瑙照做，手掌大幅一揮，抓住其中一份資訊圖表的尾巴，將它送至十九手斧的工作區。十九手斧以一個手眼並用的動作接下那份圖表，將畫面固定並放大，直到它像一面窗戶懸在半空中。瑪熙特往前靠，像五瑪瑙站在十九手斧右方一樣，站到她的左邊。

中央七號廣場在高處某具相機下（十九手斧的手下設置？皇帝？太陽警隊？或是都城自己在監視自己？），每個角落無所遁形，很像中央九號廣場，只是沒那麼富麗堂皇。地面的圖形同樣是外展的花瓣——瑪熙特現在曉得那紋樣會一路開展到城牆邊；廣場有一排排店家和餐廳，以及一座建築物，從它的大小和陳列於前方的雕像看來，那要不是政府大樓，就是公共劇院。還有滿坑滿谷的泰斯凱蘭人。

有些人拿著標語。

他們在大吼。聲音從連線畫面傳出，像是來自遠處的怒吼，內容難以辨別。

「妳能不能——」瑪熙特開口說。

「我可以把音量調高，」五瑪瑙說。「稍微調高。這取決他們喊的內容，還有喊得多清楚——」

「他們喊的是『一閃電』。」十九手斧說。「如果我猜錯了，我就買一套新衣服給妳在這週皇帝的晚宴上穿，五瑪瑙。妳就把音量調高吧。」

他們眞的在喊「一閃電」——太陽警隊試圖逮捕她時提到的那位元帥。此刻離都城最近的艦隊指揮官就是這位元帥。他們在吶喊他的名字，和一首四行抑揚格打油詩，瑪熙特主要是聽出詩的韻律，詩尾以激動反覆的「泰斯凱蘭！泰斯凱蘭！泰斯凱蘭人！」作結。

「就算沒有軍事實績，他們還是想擁他爲帝嗎？」五瑪瑙疑惑道。

十九手斧說，「他只是還沒有實績。」

她原本握起的五指猛然張開，像星爆一般，鏡頭放大到示威者的面孔。其中有些人在額頭塗上一橫紅色的顏料。瑪熙特想到史詩中泰斯凱蘭元帥歸來時頭戴的獻祭冠冕：不是顏料，是鮮血，他們將自己和手下敗將的鮮血混合。到星際征戰的時代，這就純粹剩象徵性的功能了。

「我以爲這種事是違法的。」她說。

「是**無效**，但不違法。」十九手斧說。「五瑪瑙，說說看何謂軍事擁戴。教育我們的大使。」

五瑪瑙咳了一聲，側眼瞥見瑪熙特的視線。瑪熙特感覺她看上去略帶歉意。「如果一個人有意成爲泰斯凱蘭皇帝，但既非皇族血脈，又未受前任皇帝欽點，若要取得正當性，就需要以軍事擁戴來公開展示自己的資格——也就是說，公開展示他受永恆閃耀的星群所青睞。」

「怎樣能代表青睞？」十九手斧提示地問。

「傳統而言，就是一場重要的軍事勝利。或是非常多場，最好是非常多場。」

十九手斧點頭。「就是這樣。連番戰功是有力的證明，其他都只是叫囂。所幸我們既有一個運作正常的官僚體系，也有至少長了點腦袋的公民群體，這樣就能讓單純口頭上的叫囂失去正當性。」

「您想要我問，那他們爲什麼還在爲一閃電吶喊，」瑪熙特說。「畢竟他尚未贏得足以問鼎皇位的戰功。或者，至少他的戰功還沒有傳到萊賽爾太空站周邊資訊貧乏的偏遠地帶。」

五瑪瑙看上去略感震驚，而且起了濃厚的興趣。「他野心勃勃，」她說。等十九手斧點頭後，她繼續。「他是野心濃厚、見縫插針。他在一些稍微偏僻的地區贏了幾場小型戰役，還平定了一兩場地方叛亂、參加過幾次境外遠征——他底下的軍隊士氣非比尋常地激昂。他人不在歐戴爾，但他訓練出來的指揮官三漆樹在那裡，而她每次上新聞都會記得感謝他。他**想要**立下重大的戰功，後援實力也充足，足以說服他的士兵相信在他的指揮下有機會得勝。」

「因爲**相信在未來有機會**得勝而擁戴他，」瑪熙特冷冷地說，而心裡想的是**因為需要有仗能打而擁戴他**。「我衷心祝福他如願建立戰功。今天中央九號廣場上沒再出現第二顆炸彈，也被他攬作自己的功勞，但他顯然沒有重大的軍事成就可言。」

「妳這樣會讓人懷疑妳不只是個外交官，大使。」十九手斧說。

「可能喔。」

「這項懷疑其來有自。但不管妳是什麼身分，妳忽略了很重要的一點——而妳之所以會忽略，單純是因爲妳來到這裡僅僅四十八小時，就遭遇了這麼多事。」

瑪熙特試著理清自己受辱還是感到有趣，最終決定諷刺。「那麼請爲我解惑吧，閣下。如果不會太麻煩您的話，跳到結論就行了。」經過茶敘間那段對話後，她以爲自己失去出言諷刺的能力——但也許這就是十九手斧的特別之處：這位政治家機智搶眼、伶牙俐齒，讓人想和她一來一往脣槍舌劍，但她同時能拆解對話中的繁文縟節，讓你感激涕零地心想**她了解我**。

她再次希望三海草在場，或任何人都好，讓她有別的對象可以關注，或是替她當擋箭牌。一個朋友。她自己的朋友，不是像伊斯坎德這種剩下情感殘像的朋友。

十九手斧把鏡頭畫面拉遠。一整群高聲疾呼的泰斯凱蘭人懸在她們正中間的半空中，她手腕一扭，劃出轉面的指令，讓影像緩緩繞著軸心轉動。「我們的統治者六方位皇帝，如星辰般光芒萬丈，耀眼更勝寶鑽，心胸仁慈寬厚，我發誓爲他奮戰，至死方休。但陛下已經八十四歲，膝下無子。妳忽略的就是這點，大使。」

「你們有皇位繼承問題。」瑪熙特說，因爲她無法開口說**我很遺憾您將痛失摯友**；那樣感覺不太友善、沒有必要且偏離重點。何況她又怎麼曉得，動衛是否**確實**身爲皇帝的摯友，而非是象徵性的友誼？當整個社會都著迷於在言行中重現古典作品的情節，就不容易區分眞實和虛假。她眞希望她可以把這回事解釋給兩週前的自己聽聽。或是和伊斯坎德聊聊，他一定會有意見要發表。

「一閃電的擁護者認爲我們有這個問題。」十九手斧說。她手往畫面一撇，影像便自行收摺，消逝無蹤。「我個人不評論。但妳選了個絕妙的時機來到宮中，大使。」

「我沒有選擇，」瑪熙特說。「我是被召來的。」

十九手斧頭歪向一邊。「緊急召派？」她問。

「急得毫無道理。」瑪熙特說，她想到自己和伊斯坎德被匆匆湊在一起，只靠三個月的冥想就打算讓他們合而爲一，成爲太空站的代理人。

「如果我是妳，」十九手斧說，「我會查出是誰批准妳的入境許可。那可能會說明很多事情。」

這是個誘導問題嗎？她想讓瑪熙特千辛萬苦調查，最後發現答案就是十九手斧本人嗎？不，瑪熙特判斷——她這個人太過精明，不會想放長線釣瑪熙特這條魚。那是三流通俗劇裡刻板反派才會使出的把戲，泰斯凱蘭人儘管對敘事如此熱中，但他們仍然喜歡出色的故事。現在這個情況比她所想更糟：十九手斧在指派任務給她，好像自己是她的隨從。**妳去調查，告訴我妳查到什麼**。彷彿瑪熙特是她的所有物。（彷彿伊斯坎德曾經是她的所有物——但她開始認為實情並非如此，就算他們曾同床共枕，他仍然沒有完全被她掌握。而他們以往相處時的問題，部分可能就出在他並非徹底敞開自我。）

她最後回答，「妳的提議挺有意思。等我回到寓所裡的工作區，一定會好好查一查。」

「別等那麼久，」十九手斧說。「妳費了這麼大一番工夫，才把自己弄到一個相對安全的地方，妳以為我會送妳回到宮殿區獨自行動嗎？我們都還不曉得是誰授意炸死妳身旁的無辜平民呢。」

「我的文化聯絡官——」瑪熙特開口想主張她當然不是獨自行動。

「應該很快就會出院。然後，我手邊也有充足的資料圖表顯示儀，分妳一個不成問題，瑪熙特。我會讓七天秤幫妳準備臨時辦公室。」

在這裡，在萊賽爾的外交領事區以外，瑪熙特暗忖。但她指使自己的雙手做出表達感激的正式手勢，並在稍早負責張羅茶具的年輕男子上前為她領路時，跟著他離開。

◎

瑪熙特努力不把辦公室想像成牢房，這份努力基本上還算成功。午間稍晚時分，粉紅色的日光從凸窗灑入，照得滿室光亮，一張低矮的寬沙發擺在光芒中。七天秤為她示範如何打開自己的資訊圖表顯示儀，並且提供她一疊空白的資料微片，顏色是中性、不帶個人色彩的灰。

七天秤很沉穩，不好奇打探，效率很高，跟十九手斧相比，他身上的一切特質都令人舒適，而這很可能是刻意安排的。十九手斧就像精通審訊技巧的大師，先給予她安心空間，再收回。這份技巧引來的情感收放令瑪熙特疲憊不堪。七天秤將門帶上離開，她躺在沙發上，面向窗臺底下的牆壁，把膝蓋收到胸前，直到她瘀傷的臀部發疼爲止。

如果她盯著素白的油漆表面，將一隻手高舉過頭，觸摸沙發上面弧形的窗臺，她就能想像自己置身太空站，她自己的房間裡。九呎長、三呎寬、三呎高的管狀空間令人安心，牆壁平滑如蛋殼：小小的、不受侵擾的、她的房間，跟其他房間排列在一起。隔音良好，可上鎖。妳可以跟朋友背靠背窩在一起，或是和愛人腹部相貼——總之它是封閉的，安全的。

她坐起身。窗外的北宮庭院裡，繁盛的藍色蓮花浮在池塘上，泰斯凱蘭人踏著星形路徑四處奔走，忙著過泰斯凱蘭生活。她考慮了一下跳出窗外的念頭，也想試著把此刻感受寫成十五音節的詩，這同樣是不合時宜的衝動。

*嘿，伊斯坎德，*她想，*像是把一顆石頭拋進庭園中池塘的深色水面裡。你最想念故鄉的什麼？*

她打開資料圖表顯示儀，按著剛才學到的指示登入。她發覺這是第一次自己登入等同雲鉤的系統裡，沒有三海草爲她**開通門戶**。感覺眞怪，她在自己寓所——她自己的外交領事區——要求的自由居然來到這裡才如願獲得，畢竟此刻的自己更像是處境一言難盡的囚犯時。她肯定自己的一言一行都被十九手斧記錄下來。她帶著這樣的想像開始工作。

瑪熙特不需要特別解譯，顯示儀的介面比她所預想更直觀。她一做動作，資訊圖表便靈敏回應——她張開雙手，扭轉手腕，喚出好幾個透明工作螢幕，她能夠弄出一圈資料圖。她發現十九手斧預設的攝影機畫面之後，將還在跟拍一閃電支持者示威活動的那組畫面叫出來，固定在右方播放——別管十九手斧怎麼解讀她持續不懈的好奇了。她在左肩上放了一個視窗，裡面塡滿一一出現的小報頭條，她打定主意要擴增她日常用語和粗俗方言的字彙量，同時加強她對反帝國分子或三十翠雀的認識，也了解一下泰斯凱蘭八卦小報對餐廳炸彈案有何看法。她在中間開啓一個文字視窗，著手撰寫訊息，以萊賽爾大使的專用線路傳輸出去。

她也許得用詠頌詩來爲訊息加密，是吧。如果她希望別人**認真看待**——

不。她選擇讓自己的訊息不經修飾，不文明，就像出自流離失所、在都城人生地不熟的女人倉促手筆（她帶著一股荒謬的渴望，想起她寓所裡那籃現在八成多到滿出來的資料微片）。鏡子能映照出不只一樣東西——當她面對十九手斧，她是一把刀。現在她會是一顆粗糙的石頭：強悍、粗獷、野蠻。這正是眾人期待她表現的樣貌，除了那些以爲她是伊斯坎德的人——她這不就要去查出那些人是誰了嗎？

她用直白的語句——她考完第一次泰斯凱蘭語適性檢測後，就沒再用過的語法——寫信給伊斯坎德生前最後見面的對象：科學部長十珍珠。她請求會面。表示她亟欲促使雙方關係正常化——然後拿掉「正常化」並寫上「我希望我們雙方在未來相處融洽」，因爲表達希望只要使用未來時態，不需其他特別文法，而「正常化」是再述動詞，需要講者對時態呼應和虛擬式有深刻的理解。

泰斯凱蘭語有時候是很糟糕的語言，即使在十五音節詩歌中聽起來優美。她的訊息中沒有任何一絲跡象顯示她有意調查前任大使之死——甚至顯示不出她有一丁點的政治能力。

那個新任萊賽爾大使眞是麻煩大了。你聽說了嗎？她向十九手斧閣下求救，才沒讓自己被**逮捕**。

瑪熙特兀自竊笑。就算隔著示威畫面中調低音量的巨吼，她的笑聲也顯得太響亮。她擺出面無表情的嚴肅模樣，彷彿剛被人逮到自己做出不得體的表現。

其他訊息就比較好寫了。一封寫給十二杜鵑，請他確認三海草的狀況——他一定會想知道他的朋友小草住院了吧。他也可能願意告訴她，她的聯絡官能否從腦神經攻擊中復原。一封是寫給自己，內容是前兩則訊息的拷貝，這樣就能留存紀錄，送到萊賽爾外交領事區尚稱安全的**實體空間**，而不只仰賴電子訊息的保密安全性。還有最後一封，是寫給情報部的信，未指定收件人，要求他們告知當初是誰批准她的入境許可。

就隨便十九手斧看她做了什麼吧。

瑪熙特把信件刻錄到她拿到的資料微片上，確認每片都能在拆封後顯示出她的訊息，最後再以熱蠟封緘。蠟材放在辦公室門旁邊桌上的封信工具箱，必須用手持酒精打火機熔化，瑪熙特倒蠟時燙傷了拇指。多麼尊爵不凡啊，以光線刻寫而成、再用詩歌加密的訊息，還要以實體傳送，彰顯正式性。

如此浪費資源，浪費時間、精力、物質。

她但願自己沒這麼樂在其中。

第六章

至清晨爲止，菊花高速線上的事故障礙物仍在進行排除，通勤旅客請留意交通壅塞狀況……中央線預計將持續停擺，中央九號廣場站配合太陽警隊調查爆炸案，目前仍然關閉，欲前往中央九號廣場站之後的中央市區車站，請由北綠線改道。進入宮殿區或娛樂場館時，請預留空檔於檢查哨接受安檢……因應冬季旅遊人潮，自本年度第二六〇日起，極地磁浮列車每三日將加開一班列車，都城各地市立火車站均有售票……

——火車及地鐵服務變更公告，第十一紀元第三年第二四八日。

❁

……五艘未出示許可證明的泰斯凱蘭戰艦通過我國空域，我猜想這並非只是因爲他們的疏忽，也是由於我們的前任大使伊斯坎德·阿格凡有失職守，他們應當在近期內就會取得正式通行證明。但我仍要代表傳承部將這項資訊呈報議會：我們的空防安全措施只管得到太空站自己的船，對於泰斯凱蘭的這些戰艦，我們除了罰款之外別無他法，而他們付起錢來也十分爽快……

——傳承部大臣提交予萊賽爾議會之臨時動議報告摘錄，248.3.11（泰斯凱蘭曆）

傳送訊息的問題在於，別人會回信，代表你又得寫更多信回覆。

太陽從地平線緩緩升起，明亮涼爽的陽光穿過無染色玻璃窗，無孔不入，才勉強睡了一點的瑪熙特又被朝陽喚醒。剛破曉，辦公室門外的置物碗就新放進三只彌封過的資料微片匣。十九手斧連夜裡都派人每個鐘頭定時送信？瑪熙特用巨大的羽絨被（前一晚日落時，七天秤以超高的效率拿給她的）裹住肩膀。她醒了，腦中卻還是孤獨無伴，看來永遠都會如此了。

她坐起來的時候痛極了。臀部比昨晚更痠痛僵硬，她脫下借來的睡褲時，看到皮膚上巴掌大的瘀青——暗紫色，邊緣轉淡，化作病態的青黑。不曉得她在這間更精密的新監獄裡有沒有止痛藥可吃。他們為她送來被毯，還有昨晚那盤尚可食用但不美味的切片蔬菜，以及三海草曾拿給她當早餐、富含纖維的粥。除此之外，十九手斧沒來打擾，彷彿在等她這隻新寵物安頓下來，才不會一見人伸手就火大翻臉。

她繼續裹著被子，皺著眉頭站起來，動了動瘀青的臀部，將資料微片匣打開。

第一封和她寄出的一樣沒有標示寄件者，微片匣的外觀是灰色加上未染色的封蠟。她打開封緘，搖一搖，讓光線組成的字符顯示出來。

您的友人審慎落筆，

以圈禁、疆域、劃界、刀鋒為題

思念之情卻常掛心頭

若您身陷孤寂，心有所求

我將依約致上鮮花十二朵。

是一首詩。寫得不怎麼樣，但似乎在暗示**「喔該死，刀鋒閃光般的勳衛是不是把妳關進監獄了，我**

能幫忙嗎？」

訊息沒有署名。

也沒有必要。瑪熙特只寄出三封訊息，科學部長和情報部的基層官員都不會用這樣直白的密語回信。這訊息來自十二杜鵑，他想必眞心誠意在她需要時出手相救，儘管可能有點太過樂在其中。加密訊息！跨部門線路的匿名通訊！瑪熙特原本還覺得自己對泰斯凱蘭那些描述政爭的類型文學著迷過頭，沒想到一山還有一山高。

如果這就是他們的文化，政爭陰謀傳統就是他們生活的一部分，他們的著迷還會是問題嗎？會，瑪熙特覺得。如果他們單純只爲了對文學傳統的喜好而重演作品中的情節，那就是問題。但泰斯凱蘭人不會這樣覺得。

沒人把十二杜鵑炸死，沒人嘗試這麼做。他的朋友也許進了醫院，他在政壇上新結識的危險人物可能正在微妙的軟禁狀態下寫信給他，但他還是完全有辦法表現得像是從《三十緞帶的豔紅花苞》那類宮廷傳奇故事裡走出來的人物。

她回以一段對句，心想自己詩歌造詣至少不會比他差，還更優秀：在我爲自己選擇的禁地／唯一所求只有你的消息。她封緘資料微片匣的時候，也省下了署名步驟——不如就讓十二杜鵑趁他還能時享受一下被陰謀疑雲包圍的樂趣吧。

第二個資料微片匣就完全不是匿名了。除了內部的電子結構，全以透明玻璃製成，並用深綠色蠟印封口，壓上白色輪狀太陽標記，代表科學部。她打開封蠟後，攤開成一小張優雅高傲的信箋：十珍珠恭賀她就任大使，針對伊斯坎德不幸離世致以客套哀悼——客套到瑪熙特立刻看出他寫的內容應該是從實用修辭手冊裡照搬，可能就是她學習寫作時用的同一本。他字裡行間的引經據典之少，讓她有種泰斯凱蘭式的受辱感。她又旋即感到個人層面的滿足：她成功扮演了一位無趣的野蠻人，千辛萬苦想裝作受過教育的公民，結果只是尷尬又令人同情的模仿。

十珍珠在信末表示，他當然樂意與萊賽爾大使會面，也許在一天後舉行的皇家晚宴上。

所以是公開會面。安全多了，如果十珍珠認爲有人懷疑是他殺害伊斯坎德，那麼跟伊斯坎德的繼任者公開碰面，就能排除任何指控他試圖故技重施的抹黑輿論。全宮廷眾目睽睽，怎麼可能會讓外國高官遭人暗殺！這樣對十珍珠的名聲來說妥當多了（而且，如果真是他殺死伊斯坎德，公開會面對瑪熙特的人身安全也妥當多了），但也有很強的政治意涵：這向所有人宣示，萊賽爾太空站和科學部之間沒有任何芥蒂。

反正瑪熙特本來就說會參加晚宴了。事已至此，再多涉入一場政治危機又怎麼樣？而且，在他如願得到她的公開鞠躬和微笑之後，她若能攔下他來場開誠布公的談話，那就更好了。她把他的訊息擱在一旁，轉向最後一封。（她手邊的最後一封——她的寓所肯定還堆了滿坑滿谷未處理的信。）

最後那封也是沒有寄件人標記的灰色玻璃——不過有個黑色星群的醒目標誌，代表來自外星的信函，不知怎地經過她自己位於東宮的辦公室來到十九手斧位於北宮的辦公室。瑪熙特再次好奇自己是否正受都城監視，並再度想起中央九號廣場上那些閃耀升起的圍牆。接著，她打開信，擱下一切和都城有關的思緒。

微片匣裡沒有流出以全像投影燈光顯示的泰斯凱蘭表意符號，反而只有一小張機械列印的半透明塑膠片，瑪熙特將它拉出來，攤開閱讀，文字是以字母拼寫而成：她自己的母語字母。這封信寄自萊賽爾太空站。

收件人不是她，也不是萊賽爾駐泰斯凱蘭大使，而是伊斯坎德·阿格凡，日期是二二七·三·一一——六方位皇帝治下第十一紀元第三年之第二百七十天。大約三週前。

飛行員大臣荻卡克・昂楚致信阿格凡大使，內容如下：

若您收到這則訊息，代表您在萊賽爾太空站收到派遣新大使的要求後曾經親自查詢您的電子資料庫資訊。在曾是您的搖籃與故鄉的太空站上，仍與您同在的盟友以這封訊息向您提出兩項示警：其一，有人嘗試取代您在宮廷裡的位置。其二，您的繼位者可能已遭人蓄意傷害；她植入的是您早期的憶象記錄，且飛行員大臣和水耕大臣皆無法在融合程序前確認其狀況。她是傳承部大臣——還有礦業大臣——力保的人選。務必小心。飛行員大臣昂楚懷疑，如果蓄意傷害的行爲確實在萊賽爾太空站發生，傳承部大臣安拿巴可能就是幕後黑手。請銷毀這則訊息。如有可能，稍後將另行聯繫。

她昨晚登入萊賽爾大使的電子資料庫撰寫訊息，這封訊息肯定是在之後觸發系統自動寄出。瑪熙特讀了兩次、三次，把內容記在腦海。她長年研讀泰斯凱蘭文獻，熟知如何把一段段句子和字詞存入腦中，就像將文字中的意義經過高熱高壓變成鑽石。這對她來說已經是不假思索的慣性反射。如果蓄意傷害的行爲確實在萊賽爾太空站發生。無法確認其狀況。您的搖籃與故鄉——

她發覺自己在想——想著不要去思考，想著讓自己去體驗這震驚和悲傷的感受。她的肚腹翻攪，下意識地向本該在腦中卻已消失無蹤的憶象尋求慰藉，然後再度頭暈目眩。但現實的考量凌駕這些感受之上。不久之後就得火化伊斯坎德的屍體。她一邊想，一邊將塑膠片撕成小碎片，用她之前拿來加熱封蠟的打火機將碎片熔化。她希望自己先弄清楚是誰殺了他再將他火化。這是淺薄的正義——但就算他再也不會回來，這也是她該爲他做的。大部分憶象繼承者都知道他們的前人是如何撒手人寰：因爲年老、意外、疾病，或太空站裡可能發生的上千種大小死法之一。你沒辦法跟癌症或故障的氣閘討公道，那一點意義也沒有。但是，查明你腦中所有知識的上一位擁有者是如何死去，絕對是有意義的，至少能改正錯誤，讓你們的傳承鏈存續得更久、更順利，讓記憶延續得再長遠一點點，朝太空的黑暗邊際延展。

瑪熙特把被子摺好，放在她睡的沙發腳邊，再度穿上跟昨日同一套借來的白衣白褲（她不得不把左腳抬高超過右腳小腿時，感覺既彆扭又痛苦），同時思考自己從何時開始對萊賽爾的道德哲學如此熱中。如果要把這個問題想得詩意一點，大概是從她的憶象拋下她時開始吧，從她和那樣一段源遠流長的記憶鏈脫鉤開始。

她和她的前人從來都不該與彼此爲敵。然而，昂楚的訊息（原本是在什麼時候寄出？它等著伊斯坎德——死去的伊斯坎德——閱讀和處理，已經等了多久？）仍在她腦中迴盪，宛如一首背誦下來的詩歌傑作：如果蓄意傷害的行爲確實在萊賽爾太空站發生——如果她失去憶象，那就是亞克奈・安拿巴蓄意破壞的結果，但安拿巴不是想要她當新任大使嗎？安拿巴不是強力推薦她，想要她來泰斯凱蘭，堅持要給她伊斯坎德過時的憶象，藉此幫助她嗎？如果她本來就想讓瑪熙特失去憶象，在帝國中孤立無援，她當初爲何要那麼做？她是被派來**傷害**伊斯坎德，還是修正他的政治行動？抑或兩者皆否？

她感到無比難受，察覺自己的所知稀少，處境孤獨。聽到來自故鄉的音訊理應使她感到安慰，哪怕是飛行員大臣的尖刻語調也一樣。但相反地，瑪熙特發現自己坐回沙發邊緣，埋入雙手的頭暈眩不止。伊斯坎德不在她腦中，就像世界破了一個大洞。現在——現在，她無法信任自己，她自己的動機——

做一面鏡子，她再度告誡自己。刀鋒在前時，做一面反射刀光的鏡子；岩石在前時，做一面倒映頑石的鏡子。盡力當個泰斯凱蘭人，盡力當個萊賽爾人，還有——喔，該死，要呼吸。別忘了呼吸。

隨著她的呼吸，暈眩感逐漸退去。太陽剛升到窗臺的高度，她還在原地，肚子咕嚕作響。和讀到昂楚來訊之前的她相比，現在她掌握的資訊少了一點（關於她身爲駐泰斯凱蘭大使所肩負的任務），也多了一點（關於她可能遭遇了什麼，還有背後的起因與源由）。她會設法挽救。

◎

瑪熙特把回覆好的微片匣放進寄送籃，接著赤腳踏進十九手斧曲折擁擠的辦公室。絕大多數的門她都進不去——沒有雲鉤的話，不管用什麼動作都無法撼動那一扇扇黑門。要是三海草能來幫她開門就好了，她覺得陰鬱又好笑，才一天過去，她對此舉是否必要的態度就大幅改變。四處晃了十五分鐘後，她來到昨天看過的那間前臺辦公室，裡頭空空蕩蕩，只有晨曦的柔光滿溢室內，每面資訊圖表都沉靜無波。她從旁走過，左轉到另一條走廊上，踏入更深的陌生領域。十九手斧在這棟大樓的某處沉睡著——她的寢室肯定至少占了一整層樓。瑪熙特想像她像隻掠食性的巨貓，大到無法收起爪子的那種，窩在巢穴裡，身子兩側隨著大而平穩的呼吸起伏，即使在睡眠中也睜著雙眼。

噢，但瑪熙特可不是來都城當詩人的。

（那她到底爲何而來，又是奉誰的命令——不。現在不能想。）

她來都城也不是爲了受困在動衛閣下的官邸裡，但她就是淪落至此了。

走廊盡頭是一扇寬敞的拱門，再過去是一個房間——從較爲昏暗迷濛的採光看來，想必是和前臺辦公室分別位處相反的兩側。這裡很明顯是間圖書館：除了懸掛星圖的地方，每面牆都擺滿紙本典籍和資料微片。五瑪瑙在中央一張寬大的沙發上，雙腳收在身下盤坐。她在膝蓋上轉動著一組色彩鮮明的全像投影，那是都城所屬的太陽系，軌道以金光閃閃的弧線標示，每顆行星旁都標上字符，瑪熙特從房間另一頭都能讀得一清二楚——站在投影前的是一個不超過六歲大的小孩，他的小手忙著拉開行星，看它們彈回各自正確的重力位上。

「早安，」瑪熙特說，讓他們知道她在場。

五瑪瑙抬起頭，一臉平淡又不感意外。

「大使，」她說，並轉向男孩。「阿圖，和萊賽爾大使問好。」

孩子審慎地望向瑪熙特，兩隻稚嫩的小手疊在心口。

「您好，」他說。「您怎麼會在早餐前來圖書館？」

瑪熙特從拱門走上前，感覺自己高大笨重。「睡不著，」她說。「我喜歡你的太陽系。非常美。」

小孩木然地看著她。看到這個年紀的小孩板著臉，一副泰斯凱蘭式的面無表情，讓人不太舒服。

「噢，坐下吧，」五瑪瑙說。「您太高大了。」

瑪熙特坐下。男孩手伸進全像投影中間，掌心抓住太陽，把整個投影從五瑪瑙腿上拉開。「這是我的。」他說。

「阿圖，去讀軌道數學，好嗎？」五瑪瑙說。「就一下子。你可以帶模型。」

瑪熙特一時之間以為他會反抗——她小時候很討厭被排除在大人的談話之外——但他點點頭，挺合作地退到沙發另一頭。

「那是二地圖，」五瑪瑙說。「很抱歉。這個時間圖書館裡通常沒人。」

小名阿圖的二地圖。瑪熙特笑了。「沒事的，」她說。「萊賽爾有很多小孩跑來跑去——通常是一大群同年齡一起托育的孩子——我自己在那個年紀什麼麻煩都惹過。我不介意。他是您的孩子嗎？」

「我的兒子，」五瑪瑙說，接著，帶著一絲自豪說：「我親生的兒子。」

這在泰斯凱蘭並不常見——在萊賽爾則是**前所未聞**。不使用人工子宮、讓女性親自用體內的子宮孕育子女，是太空站實在負擔不起的奢侈——女性可能會因此死亡，或造成新陳代謝失調、骨盆底部受損，而這些女性本來是能夠投入勞動的人力資源。瑪熙特九歲的時候就被植入節育裝置。當她得知泰斯凱蘭人有時會親自懷孕生產時，她的感想就跟在中央九號廣場餐廳裡看著水從盛著花的水缽裡溢出來時一樣。資源豐富到輕易揮霍，既是一種冒犯，也是一種魅力。

「很困難嗎？」她眞心好奇地問道。「生產的過程。」

五瑪瑙得意地睜大眼睛，露出泰斯凱蘭式的燦笑：「我在生產之前花了兩年讓身體達到這輩子最好的體態。」她說。「過程還是很辛苦，但我讓他得到很好的照顧，他出生之後，健康得就跟從人工子宮出生的孩子一樣。」

「他很可愛，」瑪熙特眞心地說。「而且很聰明，這麼年輕就在念軌道力學。」能和一位泰斯凱蘭人聊天，而且不用開口閉口夾帶政治意涵，實在是太愉快了。特別是在十九手斧的辦公室這裡。「你們兩位都住在這裡嗎？」

「最近是，」五瑪瑙說。「閣下非常照顧我們。」

「我完全相信。」瑪熙特說。甚至是眞心這麼覺得。「妳在她手下工作對吧？」

「已經好久了。早在我生下阿圖之前。」

瑪熙特有好多問題想問五瑪瑙，且一個比一個更具刺探性：首先是**妳負責替她做什麼**，再來是**妳怎麼成為她手下的**，接著也許會問**她希望妳懷孕生子嗎**？但她問出口的只是：「發生了什麼變動？最近，在你們搬進來之前。」

五瑪瑙臉上的誠懇收斂了一些，彷彿太空梭觀察孔降下了防眩膜層。「我們現在都工作到很晚，」她說。「通勤非常耗時。我不想太常放我兒子一個人。而動衛閣下覺得阿圖在這裡會——比較好。待在我身邊。」

比較好。瑪熙特聽出的涵義是「比較安全」，然後她想到，長時間搭地鐵通勤的話，地鐵列車可能隨便就被一顆炸彈給炸毀，就像昨天的餐廳那樣。

她的表情多少洩露了思緒，因爲五瑪瑙將話題轉開。「您剛才是在找圖書館，還是？」

「在找任何醒著的人。」

「二地圖一出太陽就醒了，我也就跟著他起來。」五瑪瑙單肩一聳。「您需要任何東西嗎，大使？要喝茶嗎？還是要找哪本書？」

瑪熙特將手攤在膝蓋上。她不想把五瑪瑙當僕人對待；但同時，她想忘也忘不了，這名和她同樣赤著腳、穿著輕便的女子，就是十九手斧的得力助手。她危險的程度少說也及得上她主人的一半。「不用了。除非妳願意跟我說說陛下的事。」她說。「我昨天看了整晚的新聞，但新聞內容都預期觀眾對本地的政治情感有一定程度的熟悉，只有都城的居民才懂——若不是泰斯凱蘭人，那就更別想了。」

「我會知道什麼您想知道的事？我甚至不是貴族，大使。」五瑪瑙講話時帶有一種非常冷淡的自我貶低（當她談的不是她兒子時），讓人幾乎察覺不出其中的幽默。不是貴族，反而是動衛的隨從——這職位儘管在宮廷中位階較低，重要性卻十分之高。

「從昨天看來，我會認爲妳是一位分析師，沒有貴族身分或許反倒是件好事。」瑪熙特說。這一來一往就像在擊劍，只是相較於十九手斧，現在的氣氛友善多了。到目前爲止。

「好吧。」五瑪瑙說，她睜大眼，露出一絲泰斯凱蘭式的笑容。「如果我是分析師，我會知道什麼您想知道的事？」

是我想知道而且妳肯告訴我的事，瑪熙特暗忖。「六方位陛下爲何沒有指定繼承人？就算他沒有自己親生的孩子，肯定也能有繼承他基因的子嗣。或是指定一位沒有血緣關係的繼承人。」

「他可以，」五瑪瑙說。「事實上，他有。」

「他有？」

「他立了三位皇儲，三人被指定爲共同繼承者，沒有高下次序之分——他們將是共帝（註），一同掌權治國。太空站沒有中央廣播嗎？他最後一次指定皇儲——三十翠雀——的時候，典禮的新聞霸占了好幾個月的版面。」

「我們不是泰斯凱蘭人，」瑪熙特一面說，腦裡一面想到三十翠雀。十九手斧說他和她一樣是勳衛，並且也能從公眾恐懼中獲益，還企圖介入進出口貿易，爲自己家族所控制的星球牟利。「爲什麼我們會有中央廣播？」

「一樣啊。你們雖然住在離這裡兩個月航程的地方——」

瑪熙特尖銳地說：「我們沒有中央廣播也能過日子。」她看見五瑪瑙嘴角一扯，察覺自己脫口說了什麼——下意識地假設全宇宙的人想要的東西都和泰斯凱蘭人一樣。瑪熙特有點同情她，接著說道：「不過我們一直不曉得三十翠雀何以能獲賜君權。」

「三十翠雀閣下是皇帝身邊最新的一位勳衛。憑著他的智慧，他在宮廷中崛起得非常快——另外，」五瑪瑙說，猶豫地抬起一隻手，「可能也因爲他的家族和帝國西弧星系群那幾顆行星上的名門關係匪淺。」

「了解。」瑪熙特說。她眞的覺得自己了解。六方位將三十翠雀立爲準皇室成員的同時，也穩固了西弧星系群的豪門支持。西弧星系群是一系列地處偏遠的星系，由跳躍門串聯在一起，自然資源和生產

註：Co-emporer，參照羅馬帝國制度，西元三世紀之後曾有若干位皇帝於在位期間將皇儲或親信將領立爲共帝，使其共享皇權。

量能豐富；三十翠雀的家族以及西弧星系群的開拓者家族藉此確保了他們不只在目前的政府中擁有發言權，權力還能延續到下一任皇帝的統治期。如果瑪熙特對這種在泰斯凱蘭歷史深受稱道的篡位陰謀本質了解無誤，那麼皇帝也想避免那些位處偏遠的富裕貴族轉而支持三十翠雀以外的人選，避免帝國邊陲地帶有元帥發起叛亂（像是此刻，一閃電在都城內到處引起迴響的準叛亂），比起遠在宮中的人物，他們更效忠自己的指揮官。而資助他們的人，通常就是像西弧星系那種家族。皇帝在賜予三十翠雀權力的同時，也確保他的家族會效忠於賜給他這份權力的人：六方位陛下。

「您見到三十翠雀時就會明白了，大使。」

「其他繼位者呢？妳說有三位。」

「司法部的八迴圈——她年紀和皇帝差不多大，他們是在同一個托育所一起長大的手足——」

瑪熙特讀了夠多描寫六方位早年生涯的小說，所以認得八迴圈這號人物。她是他的姊妹，就算在血緣上不是，情感上也是：她是個殘酷的政治家，藏身在六方位的彪炳戰功和博愛德政之後。她點頭。「當然了，八迴圈。」

「還有八解藥，他的年紀跟阿圖差不多，」五瑪瑙說。「但他擁有六方位的基因。百分之九十的複製體。」

「每個繼位者都大相逕庭呢。」

十九手斧在她們後面說：「說到底，又有誰能取代陛下呢？」

瑪熙特慌忙站起來。「畢竟要三人之力才能取代他這麼一位明君？」她說，努力不要讓自己感覺那麼像做了壞事被逮個正著。

「至少要如此。」十九手斧說。「妳在審問我的助理嗎？」

「簡單問問而已。」瑪熙特說。感覺還是不要裝傻比較好。

「問出妳想知道的事了嗎？」

「一部分。」

「妳還想知道什麼？」

這是陷阱，用十九手斧沉重的憂慮眼神作爲甜美的誘餌，等她上鉤。瑪熙特決定中計。「我想知道，在理想時間和空間條件下，王位應如何傳承。歷史故事大多只著眼刺激的例外狀況，閣下。」

十九手斧笑了，彷彿瑪熙特的回答是恰如其分的正解。「皇帝會有一名親生或共享基因的子嗣，等到他的年紀和心智上夠成熟，皇帝會爲這名子嗣加冕，將之立爲共帝。如此一來，在老皇帝逝世後，我們就有一位受繁星垂愛的新任皇帝，血統正當，在陽光下接受萬民擁戴。」

「那種情況有多常見呢。」瑪熙特冷冷地說。

「更常見的情況是，某個軍隊的指揮官得到千百名兵士的擁護，宣稱宇宙的崇高意志指派他當皇帝。大使，歷史故事不僅刺激，還非常眞確。」

一位皇帝指定三位共同統治者來繼承，這情況又多常見？我猜是鮮有所聞，瑪熙特暗忖。只有在情況不大對的時候，沒有合適的繼承人，沒有完全合適的人選。就算三十翠雀和八迴圈被安排在複製體成年前擔任攝政王，未來的攝政時期也會漫長且引人議論。

「如果妳們聊夠了政治，」十九手斧說，「茶備好了。而且妳有一位訪客。在前臺辦公室。」

「我？」瑪熙特意外地說。

「去瞧瞧吧。」十九手斧說，接著揮了揮手腕，好像瑪熙特是一幅放錯位置的資訊圖表。

◎

三海草看起來糟透了，但比起瑪熙特上次見到她被都城電擊後的半昏迷狀態，已經算是改善。此刻她臉色灰敗，眼下瘀青，但抬頭挺胸，情報部制服光潔整齊，頭髮從前額往後抓，綁成一束不時尚但實用的馬尾。瑪熙特不曉得她在想什麼，遭受嚴重腦神經攻擊出院後沒有乖乖回家，反而跑來這裡。

不過，見到她站在十九手斧的辦公室中央，還是讓瑪熙特鬆了一大口氣——這個既是監獄又是避難所的地方，終於有了一點她熟悉的事物，有了某種連續性。而且她對瑪熙特顯然很關心，關心到沒先回家反倒過來找她——不管這決定有多不智。

「妳沒死！」瑪熙特說。

「還沒，」三海草說，「但那只是時間問題。」

瑪熙特突然打住。「妳認眞的？妳應該回去醫院——」

「瑪熙特，這只是個爛笑話，在說人終有一死罷了。」三海草苦笑。「妳還說精通泰斯凱蘭語。」

「任何人學外語，都是最後才學到幽默感。」瑪熙特說，但她知道自己難堪得臉紅起來——因爲毫不掩飾的關心，也因爲自己在語言上的失誤。「妳來這裡做什麼？」

「十二杜鵑來醫院接我時暗示妳遭人限制行動，透過宮殿區的郵政系統寄出未署名的微片訊息。我就打算來——營救妳？因爲妳是我的責任，而我昨天害妳差點被炸死。」

「十二杜鵑可能講得誇張了些。」瑪熙特說。

「只誇張了一點點吧。」三海草說，刻意看向瑪熙特一身借來的白衣。

瑪熙特抗議說：「我被十五引擎的血沾了滿身。並不是——」

「妳和宮中最危險的女人過夜，還穿著她的衣服。」

瑪熙特兩指摁著眉心，努力忍笑。「我發誓，三海草，妳在這邊暗示我行爲不檢，十二杜鵑又寄給我那種匿名訊息，眞的讓我覺得自己活像《三十緞帶的豔紅花苞》裡的角色。」

「姑且不論那種東西怎麼有辦法通過皇家審查單位傳到萊賽爾去，」三海草冷冷地說，「我永遠不會指控勳衛趁機騷擾外國使節，至少不會在自家辦公室的監視範圍裡，而且這位勳衛深得我個人敬重與景仰——不過，閣下她不讓您離開，是嗎？」

三海草眼底凹陷發黑的部位現在因焦急而脹紅。瑪熙特希望她能坐下來。但她沒有，她站在辦公室中央，宛如十二杜鵑對她的暱稱，狂風肆虐下仍堅守崗位的細長草葉：她盡責地警告瑪熙特，她們幾乎百分之百正在被人監視著。瑪熙特說，「中央七號廣場上有支持者在示威。」

「妳確實不該跑到街上去。我不是要跟妳爭，瑪熙特。但是……都城今天早上很不對勁，就連這麼中心的區域也一樣。爆炸案的影響吧，我想。」

瑪熙特在昨晚她被審問時坐的同一張沙發坐下，並請三海草也來坐在她旁邊。見她照做，瑪熙特心滿意足：既是因爲她和自己同步了，也因爲不用再看著她站得那麼挺直，整個人快要崩潰的模樣。她好奇被都城攻擊是否會有後遺症——不管是生理上或心理上。從三海草的舉止看來，她猜兩者都有。

「跟我說是怎樣不對勁？」

三海草抬起一隻手在空中來回比劃。「行人很少，看起來就像市民集體陷入焦慮。另外，中央九號廣場當然封鎖了，地鐵也停止運行——」

運行，瑪熙特聽到遠方傳來回音。觸電感從肩膀經過手肘，流竄到手指末梢，嗡嗡作響。

「——讓你們新整合的地鐵系統不需人員調度也能隨時運行。」伊斯坎德・阿格凡正說道。他的手肘靠在十珍珠辦公室的鑲嵌木桌上——新任科學部長十珍珠，每隻手指都戴著珍珠母貝戒，儼然讓他的名字形成活生生的雙關語。「線路整合前，都城肯定就有一套方法，再加上您現在的新方法，我承認我實在非常好奇。」

十珍珠把泰斯凱蘭人的面無表情駕馭得淋漓盡致：全然的輕蔑，細不可聞的嘆息。但伊斯坎德了解這種人——他眞正想要的就是炫耀自己的成就。而他的成就即是遍布都城全球的交通路網，包括地鐵和火車鐵路，能夠完美順暢地自主運行。他因此得到部長的門票——科學部現在歸他管了。

「大使，」十珍珠說，「我無法想像你們萊賽爾太空站會需要地鐵。」

「我們不需要，」伊斯坎德坦然附和，「但一個夠安全可靠，能運輸成千上百人次的自動化系統，對於生活中無緣享受這種科技的人來說——像我們這種沒有行星可供定居的人——可是非常有趣的。您如何爲都城現有的人工智慧賦予心智？是由一群像太陽警隊那樣的志工一起監督系統嗎？」

這個話題讓十珍珠很感興趣：伊斯坎德看見他的態度逐步軟化。伊斯坎德說的話幾乎沒錯，卻也錯得恰到好處，十珍珠渴望對野蠻人說教的本能因而勝過他想保護新科技不受人刺探的謹愼希望。他雙眼微微睜大。伊斯坎德等待他：這就像在引誘飢餓的野獸出籠。

「不同於太陽警隊，」十珍珠終於說，「都城並不是一個集體心智。」

這句話本身就夠有趣了，暗示著太陽警隊是這樣一種集體的存在：然而，伊斯坎德最近才遇到一位年輕的泰斯凱蘭人，他對於加入皇家警隊感到無比興奮，而這個人的個體性非常強烈。這句話也暗示了有一個「成爲太陽警員」的過程，而伊斯坎德很好奇這過程是否和植入憶象是類似的，也好奇一個如此堅決反對腦部增能的帝國對此有何感想。這些都不值得問出口，會讓他的意圖太過明顯。伊斯坎德問的是：「那麼若非集體，它有心智嗎？」

「如果您認爲由演算法驅動的人工智慧算是心智，大使——那麼沒錯，都城現在具備心智，而那個心智會監視地鐵，避免衝突。」

「多了不起啊，」伊斯坎德說，語帶一絲微乎其微的嘲諷。「一套不會出錯的演算法。」十珍珠說，「一直都沒出錯，」暗指這套系統精良得足以使他成爲科學部長，伊斯坎德則是暗忖：只是還沒出錯。

瑪熙特的手指泛起更多電流的刺痲感。記憶中的臭氧氣味充斥她的鼻腔，因爲都城的演算法出了非常、非常大的錯誤，藍色閃光出現，讓三海草措手不及，然後——

她回來了，她脫離久在超過十年前伊斯坎德某次談話的回憶，身體裡再度只有她一個人的存在。三海草還在說話。瑪熙特心想，她大概僅閃神了半秒而已——那一整段長達數分鐘的記憶閃回，其實只發生在半秒鐘內——「而且除了中央七號廣場的示威，還有其他大型集會，二環正在舉行傳統獻祭，今天早上情報部才公告——」

「妳在醫院裡確認了這些事？」

「解密訊息能幫助我確認大腦的高階功能都還正常。」三海草說，而瑪熙特逐漸意識到中央九號廣場的整起事件最讓她害怕的是什麼。她能同理。憶象閃回的餘音還在她兩手的小指上嗡嗡迴盪。尺神經受損，或是類似的仿擬。

「而且，在小花拿你們的匿名通信過來之前，我都閒得發慌。」三海草說。

「我感覺他很樂在其中。」瑪熙特坦言。

「我知道，」三海草說完嘆了口氣。「他帶菊花來看我。」

瑪熙特努力回想菊花在泰斯凱蘭文化的象徵，但腦中空白——永生？因爲花形長得像星星？

與此同時，十九手斧像幽靈一般，突然出現在門口，並且說：「妳的朋友多貼心啊，情資官。很高興看到妳從昨日那場不幸的意外倖存。」

三海草準備起身，瑪熙特將一隻手擺上她前臂——她不管那些關於人際距離的禮儀了——不讓她動。「如果我是閣下的客人，」她對兩人說，「那麼三海草也是我的客人，她和我同樣受到歡迎。」

十九手斧發出短促響亮的笑聲。她對瑪熙特說，「當然，大使，別說得像我會對客人的客人如此失禮。」她在兩人對面坐下，直勾勾望著三海草，「妳花三天就贏得她的忠誠。我會記住妳。」

不得不說三海草很有本事，她不為所動，也沒有將手臂從瑪熙特手下移開。「能被您記住是我的榮幸。」她說。

瑪熙特感覺她應該說些什麼，就算只是為了在這場對話中重新取得一些主控權——前提是這種事在十九手斧和三海草面前真有可能。「什麼樣的獻祭算是傳統？」

她聽起來就像個無知的野蠻人，但她對此無能為力。此時此刻，別無他法。

「有人死。」三海草說。

「有人選擇死亡。」十九手斧糾正她。「一位帝國公民割開自己的身體，從手腕到肩膀、膝蓋到大腿，在太陽神殿失血而亡，請永恆閃耀的星辰帶走他們，以交換他們所求之物。」

瑪熙特一陣口乾。她想到十五引擎鮮紅的血從動脈噴出來，灑在他襯衫正面和她臉上。沒有目的的獻祭，泰斯凱蘭人會這樣形容。不是由他所選擇的死亡，浪費了一次獻祭。「這樣的一位公民會用生命交換什麼？」她問。

三海草的手臂還停在瑪熙特的手指下，說：「被記住。」她的語氣尖銳而篤定。

十九手斧的表情就像她跟他們在司法部大樓的停屍間時一樣，當時瑪熙特在伊斯坎德的遺體旁坦言她期待自己和前輩愉快相聚。瑪熙特無法解讀那股情感波動。「情資官說得沒錯。只要太陽神殿記錄了該場獻祭，犧牲者便會被記住。妳該去觀禮一次，瑪熙特，聽聽那一大串唱名。就當成是文化體驗。」她靠回沙發椅背。「撤除紀念功能，在神殿求死已經過時了。那是應對潛在威脅的極端手段。」

「本土恐怖攻擊就是潛在威脅。」三海草說。

「戰爭在即的謠言也是。」十九手斧說。

三海草點頭。「歐戴爾的情況、軍隊這陣子的活動——全國上下每個人都在艦隊裡有認識的人，而艦隊裡所有人都知道他們在動員。」

「即使如此，」瑪熙特插嘴，腦裡再度想到歐戴爾，想到帝國實際上不如表面那般安定。「我不知道你們這麼重視一閃電那些大吼大叫的支持者——他們不能逼元帥宣戰，只能幻想他已經擁有值得頌揚的戰功。」十九手斧朝她點頭，認同她的說法，她感到一陣猛烈得無法按捺的欣喜——然後對自己的欣喜感到生氣。十九手斧在利用她，利用她們的對話爬梳政治情勢。然而她們不是她的隨從。

她們是她的客人，她的人質。想想泰斯凱蘭文學裡有多少故事描述質子的命運——那些孩子在帝國建立前被賣到某個統治者的宮廷，或從帝國內的某個星系被賣到另一個星系，身分既是人質也是客人，等到他們被泰斯凱蘭人同化的程度夠深，卻又由於政治上的權宜考量遭拋棄。瑪熙特知道自己不該繼續博取十九手斧的讚許，此舉毫無意義。那些故事的啓示正是指出她在遭人利用——

三海草沒這煩惱。「我們過去利用神殿裡舉行的死亡血祭確保戰勝，瑪熙特，」她說。「每個軍團獻上一條命，由元帥親自挑選。已經好幾百年沒人那樣做了。因爲太自私，犧牲一位公民，來代替其他所有人向星辰祈求垂憐。」

瑪熙特不會用「自私」來形容。她會用「野蠻」，前提是在她所用的語言中，「野蠻」這個形容詞和泰斯凱蘭的宗教儀式加在一起，能夠形成一串有意義的詞組。

「考量到三海草方才提到的軍隊動向，」她說，「我想知道的是，這場戰爭會發生在什麼地方。」在她最先拿到的那堆資料微片中，有些無署名但有封緘的文件詳細提及軍隊的動態：泰斯凱蘭軍艦請求萊賽爾的跳躍門放行，讓牠們前往某個地方。

「不是只有妳想知道。」十九手斧說。「皇帝陛下口風之緊，絕口不提他當前對此有何看法。」她故意往三海草看了一眼，彷彿她象徵著情報部所有不願透漏的祕密，彷彿她對此可能有話想說。

「閣下，就算我知道皇帝陛下決定泰斯凱蘭下一步要往何處擴張，我也不能說。我是情資官。」十九手斧攤開雙手，一邊掌心朝上、一邊朝下，像是一組天秤。「但帝國的確準備擴張。情資官，首要原則就是別提及證據。所以說，確實有個『何處』。」

「一直都有，閣下。」

現在的問題不只是「何處」，還有「為何」。瑪熙特覺得自己知道那個「為何」的答案了——六方位懸而未決的繼承之爭。三位權勢相等的後繼者，其中兩位各有所圖，還有一位是年輕得無法有所圖的孩子——這不是一個穩定的政府。終究有人必須讓步；若非三十翠雀或八迴圈其中一人出線，取得主要執政權，就是其中一人自稱為攝政王，輔佐那個複製了六方位九成基因的孩子，或是——

或是一閃電會仗著戰功和民眾擁戴，自立為帝。

（而在這一切之中，伊斯坎德試過要干涉——她對他夠了解，知道他沒辦法袖手旁觀。她反覆思量，像在口中翻弄一顆石頭。伊斯坎德在政治上比她涉足更深——也比她死得更透。憶象鏈的繼承者，應該從前人的錯誤中學習。）

「也許我們在明天的晚宴上就會知道了。」瑪熙特說。

「我們會知道些什麼的。」三海草說，言詞間帶著一抹苦笑，和稍早瑪熙特和她交談時聽出的一樣。「只要我這次沒有讓妳眞的被炸死——」

十九手斧大笑。「也是，妳們當然都會去。」

「是的，閣下，」三海草說。「大使有受邀。而我是不會錯過的。」

「那是當然。妳會參賽嗎？」

「我的作品完全無法和二月曆那樣的大師相提並論。」三海草誇張地自貶。她們談及的這名詩人，作品被用作本月的郵件解密密碼。「更重要的是，我並非以吟詠家的身分出席，我只會是瑪熙特的文化聯絡官。」

「犧牲奉獻就是我們的職責。」十九手斧說。瑪熙特無法判斷她是不是在開玩笑。

「我們屆時會見到您嗎？」三海草詢問。

「當然囉。明天晚上，妳們可以和我一起走去東宮。」

瑪熙特想到自己在十九手斧陪同下抵達晚宴象徵什麼樣的政治表態，隨即張口想要反對，但十九手斧用了一個手勢讓她打住，並說：「大使，都城內動盪不安。我有很多空間能接待客人。妳眞以爲妳可以離開這裡嗎？」

間幕

太空仍舊浩瀚無垠：一片空寂虛無中，璀璨閃亮的星辰各在其位。拋下地圖，別管它了。在這裡，在萊賽爾太空站空域內的安赫米瑪門，任何地圖都派不上用場。跳躍門周邊的不連續帶（一小片肉眼和觀測儀器都無從辨識的空間）有一堆殘骸，幾艘船艦和它們的艦長在此喪命。他們在此遇害。

殺害他們的東西很巨大，像是一個輪子裡面長了又一個輪子、再裡面又一個輪子，分成三個部分旋轉，帶著滑亮的深灰色金屬光澤，擁有某種程度的智慧，至少足以使其有能力感到飢渴。那些不幸蒙難的船艦見證了這一點：飢渴和暴力。但它們沒能證明這個智慧體能否進行對話或協商。目前而言，萊賽爾從安赫米瑪門彼端的掠食者身上學到的，就是如何逃跑。最後一艘看到它的船已經返回太空站，沒有被它追上：它要捕食，但不會追著獵物回到對方的巢穴。它為何殲滅其他那些船艦後逃之夭夭，勢必另有緣由。

飛行員大臣荻卡克・昂楚坐在醫院裡，面對親眼見證那個獵食者的飛行員：他正在讓一位醫生做詳盡檢查，但仍然設法告訴昂楚他所見的一切。她讓他重述了三次。她需要記住每字每句。她也會記住她這名手下驚恐憔悴的面容，記住他的眼睛下方如何有兩片深深的陰影在擴散。她認識這個男人——吉帕茲飛行員——在他成為現在這個他之前就認識他了。她也認識他所繼承的憶象：一位名叫瓦莎・恩登的勇敢女性。昂楚自己就是師承瓦莎・恩登，而瓦莎在生前將記憶獻給吉帕茲所繼承的憶象鏈。昂楚難以想像任何一個人可以被嚇成這樣，更別說這個人還帶有瓦莎的一部分。爲此，昂楚也嚇壞了。（昂楚自己的憶象也嚇壞了——她的憶象是個對船艦瞭若指掌的男人，他教授她飛行技術，教她在太空中不應該用飛的，而是要翱翔。經過長時間吸收後，他化爲一閃而過的一陣餘溫、一個聲音，她把那聲音想像成更理想的自我、更理想的本能反應。此刻，他帶給她的感覺像是抽搐、像腸胃翻絞的疼痛：重力不對勁。有什麼東西亂掉了。）

讓她更感驚嚇的是：今天早上才有一則新消息剛送到她桌上，來自一位運輸艦艦長，他短暫停靠在萊賽爾補充燃料，並運走一貨艙的鉬礦。停留時間恰好足夠讓他小心打探最近有沒有人看到巨大的三環星艦在該區出沒。他來自三個跳躍門以外的地方，那裡也有這種船艦在移動——在集結。

這不只是萊賽爾太空站的問題，昂楚心想。她握著吉帕茲的手，感激地摁了一下。那位運輸艦艦長也不曉得要怎麼和大開殺戒的三環星艦溝通，但他堅決認爲它們不夠有「人性」，無法溝通。而姑且不論那是什麼東西，昂楚不是很確定到底要怎麼樣才算是缺乏「人性」到無法溝通的程度。

她只能對議會裡的一位大臣透露這個消息，她還得祈禱對方會在他們決定如何處置的同時保密。她希望手邊還有其他人選，但她只能和達哲・塔拉特談。她需要盡可能找到盟友，不論對方有多可疑。

荻卡克・昂楚不是陰謀論者：她實事求是且經驗豐富，年過六十，累積了十位飛行員前輩的記憶；就算塔拉特對泰斯凱蘭懷有某種陰謀，且已持續數十年，她也認爲自己應付得了他。他派了一位大使常駐帝國，而阿格凡帶回暢通的貿易管道，萊賽爾因而漸漸富裕——噢，還有滿滿的帝國文化，經過跳躍門源源不絕輸送過來，萊賽爾和泰斯凱蘭建立起前所未有的緊密合作關係。但塔拉特在私底下——或是在私下喝醉時——對泰斯凱蘭抱有一種怨毒、根深蒂固的厭惡。他花了很長的時間布局，昂楚希望自己可以不要被捲進去。但她需要一個盟友：飛行員和礦工這兩個團體，在傳統上一直屬於同一陣線，從萊賽爾議會創立初期便是如此。飛行員大臣、礦業大臣和傳承部大臣。他們分別代表航太和資源開採方面最古老的傳承鏈，也是負責保存所有憶象傳承鏈和整體萊賽爾文化的守護者。

近來，傳承部在亞克奈・安拿巴手下經過一番整頓。並不是哲學理念上的重整，昂楚心中一面想，一面沮喪地離開醫院，走向她的辦公室；她刻意走太空站外圍最遠的那條路，只為了讓身體感覺到微弱的重力。不是哲學理念上的重整：安拿巴跟其他人一樣支持萊賽爾，保家衛國的立場也很強烈；她在憶象分配上也沒做出什麼令人擔憂、甚或非比尋常的選擇。她讓昂楚覺得有問題的地方，比意識形態或理念差異還嚴重。

傳承部永遠不該試圖損害理應被保存的事物。昂楚相信這一點，因此她發了一封警告給伊斯坎德・阿格凡，前提是他還收得到警告：我們送去給你的東西，有可能是用來對付你的武器。

但此刻，在阿格凡好整以暇慢慢回信的同時，昂楚需要有人幫她處理經過安赫米瑪門的那個東西。要是傳承部不值得信賴，不管塔拉特對帝國是否別有居心，她也只能妥協找他。

第七章

我們的星辰核心腐爛
不堪重壓
團結支持歐戴爾星系！
——傳單，繪有遭人塗汙的帝國戰旗，於中央九號廣場247.3.11攻擊事件後的清理工作中拾得；將與其他反動文宣一起銷毀。

❁

……在十五至二十四歲這個年齡層的娛樂偏好中，儘管泰斯凱蘭語文學及媒體仍占大宗，此次調查也發現，萊賽爾有大量年輕族群是以閱讀萊賽爾本地或其他太空站的作品爲主。其中最突出的作品類型是短篇虛構故事，包括文字和圖像形式，印製成薄冊或書籍發行（此兩種規格均可由太空站各層的膠片印刷機印製）。這些冊子和書刊的作者通常也同時身兼這類娛樂產品的消費者（亦即十五至二十四歲年輕族群），他們的創作不受傳承部文學局的審核或干涉……

——摘自「媒體消費趨勢」調查報告，由傳承部大臣亞克奈・安拿巴委託進行。

東宮宴會廳的扇形穹頂光芒四射，每條拱肋都以透明材質製成，折射出河川般奔流的金色閃光。天花板頂端掛著淚滴形水晶燈，宛如高懸夜空的星芒。黑大理石地面亮潔如鏡，瑪熙特能在上面看到自己的倒影，她宛若置身星空。

其他人也彷彿被星空包圍。整個宴會廳不但盈滿光亮，還擠滿貴族賓客，他們一下成群交談、一下散開重組，成爲一個不斷變形的巨型泰斯凱蘭有機體。三海草跟在瑪熙特肘邊——三海草一身整潔亮麗的橘紅與乳白雙色情資官制服，但她刻意低調打扮，相對於龐大的宴會廳和其中亮眼的人群，她看起來就是個普通的功能性角色。她問：「準備好了嗎？」

瑪熙特點頭。她收緊雙肩，挺直背脊，展開她身上那件灰色正裝外套的衣袖。十九手斧今早派人去拿她的行李過來，她眞慶幸她唯一的國家機密藏在她體內，而不是某個行李箱裡。泰斯凱蘭宮殿裡四處是閃亮金屬和鏡面，她的穿著相較之下顯得十分單調，但至少就像是萊賽爾的大使，別無其他聯想空間。儘管她稍早和一身潔白閃耀的十九手斧和她的一整群隨扈同行——儘管間諜和造謠人士會對她們同行那段路大作文章，而無視她此刻在宮殿裡的登場。

「萊賽爾太空站大使，瑪熙特・德茲梅爾！」

在必要時，三海草可以發出相當大的音量。她站穩腳步，揚起下巴，爲瑪熙特唱名的樣子，就像要開始吟詠一段詩歌——一聲悠遠、清晰、高亢的呼喊。*她是吟詠家*，瑪熙特暗忖。*她確實説過，要不是因爲我，她今晚會上場吟詩*。一大群朝臣似乎起了興趣，那是一股令人滿意又畏懼的反應——他們的注意力轉移過來，上百隻眼睛隔著雲鉤鏡看向她。她靜立一段時間，剛好供他們打量檢視、建立第一印象：高䠷修長，身穿樣式怪異的野蠻人衣褲，紅棕色的輕盈短髮，高聳的前額毫無遮掩。她和上一位來到此地的族人不同：女性、陌生、不可預測、年輕。一位大使露出笑容可能有許多理由，而不管是因爲哪一個理由，她現在面露微笑。

（而且，她沒有死。這是她和前人的另一個不同點。）

瑪熙特踏過加高的殿門下樓，三海草依照承諾走在她左前方。她熟悉了一下通往宴會廳後方中央的路線，她知道皇帝會從那裡出場。她得在晚宴結束前到那裡。她得穿過光芒熠熠的空間，不要在途中無心犯下任何社交或地緣政治方面的失誤。科學部長十珍珠人在某處，等著進行他們光明正大的公開會面。現在，只要瑪熙特想到他，她都會想起伊斯坎德的那段回憶，他倆針對都城的本質和心智——假如眞有心智——展開的爭論或協商。她一直在想，想著當時那段回憶如何淹沒打斷她。現在她置身泰斯凱蘭宮廷前，絕不能發生同樣情況，但她完全沒有概念如何避免。

在她身後，十九手斧踏入殿門，猶如純白焰火。瑪熙特感到廳內的注意力從自己轉開，她吐了口氣。她喜歡派對——測試她和伊斯坎德相容程度的測驗中，有一項基本要求就是一定程度的外向和社交能力——但現在她很慶幸能喘息片刻，自由選擇要和什麼人交談互動。如果她出了什麼比之前更明顯的差錯，至少也能暫時躲開在場眾人的目光。

「該去哪好？」三海草說。

「介紹個妳喜歡的詩人給我認識吧。」瑪熙特說。

三海草笑出來。「眞的嗎？」

「眞的，」瑪熙特說。「如果這個詩人跟我們尊貴的動衛閣下公然交惡，那就更完美了。」

「開拓文學欣賞的視野和多元政治路線，」三海草說。「了解。我們要來開心一下了，是吧？」

「我努力不讓妳無聊。」瑪熙特單調地說。

「別擔心。去醫院一趟就夠我受了，瑪熙特，現在就是我發揮功用的場合。」三海草雙眼明亮，略顯呆滯，好像她喝多了十九手斧的提神茶飲。瑪熙特擔心她，希望自己有時間或精力處理她的狀況。

「過來過來，我想我看見九玉米了，如果九玉米今晚要發表新作，三十翠雀也會在場聆聽。妳想看到多元政治生態，這裡應有盡有。」

❁

三海草的朋友是一群貴族和情資官，有些身穿情報部代表色之一的乳白色，有些則穿著閃耀動人的宮廷禮服，瑪熙特看不出那些服裝是否代表特定單位——這就是她需要伊斯坎德的場合，就算是他過時十五年的觀察力也聊勝於無。她只看到這些人都閃亮奪目，並且懷疑他們身上佩戴的紫花有某種意涵。以紫花作為佩飾的人太多了：有的是繡在肩帶上，有的用珠母貝或水晶嵌在髮飾和胸章上，比中央九號廣場那位熱心陌生人的胸花更精緻。紫花究竟代表什麼？三海草對此沒有評論，讓人完全猜不透背後可能的涵義。

三海草正式為瑪熙特引介，瑪熙特合攏指尖、傾身鞠躬，當個舉止非常得體的野蠻人——恭敬有禮，偶有聰慧之語，大多時候都靜靜聽這群滿懷抱負的年輕人喋喋不休。他們對話中不時引經據典，她大概聽得懂一半。這讓她產生一種忌妒，她自己也覺得幼稚：一個非公民想被認可為公民的愚蠢嚮往。泰斯凱蘭就是要讓人嚮往，但不會讓那份嚮往如願以償，她很清楚。但當她每次說錯話、每聽到一個她不懂的詞或不確定意思的片語，那股感受就會油然而生。

原來九玉米是位留著細長鬍子、身材結實的男子，膚色比大多數泰斯凱蘭人白，平坦寬大的臉上一對大眼。這個種族的人——習慣寒冷氣候的金髮北方人——瑪熙特在都城還沒見過幾位。地鐵上遇過幾個，中央九號廣場上也有幾位，但在人口普查數據裡，他們的常見度排名第八——她出發前研究過。長相類似九玉米的人很可能是在都城出生，或是來自氣候較寒冷、亞熱帶地區面積較小的星球——或者可能是他的雙親或基因提供者來自那樣的地方，後來再被某個都城居民選上，認爲對方夠有趣、配得上和自己生兒育女。三海草介紹九玉米是一等貴族——不管他的膚色是否異常白皙，他都是泰斯凱蘭人。

「今晚，」瑪熙特問他，「您是否會吟詠您的新作呢？」

「謠言傳得眞快。」九玉米說，目光主要落在三海草而非瑪熙特身上。三海草對他眨了眨眼，彷彿她渾然不知對方爲何暗示他和自己有某種共謀。

「就連外國大使都聽說了。」瑪熙特說。

「眞是榮幸，」九玉米說。「我確實寫了一則新的雋語，沒錯。」

「什麼主題？」另一位貴族熱切地說。「我們正需要一首讀畫詩（註）——」

「那個已經過時了。」三海草悄悄說道，音量剛好足以讓旁人聽見。發言的那位貴族刻意無視她。

瑪熙特努力不破壞三海草營造的效果，但還是被逗得眞心發笑，露出屬於外國人的大大咧嘴笑容。描繪物件或地點的讀畫詩感覺確實很過時。近來引進萊賽爾的泰斯凱蘭詩歌沒有一首屬於那種風格。

九玉米雙手一攤，聳聳肩。「已經有比我更優秀的詩人吟詠過都城的建築了。」他說，瑪熙特猜他表達的意思跟三海草無異，只是說法稍微政治一點。「您喜歡詩歌嗎，大使？」

瑪熙特點頭。「非常喜歡，」她說。「帝國只要有新作傳入萊賽爾，都非常受歡迎。」她此言不假——新的藝文作品在太空站很受歡迎，站民會在內部網路裡傳閱；她跟朋友會熬夜閱讀最新的帝國史詩——對泰斯凱蘭詩歌的喜愛，就是文化涵養的表現，對才剛成年、鎮日準備語言檢定的年輕人而言尤

註：ekphrasis，以修辭的方式呈現繪畫、器物、風景等視覺圖像，詳細描述圖像的各個部位與細節。

其如此。然而，她厭惡九玉米贊同的笑容、他點頭時的傲慢：對他而言，新詩作在偏遠的太空蠻荒受歡迎屬理所當然之事。基於這份厭惡，她接著說：「但我未曾有幸聽過您的詩作，大人。您的作品應該沒在外星刊行吧。」

九玉米的表情變化真是大快人心——他不能回應她的侮蔑，因為那句話出自野蠻人之口。

「那您今天有福了，德茲梅爾大使。」一個新的聲音說道。

「那是一定的。」瑪熙特自動回答並轉過身。

不會錯，正是三十翠雀。他的多股髮辮裡編著一串串白色小珍珠和閃閃發亮的鑽石，另外有一束髮辮繞過前額，模仿泰斯凱蘭王冠的基座造型。他有泰斯凱蘭人的寬嘴、窄額與鷹勾鼻：貴族的典範。他的領口別了一朵真正鮮摘的紫花：翠雀花。

太明顯了，瑪熙特暗忖。她早該發現的。（她還注意到，她看著這名男子時，感覺不到任何伊斯坎德的回憶：代表伊斯坎德在此生活的最初五年內還不認識這個人。三十翠雀對她來說完全是個謎：她沒有任何殘存的情感記憶能仰仗。死前的伊斯坎德肯定認識他，但他死了。她所擁有的裝備既受損——遭人刻意損壞——又過時。）

也許她能建立自己的觀點。這個可能性令人驚恐，卻又有點值得興奮。

她深深鞠躬。「殿下，」她說，接著讓三海草為她誦讀三十翠雀的頭銜。想也知道，他也有專屬的代表詩——「他讓世界淹沒於滿開花海」。瑪熙特好奇這些文字是否由他親自精挑細選。

她直起身子並說：「見到像您這般地位尊貴之人，實在是我的榮幸。」

三十翠雀說：「我知道，任何人在這個宴會上看到我，都只有這個想法。相信我，大使，九玉米的好詩比我區區一個共治皇儲有趣多了——我相信您今晚也會見到另外二位。」

「但您是第一位皇儲。」瑪熙特說。很難不回應這個人的花言巧語，雖然她實際上對這一切毫無興趣，只想知道三十翠雀對前任大使和萊賽爾有什麼看法。

「確實如此，這是我的榮幸，大使。那我想我得好好表現了。這位是您的聯絡官嗎？」

「情資官三海草。」瑪熙特說。

「好久沒在沙龍看到妳了，三海草，」三十翠雀說，「但我想人都難免有工作忙碌的時候。」

「如果各位那麼想念我的吟詠，」三海草說，語氣太過平和，不帶情緒，瑪熙特不曉得她是感到榮幸、受辱或高興，「就在我下班時間邀我吧。」

「當然。」三十翠雀向瑪熙特伸出手。「您在中間這裡是聽不清楚的，大使，」他說。「也許您會想和我一起到音響效果較好的地方。」

瑪熙特想不到拒絕的藉口，倒是有好幾個理由應該接受：進一步避免自己被看作十九手斧囚禁的寵物；藉機向三十翠雀問伊斯坎德的事；能夠實際聽見朗誦的詩作，而非只聽其他人的評論。她將手掌搭在三十翠雀伸出的前臂——他的外套是藍色和銀色的布料，用金屬細線縫得硬挺。她在他的帶領下離開人群，三海草緊跟在後。「您眞是太好心了。」她說。

「人就不能渴望和陌生人炫耀自家的文化瑰寶嗎？」三十翠雀問。「這是您正式進宮的第一晚。」

「是的。」

「前任大使實在是不可或缺的重要人物！我們懷念他。但也許您對詩歌的愛好比他更勝一籌。」

「我的前人不喜歡雋語嗎？」瑪熙特輕鬆地說。

他們停在比較靠近中央講臺的位置。三十翠雀作了個手勢——她只想到十九手斧揮開資訊圖表的樣子——招來一位侍從，後者端著一盤以鐘形深杯盛裝的飲料。瑪熙特低頭嗅聞她的酒：紫羅蘭、酒精和某種她覺得可能是薑的香氣，或來自其他只能在泥土裡生長的根莖植物。

「我相信阿格凡大使比較偏愛史詩。」三十翠雀說。他舉杯。「敬他的回憶，也敬您的前途，德茲梅爾大使。」

瑪熙特想像她一喝下酒便中毒身亡，倒在巨大的宴會廳中間。她將酒嚥下，沒有中毒，只發現恨死這種紫羅蘭利口酒的味道了。她吞嚥了一下，保持得體的面無表情。「敬他的回憶。」她說。

三十翠雀轉動手中的酒杯，紫羅蘭酒的液面搖晃旋轉。「我很高興萊賽爾太空站派了新大使來，」他說。「而且還是個眞正的詩歌愛好者。但您得曉得，德茲梅爾大使——**協議沒談成**。對此我無能爲力，請相信我，我努力過了。」

協議沒談成？

什麼協議？瑪熙特抿住雙唇，只嘗到紫羅蘭的味道。當然，她可以裝出失望來爭取時間。她在心中問：*什麼協議，伊斯坎德！跟誰談的協議！*但表面上點點頭。「感謝您對我直言不諱。」她說。

「我就知道您能夠理解。」

「我能夠不理解嗎？」瑪熙特說。

三十翠雀兩邊眉毛都抬高得要碰到髮線了。「喔，我想像過各種尷尬的反應。」

「您該慶興我沒那麼容易歇斯底里。」瑪熙特說，彷彿進入自動導航模式。*究竟是什麼協議，還有，怎麼會是三十翠雀來告訴我協議破局*——她一面這樣想，一面說著一口高雅得體的泰斯凱蘭語，用虛華耀眼的假象來掩飾她的憂慮。

「希望我沒壞了您的興致，」三十翠雀說。「今晚的作品肯定是首好詩，九玉米的才華相當出眾。」

「也許他能轉移我的注意力囉。」瑪熙特說。

「好極了。那麼，敬您享受第一次的皇家詩賦大賽。」他再度舉起紫羅蘭酒，再喝一口，瑪熙特跟著照做。她永遠擺脫不了這個味道了。

穹頂天花板的拱肋上原本燈光閃耀動人，這會兒黯淡下來，旋即又重新亮起，變成飛快閃爍移動的光點。朝臣之間喧鬧的交談聲靜了下來。瑪熙特回頭看三海草，對方點頭示意她放心，這是安排過的效果。她再望回三十翠雀，他把酒放在一位經過的侍從的盤子上，小聲地說：「我得去右邊站著了，大使。見到您眞是太好了！」

「當然了，」瑪熙特說，「去吧——」

他走開，三海草隨即湊近。瑪熙特說：「麻煩再給我一杯酒？」而三海草幾乎在完全同一個時間點說道：「什麼協議？」

「我還眞不曉得。」

三海草看著她，瑪熙特但願對方臉上的神情不是代表憐憫。「那就來杯更烈的酒吧。」

「而且不要有紫羅蘭？」

「馬上來，」三海草說。「妳不會想錯過這個的。」她以輕到不能再輕的動作拉住瑪熙特的手肘，將她轉向皇座高臺所在之處——

——高臺從地面升起、展開，她本以爲那只是一顆在傾斜地面上微微聳立的卵狀物。瑪熙特想起把她困在中央九號廣場的都城——想起三十翠雀的代表詩：在滿開花海中滅頂的世界。皇座被無聲的液壓引擎推高，旭日光芒四射，如粗實的金矛，和在穹頂天花板流淌的燈光彼此呼應。皇座右側，三十翠雀喜孜孜地站在反射的光影裡；左側的那位女性，瑪熙特估計是八迴圈，她駝著背，拄著一根銀色拐杖，光采卻不減分毫——她雖然已一頭銀髮，戴起箍型冠冕依舊閃耀奪目。

在烈日尖矛皇座中央，六方位皇帝宛若花房裡孕育的種子，或是灼熱星體的核心——這是瑪熙特第一次親睹他的尊容。

她想：他讓人敬畏的也就只有身分——他眼神銳利，卻身形矮小、面頰消瘦，長髮的顏色比起銀色更像髒汙的鋼鐵。緊接著她又想：身分已非常足夠。我只是被自己詩意的幻想在現實中反咬一口。

六方位衰老、瘦小、一碰即碎——筋骨脆弱，身形太過消瘦，彷彿久病初癒。六方位控制了整個儀式，或受其控制——皇帝和帝國不正是同義詞嗎？就像泰斯凱蘭語的「帝國」跟「世界」這兩個詞是一樣的，或幾乎相同。他也控制了所有泰斯凱蘭人的注意力。他舉手賜福時，喘息聲遍布全場，活像每個人都挨了一拳。

幻術和光影的把戲在一瞬間營造出歷史重量——瑪熙特知道這是操弄，卻無法阻止情感起舞。六方位身邊的小孩無疑就是他的百分之九十複製體。一個矮小、嚴肅、一雙黑色大眼的男孩。瑪熙特認爲，光是這個畫面就能顯示繼承權會花落誰家。帝國不會走向三帝共治：而是一位幼年皇帝，和兩位與他共事的攝政王。可憐的孩子，由三十翠雀和八迴圈共同攝政。突然間，她好奇起廳內有誰是一閃電的支持者——會不會大家這麼顯眼地配戴紫色翠雀花，是爲了掩飾他們實際上的少數立場。另外她也好奇科學部的十珍珠人在何處，又打算何時來找她。

「妳準備好謁見皇帝了嗎？」三海草調皮地問。「還是先盯著看一會兒？」

瑪熙特哼了一聲，無可奈何地被逗樂了。「妳第一次看到皇座升起來是什麼感覺？」

「嚇壞了，唯恐自己不配見證這一幕。」三海草說。「妳也是嗎？」

「我不覺得被嚇壞，」瑪熙特說，一邊摸索她的感受，一邊組織句子，「我覺得我……很生氣。」

「生氣。」

「這實在**太多**了。我沒辦法**不去**感覺——」

「當然了。本來就是這樣。這可是皇帝的出場，比太陽更閃耀的皇帝。」

「我知道。但我**知道**我知道，那才是問題。」瑪熙特聳肩。「但不論我的感覺如何，能謁見他，我深感榮幸。」

「那就來吧。」三海草說著，更用力抓她的手肘。「不管怎樣，這是妳身爲大使的責任之一！妳必須得到皇帝正式授職。」

高臺底下有人排隊求見，但隊伍比瑪熙特所預期短，六方位皇帝陛下在每位謁見者身上花的時間都不超過一分鐘。輪到她時，三海草再次宣讀她的名號——這次比較小聲，但同樣清楚——接著她爬上臺階，來到層次繁複如同花瓣的烈日尖矛皇座之前。

泰斯凱蘭人會屈膝磕頭，俯身行完整的跪拜禮。瑪熙特跪下，但沒有俯身——只有低頭，雙手向前伸出。無論對象是對飛行員還是政府大臣，也無論他們所屬的憶象鏈有多漫長悠久，太空站民從不跪拜。但她和伊斯坎德在他們前往都城的兩個月交通時間裡想出這個解決辦法：她在古泰斯凱蘭儀禮手冊的微片掃描檔裡看過這個姿勢的插圖，泰斯凱蘭帝國和伊柏瑞克族第一次正式接觸時，伊柏瑞克的首任外星外交官就是以這個姿勢，在太空船「銘刻玻璃之鑰」號的船頭，向泰斯凱蘭皇帝二黑子行禮。（或者說，該人物的行禮動作在泰斯凱蘭畫家筆下就是呈現成這個跪地的姿勢。）

那是四百年前的事，發生在當時的宇宙邊界。「銘刻玻璃之鑰」號太空船意外穿過一扇新的跳躍門，同時，二黑子皇帝則因十一雲朵篡位而出逃（二黑子最後反攻她和她的軍隊，成功保住皇位——有好幾本小說以這段歷史爲主題，瑪熙特全讀過）。此後，伊柏瑞克族一直是帝國的好鄰居：安分守己，不隨意越過他們和泰斯凱蘭兩地之間的跳躍門。她和伊斯坎德思量過，這樣行禮能夠不失尊敬地顯示出他們與帝國的距離。

伊斯坎德告訴她，他自己當初受六方位接見時就是採取相同的行禮姿勢。

直到此刻，當瑪熙特臣服地跪下，但挺直腰桿伸出雙手，她才納悶著自己是否在重蹈覆轍，透過這個象徵性的典故，讓萊賽爾全體人民變成**非人類**的存在——

皇帝握住她的手腕，輕輕拉她起身。

她還站在皇座底下兩階的位置，維持與皇帝等高。他的手指環住她的腕骨，突如其來，她因而嚇了一跳。他的手指好燙，整個人全身高燒發熱，但瑪熙特若沒被他觸碰到，根本不會曉得。他用了某種柑橘和煙燻木質調的香水。他直直望向她、望穿她——她發現自己忍不住露出笑容，想壓下一股不屬於她的熟悉親切感。頓時，她以為又有一段回憶要閃現，以為自己的意識要被故障的憶象機器傳送到另一個時空、回到伊斯坎德的記憶裡——但不是，不，她感覺到的單純就是內分泌反應。

在憶象傳承的過程中，感官記憶是最強勢的內容。嗅覺，有時還有聽覺——音樂能召喚回憶，嗅覺和味覺則是敘事性最低、概括性最高的那種記憶，最容易從一個人身上移轉給傳承鏈的下一個人。伊斯坎德可能沒有消失得如她想像中徹底——她一面由於他的神經化學反應而莫名暈眩，一面覺得自己或許可以懷抱如此期望。

「皇帝陛下，」她說。「萊賽爾太空站向您請安。」

「泰斯凱蘭向妳問候，瑪熙特．德茲梅爾。」皇帝說，彷彿出自真心，彷彿他很高興見到她——

伊斯坎德究竟在這裡**幹了什麼好事**？

「帝國正式授予妳外交使節的職權，」六方位接著說。「我們對新任大使人選非常滿意，並致上我們的期盼，願妳在此地的服務也能促進雙方的共通利益。」

他依舊握著她的手腕。他手掌上有一道粗厚的疤痕，抵在她的皮膚上，她鮮明地記起她的第一次記憶閃回：伊斯坎德劃開自己掌心立下血誓。她接著又好奇地想，皇帝一輩子需要立多少次血誓。他發燙的手握得用力，而她還沒從那一陣**不屬於她**的催產素帶來的愉悅感中恢復。她是多麼想質問伊斯坎德，他跟**泰斯凱蘭皇帝**究竟是什麼關係？不可思議地，她讓自己點了點頭，以正確的禮節感謝六方位、鞠躬，從皇座前的臺階退下，沒有失足。

「我需要坐下來。」她對三海草說。

「還不行，」三海草語帶同情地告訴她。「十珍珠正朝我們走來。妳要昏倒了嗎？」

「人民謁見皇帝之後昏倒是很常見的事嗎？」

「那種事大多是在新聞後的晨間劇裡，但到頭來，最離奇的事反而最常一再上演——」

瑪熙特說：「我沒有要昏倒，三海草。」

三海草握起她的手，摁了一下。「好極了！妳表現得眞的很好。」

瑪熙特沒那麼有把握，但她當然可以在政治舞臺上演好這場該死的戲。她也輕握三海草的手指，然後放開。她離開皇座，走向成群亮麗賓客之間的一處空地。她察覺到旁人的注意力在她周遭轉移——結束謁見的皇帝正坐回去和他的小複製體低聲交談，群眾的目光移向這個野蠻人大使，她置身於明亮開闊之處，就像在向所有人宣布**有大事要發生了**，也許他們應該好好看著。

就一位博理官（科學部長當然也是科學家，不會只是接受指派的官僚）來說，十珍珠頗有表演才華，他知道瑪熙特同意他公開會面的提議，接受賭局。這裡就是地宮之內最公開的場合，他想必明白。接下來的五分鐘會占據明早的新聞，旁邊配上皇帝握著瑪熙特手腕的全像投影圖像。他大步朝她走來，深紅禮服燕尾在身後飄旋。他身材削瘦，像典型的科學家駝著背，比記憶片段裡的樣子更老、駝背也更嚴重——但他的每根手指仍然都戴了戒指：珍珠母貝的細戒指，上面沒有鑲其他寶石，以此搭配名字——很浮誇，但又有點自嘲。瑪熙特挺欣賞的，她和伊斯坎德有同感，他們倆對別人的笑話抱持著同一種多愁善感的欣賞。但瑪熙特無法確定這樣的感覺是否出於自己的真心。

「大使，」十珍珠說。「恭喜您正式授職。」

瑪熙特合攏指尖、傾身鞠躬。「眞是感謝。」她說，用詞比她在宮裡應該維持的禮節更不正式一點。但是，既然她打算在這場會面裝成沒見過世面的天眞外國人，那麼她就裝到底吧。雖然她的腦裡還是充滿被憶象引發的神經傳導物質——她謁見皇帝時的那股催產素；伊斯坎德和這位男子十五年前那場對話的餘音；地鐵；都城作爲一個心智，一個監視著所有人動態的演算法，完美無瑕地運作。

「我對前任大使遭遇的不測深感遺憾，」十珍珠接著說。「我感覺自己有責任，我當初應該詢問他的身體有無過敏症狀。」

過敏症狀！這個說法還眞巧妙。瑪熙特強烈希望自己不要失控傻笑，免得毀了這場演給媒體看的戲。「我相信您已盡己所能。」她成功維持嚴肅的表情，並繼續說道，「當然，萊賽爾太空站對科學部絕無敵意。」就連野蠻人都曉得何謂**敵意**；那是機械性的外交用語，在開戰前出現的事物。

「您眞是通情達理，」十珍珠說。「貴國政府實在慧眼獨具，您無疑是個正確的人選。」

「希望如此。」瑪熙特說。她一臉討好、睜著大眼，就是個容易上當的外地人，不會構成什麼政治威脅，完全不會，就算皇帝那樣親切地招呼她也不會。當然了，這戲演不了多久——她也只需要和十珍珠玩這把戲——但演這齣戲給新聞媒體看，或許能讓她得到一點掩護。在殺害伊斯坎德的凶手（這人肯定是危險人物）也嘗試刺殺她之前，也許能爭取個幾天，或是一週。

她之前沒實際那樣想過。她沒有覺得自己是在爭取時間。

思考到這個層面，殘存神經傳導物質造成的欣快感隨即被打回正常值。

「阿格凡大使沒留下太多筆記，」她繼續說，同時聳聳肩，像是在說：我們又能拿死人犯的錯誤怎麼辦？「但不論他和科學部著手合作什麼計畫，我當然都很樂意深入了解。」她迅速吸了口氣，然後換上伊斯坎德的表情模式。那是一種既熟悉又陌生的屈伸感，屬於他那張肌肉較粗大、眼窩較深的臉孔。她接著說：「零失誤、零衝突的自動化系統——一套不會出錯的演算法，肯定是存在的。」

十珍珠的目光在她身上久待。她用伊斯坎德多年以前說過的話引他另尋隱私的場合會面，這麼做是否太明顯了？但策略合適。十珍珠接著點頭說：「我們倆可以讓阿格凡大使生前的一些目標死灰復燃——他對我們的自動化系統非常感興趣，也很關注這類系統能如何應用在你們的太空站。我相信您也是。不如請您的聯絡官安排時間地點吧，相信我們這週可以找時間見個面。」

死灰復燃這個說法未免太恐怖了。「當然，」瑪熙特說。她再次鞠躬。「希望我們未來都能收獲豐盛的成果。」

「當然，」十珍珠說。他走上前，稍微逾越了一點泰斯凱蘭標準下的人際距離，來到瑪熙特恰好最感舒適的範圍內：在空間不足的萊賽爾太空站，朋友和朋友之間就會站得這麼近。「務必小心，大使。」他說。

「小心什麼？」瑪熙特問。她不打算戳穿自己故作遲鈍的假象。

「您已經跟阿格凡當時一樣，引來萬眾矚目了。」十珍珠露出泰斯凱蘭人的標準笑容，主要只牽動雙頰、張大雙眼。瑪熙特仍看得出那只是表面工夫。「看看四周。想想您和前任大使如此欣賞的自動化系統，它的眼睛能看到什麼。」

「噢，」瑪熙特說。「這個嘛，畢竟我們就在皇座前面。」

「大使，」三海草出現在瑪熙特身旁說，「我記得您想欣賞詩賦大賽。比賽就要開始了，或許十珍珠部長也想聽聽宮裡最新的詩作？」

她咬字非常緩慢並清楚，裝得像是不知道瑪熙特能否理解正常語速的泰斯凱蘭語。她不需指示，就能理解並配合她的計畫，瑪熙特感激得好想把她抱起來轉圈。假如伊斯坎德沒有消失，這就是她一直以來應該有的感受嗎？一個憶象應該要讓繼承者擁有的感受：兩人無須具體溝通，就能共同完成一個目標。完美的同步。

「我就別讓大使分心了，」十珍珠說。「去吧。」他往講臺左側揮手，九玉米和一群朝臣已經在那裡聚集。瑪熙特再次向他表達感謝——並且故意把最正式的感謝詞搞錯發音。雖然她知道自己玩得有點過火，但看著他挖空心思想搞清楚她是否說謊、用了什麼方式說謊，那景象還是讓人十分爽快。

她和三海草安全離開他聽力所及範圍後，她低下頭悄聲說：「我覺得一切還算順利。」

「我以爲妳是想坐下來休息，而非對**科學部長**裝出一副未開化的樣子。」三海草用氣音說，但兩眼炯炯發亮。

「妳玩得開心嗎？」瑪熙特說，同時發覺憶象帶來的神經化學作用其實尚未結束——她仍舊整個人飄飄然，愉快而雀躍。她跟十珍珠交談時並沒有那種感受，但現在，三海草攀著她的手——

「有，可開心了！妳打算一直都表現成這個樣子嗎？他可不笨，瑪熙特，等我安排好你們的會面，他就會摸清妳的把戲了。」

「那不是針對他，」瑪熙特說。「是爲了觀眾。宮廷和新聞媒體。」

三海草搖搖頭。「這眞是史上最有趣的工作了，是吧？」她說。「我答應要幫妳拿杯酒來。來吧，他們要開始了。」

◎

現場朗誦的第二首詩是一首離合詩（註），以每行詩句開頭的字符拼寫出詩人假想的已逝愛人之名，情節描述這位愛人犧牲小我，拯救太空船上的船員在眞空故障意外中逃命，是一段痛徹心扉的悲劇故事。這首詩吟詠到一半的時候，瑪熙特突然醒悟，自己當下就站在泰斯凱蘭宮廷中，聆聽泰斯凱蘭的詩歌比賽，手裡拿著一杯酒，還有一位聰明風趣的泰斯凱蘭朋友相陪。

這是她十五歲時夢想擁有的一切。全在這裡。

她以爲自己應該爲美夢成眞而開心，卻只有一種唐突的不眞實感——疏離斷裂、與她個人無關，彷彿這一切是發生在別人身上。

他們發表的這些詩寫得很好，有些更堪稱優秀——句句符合韻律的同時，還押出精巧的行內韻，或是有一位吟詠家用泰斯凱蘭特有的半唱半念風格，做出格外行雲流水的疾速朗誦。優美別緻的意象在瑪熙特腦中紛湧，她卻什麼感覺也沒有。她只希望自己有每首詩的文稿，用字符抄錄下來，讓她能在某個安靜無聲、不受干擾的地方獨自閱讀。只要能讀這些詩就好——用自己的聲音朗誦，嘗試念出詩中的韻律和起伏，感覺它們在她舌頭上移動的方式——她一定會感受到它們的力量，她向來都感受得到。

她喝下杯中的酒。三海草幫她拿了某種陌生穀類釀成的酒。光線在淺金色的酒水中湧動，入口時讓她喉嚨一陣燒灼。

註：一種短詩的體裁類型，常見特色是將詞句拆成單字，或單詞拆成字母，嵌於詩句的每行開頭、中央或末尾，讀者依次閱讀時可重組出隱藏的文意。中文的藏頭詩即是一例。

輪到九玉米吟詠時，他的作品如三海草所說，是一首短詩。他還沒開始——只是站到場上，清清喉嚨，然後朗讀一段三行詩節：

空港滿積豐饒物產，
百姓手抱異邦花朵，
星圖恆動，船艦不歇，

他猶疑停頓的時間恰到好處，暗示一個轉折、一個休止。瑪熙特感覺全場的人都跟著他屏息。不論她對他多麼反感，都能理解他何以受宮中文人雅士推崇：他一開口朗誦，魅力就跟著放大。這就是他與生俱來的使命。在萊賽爾，他會是詩人憶象鏈的準繼承人——前提是萊賽爾有這種東西。

花苞待放，空虛無果。九玉米吟誦。

接著他坐回原位。

緊繃的張力沒有釋放。空中滯留著一種不安，如瘴氣飄浮。下一位詩人在一片尷尬的靜默中走上前，腳步在地上拖行出聲。她念出自己作品的第一行時結結巴巴，不得不從頭開始。

瑪熙特面帶疑問看向三海草。

「政治，」三海草低聲說。「那是一則……時政批評，就許多方面而言都是。我本來以為三十翠雀把九玉米管得服服貼貼，但人總是有意外之舉。」

「我以為他主要是在批評八解藥？」瑪熙特說。「那個小孩。花苞待放……」

「是，」三海草蹙緊眉頭，「但是，導致都城逐漸充滿帝國各地進口物產的皇儲，其實是三十翠雀。他就是以此致富——他從家族所在的西弧星系群進口了貨物。還有那個關於貪腐的暗示，百姓拿著花……進口的貨物帶有某種毒性……彷彿三十翠雀的財富，就跟來自帝國以外的進口貨一樣，都是糟糕透頂的東西。」

以文學分析談論政治。有哪項適性測驗能夠測試出這方面的能力嗎？或者，這就是泰斯凱蘭人靠耳濡目染習得的本事？瑪熙特想像得出兒時的三海草，午餐時間跟同學一起解譯〈諸樓宇〉詩中的政治意涵。這畫面不難想像。

「那就只剩八迴圈沒被批評到了。」她說。

「她沒被公審，只因爲大家故意忽略她，」三海草說。「我覺得那不只是在談**哪個皇儲最優秀**，瑪熙特。九玉米爲什麼要選一個這麼危險的主題？」

瑪熙特想到泰斯凱蘭社會中非常根本的一個預設概念——「世界」等於「帝國」，等於「都城」——如果這個概念崩塌，進口貿易就會令人不安，外來物品也會成爲危險的代表，縱使它們只是來自帝國疆域內遙遠的某處，而非眞正的異邦。而且，像她這樣的野蠻人就是不應該理解，一首關於危險腐敗異國花卉的詩歌，爲什麼實際上是故意寫來讓泰斯凱蘭人坐立難安。

但如果某個星群不再是「異邦」——如果世界夠大，亦即帝國夠大，大到含括吞沒世上一切野蠻之物——嗯，那這個星群便不再野蠻，不再危險。如果說九玉米指出進口貿易的威脅，那麼他同時也在呼籲（或至少是提議）泰斯凱蘭採取行動，化解威脅，予以教化。而泰斯凱蘭帝國的教化一向採用武力——讓外邦接受泰斯凱蘭的同化。採用武力，也就是發起戰爭。九玉米其實不是在談三十翠雀，而是在聲援任何準備開戰的政治勢力：大批移動的軍隊、一閃電和他的軍團及支持者——但也包括六方位，他讓艦隊準備就緒，蓄勢待發一如他登基初期，當時的他親自率軍征伐外星。

「一閃電的支持者今晚都在哪呢，三海草？」她問。「這首詩是寫給他們的。寫給所有想讓泰斯凱蘭更壯大、更集權、更不仰賴進口貿易的人。」

「他是民粹主義捧出來的，在宮廷裡可不受歡迎。但我很確定——**噢**，」三海草說。「噢。是這樣啊。我們要準備開戰了。」

「一場迫在眉睫的戰爭，」瑪熙特說，語氣因這項發現而變得焦躁興奮。「侵略行動，一場征服之戰。爲了讓那些地方不再那麼**異邦**。」

三海草搶過瑪熙特的酒杯，喝一大口後還給她。「帝國在我出生後就沒有發動過侵略。」

「我知道，」瑪熙特說，「我們太空站的人有上過歷史課的。我們很高興泰斯凱蘭這個鄰國是個休眠的掠食者——」

「妳講得好像我們是無腦的禽獸。」

「不是無腦，」瑪熙特說。她只能這樣和三海草道歉。「絕對不是。」

「但還是禽獸。」

「你們確實很愛侵略別人。我們在講的不就是這個嗎？侵略戰？」

「不是。如果我們主張排外、發動種族屠殺，如果打完仗不把新的領土**納入帝國**，那才是侵略。」

納入世界。只要那個動詞的發音稍微一改，三海草說的就會是**如果我們不把新的領土帶進現實世界**，但瑪熙特明白她的意思：她指的是一個行星或太空站加入泰斯凱蘭帝國能獲得的各種繁榮，不管是經濟上或文化上的——取泰斯凱蘭語的名字，獲得公民資格，吟詩作對。

「我們就別爭了，三海草，」她說。「我不想這樣。」

三海草抿起雙脣。「我們終究要爭的。我想了解妳的想法，這是我的工作。但我們可以晚點再爭。皇帝快宣布比賽贏家了，妳瞧。」

詩賦大賽已經結束。瑪熙特完全錯過最後幾位參賽者的朗誦，他們沒人像九玉米那樣引起全場騷動。此刻，皇帝由動衛攙扶起身——他們是否一起討論、選出優勝者？三十翠雀，兩位瑪熙特不認得的泰斯凱蘭人，和亮麗依舊的十九手斧，她不認爲這群人能如此迅速得出結論。在滿室閃耀的光線下，十九手斧的一身白衣幾乎是個讓人視覺放鬆的喘息空間。

六方位做了個手勢，比向一位瑪熙特半點印象都沒有的詩人。她看起來和眾人同樣詫異自己獲此殊榮，群眾如預期發出讚許的呼聲，尷尬猶豫，彷彿他們也不確定剛剛發生了什麼事。

「那是誰？」瑪熙特悄聲問三海草。

「十四尖塔，」三海草說。「她的能力算基礎級，乏味透頂，一直都這樣。她沒贏過任何比賽。」

九玉米面無表情。瑪熙特看不出他對如此明白的打壓是感到高興還是憤怒；他是否下定了決心，故意要砸今晚的場。十四尖塔跪拜在皇帝跟前，接下一枝口吹玻璃花作爲獎品，然後站起身。朝臣們聚在一處，有點勉強地喊出她的名字，瑪熙特跟著呼喊——不然就顯得很奇怪了。

「妳要把酒喝完嗎？」三海草在呼聲漸歇後說。

「要。怎麼了？」

「因爲我接下來會針對十四尖塔使用類韻的方式嘮叨個一整晚，而妳非在旁邊聽不可，所以我們倆都應該喝得稍微再醉一點。」

「喔，」瑪熙特說。「既然妳都這麼說了。」

第八章

六方之掌（泰斯凱蘭帝國軍最高指揮官）

致

艦隊三漆樹艦長

249.3.11——六方位皇帝，代碼19（最高保密等級）

第二十六軍團第八至第十三部隊立即準備撤離歐戴爾星系，唯第九部隊停留原地，聽令於十八渦輪部隊長。第八至第十三部隊立即移動至下述座標位置，與帝國第三艦隊其餘官兵會師，準備通過跳躍門前往帕札旺拉空域。加快動作。

訊息結束。座標位置下收。

——泰斯凱蘭帝國六方位治下第十一紀元第三年第二百四十九日，三漆樹艦長於歐戴爾一號星接獲之訊息。

◎

萊賽爾太空站感謝你有志延續我們最深遠的傳統——在太空中移動，服務我們的人民。飛行員公會驕傲地歡迎各位志願者參加講習，這本手冊整理了申請加入飛行員公會的準備方式，供你在接受適性測驗前參考。志願者需留意以下申請條件：具備古典物理、量子物理、基礎化學、工程學四學科的數學先修學力；體檢等級達優等二級，手眼協調能力達優等四級；空間概念和本體感覺測驗項目取得高分；團體協力和個人主動性需同時取得高分……

——萊賽爾飛行員公會發送給青少年準申請者（十至十三歲）的說明手冊。

瑪熙特喝著她的第三杯淺灰色烈酒——三海草一直拿酒給她（三海草自己喝某種被她稱為「腐果釀」的乳白色飲品，瑪熙特相信那個名稱指的是「熟爛爆開的水果」——至少她是如此理解這個陌生詞彙的字根。而她想不透為什麼那種東西會好喝，更別提怎麼會有人連喝好幾杯）。她喝到一半，發現自己站在一群泰斯凱蘭人外圍旁觀，他們進行的活動不算是詩歌比賽，而是完全以即席吟詩能力分高下的鬥智。起先，他們像是在玩某種遊戲：三海草有一個喝茫了的聰明朋友說：「我們來玩一下，好吧？」接著就拿十四尖塔平淡的獲獎詩作最後一句當開頭，創作出一首四行詩，從標準的十五音節拜占庭重音詩格式轉換成某種充滿揚抑格的體裁。接著，她用下巴指了指三海草另一位朋友，向對方下戰帖——那人接續她的最後一句，顯然也成功在毫無準備的情況下創作出一首完全合格的四行詩。瑪熙特聽出他用的幾個典故：他的風格模仿自她讀過的一位詩人，十三筆刀，在詩句休止的前後都使用相同的母音組合。

在那之後，模仿十三筆刀的風格似乎成了當天的競賽規則——三海草玩了一次，然後輪到另一名女子，再來換一位瑪熙特分不出性別的泰斯凱蘭人，最後回到起初向大家挑戰的那位——她再度更改遊戲規則，新增一個條件：現在，每首四行詩都要以前一首的最後一句起頭，使用帶類韻休止的揚抑格，並且以都城基礎建設的修繕為主題。

在這個主題上，三海草的拿手程度簡直令人惱火。就算喝了那麼多杯腐果釀，她依然思緒清晰，笑著念出這樣的詩句：澄明如鏡的水池邊緣灌漿封起／數千泰斯凱蘭人的足印，如舌將之舔平舐淨／無以長存，磨作砂粒／它將再度爲人傳頌／在喧囂中重新塑形／化身某一府邸。而瑪熙特明白了兩件事：第一，她若想參與遊戲，只需往前站到圈圈裡，就會有人挑戰她，跟其他任何一位泰斯凱蘭人無異；第二，她會慘敗得一塌糊塗。她不可能辦得到，她花了半輩子的時間研讀泰斯凱蘭文學，才只能勉強跟上遊戲的進行、聽出幾個典故。如果讓她上場一試身手，她一定會——喔，她不會被他們嘲笑。他們會很寬容，寬容一位可憐無知、如此努力想成爲文明人的野蠻人，而且——

三海草壓根沒把心思放在她身上。

瑪熙特退後溜走，離開那群聰明伶俐的年輕人，遁入宴會大廳星光熠熠的扇形穹頂底下，努力別讓自己萌生泫然欲泣的感覺。爲了這種事哭泣毫無意義。她如果想哭，應該是爲伊斯坎德而哭，或爲她艱難的政治處境而哭，而不是因爲自己無法在描述水池灌漿的同時引用數百年前的古詩，藉此暗喻政府部門內鬥。在喧囂中重新塑形／化作某一府邸。在太空站時，她的一本詩集裡收錄了這首被引用的詩，當時她還以爲自己**讀懂**了。她沒有。

大廳依舊擠滿酒醉的朝臣，若要說跟先前有什麼區別，就是人潮似乎更多了。第二批人跑來加入派對，但現在詩賦大賽已經結束，皇帝也退席了——六方位本人不知去向，瑪熙特對此感到很高興——因爲她難以在看著他的同時不去渴望**接近**他；因爲他手握大權，看起來卻如此脆弱，有一部分的她（她想主要是伊斯坎德所占的那部分）希望他去休息，別浪費時間娛樂這群閃耀華麗的泰斯凱蘭人。她爲自己再拿一杯酒（事到如今，多喝一杯差別也不大了，而且她已經搞懂要怎麼避開任何帶紫羅蘭或酸乳花香的酒類），接著邁步穿過室內。

大部分的人要不是避開她，就是用與她職位相襯的正式禮節和她打招呼，這完全沒有問題，其實也很讓人愉快。即使沒有伊斯坎德幫忙，她也有能力應付傳統社交禮儀，她有能力讓自己風趣討喜——這些都在她的能力之內，她就是因爲這些能力、這些資賦而特別被選中。而萊賽爾從來沒有任何一項適性測驗在評鑑受試者即興作詩的流暢度。那只是一個野蠻人小孩渴望的夢想。

她在自怨自艾。同時還有點醉。

也因爲這樣，她完全沒料到會出現非常、非常高眺，身穿淺灰金色絲質斜裁長裙的人，這人伸手搭在她的胳膊，讓她轉身。大廳在瑪熙特停下來後還持續轉了半晌，這點值得她擔心。

從五官看來，撇下她的這名女子並非泰斯凱蘭人，從服裝看來就更不可能了。她裸露雙臂，雙腕各戴一只厚重的銀製手環，左臂還有一條更寬的布環，瑪熙特對她臉上的妝容很陌生：她的眼皮塗滿紅色和灰金色的乳霜，像是一幅風景畫，描繪著某顆遙遠行星上的晚霞雲彩。

「您就是萊賽爾大使！」她爽朗地說道。

瑪熙特合手躬身行禮，對方也是——但姿態尷尬。非常不熟練。

「是？」

「我是格萊絲，達瓦星的大使。來和我喝一杯吧！」

「喝一杯啊。」瑪熙特說這句話只爲了爭取時間。她想不起來達瓦星是哪裡。是泰斯凱蘭版圖中最近被併吞的星球之一，這點她很確定，但他們是出口絲綢的那個、還是以數學學校聞名的那個？這就是憶象應該派上用場的地方：幫你記得你應該知道卻不知道自己應該知道的事。

「沒錯。」格萊絲說。「您喝酒嗎？貴太空站有酒嗎？」

喔，瑪熙特心想，眞是要命。「有，我們有酒。非常多。您喜歡哪一種？」

「我在酒吧裡到處試。體驗當地文化，您懂的。您懂的！」格萊絲的手回到瑪熙特手臂上。瑪熙特隱隱爲對方感到某種噁心的憐憫之情：她被她的政府派駐此地，她的星球剛成爲泰斯凱蘭的藩屬，而她孤身一人（就像瑪熙特也孤身一人——但本來不該如此）。在泰斯凱蘭，孤身一人的感覺就好像在新鮮空氣裡溺水一樣。

會讓人想試遍酒吧所有的酒，並稱其爲**體驗當地文化**。

「您到這裡多久了？」瑪熙特問。她抵達都城的頭幾分鐘，三海草也在陸行車上問過她同一句話。

您到這個世界來很久了嗎？

格萊絲聳肩。「幾個月。現在我不是最菜的了——您才是。您應該來我們的沙龍——好幾位來自偏遠星群的大使隔週舉辦聚會——」

「然後做什麼？」

「談論政治。」格萊絲說。她笑起來的時候，和藹又略顯迷惘的表情就消失了。她有很多顆小小的牙齒，大部分都很尖銳。那不是太空站民的笑，也不是泰斯凱蘭人的笑，瑪熙特在令人暈眩的片刻之間感覺到銀河的寬廣無垠——穿過一扇跳躍門就能去到那麼遠的地方。門的另一端有可能是人類，或是某個長得像人卻不是人的東西——

泰斯凱蘭人才會這樣思考。她愈來愈精通此道了，可不是嗎。

「發個邀請給我吧，」瑪熙特說。「我相信達瓦星的政治和萊賽爾息息相關。」

格萊絲的表情一僵，尖牙顯得更爲鋒利。瑪熙特好奇達瓦星是否流行把牙齒磨尖，或那只是一項隔離影響演化的特徵，就像適應自由落體狀態的變種族群。「相關程度超乎您所能想像，大使。」格萊絲說。「泰斯凱蘭派給我們的總督幾乎不曾來打擾我們，更別提邀請我們參加這種聚會了。您的太空站也許能參考參考。」

瑪熙特不確定這是否代表威脅（來參加我們的沙龍，加入我們這些大使的小團體，等泰斯凱蘭吞食你們的時候，你們還可以留個全屍被吞下肚），還是誠心表示同情。無論如何，她都感覺受到冒犯。這個從達瓦星——她還是想不起來那裡是以絲綢還是數學聞名——來的女人，在這裡自以爲能給瑪熙特建議。她今晚收到的建議已經夠多了。

瑪熙特露出笑容，嘴角往後拉成獰笑。「也許，」她說。「希望您順利找到新酒來嘗鮮，格萊絲大使。晚安。」

她單腳轉身，大廳再度旋轉起來，但她認爲她走起來依然筆直。趁她還沒遇上哪個眞能對她或太空站構成威脅的人，她需要趕緊離開這裡。她需要獨處。

地宮的皇座廳有許多扇門通向廳外。瑪熙特隨機挑了一扇溜出去，消失在皇帝固若金湯的堡壘裡。

❁

地宮主要以大理石和黃金砌成，還有星辰嵌飾和微光照明燈，看起來永遠像黎明將至的天色：就如同太空站轉回離他們最近的行星、逐漸接近時，恆星閃焰和針尖般的星點交織在一塊的景象。宮裡的人數不及瑪熙特預期的一半，且幾乎沒有守衛或警員在場。她沒看到戴金色面罩的太陽警隊，雖然他們跟這裡的裝潢應該會無比相襯——只有幾位面無表情的男男女女，戴著淺灰色臂章，體態精實，配有電擊棍，架勢非常危險，或說一旦遇到挑釁就會變得非常危險。泰斯凱蘭沒有射擊武器，就連皇宮裡也沒有；屬於外太空的某些文化，終究還是傳到最文明的地方。她自己到處亂晃，只避開持電擊棍者所看守的門，途中沒人阻攔：她**不能去**的地方爲她決定了路線。

當她發現這座花園的時候，酒意已經醒了許多，沒有頭暈或虛弱感——只剩微醺，若隱若現的異樣感。她意識到自己跌跌撞撞來到的是哪種花園時，不禁慶幸自己處在既非眞的喝醉、也沒完全清醒的狀態。這個地方的中央刻出一塊小小的心形。比起花園，這裡更像是房間：外型像窄口的瓶子，一根向夜空敞開的煙囪。都城溫煦的微風鑽進屋內，愈吹愈平緩。空氣裡濕氣凝重，瑪熙特的肺往下沉，水氣也餵養了攀到花園牆上四分之三高的植物。最深邃的翠青和新生的淺綠，以及藤蔓上數以千計的紅花——還有鑽進花朵吸食花蜜的小鳥，鳥喙幾乎和瑪熙特的拇指等長。牠們像昆蟲那般飄懸俯衝，拍動翅膀，彷彿在哼著歌，整座花園都齊聲鳴唱。

她往花園內走了兩步，腳踏在覆滿青苔的地面上安靜無聲。她好奇地抬起一隻手，一隻小鳥飛下來，在她指尖站穩，再度飛開。她甚至感覺不到重量。感覺好像幽靈，甚至可能根本沒有降落過。

太空站上不可能有這種地方，就算是大多數**行星**也不可能。她繼續走進這奇異昏暗的生物園區，同時抬頭凝視，想知道這些鳥爲何沒有往上飛到煙囪口，逃入泰斯凱蘭的蒼穹——外頭對牠們而言顯然也夠溫暖，雖然少了那麼一大片紅花，花蜜就少得多了。也許光是略施小惠，就足以讓一整個民族心甘情願爲人所困。

略施小惠，再圍上一面精美的網子。她把頭抬到正確的角度，隨即看見煙囪口上一條條幾乎細不可見的銀線。

「妳爲什麼在這裡？」有個人發話——聲音高亢、纖細、泰然自若。瑪熙特拉回往上看的視線。是皇帝的百分之九十複製體，八解藥，和十歲時的六方位一模一樣。這孩子的黑色長髮沒有束起，垂在肩上，除此之外，他一身打扮整潔無瑕，看起來就和稍早瑪熙特向皇帝伸手行禮，而他靜立在旁的時候一樣。他長得不高，未來也不會有多高，除非他基因中不是由皇帝提供的那百分之十恰好具有高䠷身材的遺傳標記。他現在的身高很剛好，適合他和美麗的籠中鳥一起待在這怪異的空間裡；他看著瑪熙特，好像她是擋在繞行軌道上的太空垃圾。

「妳是萊賽爾太空站的新任大使。妳為什麼在這裡，不在派對上？」

以十歲小孩來說，他使用的言詞淺白得令人憂慮。瑪熙特想到二地圖，五瑪瑙的小兒子，六歲就在學軌道力學。孩子學的都是大人期待他們知道的東西，她也不例外。她十歲的時候，在萊賽爾學會修補破損的艙殼、計算接近中的船艦的行進軌道；她知道離她最近的逃生艙在哪裡，也知道如何在緊急狀態下操作。她還學會用泰斯凱蘭字符寫自己的名字、背誦幾首詩歌；她會醒著躺在她狹小安全的寢艙裡，夢想成為九蘭花那樣的詩人，在遙遠行星上冒險。不曉得這個孩子有什麼夢想。

「殿下，」她對他說。「我想多看看這座皇宮。如有打擾，我十分抱歉。」

「萊賽爾的大使都很有好奇心。」八解藥說道，好像一首雋語的開場詩句。

「我想確實如此。這裡——您很常來這裡嗎？這些小鳥兒都好漂亮呢。」

「太陽神鳥（註）。」

「那是牠們的名字嗎？」

「在這裡是叫這個名字。牠們在原生地有另一個名字。但這些是宮廷蜂鳥。萊賽爾沒有鳥。」

「對。」瑪熙特緩緩說道。這孩子認識伊斯坎德。而且伊斯坎德和他說了一些萊賽爾太空站的事。

「我挺想看看那種地方的。」八解藥說。

「我們沒有。我們那裡的動物非常少。」

她欠缺某項關鍵資訊。（照理說，她相信根本不應單獨且非正式地跟這孩子碰面。）「您可以來，」她說。「您是有權力的年輕人，等您成年後，若您還想來作客，萊賽爾太空站會非常榮幸。」

八解藥的笑聲聽起來並不像十歲小孩。他聽起來故弄玄虛、忿忿不平又聰明伶俐，引起了瑪熙特的……某種渴望，某種她難以言喻的情感。殘存的母性。渴望抱住這個孩子，這個被獨自丟在皇宮裡的孩子，他認識鳥兒的名字，卻沒有朋友或保姆相陪。（但他的保姆肯定在某處。也許都城本身那套**完美的演算法**就在監視著他們兩人。）

「我也許會問問看，」他說。「我可以問問看。」

「您可以。」瑪熙特附和。

八解藥聳肩。「妳知不知道，」他說，「如果妳手指往花裡沾一下，太陽神鳥就會直接從妳手上吸食花蜜？牠們舌頭很長，甚至連碰都不用碰到妳。」

「我不知道。」瑪熙特說。

「妳該走了，」八解藥說。「這裡完全不是妳該來的地方。」

她點頭。「我想您說得沒錯，」她說。「晚安，殿下。」

背對他感覺很危險，就算他才十歲。（或許正因為他十歲就如此習慣別人轉身背對他，那好像是一件他能夠命令人做的事。）瑪熙特穿過走廊，離開花園與園中的生物，一路上都在思考這件事。

牠們甚至連碰都不用碰到妳。

◎

某個好心人想到朝臣和官員們要在這迷宮般的地方走上好幾個小時，便在靠近烈日尖矛皇座大廳的

註：原文huitzahuitlim是取自阿茲特克神話中的Huitzilopochtli，原指該文明中的戰神、太陽神。

一條通道邊擺了好幾張矮長椅。大部分都有人坐了，但瑪熙特在角落找到一張空椅，於是在冰涼的大理石椅面坐下。她的臀部依舊疼痛。她已經醉意全無，最主要感覺到的還是疲憊，而每次她合眼，都會想到八解藥跟蜂鳥，在他的花園裡。

他想念你嗎，伊斯坎德？她心想，腦內的死寂再度化作無可填補的鴻溝，一個她會掉進去的洞。她背靠著牆，試著平穩地呼吸。宴會廳裡的群眾喧囂在十公尺外還聽得見，隱隱傳來一陣哄堂大笑。你和他說了我們太空站的什麼事？

一位男子在她旁邊坐下，她幾乎沒注意到——她沒張開眼，直到他輕拍她肩膀，她才嚇得坐直身子。那是一位泰斯凱蘭人（當然是了，不然呢），不是什麼大人物：服裝她認得的政府部會制服，只是一位甫入中年、身穿多層深綠色套裝的男子，衣服上繡有小小的暗金色星爆圖樣，她非常確定她永遠記不住這張臉。

「有什麼事嗎？」她問。

「妳，」男子說，語氣無比滿意，「沒戴那個亂七八糟的**徽記**。」

瑪熙特感覺自己眉頭蹙起，於是硬換上符合泰斯凱蘭禮儀的面無表情。「翠雀花胸章？」她猜道。

「不，我沒有。」

「他媽看在這個分上，就該他媽請妳喝一杯。」男子說。瑪熙特聞到陣陣酒氣從他口中飄出。「這裡太少像妳這樣的人了。」

「很少嗎？」瑪熙特戒備地說。她想站起來，但這位喝醉的陌生人一手抓著她手腕不放。

「少到不行。是說——妳在艦隊待過嗎，妳看起來就像那種待過艦隊的女人——」

「我不曾從軍，」瑪熙特說。「不是那樣——」

「妳應該要，」他說。「那是我奉獻給帝國最棒的十年，而且他們很想找像妳這麼高的女人，妳是不是土生土長都城人不重要，沒人在乎，只要妳追隨妳的元帥，願意爲同袍犧牲性命——」

「你在哪個部隊服役？」瑪熙特勉強問出。

「輝煌榮耀且永恆不滅的第十八軍團，由繁星眷顧的一閃電領軍。」他說，瑪熙特意識到自己正在聽這人的募兵演講，他的目的是招募那些站在街上呼喊一閃電之名的群眾，他們想靠軍事擁戴改朝換代——靠眾人齊聲高呼，宣稱永恆炙熱的星辰已經轉而眷顧另一位統治者。

「那麼一閃電打贏了哪些戰爭呢？」她問。她覺得可以利用一下這名醉漢，嘗試了解他們的思維，理清軍事擁戴背後的邏輯。

「他媽的，這算哪門子問題。」男子說；他顯然因爲她沒有立刻開始高聲讚嘆一閃電而受到冒犯。他站了起來，手還死命抓著她的胳膊。「妳——操你媽的，妳竟敢——」

沒有邏輯，瑪熙特模糊地想道，只有被酒精催化的情感和忠誠。他抓住她搖晃，震得她的牙齒喀喀作響。她不確定大喊「我甚至不是你們的人！」會讓他停手，還是火上加油。

她試著說：「我的意思不是——」

「妳身上雖然沒有那個徽記，但妳跟他們又有何差別——」

「我的那個徽記？」另一個文雅平靜的聲音說道。醉漢鬆開瑪熙特——她跌坐在石椅上，跌得很痛仍心懷感激。她轉過去，看見三十翠雀本人，依舊是一身豔麗的藍色衣著，帶著半冠。

「閣下。」男子慌忙合手躬身行禮。他的臉湧上一抹綠色，彷彿快要嘔吐出來，那抹綠和他的衣服一點也不搭調。

「實在很抱歉，」三十翠雀說，「我不曉得您的大名。」

「十一針葉樹。」他還低著頭，聲音悶悶地說。

「十一針葉樹，」三十翠雀複述。「很高興認識您。您找這位年輕女士有什麼事嗎？她恐怕是個野蠻人——她若冒犯到您，我眞的很抱歉——」

瑪熙特目瞪口呆地看著他。三十翠雀越過十一針葉樹還低著的頭朝她眨眼。她閉上嘴。三十翠雀不好惹——聰明自滿，又擅長玩弄人心。瑪熙特完全明白五瑪瑙的意思了——她說，等瑪熙特親眼見過他工作的模樣，就會明白這個男人何以當上動衛，接著又成爲皇位共同繼承人。他靈活應變的程度好比全像投影，在光線下彎折變形，用不同方式、從不同角度講不同的話。

「那麼，」他接著說，「十一針葉樹，我曉得你的不滿已經累積到導致犯罪的程度。我們晚點再來談談，看看我們的歧見能否有效化解——」

「犯罪？」十一針葉樹問，語帶一絲細微的惶恐。

「傷害罪。但這位野蠻人會原諒你，是吧？目前暫且原諒。」

瑪熙特點頭。「暫且原諒。」她配合他的演出，等著看接下來會發生什麼事。

「你就別再打擾她，回派對去吧，十一針葉樹？撇開政治問題不談，我相信你我都同意，那裡有更好的酒和挺熱鬧的舞會，外頭這裡什麼都沒有。」

十一針葉樹點頭。他活像被釘椿穿刺，掙扎著想逃走。

「確實，閣下，」他說。「我這就……過去。」

「你去吧，」三十翠雀說。「我晚點再跟上。確保你有好好享受宴會時光。」

瑪熙特暗忖，這可眞是個明晃晃的威脅。十一針葉樹趕忙回到宴會廳內，留她和三十翠雀獨處。一天晚就遇上兩位皇儲，伊斯坎德。你也有過這種運氣嗎？她的尺神經再度刺刺地發麻，不曉得那是否就是她憶象僅存的殘跡，一種殘餘的神經病變。

「我想我該向您道謝。」她對三十翠雀說。

「喔，小事一樁，」他攤開雙手對她說。「那個人抓著妳搖晃呢。無論妳是誰，我都會插手。大使。」

「還是感謝您。」

「不客氣。」他停住。「您迷路了嗎，大使？怎麼跑到外面走廊這裡。」

瑪熙特咧嘴露出兩排牙齒，這是萊賽爾式的笑容，成功引起三十翠雀不適，他甚至沒有回以微笑。

「我知道怎麼走回去，殿下，」她隨口謊稱：「我完全沒有迷路。」

爲了證明，她從長椅上起身，步伐非常刻意，努力不因臀部的傷而跛行。她回到人聲鼎沸的派對，把三十翠雀留在背後。

❁

有人在跳舞。瑪熙特立刻決定不要跳，把不跳舞當作野蠻的偽裝，同時，時間也夠晚了，如果想得到辦法離開（她離開後又要去哪——回十九手斧那裡？回自己的寓所？），她就要走了。

舞者兩兩成對，但也有些人聚在一塊，互換舞伴。他們在地板上形成一組組圖樣，流動不止，好像長長的鎖鏈，或碎形。星圖，瑪熙特心想，星圖恆動，船艦不歇，九玉米的詩句隨即浮現她腦中。

「您在這啊，」五瑪瑙說。瑪熙特一轉身，就看見十九手斧的得力助手站在她後面，一手扶著三海草的背。「我找到您的聯絡官了，我奉命要送您們兩位回家。」

三海草已經過了醉得喜孜孜的階段。她的太陽穴蒼白發灰，整個人精疲力盡。她才剛出院三十個小時，瑪熙特如此想，並忍住想攙扶她手臂的失禮衝動。五瑪瑙顯然就把她們兩個照顧得好好的了。

「妳看到什麼？」三海草在她們穿過宴會廳時問道。不是「妳跑去哪裡」而是「妳看到什麼」。她的問題沒有責備瑪熙特擅自跑掉的意味。不算有。

「鳥，」瑪熙特發現自己這麼說著。「滿滿一花園的鳥。」接著她們走到室外，上了陸行車，隨即被載回北宮。

第九章

服務紀錄查詢結果：十五引擎，情資官，三等貴族（已退休）

……於14.1.11（六方位皇帝任內）退休，不再執行情報部勤務，提早領取退休金。爲避免他和歐戴爾星及西弧星系周邊地區極端主義分子的私人關係遭到正式調查，該員配合提出退休。在辦理退休期間，他仍堅稱他和歐戴爾星的聯繫主要屬於社交性質，鮮少涉及政治，而且他也按照情報部人員的準則，檢舉所有煽動行爲和反帝國叛亂思想。〔本段內容根據保密規則第十九條予以刪除〕但情報部要求他在退休與接受調查之間擇一時，他選擇退休，不再做進一步説明。自該員退休後，每月的雲鉤動態監測報告並未顯示任何參與煽動叛亂之跡象。建議對策：維持現有強度繼續監控。

——//存取//資料　情資官三海草於宮殿區內保密位置以個人雲鉤執行之資料庫查詢紀錄，日期246.3.11。

❁

太空站民與非人類物種的接觸主要以鄰近政治體爲中介：一個顯著的實例是泰斯凱蘭帝國與伊柏瑞克族之間的現行條約；由於太空站區和伊柏瑞克族的空域並無共享任何跳躍門節點，伊柏瑞克族與泰斯凱蘭締結和平協議之後，太空站民與伊柏瑞克船艦的關係也轉爲正常化。太空站與非人類物種建立條約關係的過程中，太空站主權地位的議題仍值得探討；過去六十年內，礦業大臣及傳承部大臣曾多次提出討論，但是，考慮到太空站區內並無非人類物種的存在，亦無直接接觸的可能，目前的政策應當沒有修改的必要……

——〈跨越跳躍門的太空站對外條約〉，傑拉克・列倫茨於傳承委員會入會考核期間發表之論文；由飛行員大臣荻卡克・昂楚於248.3.11（泰斯凱蘭曆）查閱。

晨間新聞捎來戰爭的消息。

新聞開始時，瑪熙特就坐在三海草對面，正在十九手斧滿室晨曦的前臺辦公室用湯匙吃粥，彷彿她的聯絡官、她自己和動衛閣下組成了某種古怪的家庭。十九手斧的資訊視窗懸在她們三人上方，不斷播放一系列泰斯凱蘭戰艦的資料畫面：登船的士兵，壯觀的巨型砲口，灰色的船身兩側塗上太陽黃配血紅的國徽。時事評論員一片歡欣鼓舞，又含糊其辭。一場戰爭即將開打，一場侵略戰，軍隊被派去征伐外星，在浩瀚漆黑的宇宙深淵爲帝國開拓更廣闊的領空。浩瀚漆黑的太空，還有可能蘊藏其中、如鑽石般璀璨的行星，都即將屈服於帝國戰旗下。一場侵略戰。所有人都興奮不已，討論帝國二十年來首次進入的備戰狀態，以及誰將獲得最大的經貿利益。瑪熙特儘管前一晚喝得不少，她並沒有醉到隔天，只不過她現在眞希望自己處於宿醉狀態——這樣她感覺到的噁心反胃就有了藉口。鋼鐵，她心想。鋼鐵、造船業和供應鏈，而安拿巴大臣和塔拉特大臣也許有辦法針對萊賽爾銷售鉬礦給帝國的利潤重新協商——這可能是一場很有用的戰爭……

她一邊想，一邊明白她這是想說服自己，擺脫這懸宕不安、宛如遭遇重力變動的噁心感，擺脫她確知的事實：對萊賽爾而言，這不可能是一場有用的戰爭——既然泰斯凱蘭現狀如此，那就不可能。

新聞報導從地方小報快訊切至即將開戰的愉快盛況和當前軍隊動態——這似乎是某種節目類型，泰斯凱蘭播報員都駕輕就熟——十九手斧的一位助理拿著裝滿的玻璃濾壓壺（瑪熙特從氣味認出是現磨咖啡）出現在她旁邊，並迅速收走茶碗。

咖啡，比茶葉還強的興奮劑。所有人都準備開戰了，可不是嗎。

「戰爭的資訊可眞少。」三海草意有所指地說。新聞剛才又從頭重播了一次——開場的軍艦、一身金灰色的行軍隊伍、主播的客套評論。

十九手斧遞給她一小杯咖啡，彷彿那就是答案。「等著看吧，」她說。「把握機會喘口氣，情資官，很快就不會有多少時間能讓妳休息了。」

「閣下**您**認爲，」三海草問，她模仿那些評論員上氣不接下氣的語調，傳神得令人毛骨悚然。「誰會擔任我們的指揮官呢？畢竟您貴爲動衛，又如此密切參與帝國的核心決策！」

十九手斧平心靜氣地說：「瑪熙特，妳的聯絡官是個演員，還是個審訊專家。妳運氣可眞好啊。」瑪熙特不曉得怎麼回答。三海草臉頰微微泛紅，代表那段話是稱讚。「她比我委婉多了，」瑪熙特說。「我會直接問您，您覺得誰會被任命爲指揮官？出線人選是否眞的會是一閃電，而非其他元帥？」

「會是他。」十九手斧說。「要不是妳這麼剛好就受困在我的寓所，沒有機會參加腐敗的大眾簽賭活動，妳的薪水就能翻倍了。」

現在十九手斧竟然已經會拿瑪熙特被她囚禁的這件事來開玩笑了，這其實讓瑪熙特覺得挺有意思。她不確定自己的正面態度有無道理，只知道她的感覺——很好、很愉快，不用邊吃早餐邊等死。

昨晚，五瑪瑙在宴會結束時接走她和三海草，護送她們回十九手斧的官邸，彷彿除此之外沒有其他方案：完全沒得妥協，一切都決定好了。跟著她回來是很糟糕的讓步，瑪熙特知道，但公開拒絕會更慘——她又能上哪尋求庇護？她若是費盡心思擺脫了她現有的盟友，之後又有誰會信任她？

況且，十九手斧已經公然和她、和萊賽爾牽上關係，反之亦然。

瑪熙特舔舔湯匙背面。「無須仰仗簽賭，太空站付給我的薪水就非常夠用了。」

「妳還讓十珍珠以為妳是個無知的粗人，」十九手斧興味盎然地說。「**無須仰仗**。妳比伊斯坎德還誇張。」

「怎麼說？」

「伊斯坎德，我認識他的時候——他也許比妳大個一兩歲？我從最後一次駐外軍事任務回來，獲六方位冊封為動衛時，他已經是宮裡的常客。伊斯坎德喜歡泰斯凱蘭。但妳更勝一籌，德茲梅爾大使；要不是有大使職責在身，妳一定會去申請歸化為公民吧。」

瑪熙特沒有瑟縮，她為此感到驕傲，驕傲於自己接話說：「科學部長絕對不會批准的。」驕傲於自己若無其事地又舀起一匙粥，也驕傲於三海草和十九手斧雙雙放聲大笑的樣子。她們的笑聲蓋過她的不安，她想要縮身扭動，想要感激自己「不野蠻」到有歸化為公民的可能，同時又恨自己有感激的念頭。

新聞畫面被切到代表天宮內部新聞網的星爆字符，她鬆了口氣。她們三個都專心看官方訊息公告的時候，十九手斧就很難質疑她的忠誠度問題了。星爆化為六方位本人，一群泰斯凱蘭人立於兩側，瑪熙特猜測他們是帝國的元帥（人剛好在母星、有空出席宣傳活動的那些）。他們直挺剛硬，光輝燦然，好似一叢鋒利如刃的蘆葦；六方位在其中顯得格外蒼老。

皇帝朗讀顯示在雲鉤鏡片上的詔書，內容精簡、詞藻華麗、擲地有聲：如花朵嚮往太陽，如人類呼吸氧氣，他說，泰斯凱蘭再次航向繁星——瑪熙特觀察十九手斧的表情，她瞇起眼睛，嘴角繃緊。那代表崇敬，她暗忖，以及某種類似恐懼的情感，但不是受辱。她很可能看過這篇講稿，或甚至被請去提供意見。（她知情多久了？昨晚在宴會上得知的？還是更早之前，她假裝自己跟瑪熙特和三海草一樣，不曉得戰爭會在哪開打的時候？）

我們的目的地是帕札旺拉空域，六方位說，他面前突然疊上一層泰斯凱蘭太空的星圖。都城是一顆金色的行星，懸在他兩眼中間；接著星圖變化，呈現出艦隊將要攻占的區域，顯示它們會在何處匯集成勢不可當的矛頭。

瑪熙特認得那些行星。她也認得空域名稱，但她知道的是太空站語的版本——巴札旺，代表「高原」——不是被泰斯凱蘭子音改造過的名稱。那是太空站民經過多年四散流離後終於在宇宙中安頓落腳的區域。不過，她看過的星圖一直都是方向顛倒、從另一頭看過去的版本：那個方向延伸出一條線，從她幼時就呼喚著她。大使寓所的床鋪上方，伊斯坎德在掛的就是同一個方向的星圖：望向帝國的萊賽爾太空站。

當然，泰斯凱蘭想要的不是萊賽爾，雖然他們會很高興終於能拿下它：萊賽爾太空站，還有其他所有小型太空站，都只是擋在一波波戰艦路徑上的障礙罷了。再過去，就是外星人的地盤，住著伊柏瑞克族，和其他更為陌生、或甚至尚未為人發現的物種；還有可改造為類地球環境、加以殖民或開採資源的星球。帝國再次張牙舞爪，露出血淋淋的獠牙——泰斯凱蘭就是永無止盡、自我合理化的欲望；這就是他們思考宇宙的方式。帝國，世界，同為一體。如果有哪個地方還不在這一體之內，就將它併入，因為這是繁星屬意的正道。

萊賽爾本身不會只是附帶的戰利品，瑪熙特盡可能不帶感情地想：它是歷史最悠久的人造居住空間之一，擁有大量優秀的飛行員，有精確的資源開採系統以採集鉬和星際垃圾裡的鐵。而且，他們在涵蓋附近大部分空域的重力井中占了個完美的位置，該區唯二的跳躍門也位於同一範圍內。

我們將洶湧前進的艦隊託付給迅捷如雷的一閃電，任命他為大元帥，在這場戰役中領導我國軍團，皇帝語畢，一切都在眾人預料之內。

「嗯，」三海草說。「那就是……那樣了。」

「是的，」瑪熙特說。「看來如此。」即使在自己耳裡聽來，她的聲音都如此冷靜。

「那並不是我首選的戰爭目標。」十九手斧說，「但他也不是每次都聽我的話。」她嘆氣，推著桌邊挺身離座——她怎麼還能繼續裝得這麼像個人，彷彿和其他人一樣有血有肉！「但我想妳會發現，妳身為大使的身價只會因為這則新聞水漲船高，瑪熙特。千萬別以為我會把妳往虎口扔。」

所以依然是人質。對十九手斧來說，依然是個有用的盟友，或某個可以控制的東西。「我對您持續的款待深覺感激。」瑪熙特說。

「妳當然會了。」十九手斧如果想要，也能讓自己語帶歉意，像是打開溫暖的泛光燈開關一樣——接著再度關上，俐落而乾脆。「今天會有多到開不完的會議。要打仗，就一定會有委員會。妳們想用辦公室的話請自便。如果有任何需要，七天秤會在這兒，他也會收拾早餐。」

她一陣風般走出房間，留下瑪熙特震驚得說不出話，愚蠢地坐在那裡，彷彿十九手斧離開時把她的舌頭一道偷走了。

「這麼有趣的工作真是空前絕後了。」三海草說，像是要表示團結——的確是。她拍拍瑪熙特的手背，嘗試讓她知道自己的心意。

「啊，所以妳沒有要請求調職。」瑪熙特說。

「怎麼可能。最差最差的狀況，就只是妳要以大使身分處理你們人民融入泰斯凱蘭的相關事宜。我們會共事非常久的，瑪熙特。」三海草說。

瑪熙特現在能想像自己在泰斯凱蘭的職涯會如何轉變了：她會像達瓦星的格萊絲大使，試著找出自己和其他剛被帝國併吞的地區有何共通之處。她的樣子肯定挫敗極了，三海草看了不禁說：「聽著，我們現在知道的比昨天更多了，這也算有進展吧。」

瑪熙特承認她們的確有進展。

「不曉得這是否就是三十翠雀嘗試要警告我的事，」她說。「協議破局。」

「妳是指前任大使以某種方式跟人協議，讓萊賽爾太空站不受侵略？」三海草說。

瑪熙特點頭。「而不管他答應了什麼，那都是他跟……陛下之間的協議，我猜。而現在他死了，協議就破局了。」

「假如我是個多疑的人……」三海草起頭說。

「妳就是個多疑的人，妳可是在情報部工作耶。」瑪熙特說。

三海草裝得一臉無辜樣，但毫無說服力。「假如我是個多疑的人，」她又說一次，「我會懷疑，對任何想讓艦隊前往帕札旺拉的人來說，他的死都是非常方便的發展。」

「假如我是多疑的人，」瑪熙特說，「我會認同妳。三海草，妳有辦法安排我私下謁見陛下嗎？」

三海草抿起雙脣思考。「在一般情況下，」她說，「我會跟妳說我有辦法，但得等上三個月，而且我無法保證你們能獨處。但以目前情況來說，我相信我也許恰好能處理得更順利。妳有相當合理、正式的理由想跟皇帝陛下直接談話。」

「沒錯，」瑪熙特說。「去安排吧。我們既然有一間設備如此齊全的辦公室，不如善加利用。」

「一切都會留下紀錄，」三海草有些抱歉地說。「我敢保證，我們的每個手勢、每個字符都受十九手斧監視。」

「我知道，」瑪熙特說。「但我們眼前也沒多少選擇，不是嗎？」

「只要妳知道——」

「去安排。」瑪熙特語氣稍微強硬地說，三海草點頭起身，走過去打開一面資訊圖表螢幕。瑪熙特立刻感覺好多了。她知道這是自欺欺人——就算你是自願從高處躍下，頭朝下急速墜落的時候，你也沒有實質的主控權可言。但不管是什麼樣的慰藉，她都樂於接受。

她一閒下來就會想到那個艦隊。

她能做什麼？

這是個邏輯問題，或是某種古典物理的難題：在這些限制條件下，有什麼可能的行動？限制一：她受困於北宮中央，只有她的檔案和訊息的電子存取權，想必完全無法取得在她辦公室裡愈堆愈高的實體信函。限制二：在十九手斧的寓所裡，她所有透過電子系統的動態都會受到監視，讓她自由溝通的能力近一步受限。限制三：萊賽爾太空站還不曉得泰斯凱蘭大軍正要大舉逼近，就像一圈往外拋射的太陽閃焰，而他們完全沒有充足的軍事能力抵禦泰斯凱蘭的全力討伐。限制四：她的前輩遭人謀殺，原因或許正是要讓這場戰役往這個方向前進。限制五：她的憶象故障了，只留她給陌生的神經感官記憶，以及那些栩栩如生、如臨現場的回憶片段。限制六：她的憶象之所以故障，有可能是別人蓄意破壞的結果，而且——想想看，瑪熙特，讓妳自己眞的去想一想——破壞可能早在她抵達「世界之鑽」前就已經發生。事實上，大有可能是太空站的自己人，出於她無法理解的原因而下的手。

還有一個限制：如果瑪熙特不採取任何行動，她整個人就會緊張到支離破碎。三海草在玫瑰色的石英玻璃窗邊，資訊圖表像一只小貝殼般包裹著她，她對著她的雲鉤喃喃默念，好像在跟自己的憶象對話。瑪熙特站起身。

與其癱在原地想著上千個變幻莫測的可能性，不如起身行動。人們行走、呼吸、踏出循環的氣閘門去修補太空站表面被磨薄的地方，全程都無須思考他們的四肢要如何移動、身體的哪個部位被重力牽引、肺部裡的氣泡和橫膈膜是否舒張足夠。她只需要——停止思考。或是，一面思考一面保持行動。就像她在晚宴上和三十翠雀說話的時候；沒時間讓她癱在這裡停滯不前了。至少，她也必須和萊賽爾聯繫，讓他們對她面臨的處境稍微有點概念。

她期望他們提供建議，雖然不確定能有什麼用。她承認憶象機器的存在時，就已經違背他們唯一明確下達的命令；如果有更進一步指令，她不知道是否可以遵守。但她想讓自己不那麼孤獨。她想聽見來自萊賽爾的音訊，什麼都好，只要不是代表飛行員的昂楚那嚴肅怪異的警告，要死去的伊斯坎德小心有人圖謀不軌。反正那訊息也不是寫給瑪熙特的。是有關武器的警告，不是寫給武器本身。

這就是爲什麼要有外交官的憶象傳承鏈。讓人不必孤軍奮戰。

伊斯坎德，拜託。如果你還在——

靜電刺刺地竄過她的手臂，沿尺神經穿過手肘流至小指。但憶象本身悄然無聲，自從他們在停屍間度過第一個小時之後便是如此，如今依舊。

她也沒時間管神經系統裡的這堆災難了。晚點再來煩惱這件事，晚點再想辦法補救。現在，瑪熙特站在辦公室裡和三海草相反的一頭，喚出她自己的一圈資訊圖表，動手撰寫兩封寄給萊賽爾議會的訊息。她同時撰寫那兩則訊息，內容看似相同——她眞希望自己能跟忙著安排會議的三海草炫耀這件事。三海草會理解並欣賞這樣的信裡藏信。

她用的加密法不怎麼好，甚至不是需要泰斯凱蘭情資官用花俏方式破譯的詩歌加密。她用以書本爲基礎的替換式密碼。少年時期的瑪熙特曾經閒閒無事假裝是泰斯凱蘭人——一位精通政治權謀和複雜詭計的大師，萬事萬物都會加密，她當時想出這套加密法，用泰斯凱蘭字符字典作爲解碼金鑰。她用最常見的《帝國字符標準字典》，帝國各地以及泰斯凱蘭官方邊境之外均有發行，以教育野蠻人和幼童閱讀。裡頭收錄所有實用詞彙：「躲藏」和「背叛」，以及和「文明」有關的字詞，各式各樣不勝枚舉。她選擇以《標準字典》加密，純粹因爲那是最隨處可見的版本。就連泰斯凱蘭人也需要常備字典，因爲連他們都不可能記得表意書寫系統中的每個字符。十九手斧的圖書館裡有一本，瑪熙特只花幾分鐘就拿到了。

當時，她跟議會提議用她以前的加密法進行祕密通訊時，伊斯坎德在她腦袋裡大笑；他們同意時，他笑得更起勁了。整個加密程序需要她用太空站語書寫——他們的語言有三十七個字母——而收件的解密員知道要留意每個太空站詞語的第一個字母，藉以找到《標準字典》上相應的頁碼；第二個字母對應行數；該字典上表格中的第一個字符則對應涵意。重點不是設計超高安全層級的密碼，只是要有一定程度的加密，讓訊息能傳送出去。給它一點遮掩、一層防護。

她預期自己以太空站語寫的訊息首先會被十九手斧讀過，接著是國家審檢辦公室，再來是把信送至萊賽爾的艦長。信裡都是新聞播過的內容；她據實報告，並表達她自認合理的哀傷及憂慮。那段額外的哀傷和憂慮，讓她有足夠的詞加密訊息，一串不合文法的泰斯凱蘭名詞與動詞：要務。前任大使倒戈——行動（自身，步行，往返）受限——記憶壞——主權受威脅——請求議會指引。

即使在瑪熙特把雙重訊息封入資料微片匣的同時，她也不相信自己能及時收到可供參考的指令。但她不得不問。她也必須提出警告。不管從哪個角度檢視艦隊的動向，它們顯然都是朝萊賽爾的空域前進，然而，關於艦隊動向的廣播也有可能根本就沒傳到萊賽爾——帝國何必警告自己的獵物？

她把微片匣塞進辦公室門口左側桌上標示「外地郵件」的銀色籃子裡。它跟其他微片匣無害地擱在一塊，差別只有標示急件的紅色蠟封，以及代表外星通信的紅黑色標籤貼紙。七天秤很快就會出現，定時到辦公室檢查，把信帶進都城，穿過審檢辦公室的層層迷宮再傳送出去。

「三海草，」瑪熙特轉身，腦中想著大使寓所裡那個類似的籃子，肯定已被外型亮麗、內容憤怒的微片匣塞到滿出來，「有沒有什麼方式，能讓我處理我分內的工作？比如那些資料微片訊息？」

「這個啊，」三海草說。她想了想。「也許能弄到一部分。妳介不介意犯一項非常輕微的罪行？」

「什麼樣的輕微罪行？」瑪熙特問。

「就是泰斯凱蘭人大概九歲時會第一次犯的那種罪：使用別人的雲鉤。」

「我相信，」瑪熙特假裝嚴肅地說，「犯罪行爲人若非帝國公民，情況可能會麻煩一些。」

三海草伸手到頭側，取下眼睛上的雲鉤鏡。「當然，」她說，「但不被逮到就沒事了。過來這裡。」

瑪熙特走上前。「我們會留下紀錄。」她說，雖然她知道三海草對此非常清楚。

「彎下來一點，你們野蠻人眞是高得莫名其妙。」

瑪熙特彎下身，突然間鮮明地想起自己在皇帝面前下跪的樣子。三海草接著把雲鉤鏡擺到她眼睛上。她的一半視野變成數據，一連串無止盡的數據，歸納成一份查詢和請求的清單。雲鉤的介面驚人地直觀，配合瑪熙特微小且快速的眼部活動重新校準，檔案的結構則是對應她自己辦公室的電子版，只不過是以三海草的身分在存取。這掩護很薄弱，但聊勝於無。如果她用三海草的雲鉤存取她自己的檔案，十九手斧完全無從判定她是否登入過系統，只會知道她戴了她聯絡官的雲鉤。

「大使辦公室收到的請求中，層級較低的那些——簽證查詢之類的，妳本來都可以交辦給我處理。」三海草說，「不過，我正在幫妳跟三位標準程序執行官和等候系統纏鬥。」她溫熱的手指放在瑪熙特的太陽穴上。「在我敲定妳何時能和皇帝親自談話時，如果妳想辦些正事，這裡有份清單。」

「謝謝。」瑪熙特說完站直。「妳不需要用嗎?」她指了指雲鉤。一半的視野消了,感覺像像半腦受創,一邊的眼睛被換成代辦清單。

「大概一個小時左右不用。小心點,大使。」

瑪熙特感覺她的話聽起來——很有好感,甚至帶點寵溺。

等到她不得不停止自欺,承認三海草除了個人野心和對野蠻人的些許喜愛以外,對她別無所圖,到那時候,她一定會心痛不已。

❁

萊賽爾太空站大使辦公室收到的查詢項目約有一半是申請簽證續簽,另一半則是公眾好奇但有點冒犯人的問題,像是「太空站民怎麼度過日常生活?特別是節慶或其他地方特別活動,都是如何進行的?」瑪熙特原本應該會被這些問題煩得惱火,但現在它們完全適合用來分散注意力打發時間。事實上,寫信回應小報記者和憂慮的貿易商還挺撫慰人心。她過了將近一小時才發覺,她完全沒收到關於特定某件要事的詢問:沒人來信問她想如何處置伊斯坎德的屍體;它還安置在司法部的地下室停屍間。距離博理官四槓桿上次詢問她意向,已經過了好幾天,卻沒人來詢問後續——甚至沒派個副祕書來問。

會不會他們其實有問,但有人不讓她收到那份請求訊息?實情很可能非常單純,純粹因爲她收不到以實體資料微片寄送的訊息。然而,像四槓桿這樣的高官,想必會注意到萊賽爾大使相當公開地住在十九手斧的官邸,並改寄電子訊息。她傾向認爲,如果訊息眞有寄出,那一定被人故意誤送了。

或者四槓桿沒有問,反而以爲該由她來發起詢問。或者他的考量是,直到她主動詢問以前,伊斯坎德的屍體都能留在他手上。瑪熙特想起她和十九手斧初次會面時,她不帶任何隨從,沒有任何理由地出現，就這樣大搖大擺走進停屍間。想像她的雙手以精準無誤的動作伸向伊斯坎德頭顱底部的憶象機器，在瑪熙特來得及妥當火化屍體以前取出機器。有人批准十九手斧通行。也許是四槓桿。瑪熙特可以想像，一位動衛會拿得出各式各樣的條件跟司法部的科學家交換，讓她在無人陪同的情況下拜訪死者。更糟的是，她還能想像其他許多人也能拿人情或影響力或金錢來交換，和前任大使的屍體以及他偷渡進帝國的腦神經科技裝置獨處一兩個小時。

這很麻煩。而且也不是單純領回遺體就能解決的麻煩：瑪熙特想像自己把前輩經過防腐處理的屍體帶回十九手斧的官邸——也許她可以把它擺在沙發上，或靠在牆上，像個掛衣架一樣。

那肯定會讓十九手斧樂不可支。

一定有更好的解法。

「三海草？」瑪熙特問。「妳跟十二杜鵑認識多久了？」

三海草從那圈資訊圖表中冒出來。「他寫信到辦公室嗎？」她困惑地問。「我以爲他非常熱中於用資料微片寫匿名訊息給妳。」

「他沒寫信，沒有，」瑪熙特說。「但我可能會寫信給他。妳信任他嗎？」

「那跟『我跟他認識多久了』是兩個截然不同的問題。」

「兩者有正相關。」瑪熙特說。

「妳信任**我**嗎？」

她問了一個如此私人的問題，看起來卻又如此沉穩。也許那是泰斯凱蘭人的特性。瑪熙特想起十九手斧，而這層聯想並無法增強她的信任感。

即使如此，她還是說：「妳是我在都城內最信任的人。」她所言不假。

「而我們不過才共事半週而已。」三海草抬眼一笑。「當然，考量眼前狀況，妳也沒其他選擇囉！我喜歡十二杜鵑，瑪熙特。從我們都還是腦袋空空的菜鳥學員一同進入情報部起，我們就是好朋友了。但他古靈精怪又戲劇化，而且老是以爲沒人要得了他的命。」

「我有注意到。」瑪熙特乾乾地說。

「所以說，信不信任他完全取決於妳想要他做什麼。妳想要他做什麼？」

「一件他八成會很享受的事，因爲這件事既古靈精怪又戲劇化。而且……要保密。」瑪熙特指向資訊圖表螢幕，然後是她的雙耳。

「這個嘛，他會很有興趣。不管是什麼。但我如果不知道內容，就沒辦法跟妳說他會不會答應。」

瑪熙特說：「我在用的這份訊息任務清單——存在妳的雲鉤上，對吧。而只有持有者本人才能使用雲鉤上的內容。」

「或任何配戴雲鉤的人。」三海草說，一臉滿意。「我想我懂了。妳弄好了之後，就還給我吧。」

撰寫一封致萊賽爾大使的訊息並寄給自己不過是舉手之勞。瑪熙特用手指在空中書寫著訊息——在只有她能看見的雲鉤投影螢幕上——畫出字符：十二杜鵑應返回停屍間，取回我們談過的機器。接著她把三海草的雲鉤從頭上取下，她的單側視野隨即恢復原狀，她眨了眨眼，交還雲鉤。

三海草讀完訊息後問：「妳是自己想要那個東西嗎？」

「不是，」瑪熙特說。「我自己有一個，再說，那個已經沒用了——除了屍體腐敗過程之外什麼也沒記錄到。」

「它還能記錄其他東西嗎？」

瑪熙特想了想。「正確安裝的話應該有可能？我不確定。我眞的不是博理官，三海草。」

「嗯。這個嘛，十二杜鵑會答應的，我很確定，他甚至會幫妳保密，但——」她聳肩。

「但怎樣？」

「妳會欠他一次人情。而且他可能會把它拆開來畫示意圖。他會跟妳說，純粹是他個人好奇，他甚至不會掩飾這一點。我們以前惹上的麻煩有大半都是因爲他的好奇心。」

「那另一半，」瑪熙特難忍興味的問，「又是什麼原因？」

「我交的朋友都非常有趣，而且都有一堆非常複雜的問題。」

「所以現在你們還是爲了一樣的原因在惹麻煩。」瑪熙特說，有種快要笑出來的感覺；她再度萌生那種無比危險的感受，認爲三海草是她的朋友，就像她在太空站會交到的朋友一樣。

「我確實說過，妳是我第一個遇到的野蠻人。所以，稍微有差吧。」

就像那樣。一道難以跨越的隔閡。或許，若瑪熙特不是大使，而是在詩賦大賽遇見她——在另一個時空裡，瑪熙特沒有繼承伊斯坎德的憶象鏈，而是贏得旅遊簽證和獎學金——或許，那個時空裡的她就能夠反駁，能夠跟三海草坦露更多她眞實的感受。

「我想，既然我都能冒險跟妳建立友誼了，」瑪熙特說。「我也能冒險滿足十二杜鵑的好奇心。」

讓十二杜鵑拿到示意圖，還是好過讓任何人拿到憶象機器的實體。瑪熙特可以要他把圖交出來——晚一點。晚一點，等她逃出十九手斧的官邸。等她不必想辦法阻止她的太空站被泰斯凱蘭併吞。（伊斯坎德又是怎麼辦到的？他就是因此而被殺嗎？）晚一點，等她不再想起三海草的表情是多麼心滿意足。

※

夜裡，瑪熙特回到她暫居的閒置辦公室，看見有信寄來。

門外的淺碗裡擱著三個資料微片匣——一個是沒有個人標記的灰色，無疑是十二杜鵑來信回覆她的請求；另一個是她沒看過的色調：紅銅色的金屬和白色蠟封，是三海草制服的顏色。情報部想必是終於決定要告訴她，在萊賽爾前任大使喪失功能後（她苦笑著搖搖頭），究竟是誰要求新任人選盡快趕來赴任。最後是另一個灰色微片匣，上面有代表外星通信的黑紅色標籤。瑪熙特心跳加快，思考荻卡克・昂楚是否曾寄另一封訊息給死去的伊斯坎德，因爲被某種她不太清楚的條件給觸發而自動寄出——某種比她嘗試登入萊賽爾大使電子資料庫更複雜的條件。她伸手從碗裡拿起微片匣，發現有人在底下留了一小束她從未見過的植物，原本精巧地纏繞在那個資料微片匣上，現在它呈圈狀落在碗底，閃亮的灰綠色葉片襯托著一朵深杯型的白花。

瑪熙特撈起那朵花。它才剛被摘下，白色汁液流到情報部的資料微片上，沾到她的手指。她從沒在十九手斧的寓所裡見過類似的東西，甚或在整個都城裡也沒有——而都城可是各式各樣、五顏六色的花朵俯拾皆是之地。可是這朵花才剛摘下來，不可能超過十五或二十分鐘。

她將花拿至面前，想聞聞看有沒有香氣。

「不要！」十九手斧說，瑪熙特從沒聽過她如此激動急迫的語氣。她把花扔回碗裡。指尖被植物汁液沾得黏答答的地方灼痛起來。她轉身，看見十九手斧站在走廊盡頭的拱門底下，不曉得她在那裡多久了，也不曉得剛才她是否眞的在場。

「妳吸入它的氣味了嗎？」十九手斧一面問，一面走到瑪熙特身旁。她的嘴脣扭曲而緊繃，瑪熙特從沒見過她臉上流露這麼豐富的表情，好像在看一副面具瓦解。她的手指從刺痲開始變成疼痛。

「沒有，我覺得沒有。」她說。

十九手斧厲聲說：「給我看妳的手。」她好像在跟一名士兵或不聽話的小孩講話，而瑪熙特聽話照做。十九手斧握住她的手腕，膚色比她深了許多的手指緊抓她的腕骨，像是從頭部後面抓住一條蛇。瑪熙特應該要感覺到她的體溫，實際上卻只覺得冰冷刺骨。她伸長的手指剛才握住花的地方變成紅色，幾乎就在她看著的當下冒起水泡。

「嗯，手還保得住。」十九手斧說。

「什麼？」

「跟我來，」十九手斧說，「妳得在汁液碰到身上其他地方或損害妳的神經前趕緊弄掉。」她繼續握著瑪熙特的手腕，拖著她邁步穿過走廊。

「那是什麼花？」

「一種致命的美。」她們轉彎，穿過一扇瑪熙特向來進不去，但在十九手斧一個動作下就滑開的門。她們突然闖入的這個地方，只可能是動衛本人的臥房。瑪熙特一眼瞥見凌亂不整的白色床單，一疊資料微片和紙本書堆在床上平整無瑕的那一側。接著她就被十九手斧拉進臥房內的浴室。

「把手舉在水槽上，但不要開水，」她說。「水只會讓毒素擴散。」

瑪熙特照做。她手指上的水泡腫脹清透，表面即將綻裂。她感覺整隻手都燒了起來，刺痛感延伸到手腕，像是都城的電力傳到三海草身上那樣。她還太過驚嚇，除了隱約一陣驚恐外，她無法產生任何感覺。是誰留那朵花給她？它怎麼進得了十九手斧的官邸，進得了這座壁壘高築的花園？肯定有個人把它帶了進來——某個距離這裡不到二十分鐘路程的人，因爲花莖剛剛還流著新鮮的汁液——她看著自己食指上其中一顆水泡爆開，咬牙發出一聲微小而無助的呻吟。

十九手斧又出現在她身邊，手上拿著打開的瓶子。突然就把裡面的東西往瑪熙特手指上倒。

「礦物油，」她說著拿起一條小毛巾。「這大概會很痛。不要動。」她用毛巾擦過水泡，把油抹到水槽裡。瑪熙特敢說她的皮肯定也被一起抹掉了。她努力不將手抽走。十九手斧又重複了兩次倒油和擦拭的程序，到了最後，瑪熙特整個人發抖，連大腿後方都在抽搐。十九手斧緊緊抓穩她的上臂，讓她坐在蓋起來的馬桶上。

「妳要是跌倒摔破頭，」她說，「我治好妳的手就沒意義了。」

無論花是誰留下，都不可能是十九手斧——她何必先嘗試殺她，再拉進浴室救她一命？她說「不要」的時候聲音是那麼尖銳。（那麼尖銳，又那麼近。她本來在一旁看著嗎？她看了多久？她是否在等著看瑪熙特會不會眞的吸入花的香氣，到那一刻才決定要阻止她——）

有差別嗎？

十九手斧跪在她旁邊，用薄紗布一一包紮她的手指，像戰地醫生一樣用心。瑪熙特納悶，在她以立誓效忠的護衛身分親自陪皇帝征戰沙場的時候，她是否就是一位軍醫——不，她的分析受史詩影響了。泰斯凱蘭是跨行星的現代帝國，動衛若要打仗，也是在艦橋上打，哪來的沙場。

「什麼花有接觸性毒素？」她問。聲音哽在喉裡，透露出逐漸平緩的疼痛和飆升的腎上腺素。

「本星球的原生種，」十九手斧說。「俗名是莎伊茶，指吸入神經毒素而死時產生的幻覺。」

「眞不錯。」瑪熙特愣愣地說。她想把頭擱在手上，但那樣太痛了。

「在我們發展出航太科技以前，泰斯凱蘭的弓箭手會把箭頭放進滿開的花裡沾上毒液，」十九手斧接著說。「現在科學部則是從它的油提煉出某種治療癱瘓的藥物。能殺人者亦可救人，不知道妳是否喜歡這種說法。妳該感到榮幸才是；有人想讓妳死得**充滿藝術性**，大使。」

如果科學部想殺掉每一位萊賽爾大使，這情況就有著首尾完整的圓滿循環性質。就像吟詠詩裡的環形結構，相同主題在每節結束時反覆出現。瑪熙特並不相信——這太泰斯凱蘭了。十九手斧也許不是故意引導她這麼想，但她猜測，十九手斧只是因為泰斯凱蘭人這種考慮過多涵義的思維模式，認定這是迴響和重複，一切都有弦外之音。

這是她第一次納悶，在泰斯凱蘭的邏輯運作方式下，十九手斧（或任何一個泰斯凱蘭人）是否真的承受得住這些象徵主題帶來的重量。隨著她手指的疼痛慢慢散去，她的思緒好像被扔進冷水裡，腦海突然澄明得嚇人。就算那朵花是科學部送來的，也是由某個有完整通行權的人帶進十九手斧辦公室裡：十九手斧本人，或她其中一位助理。最好的情況是他們決定放行那朵花送到她手上；最差的情況，是現在有一個人或一群人積極想要她死，死得充滿藝術性。

藝術性，配上花。十九手斧剛剛用來形容花的詞是**滿開**，三十翠雀的代表詩也是同個字。他在宴會上如此殷切，甚至從醉漢手中拯救她——但她不相信他的動機。他們的對話穿插著諷刺、歉意，涵義變幻不止。此刻，戰爭要開打了：瑪熙特很肯定三十翠雀不樂見這場戰爭，或不樂見一閃電領軍。計算忠誠的複雜公式變了——也許她活著對他來說太過危險。（跟伊斯坎德當時一樣嗎？）

這次不是那種兜圈子的環形結構，而是影射，文字遊戲。她過度解讀了。在泰斯凱蘭文本裡，不管解讀出多少詮釋都不嫌過度。她的一位帝國文學老師曾在第一堂課上這麼說。那句話本來是個警告，但當時十四歲的瑪熙特反而緊抓著它，把它當成鼓勵。

她抬頭看向十九手斧的臉龐。十九手斧，這個決定不讓她死的人——也許是在最後一刻才做此決定。十九手斧表情漠然，高深莫測地看著她。瑪熙特的手隱隱作痛，她想到自由落體，想到在太空中漫無目的地翻滾，再想到駕駛太空船、姿態誤差補償、游標推進器。她深呼吸。至少呼吸不會痛了。

「閣下，」瑪熙特說。「既然您知道憶象機器的存在——我知道您知道，您幾乎是親口對我承認了——我們初次見面時，您打算做什麼？在司法部停屍間。您對我前輩的屍體有何意圖？」

十九手斧勾起一邊嘴角，略感無可奈何。「我一直低估了妳，」她說。「或說，妳一直推翻我對妳的預期。瞧，妳在這兒，一間浴室裡，才差點被毒死，而妳還懂得趁這個機會問我的動機。」

「這個嘛，」瑪熙特說。「因爲這裡除了我們沒有別人。」彷彿那就是答案。某方面來說，確實是。她不確定自己能否再有這樣的機會。（她不確定自己會再有機會讓十九手斧如此措手不及。她是何時決定救瑪熙特一命？現在，她會後悔嗎？）

「確實如此。好吧，德茲梅爾大使。或許妳稍微清醒了一點。我想要那個機器，這是當然。但那部分妳已經猜到了。」

瑪熙特點頭。「很合理。我抵達都城，計畫舉辦喪禮——您若想要機器，就必須立刻行動。」

「是。」十九手斧回到蹲坐的姿勢，沉著又有耐心。

瑪熙特提出下一個問題：「您想要它做什麼？」

「我在停屍間遇到妳的時候？那時候，我想要一個談判籌碼，瑪熙特。宮廷裡有很多利益相關人士可能會想掌控那個機器——看是要交出它或扣留它，藉此來掌控妳。」

「那時候。」

「現在根本沒那個必要了，不是嗎？」十九手斧朝浴室——朝坐在裡面的她們倆——比了比。瑪熙特無奈地點頭同意。掌控萊賽爾大使本人，遠勝過掌控能獲取萊賽爾大使注意力和影響力的手段。十九手斧現在掌握一具活生生的憶象機器，也就是瑪熙特腦袋裡的那一具，雖然她得剖開瑪熙特的身體才能弄到手，而且它故障得很嚴重。

「我想，」她說，「以目前的狀況來說，我對您的用處應該不如預期吧。」

十九手斧搖頭，伸手拍拍瑪熙特的膝蓋；這是個親暱且過分友善的動作。「妳要是沒用，就不會在這裡了。再說，我平常哪有機會遇到野蠻人在我家的浴室裡挑戰我的決定?就算別的不談，妳也讓我的日常生活多了點樂趣。就這點而言，妳跟妳的前輩一模一樣。我覺得這點相似非常逗趣，特別在妳費盡千辛萬苦和我澄清你們的差異之後。」

瑪熙特考慮了一下伊斯坎德會怎麼做，想起他——不屬於她，此刻也不屬於任何人的憶象餘音——在他自己的身體裡有多從容。他移動她身體的方式，行雲流水，舉止豪放。他現在會把手疊上十九手斧擱在她膝蓋上的手。或者伸上前——

（攤平的手貼在她臉頰上，她冰冷光滑的肌膚，她笑了出來，臉往內轉，嘴唇貼著他的掌心。）

閃現的回憶片段散去。瑪熙特能重播那段餘音，對於十九手斧所宣稱和前任大使共享的友誼，她早已對他們關係的本質有所懷疑，她可以伸出手，撫摸她的臉頰——

環形結構。考慮過多涵義。

她反而對上十九手斧的眼神，相望的時間稍微久了那麼一點，然後她問：「伊斯坎德給了您什麼承諾，您才對我們關注至此?」

「不是給我，」十九手斧說。「是給皇帝陛下。」

她收攏雙腳，從蹲姿站起身，彷彿要留給瑪熙特一點時間消化剛才揭露的眞相。瑪熙特回想起六方位發燙的雙手握著她的手腕，他無比脆弱的體況，彷彿正被某種迅速擴散的疾病摧殘。

她伸出前臂，瑪熙特不得不碰觸她——在她的攙扶之下站起來。但瑪熙特腦中想著的是：*伊斯坎德，你這混帳，你讓泰斯凱蘭皇帝相信他會永生不死。*

第十章

沒有任何一幅星圖，
不被她夙夜匪懈的雙眼注視，
不受她飽經風霜的執矛之手引導，
身為艦長，她實至名歸，
殞落之姿宛如帝王，
生前日夜戍守的橋上，
如今遍灑她的鮮血。
——摘自十四手術刀所著〈旗艦「十二盛蓮」號之殞落〉開頭段落，描述代理艦長五細針之死。

❁

……在這個空域，我們一直夾處於強權之間——我無法想像，我們的先祖竟然選擇了這個位置，使我們身不由己，一下倒向泰斯凱蘭，一下又倒向司維瓦、潮土油五號或是阮氏邦聯那些星系，端看哪一方在我們的邊境地帶最占優勢。但跳躍門的通行權仍然由我們一手掌握，於是我們成了所有這些勢力都不得不經過的狹窄要道。然而，我仍舊夢想建立更本土的主權國家，讓太空站的權力只屬於站民，不必爲了生存而服膺於外力……

——塔拉特，私密檔案，個人，〈新萊賽爾願景散記〉，更新於127.7.10-6D（泰斯凱蘭曆）

七天秤戴著一副拋棄式手套——像是瑪熙特在太空站處理廢棄物時用的那種——在瑪熙特的旁觀下丟掉那朵莎伊茶花。回到房門口時，瑪熙特再次走向那個盛裝資料微片匣的淺碗，彷彿過去一小時的事都沒發生過，差別只是她現在手被包紮起來，並且頭痛地發現伊斯坎德出賣了什麼東西給帝國。眞的是沒太大差別。

七天秤把莎伊茶花放進一只塑膠袋，停下來思考半晌，接著把碗本身也放進去。

「我不確定怎麼把碗清洗乾淨。」他抱歉地說。

「那些資料微片匣呢？」瑪熙特問。「你有辦法清洗嗎？」她沒打算放棄她好不容易才從都城拿到的一點資訊。

「大概無法？但您戴手套的話，可以把它們拆開閱讀，我再丟進高壓釜和火爐做廢棄處理。」

並非一般廢棄處理，瑪熙特苦中作樂地猜想。

「你的手套給我，」她說。「然後在外面等，我一下就好。」

七天秤扯下手套，小心翼翼地用指尖捏著遞過來。「廚房裡還有更多。」他猶豫地告知。

瑪熙特接過受汙染的那副手套，以及那些資料微片匣。「這副就行了。我很快就好，別走遠。」

他沒走。這讓人有點驚恐；十九手斧是因爲他一聲不吭、乖乖聽話才留他在身邊的嗎？（他此刻如此謹愼處置的毒花，當初是否就是被不起眼的他給帶進來？那樣多容易啊。沒人會注意到七天秤拿著花，他八成一天到晚都在拿。）

瑪熙特把他關在門外。小心翼翼戴上汙染過的手套。乳膠卡到包在她手上的繃帶，她痛得蹙眉，但感覺仍舊比碰到毒花汁液本身好多了。她輕鬆沿蠟封處一一扳開資料微片匣。她還能夠施力，手心底下的肌肉、肌腱和神經完好無損。毒素沒有擴散到那麼遠。對此，她想她該感謝十九手斧，十九手斧的火速搭救，還有回心轉意。

情報部送來的微片匣上大方展示出一個漂亮的圖案，宣告此張微片的官方通訊性質，接著顯示一行文字回應瑪熙特的提問：就只有四個字符，其中兩個分別是稱謂和名字。而她的提問是：誰批准萊賽爾這麼快派大使赴任。

此乃皇儲八迴圈所批准。

這眞是——令人意外。三位可能的繼承人選中，只有八迴圈在晚宴上完全沒搭理瑪熙特。瑪熙特對她的理解全來自新聞報導，以及對皇帝歌功頌德的傳記電影。她是皇帝的兒時同窗，跟他同齡，在受封皇儲前擔任司法部部長。她名字中數字部分的字符和皇帝的百分之九十複製體「八解藥」是同一個。這多少說明了皇帝待她有多忠誠，但無法解釋她想要萊賽爾太空站盡快派大使來的原因。除非她知道伊斯坎德賣了什麼給皇帝，而且……樂見其成，乃至於她就算要在伊斯坎德死後找個新大使進來，都要確保目的達成？或者她想推翻這樁交易——找個對於能賣哪些東西給泰斯凱蘭抱持不同意見的大使取代伊斯坎德，即便交換條件是讓帝國貪婪的血盆大口轉向其他獵物？

就算伊斯坎德不得不出賣萊賽爾的利益，他也大可換個不這麼泰斯凱蘭風範的方法吧。憶象並不是對單一個人的重製。皇帝的憶象不會是皇帝，不全然是。伊斯坎德不知道嗎？

這一切都無法說明八迴圈與此事的關聯。除了她是司法部長，而伊斯坎德的屍體正好就存放於司法部停屍間——也許那是她的安排……

瑪熙特打開第二個資料微片——剩下兩個都是匿名的灰色塑膠匣。十二杜鵑這次懶得作詩了。他送來的訊息沒有署名，內容簡單——彷彿他是在街角寫好，然後把封緘的微片匣丟進公共信箱。

訊息寫的是：拿到妳要的東西了。出來時可能有被注意到。我不能留在身上。明天破曉時我會去妳的寓所。在那裡碰面。

最後一片貼有外星通信的標籤。可能又是一則密函，一封寄給死人的警告。一則傳言，關於遠在萊賽爾太空站上既存的衝突、風暴，無論泰斯凱蘭這邊的皇室繼承危機可能引發——或已經引發——何種瘋狂局面。瑪熙特發現自己不敢打開，只好在那股恐懼下一鼓作氣地動手：她用力扳開微片匣，力道大得差點扯破其中印有熟悉字母的塑膠片。

這則訊息比前一封短，落款日期則比前一封晚了四十八小時：230.3.11。仍遠早於她抵達都城的時間，然而是在她已經搭上「昇紅豐收」號，啓程離開萊賽爾之後。信件主旨爲「飛行員大臣荻卡克．昂楚致阿格凡大使」，瑪熙特讀著感覺很怪。好像她在偷聽似的，像無人看管的小孩偷偷溜進她不該在場的會談。

前次通信若未蒙答覆，這則訊息將自動寄出。飛行員大臣望您安好，並再次警告：礦業大臣塔拉特和傳承大臣安拿巴在帝國要求下派出一名人選前往帝國接替您的工作。若繼任者聽命於塔拉特，則她或可信任；如果不是，或如果她明顯是他人設局的受害者或策畫人，則飛行員部建議您從傳承部著手，追查反對勢力和敵方（雖然我一點也不樂意如此形容）行動之源頭。

務必小心。若眞有人蓄意破壞，我無法辨明其具體用意爲何，但我懷疑傳承大臣或許利用了她對憶象機器的存取權。

請銷毀這則訊息。

內容簡短，而且比上一則還糟。瑪熙特希望她能找個什麼方法和昂楚大臣談話——告訴她，她的訊息沒有沉入這片空曠死寂的眞空裡，伊斯坎德死了，但他的繼任者有在聽。不過昂楚不會想聽她說這些。如果她被人蓄意陷害，如果她是亞克奈・安拿巴不知情亦不情願的代理人，不只是政治上受其支持……如果她……如果安拿巴用某種方法破壞了她的憶象機器……

但她還不知道傳承部爲何那麼做、是爲了什麼目的。她也認爲安拿巴大臣眞心屬意她接替伊斯坎德的位置，所以或許不是眞有人蓄意破壞，也許她只是——爲了安拿巴大臣想在泰斯凱蘭達成的事發揮某種功能。

但假如，她的憶象故障並非人爲蓄意破壞，而她卻失常了，那就是她自己的錯。所以說，到底哪種可能性比較糟？

她突然迫切需要和十二杜鵑碰面，取回已故伊斯坎德的憶象機器。就算其他一切都失敗收尾，萊賽爾遭併呑，她被扔進司法部大牢——如果她能弄到它，她至少能守住那個祕密，掌握它，搶救前輩僅存的遺產。如果她眞的損壞了，她原本該繼承的伊斯坎德也永遠消失，這樣也許可以算是悔罪之舉。

瑪熙特把塑膠片燒毀，抹除微片匣上的所有資訊——它們被設計成可以輕鬆清除——然後才再度打開她的房門。七天秤還站在走廊上，拿著垃圾袋，彷彿她在讀信的這十分鐘裡，他動也沒動過。這讓人感到不安。就算是表情最漠然得體的泰斯凱蘭人，都比不上七天秤的不動聲色和恭敬順從。要是不知道，瑪熙特可能會以爲他是機器人。就連人工智慧都會比他更立即、更明顯地表現出意願。

「喏，」她說，把清空的微片匣遞出去。「我好了。」

他把袋子往前探。「還有手套，」他說。「我萬分遺憾您的手受了傷。」

「沒事，」瑪熙特說。「動衛閣下處理好了。」如果放莎伊茶花給她的人是七天秤，他也會知道他的女主人沒讓它殺死她——但他沒有任何表情變化，只是一派淡定地點點頭，彷彿十九手斧執行急救處理是理所當然的事。也許是吧。

「還有其他吩咐嗎？」他問。

我需要在日出前逃出這座十分宜人又十分危險的監獄兼辦公室，好取得一個從前任大使屍體上竊取的非法機器。你有辦法幫我嗎？

「沒有，謝謝你。」瑪熙特說。

七天秤點頭。「晚安，大使。」他說完便消失在走廊盡頭。瑪熙特目送他離開。等他轉過轉角，她隨即回到辦公室。門在她身後嘶地輕輕關上。她靜靜盯著窗邊的沙發和摺起來的毯子，考慮躺下來，合上眼睛，隔絕和泰斯凱蘭有關的一切。同時她也再度考慮跳出窗戶，嘗試穿過花園逃出去。窗戶離地兩層高。她除了包紮起來的手和餐廳坍塌造成的臂部瘀傷以外，大概會再多個摔傷的腳踝。

她還在設法想出一個可行的計畫，讓她能在破曉前回到東宮，這時有人敲門。時間已過午夜——都城的兩個月亮都懸在天上，像兩片遙遠的圓盤掛在窗外。瑪熙特還以爲所有人都已呼呼大睡。

「誰？」她問道。

「三海草。開門，瑪熙特，我有好消息！」

瑪熙特難以想像，是什麼樣的好消息非得在這種時間送來不可。起身開門的同時，她想像三海草被一小群太陽警員包圍，準備要逮捕她；或是在十珍珠陪同下準備要謀殺她。各式各樣可能的背叛。但門的另一頭只有三海草，她雙眼凹陷、疲倦不堪又活力四射，像是她咖啡一杯接一杯喝個不停似的。或是某種更強效的東西。也許她眞沒停過。

她沒問能不能進來就直接從瑪熙特手臂底下鑽過，自己把門帶上。

「所以，妳想單獨謁見皇帝陛下，對吧？」

「……對？」瑪熙特遲疑地說。

「妳有好一點的衣服能穿嗎？雖然我猜這算是密會，我們或許不該當成眞的正式謁見，但還是一樣。什麼都好！但除非妳現在就有衣服在手邊，不然我們時間不多。」

「皇帝爲什麼想在半夜跟我談話？」

「我也不是全知全能，沒辦法給妳具體的答案，」三海草洋洋得意地說。「但我有辦法在十四個小時內打通各種官僚和三等、二等、一等貴族，最終親自聯繫上掌璽大臣。而他說，皇帝陛下實際上非常樂意和萊賽爾大使見個面，同時理解此事刻不容緩和謹愼行事的必要，以及能否麻煩我們現在就過去。」

「我就姑且假設，這種不尋常的要求也等同皇帝詔令，不得違背囉。」瑪熙特說。不過幾個小時前的她怎麼也想不到，謁見泰斯凱蘭皇帝會那麼像趁機逃走的機會。但她如果能成功在回到十九手斧官邸前溜進都城和十二杜鵑碰頭，然後，在任何人實際發現她不見之前……她必須要讓三海草參與。否則都是白搭。（她也不確定自己能否不靠她的幫助找到回東宮的路。）

「兩者皆是，」三海草說。「十九手斧已經知道了——我想她會護送我們進去。我收到的指示有些錯誤，我不太確定是哪邊的責任，瑪熙特——如果我們像動衛的隨扈一樣跟進宮裡，拿這作掩護——」

「我們當然會赴約，」瑪熙特打斷她。「就算是密會——也許正因爲是密會——」

「妳受過策畫陰謀的訓練嗎？在萊賽爾太空站？」三海草笑著說，不過瑪熙特很確定那既是眞心話，也是微微挖苦。

「等我跟妳解釋我們見完皇帝陛下之後要去做什麼，」她說。「到時妳就眞會覺得我不只學過語言和禮儀，詐欺也學過。」

◎

比起詩賦大賽輝煌如繁星的宴會廳，皇帝的寢宮更讓瑪熙特聯想到十九手斧的官邸：白色大理石襯著金黃色的線條繁雜交錯，勾勒出傾頹的——或幻想中的——城市天際線景觀，上方有閃電劃過蒼穹。十九手斧熟門熟路，能跟幾乎每個經過的人微笑致意並寒暄幾句。她幾乎跟大理石紋融為一體，身上外套的明度和色溫跟石材是同一種白色。瑪熙特和三海草默默跟在她背後。皇帝要求私下接見瑪熙特一事，十九手斧若有意見也沒說出來。她只是赤腳套上靴子，看向瑪熙特，彷彿她在用一種嶄新的方式評估她的能力——評估之中夾帶一種赤裸的親密感，瑪熙特感覺那約莫開始於她在浴室裡一度衝動想伸手碰觸十九手斧，然後摒棄那股衝動的時候。十九手斧隨即匆匆帶她們出門，走進東宮深處。

感覺就像在往下爬進世界的心臟：廳室如心房之間的瓣膜般敞開，在她們穿越後再度閉緊。就算已過午夜，人們在皇宮深處依舊四處奔波，拖鞋軟趴趴的拖行聲、轉角某位貴族衣服擺動的聲響、遠方的低語。瑪熙特好奇皇帝有沒有睡覺。也許他睡睡醒醒。每三個小時醒來工作一小時，徹夜閱讀來自泰斯凱蘭廣大疆域各處的奏摺。

掌璽大臣和她們在一間前廳會合，此處的牆壁從大理石變成古董黃金壁毯。他很矮——跟三海草一樣矮，還不到瑪熙特肩膀的高度——面容消瘦，蓄時髦的低髮際線。他和十九手斧互相挑眉，像兩個對手隔著熟悉的棋盤坐下就位、準備過招。

「所以妳真把她留在妳的辦公室。」他說。

「陛下跟她談完之後，務必立刻把她送回來，二十九橋。」十九手斧說，然後揮手要瑪熙特上前。瑪熙特完全沒機會含蓄地抗議，表達她是自己設法約見、自己帶著聯絡官過來的。

三海草以完美的押韻說：「二十九橋，親見您本人是何其榮幸，如巧遇春風和煦之山林。」這要不是直接引用，一定也有間接的典故。

二十九橋笑得像收到禮物一樣。「在妳大使會面的同時來陪我坐坐吧，情資官。務必和我說說妳怎麼有辦法在僅僅一天內打敗我手下所有祕書。」

「你小心，」十九手斧說，「那傢伙可賊了。」

「妳是認眞在警告我嗎？」二十九橋問。他的眉毛都挑高到髮際了。「繁星在上，這孩子對妳做了什麼啊？」

「你之後就知道了。」十九手斧說，神情得意得像隻貓。接著她轉向瑪熙特，在她手腕包紮過的地方拍了一下。

「妳不用對他言聽計從。」她說，瑪熙特還沒能斷定那個「他」指的是掌璽大臣還是六方位陛下，她就已轉身揚長而去。

「感謝您協助安排本次會面，」瑪熙特對二十九橋說，試圖拉回一點場面的主導權。「我希望我們沒有妨礙您休息。」

他十指在身體兩側張開，做出一個被瑪熙特解讀爲「不大在意」的泰斯凱蘭動作。「這也不是頭一次。對萊賽爾大使來說不是，對我當然不用說了。進去吧，德茲梅爾大使。他爲妳騰出了整整半小時。」

伊斯坎德當然在她之前來過這裡，承諾永生不死和記憶的延續。瑪熙特發覺，這肯定是她這輩子第一次希望自己沒那麼了解伊斯坎德。沒那麼清楚理解他怎麼會做出他的那些選擇。但受選爲憶象繼承者，就代表你和前人有心理上的相容性，而她和伊斯坎德——要是他們有足夠的時間就好了！——從一開始就合作無間，如魚得水。她眞的能理解。

但因爲伊斯坎德的關係，她落得孤身一人——這和兩個版本的他都有關：死去的大使、消失的憶象。就算萊賽爾有人蓄意破壞，那也算他的錯。瑪熙特微微鞠躬，留三海草下來娛樂（或拷問）二十九橋，然後穿過她和六方位皇帝之間相隔的最後一道門。

寢宮的照明在這個時間被調暗，但皇帝的謁見廳在全光譜照明燈下一片通明——直到環境光的轉變讓她眨了眨眼，她才想起她在詩賦大賽當晚對皇帝產生的憶象式神經反應。她整個人緊張不安，像是要去面對主考官或幽會偷情對象似的。瞧，又一個理由讓她寧願自己不了解伊斯坎德，寧願他的神經化學記憶殘影不要在她體內繚繞。

皇帝坐在沙發上，就像個凡人，像個大半夜還醒著的老人，肩背比晚宴上的樣子更駝，面容憔悴、瘦骨嶙峋。他的皮膚發灰，呈半透明。瑪熙特好奇他病得究竟多重——以及，是什麼樣的病，是那種上了年紀都會有的一系列小病痛，或是某種更深層、更嚴重的疾病，癌症或是器官系統衰竭。從他的樣子看來，她推測是後者。照明燈的用意大概是讓他保持清醒——對敏感的人來說，全光譜照明可以達到那種效果——但燈就像杏仁狀的聖光環繞在他身旁，瑪熙特覺得這是刻意要讓人聯想到烈日尖矛皇座。

「德茲梅爾大使。」他說，以兩根手指作勢要她上前。

「皇帝陛下。」她考慮屈膝跪下，讓皇帝炙熱的雙手再度包覆她伸出去的手腕。她渴望的同時，也在那份渴望裡找到應該置之不理的理由。於是她挺起胸膛問：「能容我坐下嗎？」

「坐，」六方位說。「妳和伊斯坎德都太高了，站著就讓人沒辦法好好看你們。」

「我不是他。」瑪熙特說。她拉了一張椅子在沙發邊坐下。幾盞照明燈察覺屋內有另一個活人，殷勤地往她轉來。

「我的動衛跟我提過妳會如此聲明。」

「我沒在說謊。皇帝陛下。」

「是，妳沒有。伊斯坎德不會需要人護送通過那些官僚的關卡。」

就像溺水者抓到浮木，瑪熙特無所顧忌地說：「抱歉。您見到故友的繼任者，一定十分難過。在萊賽爾，我們對憶象傳承的過渡程序有更多支持。」

「是嗎？」皇帝說。比起提問，更像在邀她開口。

瑪熙特知道情報蒐集如何運作。她知道她負傷、疲憊，被文化衝擊的麻木感淹沒；以至於無論皇帝是否逐漸步入死亡，她和這個掌管四分之一銀河的男人交談時都無法取得優勢；她想要像蛋一樣裂開，讓話語傾流而出。不管她的話語有多少來自優秀的詰問技巧、多少是來自迴盪在神經系統中的信任感，都無關緊要。

「我們有歷史悠久的心理治療傳統。」她說，兀地打住，像要把話語吞回。一次講一句就好。

皇帝笑了，笑起來比她所預期更從容。「我猜妳會需要。」他說。

「您的猜測是基於您對伊斯坎德的認識，還是對我的認識？」

「基於我對人類的認識，而妳和伊斯坎德都只是其中一組有趣的異數。」

瑪熙特笑著接招——笑得太開，感覺太像伊斯坎德的笑容。她展開指尖，做出二十九橋方才做過的同一個泰斯凱蘭姿勢。「而泰斯凱蘭卻沒有能相提並論的傳統。」

「啊，德茲梅爾大使——妳才來我們這裡四天而已。有些東西妳可能錯過了。」

瑪熙特很確定，她錯過的東西可多了。「如果有機會聽聽泰斯凱蘭人應對心靈傷痛的方法，我會非常感興趣，陛下。」她說。

「我確實認爲妳會。但那不是妳此次堅持求見的原因。」

「對。」

「沒錯。那就說吧，」六方位說。他手指交扣。手指關節衰老而腫大，刻有深深的皺紋。「告訴我，妳認爲我應該改派兵去什麼地方？」

「您怎麼如此肯定我是爲此而來？」

「啊，」他說。「伊斯坎德就是。妳跟他那麼不一樣嗎？妳會在乎其他事物，勝過妳的太空站？」

「他對您只有這項請求嗎？」

「當然不是。那只是我有答應的請求。」

「那如果我請求，您會答應我嗎？」

六方位用一種彷彿永無止盡的耐心檢視她——他們不是只有半個小時嗎？她能逃走嗎？她挺直背脊，身體兩側被倒塌牆壁壓傷的肌肉疼痛不已，她也能從手上的傷口裡感覺到心跳的搏動。六方位接著聳聳肩，他的外套有著結構複雜的翻領，讓那動作幾乎無法察覺。「我想知道，妳是一個失敗品，還是一個警告。」他說。「如果我能先知道這一點，再回答妳，那會很有用處。如果妳有辦法告訴我。」

他指的肯定是她的**憶象植入程序是否失敗**。她之所以不是伊斯坎德，是刻意的安排，還是出錯了。如果是出錯，那是有人故意從中作梗嗎——皇帝知道有人蓄意破壞嗎？他不可能知道。他不知道，否則他就不需要這樣問了。瑪熙特很唐突地想像著，六方位的表情出現在八解藥沒有皺紋的童稚臉孔上。同樣沉穩耐心的掂量算計。那個孩子是百分之九十的複製體；他的臉會根據肌肉記憶長成這張臉。光想就令人反胃。小孩還沒有形成足夠完整的自我，無法應付憶象，他會被年長者的記憶淹沒。而那八成就是六方位想要的結果。

「如果我是失敗品，」瑪熙特，「那我絕對不會到此對您如實展示憶象轉移的不確定風險。」

至於我代表的是不是警告，連我自己都不曉得。她揮開這個念頭——她不能在這裡繼續想，而且就算只是觸及這個念頭的邊角，加上昂楚和已故大使的祕密通訊，都讓她憤怒。想到萊賽爾可能在她缺損不全的情況下把她送來向六方位證明某種論點，作爲一種譴責、一個壞掉的展示品——但她不能憤怒。現在不能。她在跟皇帝獨處。

他問道：「那妳願意展示給我看嗎？」

「我猜我沒得選擇，」瑪熙特說。「所以，皇帝陛下，我究竟是什麼，這其實該由您決定。」

「也許我會持續關注妳的行動。」他聳肩時，圍繞他肩膀的日照燈隨之移動，彷彿他跟他們是某種緊密相連的機器，一個大於個人、但聽命於人的系統。「在我們回頭討論協議和答案以前，德茲梅爾大使，告訴我一件事。妳承載著伊斯坎德的憶象，還是妳完全是另一個人的記憶？」

「我是瑪熙特．德茲梅爾，」瑪熙特說，這聽起來像故意隱瞞，稍微背叛了萊賽爾，所以她接著表示：「而我除了伊斯坎德．阿格凡的憶象以外，從未擁有其他任何憶象。」

皇帝和她四目相接，像在評估她雙眼後面的人是誰，不讓她別開視線。瑪熙特暗忖：伊斯坎德，如果你在等一個重新開口和我說話的時機……

她想像他說：〈你好啊，六方位。〉

冷淡平板、故作神祕、過分熟稔，她完全知道他會用什麼語調。

他沒有說話。

皇帝問：「我們談到西弧星系群那些家族，以及我們該怎麼處置他們對獨占交易的要求時，妳的看法是什麼？」

瑪熙特完全不曉得伊斯坎德當時的想法。她的伊斯坎德和皇帝在社交場合見過面，但從未受到這麼高度的重視、加入政策討論。「那是我接任之前的事。」她迴避道。

她還在接受觀察，接受評估。皇帝的眼眸是如此深邃的棕色，近乎漆黑——他的雲銁結構簡約，只有一片幾不可見的玻璃——她想在大腿上交扣雙手，不讓手有機會發抖。但那樣太痛了。

「伊斯坎德，」皇帝過了一會兒說；瑪熙特不確定是在叫她，或是在談及她的前輩。「提出了好多論據，他提出數不盡的交換條件，想說服我不要擴張疆域。看一個把我們的語言說得如此流利的人，如此拚命想說服我們走上與帝國千年來的成就完全相反的道路，實在很有意思。我們在這個房間共度了好幾個小時，瑪熙特·德茲梅爾。」

「那是我前輩的榮幸。」瑪熙特喃喃說道。

「妳這麼覺得嗎？」

「換作是我，也會倍感榮幸。」她甚至沒在說謊。

「所以你們連這點都一樣。或者，妳只是在說大使該說的話。」

「皇帝陛下，這兩個原因何者為眞有這麼重要嗎？」

六方位笑了，笑得像有萊賽爾人教過他要怎麼笑：皺巴巴的雙頰上揚，露出牙齒。一個學來的動作，但瑪熙特這四天來都只見到泰斯凱蘭式的平淡表情，她覺得那笑容熟悉得令人吃驚。「妳，」皇帝表示，「就跟伊斯坎德一樣狡猾。」

瑪熙特故意聳肩。不曉得她身邊的那幾盞日照燈是否也跟隨著她的動作。

他往前傾身，旁邊溫暖的燈光照到瑪熙特的小腿和膝蓋，彷彿他發燒的熱度能夠流動、碰觸到她一般。「這行不通，瑪熙特，」他說。「哲學和政策依條件而變化——多元的，反應式的。在其他邊境鄰國，或是泰斯凱蘭都城這個精華之地，都不能一體適用泰斯凱蘭對萊賽爾所採取的態度。帝國有很多種面貌。」

「什麼行不通？」

「要我們破例，」他說。「伊斯坎德試過。他非常努力不懈。」

「但您答應他了。」瑪熙特抗議道。

「沒錯，」六方位說。「而妳若能履行他許下的承諾，我也會答應妳。」

瑪熙特需要聽他親口說才能確定，才能停止永無止盡地猜測。「伊斯坎德對您承諾了什麼？」

「萊賽爾憶象機器的示意圖，」皇帝說得頗為輕鬆寫意，像在談電力價格一樣。「和幾具機器，供泰斯凱蘭立即使用。交換的條件是，我保證只要帝國由我的王朝統治，萊賽爾太空站都保有獨立主權。我覺得，對他而言，這條件開得頗為精明。」

的確很精明。**只要帝國由他的王朝治理**。一連串繼承憶象的皇帝，都算是同一個王朝——如果六方位真以為憶象代表的是重複而非匯集，那就是同一個人，無止盡地重複循環。那麼，萊賽爾的科技等於交換到萊賽爾的獨立，永遠獨立。而六方位會逃過原本將致他於死地的疾病，在一具尚未有歲月痕跡的身體裡重生。

*伊斯坎德，*瑪熙特在心中對他想道，*你想出這條件的時候肯定是志得意滿。*

「也許，」六方位接續說，「妳會想附贈一些你們萊賽爾的心理師。我猜他們對泰斯凱蘭的心智理論會有非常吸引人的貢獻。」

他想奪取萊賽爾多少部分？奪取、吞噬、改造，變成某種完全不屬於萊賽爾，而是屬於泰斯凱蘭的東西。如果他不是皇帝，她可能會打他一巴掌。

如果他不是皇帝，她也許會大笑著反問，泰斯凱蘭的心智理論到底包含了什麼內容。「你」這個概念的範圍有多廣？

但他就是皇帝——在文法上，和實際存在上——而他把萊賽爾整整十四代的憶象鏈想成能對泰斯凱蘭有所**貢獻**的東西。

帝國，世界。同一個詞，帝國與世界將同樣受益。

她沉默了太久。她的腦袋被泰斯凱蘭的軍隊航線占據，同時還有憤怒，還有轉眼間就可悲地無路可逃的感受。還有她受傷的那隻手疼痛不堪，和心臟同步的搏動。

「伊斯坎德花了好多年才作出這個決定，」她努力說出。「願陛下讓我有幸與您多見幾面，我再來作決定。」

「所以妳還想再來。」

她當然想了。她坐在這裡，單獨謁見泰斯凱蘭帝國的皇帝，而且他既不好對付，又認眞看待她，認眞看待她的前人，她怎麼會不想來？就算處境如此悲慘困頓，她還是想。

她說出口的則是：「若您願意，陛下。我的前人顯然——對您有利。我或許也是。而且您說得如此清楚明瞭，對我實在有莫大助益。」

「清楚明瞭，」六方位說，臉上還掛著非常萊賽爾式的笑容，她忍不住也想回以會心一笑，「在修辭學上不受讚揚。但非常有用，不是嗎？」

「是。」在某個層面上，自從瑪熙特來到都城，這是她經歷過最明白的一段對話。她沉穩地呼吸——挺起胸膛，努力不重現伊斯坎德的肢體語言，也不模仿皇帝——並接話道：「既然您寬容地允許我們暫且擱置修辭學，那麼我要問陛下：您爲什麼想要我們的憶象機器？太空站以外的人多半認爲憶象傳承很……令人費解。這還算是**最善意**的形容。」

六方位閉上眼睛，然後再睜開，這一次眨眼既長且慢。「妳年紀多大，瑪熙特？」

「依泰斯凱蘭年計算，二十六歲。」

「泰斯凱蘭見證了八十年的和平盛世。從最後一次有世界的一部分嘗試摧毀其他部分算起，迄今的時長就是妳壽命的三倍。」

邊境每週都有小規模衝突的回報。幾天前，歐戴爾星才有一場顯而易見的叛亂被鎮壓下來。泰斯凱蘭並不和平。但瑪熙特想，她明白六方位的標準是什麼：那些衝突是針對宇宙外未開化之地的戰爭。他用同一個詞指稱「世界」和「都城」，其字源是描述「正確行動」的動詞。

「很長一段時間。」她承認。

「它必須延續下去，」六方位皇帝說。「我不能讓我們止步於此。八十年的和平應該只是開始，不能只成爲後人緬懷的一段仁愛公義往昔盛世。妳明白嗎？」

瑪熙特明白。一切簡單明瞭，又錯得恐怖：那是恐懼，恐懼自己離開人世後，世界便將失去眞命明主的領導。

「妳見過我的三位繼承人了，」六方位接著說。「德茲梅爾大使，不妨跟我一起想像看看，帝國交到他們手中，可能會迎來多麼壯觀的內戰。」

⁂

東宮的外廳只剩三海草一人，瑪熙特從室內的光圈門出來時，她踉蹌起身。

「妳剛剛睡著了？」瑪熙特問，她好想在沙發上小睡一會，就算十分鐘也好。

三海草聳聳肩。她褐色的皮膚在寢宮昏暗金黃的光線下顯得發灰。「妳得到妳想要的東西了？」

瑪熙特完全不知該如何回答。她思緒飛馳，閃爍不定，心裡充滿有毒的祕密。伊斯坎德出賣了什麼。六方位爲何不惜一切代價要讓他的自我與皇權能夠長存。都複雜得一言難盡。

「我們走吧，」她說。「免得有人發現我們去了不該去的地方。」

三海草咬著牙哼了一聲，那是思考的聲音。瑪熙特越過她，帶頭走出寢宮大門。此時此刻，她最不想做的就是爲自己辯解。

她萬萬不能停下來思考。

什麼都好，就是不能思考。

三海草跟上她，就在她左肩旁，完美地如影隨形，就像詩賦大賽時一樣。

「十九手斧留下一則訊息，」就在她們走出皇帝寢宮時，三海草說道。「她叫我告訴妳，無論妳要做什麼，她都完全不會阻止。」

得知自己重獲自由，瑪熙特全身發顫，無論如何，她都對十九手斧和三海草滿懷感激，眞是可悲。

間幕

憶象機器很小，頂多等同人類拇指最小一節的長度。即便太空站有三萬餘人口、存有十萬條憶象鏈，憶象機器的儲藏庫依然只是一間小小的無菌室。儲藏庫安置在萊賽爾搏動不息的供電核心附近，盡可能遠離五花八門的太空垃圾、宇宙輻射或意外失壓事故。亞克奈・安拿巴曾說，這是全太空站最安全的地方。全太空站民的港灣：逝者終將來此，安息一段時間，然後以全新的面貌再次啓程。

安拿巴站在儲藏庫正中間。除了她雙腳所站的那一小塊地面，還有從那裡到門口的通道，庫房裡的每一面牆都擺滿密封並加上數字標記的格子。有時，在最古老或最重要的憶象鏈儲藏格上，標記的是名字。如果抬頭往上看，她會看到有一格的標記是「**傳承部**」，她自己的憶象曾來自此處，她未來變成的憶象，也會到那裡去。

她以前覺得這個庫房相當療癒人心：全然的平靜，完美地提醒著她，整個萊賽爾都在她的照顧下，往回延伸到過去，往前延伸至未來。亞克奈・安拿巴把自己看作檔案管理員；她若生在有植物的星球，她會自稱園丁。她的工作就是把植物嫁接到另一株植物上，把心智嫁接到另一組心智上，她負責保存、設計，不讓萊賽爾失去它的任何一部分。

但那已經是**以前**的事了。

稍早之前——也就是六週前，如果以太空站目前改用的泰斯凱蘭曆計算。早在安拿巴出生之前，太空站就已改變曆法。一個文化就是以如此微小的規模逐漸被吞滅，她從來沒注意過，萊賽爾面對或背向它所繞恆星的運轉規律，和所謂的「週」沒有任何相通之處。六週前，她站在這裡，利用身爲傳承部大臣的取用權，讓其中一個小小的保存盒把內容物吐到她等待的手裡。

她的指甲剛剛才用清潔劑清洗過。清洗，並磨銼成不同於她平時風格的尖角。

當時，她手心的機器來自標示P-N（T.2）的保存盒。在傳承部的憶象機器代號術語中，P-N代表的是**政治—談判**——一種專業、類別的指稱——（T.2）是指泰斯凱蘭，萊賽爾派去與帝國交涉的政治談判專家的憶象鏈，目前是第二代。這具憶象機器記錄了伊斯坎德·阿格凡，比它原本應該記錄的最新版本早了十五年。

安拿巴小心地拿著它，舉起來，在微弱的光線下轉動，映出閃閃發亮的反光，由金屬和神經醯胺組成，原應插進宿主腦幹機器插槽的脆弱連接點。帶著前所未有的激動之情，她暗忖：你墮落到與縱火犯無異，變成那種會炸毀太空站保護殼的炸彈客。你比那兩種人都還差勁，伊斯坎德·阿格凡：你想開門放泰斯凱蘭長驅直入。你滿口詩歌，引進大量文學作品，而我們每年有愈來愈多孩子報考帝國的適性測驗，離我們而去，我們因而失去他們本來可能成爲的人才。你這侵蝕人心的毒物，凡是好義之人，都會一腳踩碎這具機器。

她並沒有把機器踩碎。

反倒是用她磨尖的指甲刮過去——如此輕柔，如此、如此地輕柔，幾乎不相信自己也正在以此犯下叛國罪行，背叛了記憶，背叛了「傳承」的概念本身，背叛了她自己的憶象（六代的傳承大臣，個個嚇得暈頭轉向，傳送出一波波令人作嘔的驚恐）。她刮過每一個脆弱的連接處，削弱它們，讓它們在壓力之下易於斷裂。

接著，她把機器放回去，然後向萊賽爾推薦選用瑪熙特・德茲梅爾擔任下一任大使。有好幾週的時間，她都覺得——很好，這是很正當的行爲。

但此刻，她站在她的記憶之房，她療癒平靜的倉庫裡，她的心跳加速，嘗到腎上腺素和鉛的味道，來自她自己的憶象不悅的餘味。她的憶象絕對不會像她那樣傷害任何一條憶象鏈，不會偷偷摸摸這麼做，只能在整個議會面前，且得到議會一致同意。我還能觸及什麼？亞克奈・安拿巴心想。還能改變什麼？

反正，此刻已有泰斯凱蘭戰艦朝他們的空域而來，她的作爲又能造成什麼差別？

如果像「昇紅豐收」號這樣的船艦下定決心，不讓萊賽爾的拉格朗日點（註）繼續受太空站占領，那麼就連這間備受保護的房間都會粉碎，和無數的垃圾殘骸一起漂走。她對記憶的所有干預，她剷除毒瘤的努力，全部沒有意義。她動手得太遲了。

註：在同一空間內，受兩大物體引力作用下，能夠使小物體保持靜止穩定的點。

第十一章

將我擊潰的是我們之間的共同性：我無法和伊柏瑞克族一樣成群奔跑，不像他們能夠四肢並用、是天生的獵食者。但我了解群體的本質：仰賴首領引導方向，在狩獵出擊的時刻團結一心、同步行動。我了解他們的本質，是因爲這也是我，也是泰斯凱蘭人的本質——雖然可能不是普世皆然的人性——我們想要找到共同的使命，想要融入自己效忠的團體。我對普世的人性已不再那麼篤定。我孤身一人在這裡太久了，我處在蠻族之間，自己也成了野蠻人，甚至夢見泰斯凱蘭落入外星人的魔爪。我不認爲我的夢是不祥之兆，這只是欲望的投影，將自我的現狀投射於未來，一種對於可能情境的想像。

——摘自《神祕邊疆外訊》，十一車床著。

❁

禁止進口品項一覽（萊賽爾太空站）：

未列於「私人物品（寵物及陪伴動物）」內的動物、

未證實經電子光束照射消毒的花卉及眞菌、

未包裝之食物（食物可在邊境管制區由境管人員監督消毒）、

可於大氣中發射之武器、

火焰或可燃液體之噴發器、
可散播空氣懸浮微粒之裝置（包括吸入性娛樂化學物質、演藝用途之「煙霧槍」、烹飪及食物處理專用之「煙燻爐」）……

——摘自《通關資訊封包》，普發予即將在萊賽爾太空站靠港的船艦。

都城在黑暗中顯得陌生，與其說是安靜，不如說是鬼影幢幢：沒有了陽光，城裡的街道和天宮的花圃更顯廣闊，所有建築物的輪廓都帶著一股詭異的生命力，彷彿可能會呼出氣息或開出花朵。仍在外頭的寥寥幾名泰斯凱蘭市民也毫不起眼——他們像陰影般低調行動，一言不發地處理著某些宮廷事務。瑪熙特低著頭跟在三海草後面。她累得頭昏欲嘔，而且全身發痛：腰和手和頭，但想必是緊張性頭痛，而不是初期的腦神經異常症狀。她幾乎可以確定。

她們的腳步在大理石地面敲打出回音。在萊賽爾太空站，除了太空本身，從來沒有這種無處不在的黑暗：總是有某個人醒著在值班。公共空間並不會因爲個人的作息循環而有任何改變，如果你想要黑暗，就回自己房間，關掉環境光源。

行星上的這整個半球都沒有陽光照射，如此情況還會維持四個小時。瑪熙特先前大多待在室內度過黑暗期，所以她並未留意晝夜的循環。但在室外就不一樣了。沉重、晦暗的天空充滿壓迫感，推擠著她的後頸，導致她頭痛加劇。感覺就像黑暗能傳導、減弱並扭曲所有聲音，儘管她知道這並不可能。

在這夜晚時分，只有都城的人工智慧防禦系統鋪遍全城的金色網格，反而比白天時更顯眼。格線在她們腳下盤旋迴繞，從某幾棟建築的地基往上爬到二樓那麼高，像是孳生的眞菌，在陰暗中微微發光。三海草跨過格線時小心翼翼，瑪熙特不禁開始懷疑她是在害怕。

她沒有佩戴雲鉤。她們一從宮裡出來，她就摘下雲鉤，放進外套內袋。她說：我們哪裡都沒去。瑪熙特把她的意思理解成，她們要進入城市裡漫遊，但不留下三海草官方身分的電子足跡。現在，跟著她步入逐漸增長的黑暗，瑪熙特在心中納悶，都城的系統是否莫名拒絕按照她的指令行事，而她想延後跟它正面衝突的時刻。

畢竟都城曾以藍色火焰攻擊她，彷彿根本不當她是個公民，彷彿十珍珠引以為傲的這套完美演算法判定她是外來者，必須予以排除。像是一種感染，必須用藍色火焰燒灼消毒。

直到她們在深夜偷偷潛入東宮，瑪熙特的腦中才想到這個畫面。若是她如此解釋，三海草可能會一笑置之。這都出於她對即將謁見六方位而感覺到的不安——原本隱藏的緊綳如氣泡般浮上表面。

六方位想要用憶象機器阻止這隻張牙舞爪的巨獸，阻止帝國噬咬自己的血肉，他是對的嗎？是內戰。都城對自身發起戰鬥。

東宮比地宮明亮，但詭異的氣氛並未稍減：光線來自紅、藍、橘色的霓虹燈管，照亮了穿過廣場的路徑，還有通向各政府部門大樓的標示。人工智慧網格在某處路口濃縮成一個結，三海草遲疑了一下，雙肩明顯地僵硬起來，然後轉向離開，朝一條亮著橘光的大道匆匆走去，招手示意瑪熙特跟上。走道兩旁種滿白花，在燈光下看起來宛如浴火。

瑪熙特顯然是醒著太久，竟把花看成了火。這問題可不小。不是說她產生幻覺——她頗確定她沒有——而是她太久沒睡，而且受毒花事件和謁見六方位刺激而生的腎上腺素也漸漸退去。

不過，她還是悄悄地問：「妳是在避開都城的耳目嗎？」

三海草沒有停下腳步。「不是，」她說。「我只是不想冒險罷了。」

她們還沒有討論過她在中央九號廣場遭遇的事。在十九手斧寓所時沒有時間，或者說，在動衛辦公室各種記錄設備的耳目環伺之下，談論這件事也不太對。現在，在黑暗中，瑪熙特感覺勇敢起來，或是放鬆下來，又或者是這兩種感覺的結合讓她管不住舌頭。「它從來沒有這樣對付妳過，對吧？」她說。「它以爲妳是它可以懲戒的對象。」

「當然沒有。」

「二等貴族，微罪免罰。」

「我是守法的泰斯凱蘭公民，大使。」

瑪熙特縮了一下。她伸手輕撫三海草的肩膀。「我很抱歉。」她說。

「爲什麼？」

「我不能爲了質疑妳的道德正當性而道歉嗎？」

「可以，」三海草說。「但我覺得，這樣實在挺浪費妳的時間。都城……讓我很意外。」

「是讓妳痙攣，不是意外。」

三海草猛然停下，轉過身，抬頭迎視瑪熙特。「事後我就很意外，」她帶著一股蓋棺論定的決斷說道。「事後我有很多時間感到意外。瑪熙特，等妳背完最艱深的政治主題離合詩，確認都城沒有破壞妳的長期記憶之後，妳在醫院裡根本沒有其他事好做。」

「我不該提這件事的。」瑪熙特說。

「我沒那麼脆弱，」三海草說。「我的野蠻人在懷疑文明世界的象徵會不會再電擊我一次，這點事我還能承受。」

「妳眞覺得我懷疑的是這件事嗎？」

「這是我會懷疑的事，」瑪熙特想像著三海草的眼睛，在黑暗中就像兩顆純黑的石子，看不見瞳孔，跟天空一樣陌生。「噢，還有，這種事故有沒有在別人身上、在什麼情況下發生過。我也會懷疑。」

「有嗎？」瑪熙特問。

「比我所猜想還多。過去六個月發生了八次。有兩個人死了。」

瑪熙特不知道該說什麼——「我很抱歉」是沒用的，「是我的錯嗎」就是在乞求她不配得到的安慰。的確這可能正是她的錯，或是伊斯坎德的錯，或是要怪伊斯坎德不知怎麼牽連上的那些叛亂。秩序的崩壞一觸即發。

「我跟妳說了，我很意外。」三海草說，語氣頗為溫柔。「來吧，瑪熙特。還要走二十分鐘才會到達妳的寓所。」

一路上，即使沒有雲鉤標識出她們的電子足跡，瑪熙特依然感覺都城在監視她們。接著她告訴自己，這感覺又是她的過度解讀。都城的系統殺傷了公民，這是個問題，但未必是她的問題。這根本未必是她的錯。肯定並非每件事都是她的錯。她可以這樣相信，只要她跟泰斯凱蘭的敘事傳統拉開足夠的距離。她可以。

❁

在瑪熙特的大使寓所裡，那個男人像一抹消融在兩扇高窗之間的陰影：深色衣服、深色頭髮，沒有移動時在黑暗中近乎隱形。瑪熙特起先只看到一道閃光，他手中的某樣器具反射走廊上的光，冒出白焰，然後她看到一個移動的東西朝她衝來。她才剛朝光圈門內踏兩步，三海草就把雲鉤佩戴回臉上，對門下達指令。三海草站在她的左方，沒有擋住路——

她感覺驚恐，就像她的胸骨被踹了一下。理智的人會逃跑，瑪熙特總是預期自己直接面對人身威脅時會逃跑——在萊賽爾太空站，她很早就從戰鬥類的適性測驗中遭淘汰；她的自保本能太強，太容易退縮。那個男人的左手握著尖銳的武器，朝她衝來，他跑進從走廊灑入的光線照射範圍內時，臉孔有某種令人駭異的熟悉感。他的武器尖端收窄成針狀，與荊棘同粗，針尖沾有滑膩的液體，隱隱發光，瑪熙特心裡想著，「毒藥，針上有毒。」她扭身逃開、連忙後退，失去平衡摔倒，受傷包紮的掌根著地，強烈的痛楚襲來，她一時之間以為自己被他打中了。她還是這麼容易退縮。

「什麼鬼——」三海草在門口說。

瑪熙特只見那男人抬頭一看，他愣在原地評估情形——在他愣住的這個時刻，她認出了他，認出他訝異和苦惱時的表情，三十翠雀在地宮的走廊上把他從她身上拉開時，她就曾見過。她想不起他的名字。他當時想延攬她為一閃電效力，後來被三十翠雀的威嚇給斥退——現在他卻在她的住處，舉著那根嚇人的針指向三海草。瑪熙特想到具接觸毒性的莎伊茶花，還有其他注射性毒物，她飛快回想一遍已知的神經性毒素，都很危險——這個刺客行動迅速，且三海草還沒從都城的電擊影響恢復過來，如果他發動攻擊，她絕對無法平安逃過。

瑪熙特滾動身軀，用全身的重量施力，一側肩膀撞向他的膝蓋。她抓著他的一隻腳踝拉離地面，雙手箍住皮靴表面，一陣劇痛從手掌傳來——繃帶下的水泡一定裂開了，她的手肘以下痛得像是被液態火焰熔化。他跌倒在地。她依舊驚恐，腎上腺素使她宛如陷入白盲，帶來一股怪異的欣快感。她感覺自己粗野凶暴，憑藉野蠻人的身高，以及長度勝過泰斯凱蘭人的四肢，她順勢爬到他身上。

他咒罵，將她甩開——力氣很大，這也是當然；他說他曾服役於艦隊，隸屬一閃電親自帶領的第十八軍團。但她沒受傷的那隻手揪著他的襯衫衣領，腳踝勾住他的大腿，讓他跟著她一起翻倒，跌在她身上。針尖靠近她的脖子，眼看就要碰到她，在她體內注滿導致癱瘓和窒息的毒素；一旦流入腦部，她和伊斯坎德還有他們融合而成的意識都將消散毀滅。無計可施之下，她用還包著繃帶的那隻手抓住對方的手腕不放，儘管水泡綻裂、痛楚如尖叫般竄起。

「妳不應該反抗的，」他啐道。「骯髒的野蠻人。」

他想要她加入泰斯凱蘭的軍團時，不就沒怎麼在乎她是不是野蠻人嗎。

瑪熙特使盡全力將他的手腕往後扭，把他的手推向他自己的脖子。針尖劃破他的喉嚨，留下一道冒著血珠的長線，立刻紅腫發紫——要命，這到底是什麼毒藥？男人發出一陣像是被勒住的喉音，她感覺到他的身體僵硬、抽搐、開始顫抖，四肢無意義而可怕地揮動。針從他失去神經控制的手指間掉落到瑪熙特頭邊的地上。

瑪熙特推開他，用臀部和手肘推地後退。她應該尖叫。現在四周非常安靜，只聽得見她粗聲喘氣。她彷彿度過了人生中最漫長的一分鐘，之後她聽見套房的門嘶的一聲關上，天花板的燈亮起。接著，三海草過來坐在她旁邊，兩人一起背靠著牆。在正常的環境光源下，攻擊者的屍體看起來弱小又不協調，一點也不像個能夠移動、呼吸、致她於死地的生物。落在他身邊的針猶如一條靜止不動的蛇。隨著她的呼吸緩下來，他的名字也重新浮現在她腦海。十一針葉樹。就是這個人，現在成了一具死屍。

「好吧，」三海草顫抖著說。「我們肯定惹上了全新的麻煩。妳還好嗎？」

「我沒受傷。」瑪熙特說。在這裡打住話頭好像比較明智。

三海草點頭。瑪熙特用眼角餘光看到她的動作，卻無法將視線從屍體上移開。「嗯，」三海草說。「好。妳以前就……做過這種事嗎？」

「什麼？殺人嗎？」瑪熙特說。噢，對，這就是她剛剛做的事，對吧。她快要吐了。

「要說是正當防衛的話很站得住腳，但如果妳想說是殺人，也算啦。妳以前做過這種事嗎？」

「沒有。」

三海草伸手過來，在瑪熙特肩上溫柔地拍了拍，力道帶著遲疑，輕如羽毛。「眞的令人鬆了一口氣。我還在想太空站民除了腦子裡裝著死人之外，是否還特別擅長爆發性的暴力攻擊……」

「僅此一次，」瑪熙特說，夾雜著一股絕望和無助的挫敗感。「我寧願妳把我的行爲想成任何人都會做的事。」

「瑪熙特，大部分人不會——」

「在自己的住所被拿著恐怖武器的陌生人伏擊，同時還要在外星球上迴避自己唯一的政壇盟友，暗中與人會面？不，我想這種事不會發生在泰斯凱蘭人身上。」

「不會發生在任何人身上，」三海草說。「一般而言。」

瑪熙特頹然以雙手捧住頭，受傷的手掌擦過臉頰，她痛得扭開手。她突然好想睡覺，睡意強烈到荒謬的程度。如果可以，她想睡在萊賽爾太空站內的狹窄房間裡，安全的牆壁包圍四周，但基本上只要睡著都好。她磨著牙，咬咬舌頭側邊。也許這樣有幫助，她不確定。

「瑪熙特。」三海草更輕柔地又說一次，然後伸手到瑪熙特的腿上，握住她未受傷的手，與她十指交扣，三海草的皮膚乾燥而涼爽。瑪熙特轉頭直視著她。

三海草聳肩，沒有放手。

「這在歷史上發生過，」瑪熙特空洞、不帶感情地說，好像把這句話當成禮物送出去：送一個歷史典故給泰斯凱蘭人，給一名不需要理由就與她十指交握的女子。「僞十三河。不完全一樣，但類似。九暗紅元帥在太空邊界遭到伏擊——」

「才沒那麼糟，」三海草一面說，一面用拇指輕撫瑪熙特的指節。「妳只殺了一個人，而且這個叛逃到帝國分裂陣營的傢伙，肯定不是妳不爲人知的複製基因祖先。愈久以前寫下的歷史總是愈令人不忍卒睹。」

儘管面前躺著一具緩緩腫脹、膚色轉爲紫紅色的屍體，瑪熙特仍不由自主微笑。「這是他們教妳背歷史的時候一起教的嗎？」

「不算是，」三海草說。「比較像是累積經驗得來的觀察——不管歷史由誰寫下，他們一定有自己的一套敘事，而敘事通常有一半是戲劇。我是說，在僞十三河筆下，每個人都因爲身分混淆和通訊延遲而緊張兮兮，但在五冠冕對同一場開拓戰爭的描述中，她要讀者特別注意的是後勤補給問題，因爲她的贊助人是經濟部長——」

「我們在萊賽爾讀不到五冠冕的作品。她眞叫這名字嗎？」

「如果妳的本名叫五帽，又活在史詩和史學的黃金時代，身邊每個人都受邀參加宮廷餐宴、見證戰爭現場，妳也會取個筆名來發表作品，瑪熙特。」

三海草講得如此眞誠而嚴肅，瑪熙特不由自主笑了出來，短促而尖銳的笑聲刺痛她的胸口。她可能歇斯底里了，非常有可能，而且問題不小。她花了半分鐘才緩下呼吸。三海草輕輕捏了捏她的手指，而她咬著牙用力吐氣。

恢復鎮定之後，瑪熙特問道：「妳知不知道爲什麼，一個在皇家詩賦大賽宴會上跟我攀談的男人，現在突然打算要殺我？」

「就是那個人嗎？」三海草說著放開瑪熙特的手。「妳記得他的名字嗎？」她站起來，朝屍體走近，雙手拘謹地放在背後，彷彿怕自己會不小心碰到。她蹲低打量屍體，外套的衣襬垂在地上，像才剛羽化的昆蟲新展開的翅膀。

「針葉樹，」瑪熙特說。「我想是叫——十一針葉樹。但我那時腦子不太清醒，他也是。」

「告訴我，妳是怎麼遇上他的。」三海草說。她用鞋尖輕推屍體的頭部，好看清楚他的臉。

「他找上每一個還沒被三十翠雀收編的人，」瑪熙特說。「我對他出言不遜。他想……抓住我？傷害我。然後三十翠雀親自來阻止他——」

「妳不應該沒讓我跟著就到處跑。」三海草說，但聽起來沒有責備的意思。「所以說，他認識妳。至少認識一點，足以對妳產生反感。現在看來嘛，我不認識他，他也沒穿戴任何人的代表顏色或信物——雖然說本來就沒刺客會那樣做，不管詩歌或史書裡的人怎麼樣——」

「這麼說來，妳覺得他是刺客沒錯了。」

她站直身子。「妳有其他想法嗎？」

瑪熙特聳肩。「綁匪、竊賊——想竊聽會議的人，但我想不出有誰會知道——」

「除了我，」三海草說，語中只帶著一點點戲謔意味。「還有十二杜鵑，是他要求跟妳在這裡見面。」

「三海草，如果我得一開始就假設妳企圖殺掉我，那麼我——」

她舉起一隻手揮了揮，無精打采地轉移話題。「那就假設我沒有這個企圖。我們不是已經有此共識了嗎，就在妳來這裡的第一天？我沒有企圖傷害妳，而妳也不是白痴。殺掉妳也算是傷害的一種。」

那場對話就發生在這個房間裡，感覺像是好幾個月以前的事，但瑪熙特也完全意識到，從那時到現在才經過僅僅四天。或是五天，因爲現在太陽出來了。

「那就不是妳，」她說。「這樣想比較簡單。於是剩下十二杜鵑，還有……任何在他的訊息傳來前加以攔截的人。他確實說過有人在跟蹤他。」

「如果這個人能夠攔截資料微片，若非是在訊息寄出的當下在場，就是情報部的人，將微片解密之後再重新封緘。」

「三海草，說到情報部，嫌疑人還是妳或十二杜鵑。」

三海草盯著她看了許久，嘆氣。「情資官人數眾多。我們當中有些人效命的對象可能就想致伊斯坎德、妳，或十二杜鵑於死地——」

「如果不是靠攔截訊息呢？」瑪熙特提出問題打斷她。「剛才他——剛才我——他原本說，妳不應該反抗的，我以爲他是要恐嚇我，跟我要脅什麼。我根本不覺得他打算殺我。我覺得他想要的東西在十二杜鵑手上，就是憶象機器。我覺得他想要我把它交出來。也許是有人派他來。」

「會是誰派他來？」

瑪熙特想說一閃電，但那樣一來，就等於在假設每個人都知道憶象機器的存在，不只是宮裡的每個人，而是整個泰斯凱蘭帝國的每個人。一閃電可是遠在泰斯凱蘭空域某處的戰艦上——他是什麼時候聽說這消息？

她改口說，「三十翠雀？如果他利用了十一針葉樹跟我的衝突。他當時很刻意強調十一針葉樹對我的行爲算是攻擊，還說之後會跟他好好談談……」

「三十翠雀想要憶象機器？這籌碼確實足以拿來勒索貴族，好吧，我認爲他可能做出這種事。」三海草的表情變得很奇怪——充滿距離感，帶點懊喪。「妳的憶象機器眞是個問題，瑪熙特。」

「對我們來說不是問題。」瑪熙特說。只有對泰斯凱蘭人來說才是問題，他們瘋狂地想要得到憶象機器，或是瘋狂地希望這東西根本不存在。

「不，」三海草說。她不再佇立屍體旁，而是回到瑪熙特身邊，伸出一隻手要將她從地上拉起。「我覺得那對你們來說也是問題——或者說，至少在我們有人聽到風聲走漏之後，問題就來了。」

瑪熙特握住她的手，儘管她的身形比三海草高太多，以至於對方提供的拉力沒太大幫助。「我沒有，」她一邊站起來一邊說。「我沒有走漏風聲。是伊斯坎德，而且做出這種事的伊斯坎德是一個我不認識的版本。」

「那是什麼感覺？」

「什麼是什麼感覺？」

「身爲不只是一個人的一個人。」

這是個赤裸的問題，瑪熙特猝不及防——在這個星球上，不曾有人對她如此單刀直入。她站在原地，手指依然和三海草交握，試圖思考她有哪些答案，此時，門鈴難聽的不和諧音突然哀哀響起。

「又有刺客嗎？」三海草過分開朗地說。

「我希望是十二杜鵑。」瑪熙特說。「妳去開門？」

三海草照辦，她下指令開門時，小心翼翼站在門的側邊，彷彿只要不越雷池一步，等著進門的人就無法傷害她。但當光圈門打開，來者其實只是十二杜鵑罷了。瑪熙特看著他將房內的景象納入眼底：地毯上臉色發紫的屍體、從窗外灑入的曙光，還有站在一旁的瑪熙特和三海草，活像不慎破壞了貴重物品的小孩。

顯然，就連撞見剛剛發生的謀殺案，都無法撼動泰斯凱蘭人一貫的面無表情。或許也因爲十二杜鵑看起來同樣度過了很不平靜的一夜。他身上的情報部制服沾了水漬，橘色的褶袖風乾後硬化，還染上汙點。他的一邊臉頰上有泥巴，大半頭髮也亂七八糟。

「你看起來有夠慘的，小花。」三海草說。

「妳的地毯上有個死人，我看起來怎麼樣不重要。」

「其實那是我的地毯。」瑪熙特說。「你要不要進來，我們才能把門關上？」

他背後的門安全地鎖上之後，他們三人聚在一起圍著屍體，除了瑪熙特那些重大的祕密之外，他們現在又共享了另一個小祕密。十二杜鵑將手伸進外套，拿出一捆布遞給瑪熙特，看起來像停屍間用的罩布，摺成整齊的一疊。

「這次算妳欠我喔，大使。」他說。「我被跟蹤了六個小時，接下來又在半乾的水耕花圃底下躲了三個小時。我們之前互傳密碼訊息的時候，這整件事好玩得很，現在真的就沒有那麼好玩了。更別說我一沒注意，妳就又弄出一具屍體——有人要叫太陽警隊來嗎？還是妳們就打算呆呆站在這？」

「小花，我們會報警。」三海草說。報警這回事對瑪熙特來說是新資訊。

她打開那疊布，布的中央放著金屬和陶瓷製成的小型網狀裝置，是伊斯坎德的憶象機器。她想它是被手術刀非常謹慎地切下來。網狀結構邊緣羽毛般的碎形——也就是機器和神經原連接的部位——延伸範圍很寬，手術刀無法繼續顯微操作的外圍被俐落地切斷。但十二杜鵑不知道如何將如同外殼般包覆在周圍的碎形網絡介面、跟中間儲存著伊斯坎德意識的核心分開。中間部分依然完整，連最纖細的手術刀也沒有劃傷它。憶象機器也許仍可使用。（用來做什麼？為另一個人記錄嗎？或是可以透過它跟死去的伊斯坎德大使接上線，不管他還剩下多少意識存在？她兀自猜想，決定先別把這個念頭告訴任何人。）

憶象機器的長度不超過瑪熙特的大拇指最末一節，她將它從十二杜鵑用以包藏的布料上拿起，塞進自己外套的內袋。

「我本來覺得，」她說，「我們應該先等你過來，把我請你從前任大使遺體非法取得的機械裝置交給我，在此之前都別驚動任何人。」如果三海草要針對報警這回事對朋友說謊，瑪熙特可以幫她一把。這樣比較簡單。甚至，也許最簡單的選項就是眞的去找太陽警隊，如實通報這起……事件：一名男子闖進大使寓所，雙方發生扭打，闖入者在過程中被自己的武器殺死。要她將之稱爲謀殺、回想十一針葉樹在她身上霎時變成屍體的感覺，仍然帶給她一股令人暈眩的怖懼。

「好吧，那妳現在拿到了。」十二杜鵑說。「妳可以留著。我一離開司法部停屍間就被跟蹤了呢，大使。而且還是被司法部自己的調查員跟蹤——灰霧探子，那些穿灰衣服的鬼影子。我在水裡待了一個小時之後，覺得應該已經甩掉他們了，但也可能沒有——或是我約妳們在這裡見面的訊息可能被攔截了。某個消息非常靈通的人一直監視著前任大使的遺體，而且我又不得不用公用終端機寫資料微片訊息寄出去。」

也許是十九手斧。瑪熙特回想起她提議要照太空站民習俗火葬伊斯坎德之後，才過了幾個小時，十九手斧就多麼快速地趕到停屍間。但其他可疑分子也是隨便找就一大把，如果司法部的特別警力在跟蹤十二杜鵑，那麼最有可能的幕後主使就是八迴圈了。整個混亂的局面中，最大的問題就是這個——對伊斯坎德感興趣的人太多了，對瑪熙特感興趣的人也太多了。雖然這是她刻意造成的，讓自己成爲目光焦點，希望能藉此查出是誰謀害她的前輩，而現在她就算努力嘗試，也逃不開眾人的注目了。

而就算她只是待在寓所裡，執行她來到此地該做的工作，大家還是會對她產生過於濃厚的興趣：八迴圈當初就是刻意要萊賽爾太空站派出新任大使。不管她怎麼做，都不可能保持中立。

「他們還在跟蹤你嗎？」她問。

十二杜鵑嘆道：「我不曉得。諜報實務工作不是我的強項。」

「非實務的才是。」三海草說。十二杜鵑對她翻了翻白眼，她則回以聳肩，看起來像是想安撫他。

「我想我們等等就會知道了，」瑪熙特說。「如果有人想殺你，或是如果有人想殺我。」

「刺客和跟蹤者，」十二杜鵑說。「眞是求之不得呢。大使，如果我這個人更精明一點，我不只會報警，還會表示妳逼迫我犯下……噢，從死人身上偷東西這種事應該有個罪名吧。那條罪叫什麼啊，小草？」

「剽竊，」三海草說。「但在法庭上這樣主張挺牽強的。」

「這可不好笑。」

「好笑得很，小花，但好笑的原因是你這個說法太爛了。」

瑪熙特不禁羨慕他們的友情。如果換個情況，她就可以更輕鬆地……

但她沒有輕鬆的選項。她手邊有的，是伊斯坎德的憶象機器、一具屍體，還有皇帝給她的提議，像一只重錘般懸在她頭上：交出憶象科技的祕密，讓航往萊賽爾的艦隊轉向，將她所屬的太空站過去十四個世代以來戮力保存的一切出賣給泰斯凱蘭帝國。她突然想起她的弟弟，想像他無法獲得他所適合的憶象，想像他從太空站被帶到泰斯凱蘭的星球養育——他才九歲，對於這個安排，除了天眞的幻想之外，不會有任何認知。但她自己也好不到哪裡去。

*爲什麼你同意了，伊斯坎德？*她問。她用的是太空站語中非敬稱語的「你」，對著她意識中安靜的空洞地帶提問，那裡本來應該有他的聲音，有他們應該融合而成的人發出的聲音，以及他的所有知識和她的所有見解。

〈我不知道，〉伊斯坎德告訴她，聲音如鐘鳴般清晰。〈但我猜，我是沒有更好的選擇了。〉

一陣陣顫慄從她的腳跟竄起，通過她雙臂的每一條神經，感覺就像已死的闖入者終究用毒針扎中了她。瑪熙特重重跌坐在沙發上。伊斯坎德眞的回來了——也許就是要靠濃度高到危及性命的腎上腺素，他們之間出錯的連結才能重新接上。雖然在生理學上毫無道理，但她只想得到這個解釋。

〈妳讓我們惹上了多得不得了的麻煩，對不——〉然後戛然而止，只剩雜訊。感覺就像她自己的腦子突然短路。不管她如何嘗試與他接觸，伊斯坎德都無影無蹤，就和他開口說話之前一樣。瑪熙特頭暈目眩，覺得她掉進了自己心智中的深淵，掉落的距離永無止境，就像她和她的憶象所該在的位置之間一樣遙遠。

第十二章

比賽持續進行！

來看本季期待度最高的亞莫利奇球賽，由鐘鎮的迷宮隊迎戰南中央省的火山隊！就算地鐵關閉也擋不住我們的選手。雲鉤系統以及北蹴球區體育場仍有售票，快出門享受歡樂時光！

——手球比賽宣傳廣告單，印刷日期爲249.3.11-6D，於極內省、鐘鎮、南中央省及白楊省廣發。

◎

……你上一次返回萊賽爾太空站，距今已有五年。除了傳承部大臣亟欲爲你的憶象進行最新的儲存與更新，以供後代利用，我也希望聽你親口講述泰斯凱蘭的國政大事，過去這五年，你可謂守口如瓶。伊斯坎德，我遴選你出任此職位，而你持續取得成功，我完全無可埋怨，但是請包容我的好奇心——回家吧，一下子也好……

——礦業大臣達哲・塔拉特致伊斯坎德・阿格凡大使，泰斯凱蘭曆087.1.10-6D

報案後，太陽警隊很快就趕到現場：總共有三名警員，穿戴一模一樣的黃金頭盔，面目無法辨識，行動效率高超。三海草負責報警，她用自己的雲鉤和門上的警報系統做了某些同步設定，然後相當有說服力地演出帶著顫抖與惱怒的訝異神色——瑪熙特懷疑這的確很接近她實際感受到的情緒，她只不過是目的性地將它演繹出來。三海草的情緒儲存庫不知道有多麼龐大，但她似乎只會在有目標必須達成，或是歇斯底里無法自制時，才會表露出其中的內容。她對自己施加高度控制，瑪熙特光想就覺得累。

她也有可能是因爲醒了將近三十二個小時才覺得累。睡眠成了高不可攀的奢侈，只屬於家裡沒屍體的人。但至少她不太可能害自己被逮捕。太陽警隊看起來心不在焉，或者單純是相信了她的說辭：她回到寓所，撞見這名男子，他在隨後的扭打中被自己的武器所殺。不，瑪熙特從來沒看過那種形似粗針的武器。不，她不知道那個人是怎麼進屋的。不，她不知道是誰派他來的，但在這種動盪不安的時局，可能的人選肯定多不勝數。

她一句謊都沒說。他們相信了她。

伊斯坎德又消失了，但這次的消失不同於以往。整個訊問的過程中，瑪熙特的手掌和腳跟都刺刺地發麻，不是完全的麻木無感，而是彷彿四肢末梢已不是她的血肉之軀，變成了電光四射的火焰。那感覺就跟憶象的記憶開始閃現前一模一樣，但現在的感覺是持續的，而且沒有畫面隨之出現。末梢神經損傷，但她哪裡也沒傷到。除非，在她面無表情、冷靜鎮定地以泰斯凱蘭語回答問話的同時，位於她顱骨底部的憶象機器就在對她造成傷害。原本她應該感覺到伊斯坎德的地方，現在只剩空虛的氣泡，像缺了一顆牙，她彷彿能用舌頭觸探到腦中的那個空缺，如果她施壓得太用力，那股排山倒海的暈眩就會捲土重來。她努力克制自己。現在昏倒的話可是一點幫助都沒有。

「一等貴族十二杜鵑，」太陽警隊的其中一員說道，同時像滾珠軸承上的轉盤一樣轉向他，動作中帶著機械式的順暢。「您這麼早就來到德茲梅爾大使的寓所，有何貴幹？」

啊。也許他們還是沒有相信她，也許他們只是不想打草驚蛇。他們要利用十二杜鵑戳破她的託詞，猶如破壞種子艇的真空封條，讓用以保護乘客的氣體漏光。

「大使邀我來會面。」十二杜鵑說。這個答案一點也幫不上她的忙。

「沒錯，」瑪熙特打斷道。「我本來期待與十二杜鵑見面共進早餐，討論……」她四下張望，想找出一個適合他們討論、不會啓人疑竇的話題。實在沒幾個。「……萊賽爾太空站公民在大使懸缺期間對情報部提出的需求。」終於想到了。

假如警隊的金色面甲能夠抬起眉毛表示狐疑，問話的這位警員肯定就會這麼做。「這事還眞是十萬火急，非得在上班時間前商議不可啊。」

「我們兩個的行程都很緊湊，約在早餐時間剛好彼此都方便。或者該說本來計畫如此，但我遇上了這位不速之客。」瑪熙特意有所指地說。她覺得自己顫抖得快要皮肉分離了，她的神經宛若著火，睡眠不足造成的細微震顫像嘶嘶冒出的氣泡。她拉開太空站式的笑容，兩排牙齒展露無遺，活像骷髏頭。她暗暗揣測這位警員是否在面甲下被她的表情嚇得畏縮。

其餘的警隊成員中，有一位用油滑的語氣問道：「你的制服怎麼了，十二杜鵑？看起來像是去欣賞過水舞呢。」

瑪熙特之前也見過泰斯凱蘭人臉紅的樣子，但是不曾看到有人將這種神情表現得像十二杜鵑現在這樣活靈活現，雙頰光滑的棕色肌膚下，困窘的紅暈擴散。「這實在是……那些遊行示威的事搞得我有點焦慮……我跌倒了，」他說，「我在花園裡摔倒，就像喝醉似的，又來不及先回家一趟，那樣我會錯過約定的時間……」

「你還好嗎？」太陽警員問。

「除了尊嚴受損之外——」

「當然。」

三海草蜷縮在沙發角落，雙腳折起來壓在身下。她說，「你們可以把屍體移走嗎？實在是讓人不太敢看。」她的聲音仍然顫抖不已，幾乎無法自制。瑪熙特納悶，除了在皇帝寢宮外面發現她小小打了瞌睡的那次，她到底有沒有好好睡覺。恐怕是沒有吧。

她抵達都城不過短短一週，儼然已變成代表毀滅的使者。至少對三海草而言是如此（還有十五引擎——還有伊斯坎德——）。她想做些什麼。就這麼一次，她想造成一些對她自己有利的破壞。

「這已經是我們這週之內第二次遭遇人身危險，」瑪熙特說。「先是有炸彈，還有貴國都城整體的備戰狀態……」她刻意嘆氣。這波政治動亂是如此令人反感。「我本來覺得，最好還是在我個人寓所會面，以免不幸遭人攪擾，到頭來卻還是發生這種事。」

太陽警隊的三名警員都看向她。她咬緊牙關，回視他們空洞而虛假的面孔。

「我們想提醒大使，」他們三人同時開口，組成詭異的合唱。難道他們就是都城，就是掌管牆壁、燈光、門戶的同一套人工智慧系統，就是科技部演算法的一部分？「一閃電元帥本人的確曾主動為您提供保護。但您拒絕了。」

「你們莫非是在暗示，大使必須接受保護，才能避免這些憾事發生？」三海草插話。「眞是個絕妙的推論呢，竟然出自帝國的警備人員之口。」

他們轉過頭來注視三海草，動作流暢滑順、不受摩擦力影響。她揚起眉毛，眼睛睜得大大的，露出眼白，等著看他們能拿她怎樣。

「您要遵照標準流程，」其中一名警員用完全平靜無波的語氣說。「才能正式提出這項指控，情資官三海草大人。您有這個意願嗎？我們竭誠為您服務，一如服務全帝國的公民。」

瑪熙特心想，這番話本身就是威脅；雖然拐彎抹角，凶狠的程度卻未曾稍減。

「也許我該去司法部預約會談。」三海草說。她的表情毫無變化。「還有其他事嗎？你們可以把這個倒楣的傢伙從大使的地毯上搬走了嗎？」

「這裡是調查中的犯罪現場，」太陽警隊說。「整個大使寓所都是。我們建議大使在調查期間另外安排住處。我們相信，今早的新聞有不少選項可供她瀏覽。」

瑪熙特的視線越過警員的肩膀投向十二杜鵑，他們三人之中只有他可能看過今早的新聞，但他只是聳聳肩。她不知道自己是否錯過什麼重要訊息。也許只是有人爆料萊賽爾太空站大使與動衛十九手斧的不當往來。

「請問我何時才有機會回到自家房間？」她問道，雖然話中帶刺，仍然試圖保持禮貌態度：她自己、她的聯絡官和太陽警隊，大家現在都太緊繃了。

太陽警隊一名成員聳肩，在這小小的動作中傳達了驚人的豐富情緒。瑪熙特自己的肩部主要肌肉起了反應，宛如伊斯坎德的鬼魂透過她的神經一閃——他生前也是那樣聳肩，雙臂移動的幅度比肩膀更大，做出那種富含表演性質又滿不在乎的動作。（但說真的，她完全不知道他究竟在不在這裡。）

「等我們完成調查即可，」警員說。「同時你們可以自由行動。我們理解這名男子的喪命實屬意外。」

所以說，她不會以謀殺罪名被逮捕。

只是再次遭放逐，被迫離開她自己的寓所，離開萊賽爾的領事區……

她拿到憶象機器了，就放在她的衣袋裡，但她現在無法取得自己的信件，收不到萊賽爾傳來的任何指示。給她的指示，給活生生的萊賽爾大使，不是給已故的伊斯坎德。她轉向三海草和十二杜鵑，也聳聳肩——她努力維持這個動作的個人風格，不要流於模仿泰斯凱蘭人。

她說：「那我們就別給這些警官擋路了……」

要是她能順手把門邊那籃資料微片匣拿走就好了。籃子裡有一份從萊賽爾送來的官方通信，跟她在家鄉看到的傳令一樣印刷在塑膠片上，捲成一個圓筒，彷彿負責送信的人想讓它看起來像資料微片匣。她走出門時，手往容器裡一掃，握住了那卷紙。

「大使，」其中一名警員在她伸手時語帶責備地說。「別擔心，我們不會拆閱您的信件。我們也沒有權限。」

但她知道，如果他們有權限，他們肯定非拆閱不可。瑪熙特像是挨了罵一樣，將其他資料微片匣都留在容器裡，露出兩排牙齒微笑，不管是否失禮。「我知道。」她說。接著，本來應該通往安全空間的光圈門在他們三人背後關上，他們現在置身都城之中，完全無處可去。

❁

「以前我整晚在圖書館過夜，上課前又來不及回家的時候，都是這麼做的。」三海草說著遞給瑪熙特一小碗冰淇淋，那是她剛剛在紅葉大樹下的一輛攤車買來的。

「別聽她的，」十二杜鵑說。「在公園吃冰淇淋這種事，是她整晚跑派對狂歡之後才做的。」

「喔，真的嗎？」瑪熙特用碗裡附的塑膠湯匙挖了些冰淇淋——濃郁又滑順，以哺乳動物新鮮產出的奶水提煉奶油製作，至於是哪種哺乳動物，瑪熙特不打算問。她迎著清晨的日光轉動湯匙，匙上的冰淇淋映出金綠色光澤，她感覺自己像是完成了一樁儀式。她問：「這東西會害我中毒嗎？」

「這是用綠石果、奶油、榨製油還有糖做的，」三海草說。「最後兩種我相信在萊賽爾太空站也有，至於前面兩種原料，老話一句，連餵小孩吃都沒問題。只要妳沒有對乳糖過敏，那就不會有事。」

瑪熙特和乳糖接觸的經驗主要是透過奶粉，但攝取之後並沒有造成任何傷害。她將冰淇淋送進嘴裡，甜得驚人的味道融化後，她本來以爲會由甜轉鹹，但其實是變成一種複雜的滋味——青澀而濃厚，附著在她的舌頭上。她又多挖了一點，還舔舔湯匙背面。自從昨晚第一次有人企圖謀殺她，害她險些喪命於劇毒花卉（到底怎麼會遇上這種事呢），這是她吃到的第一種食物，她可以感覺到自己的血糖從深谷中奮力爬升。被放逐到都城裡似乎漸漸沒那麼令人無法承受了。

三海草帶他們一行三人到草坪上，精心修剪的藍綠色草葉覆蓋土丘，完全不帶草腥味。四周圍繞著和攤車旁同樣的紅葉樹，低垂的枝椏幾乎要掃到地面。這地方就像一顆閃閃發光的小小寶石、「世界之鑽」的其中一個切面。三海草坐了，不管身上的制服——反正已經皺了，瑪熙特猜想就算多沾上了草漬也無傷大雅——並吃起自己的那碗冰淇淋，姿態小心翼翼且專心致志。

「我眞不知道幹麼還跟妳們待在一起，」十二杜鵑躺在草地上。「我又沒被太陽警隊趕出家。」

「爲了團結啊，」三海草說。「而且照紀錄來說，你也一向沒辦法放手不管。」

「我們從沒有惹上像現在這麼大的麻煩，小草。」

「對啊。」三海草開朗地說。

「這……這狀況很古怪，對吧？」瑪熙特問。她一直在心裡回想，太陽警隊那麼輕易就相信她是正當防衛，又毫不隱晦地表示她當初如果到戰爭部——所謂的六方之掌——接受一閃電的看守保護，這些事就不會發生。「他們就這樣……放我們走。儘管我們肯定惹了不小的麻煩，他們還是只把我們逐出寓所，沒有叫我們去哪個警察局等候訊問。」

「其實，他們放我們走也不見得很不尋常。」三海草說。「我不知道你們的太空站是怎麼判定正當防衛，但我們實質上比較傾向相信主張防衛者的立場。」

「古怪的是，太陽警隊暗示妳如果自願前往戰爭部，就不用爲了正當防衛而殺人。」十二杜鵑補充道，同時大動作地聳肩。「或者說，小草爲什麼認爲當場反過來恐嚇他們是個好主意，也挺古怪。」

瑪熙特舔了舔湯匙背面，捕捉那股青澀的味道。舔乾淨之後，她像平常一樣字斟句酌地問：「太陽警隊效命的對象是誰？」

「都城。」三海草和十二杜鵑異口同聲地說。這是個機械式背誦的答案——由泰斯凱蘭帝國的敘事提供，關於世界如何運作的答案。

「那又是由誰來管理他們？」瑪熙特繼續問。

「沒有人，」三海草說。「根本沒有人。這就是重點，他們直接對應都城的人工智慧系統，也就是負責監視的中央演算法……」

「就像地鐵，」十二杜鵑補充說明。「他們就是都城本身，所以他們首先效命於皇帝。」

瑪熙特停頓一下，想要找到問題的施力點和正確的提問方式。「地鐵的演算法是由十珍珠設計。」她開口，回想她的憶象帶進她腦海的短暫畫面——十珍珠如何靠滴水不漏的演算法贏得部長大位。

「十珍珠沒有控制太陽警隊，」十二杜鵑說。「太陽警隊是活人。」

「負責回應都城需求的活人，」三海草慢慢地說，測試著她的想法。「都城叫他們去哪裡，他們就往哪裡去——而我猜，這個人工智慧系統的核心是由科學部營運——」

瑪熙特打斷她，「六方之掌又是由誰控制？」

「戰爭部長是九推進器。她是新人——來到都城還不超過三年——但她在艦隊的資歷完美無瑕，簡直令人眼紅。我在情報部的資料庫裡搜尋過她。」

「三海草，」瑪熙特說。「戰爭部長有可能插手影響都城傳達的需求嗎？爲了……不管是爲了任何原因。」

「眞是個美妙又恐怖的想法啊，瑪熙特。」三海草疲憊地脫口而出。「妳是在主張陰謀論，認爲皇帝轄下的兩個部會企圖聯手推翻警察系統嗎？」

「我不知道，」瑪熙特說。「但這是針對今早事件的一個合理解釋。」

「合理不代表可能屬實。」十二杜鵑說。他的語氣有受冒犯的感覺，因爲這個想法而煩躁難安。這的確是個令人不安的想法，瑪熙特並不怪他。即使執行面上有其可能（她實在不太希望是如此），她也想不出戰爭部爲什麼要做這種事。

此時此刻，都城有多少隻眼睛正在監視我們？

三海草說，「你跟大使談談吧，小花。我要打個盹。」

「眞的嗎？」瑪熙特不敢置信地說。

三海草吃完冰淇淋，脫下外套，像是要表明立場一樣，面朝下趴在草地上，以手臂爲枕讓額頭靠著。她悶聲說：「我已經三十九個小時沒睡。我的判斷力完全廢了，妳的也是。我實在不知道該怎麼辦，不管是對妳的長生不死機器、科學部和戰爭部之間可能的陰謀、戰爭這個概念整體，還有我國政府多名成員企圖謀害妳這件事，我基於專業和個人的理由都強烈反對。而且，妳還沒告訴我皇帝對妳說了什麼——」

「妳跟皇帝陛下說過話？」十二杜鵑目瞪口呆地問。與此同時，瑪熙特說：「個人的理由？」

三海草嗤笑一聲。「我要睡了。」她又說一次。「跟小花談吧，瑪熙特，或是睡一下。我們看起來就像微服出訪的見習情資官，在東四區的公園裡不會有人來煩我們。我會……我會等睡醒再想個計畫。」她閉上眼睛。瑪熙特只見她全身一軟，猜測她是眞睡或裝睡已經沒什麼意義了。

「她在你們學生時代就是這樣嗎？」瑪熙特說，感覺整個人疲累不堪。

「是……但稍微比較沒那麼嚇人。」十二杜鵑說。「妳眞的去見了六方位嗎？」

八十年的和平。謁見時，皇帝向她提議。他是帶著如此激烈的情緒、如此赤裸的渴望說出這些字眼。八十年的時光，帝國的公僕因而感覺安全到可以在草坪上睡覺，而非急於尋求政治庇護。廣大的蒼穹如此湛藍、如此無邊無際，置身其下的瑪熙特覺得自己無比渺小。她永遠不會習慣星球上廣闊無邊的感覺，即便這顆星球絕大部分地區都是城市。

「是的，」她說。「確有此事。但我現在不能透露。」

「妳多久沒睡了？」

「跟她差不多吧，我猜。」也許還更久，瑪熙特已經記不清楚了。這是個不妙的徵兆。她的手指仍有刺刺的感覺，幾乎發麻。她第一次開始想，如果她就永遠這樣下去，那該怎麼辦；她會不會遭受某種不可逆的傷害？她未來會不會摸到任何東西，感覺到的都是微弱的電氣火光，而非物體眞正的觸感？她會不會學著跟這個狀況共處？她不確定。突然之間，她感覺眼淚就要奪眶而出。

十二杜鵑嘆了口氣。「雖然我很不樂意這樣說，但我認爲小草是對的。躺下來，閉上眼睛吧。我會……幫妳們看守。」

「你不需要這麼做。」瑪熙特說，出於某種衝動，她想至少保護一個人不要掉進伊斯坎德的足跡所造成的漩渦裡。

「我都幫妳破壞過一具屍體了，現在講出來的話卻像是在演《九十合金》那種爛劇。妳就睡吧。」

瑪熙特躺下，感覺自己的這個動作像是投降。草地舒適得讓人意外，灑落她肌膚的陽光有一股醉人的暖意。她感覺得到伊斯坎德的憶象機器和來自萊賽爾的信件緊貼著她的肋骨，微微隆起。「《九十合金》是什麼？」她問。

「用煽情羅曼史情節包裝的軍事宣傳劇，」十二杜鵑說。「裡面總是有某個人對另一個人說自己會幫忙看守，通常結果是他們死光光。」

「你要引經據典的話，還是選別種作品吧。」瑪熙特說。然後，她發現自己易如反掌、輕盈飄逸地下墜，離開意識清醒的狀態，她眼皮後的黑暗舒展開來，給她柔軟的撫慰。

❁

不過，儘管如此疲累，她還是睡不了太久。隨著天色漸亮，公園裡擠滿泰斯凱蘭人，他們又跑又叫，興致勃勃地買冰淇淋和奇怪的煎餅捲早餐。他們似乎一點也不擔心國內的民亂和恐怖攻擊。他們年輕、愉快，沐浴在陽光下，用各種瑪熙特聽不懂但想學會的泰斯凱蘭語方言笑鬧著。（如果在另一段人生中，她會獨自前來，沒有憶象的陪伴，在這裡讀書、寫詩，學習那些課本上沒教過的對話節奏。那是另一段人生，但有時候感覺跟她現在的人生只隔著好薄好薄的一道牆。）過了一陣子，瑪熙特甚至無法閉緊眼睛假裝睡著，於是她坐起來。她的手肘沾上藍綠色的草葉，刺刺麻麻的神經痛消退了一些，但還是隱約潛伏在她受傷的那隻手更明顯的疼痛之下，那感覺令她分心。

三海草和十二杜鵑正埋首看著一張資料單，交頭接耳輕聲對話，他們之間的熟悉感輕鬆自在，相形之下，瑪熙特感到椎心蝕骨的寂寞。她想念伊斯坎德，一直在想念他，甚至連生他的氣時也想，而她幾乎隨時都在生他的氣。

「現在是什麼時間？」她問。

「上午。」三海草說。「過來，妳可能會想看一下這個。」

三海草身旁放著一小堆報刊，有一疊小冊子和膠片資料單——透明的可摺疊塑膠片，上面印滿字符。最頂端似乎是一本由憤怒大學生編寫的宣傳小冊，譴責狂熱的帝國軍團在歐戴爾星犯下的暴行；還有一份廣告，在促銷一場手球比賽的特惠票，參賽的兩個隊伍來自瑪熙特沒聽過的省分，但顯然各有不少支持者；此外是一張大尺寸的文宣，印有許多新發表的詩作，大部分都是格律拙劣之作，對一閃電歌功頌德。

瑪熙特又想了想，這些在公園裡開心亂跑的究竟都是些什麼人。據三海草所說，是微服出遊的見習情資官。大學生。這是個讓年輕人感到安全的地方，安全到可以讓他們表現輕微的激進立場，發送任何主題的宣傳物，無須擔心國家審查。誰會想審查這些正在學習成爲帝國公僕的孩子？

十二杜鵑手上的資料單似乎是一張新聞報——有報導文章、速寫、頭條標題。十二杜鵑的手指滑過表面，文字隨著他的動作移動，彷彿他拿著一片由新聞拼成的窗玻璃。瑪熙特在左下方瞥見一則小小的「值得關注！」欄位，裡面有她的名字，用泰斯凱蘭語字符拼寫出來，拼音顯得彆扭不自然。內容寫著：「**萊賽爾大使結交高層友人**」，「遙遠的萊賽爾太空站派出的新任大使，是否跟前任大使一樣與皇帝陛下維持緊密關係？監視照片顯示，答案是**肯定的**！她剛被目擊與動衛十九手斧在**午夜時分**一同進入地宮……」

「眞令人開心，」瑪熙特說。「這些八卦新聞。」

「那沒關係，」三海草說。「不會有事的。可能也對妳有好處——幫妳樹立名聲。看看頭條吧，我要給妳看的是這個。」

頭條的字符寫道：「**皇儲八迴圈針對侵略戰之合法性發表聲明**」。

「嗯，」瑪熙特說。「借我拿著一下好嗎？我想這邊應該不會有異議分子公開活動——」

十二杜鵑將新聞報交給她。瑪熙特繼續往下讀。八迴圈的聲明很簡短，充滿晦澀難解的泰斯凱蘭典故，以無韻拜占庭重音詩的格式寫成。這點不難預料，畢竟此人的職位是司法部長——盯著那段聲明看了許久之後，她才覺得自己明白了八迴圈要表達的意思。

儘管開戰與否是由皇帝全權決定（此乃理所當然），在法律上，擴張版圖的戰爭必須在和諧的承平時期發起，也就是——如果瑪熙特對泰斯凱蘭法律用語的解讀無誤——指帝國在派出艦隊開疆拓土之前並未遭受任何實質威脅。「她暗指的是什麼威脅？」瑪熙特問。「還有，她現在為什麼要暗示六方位沒有能力率領帝國開戰？他們不是一起長大的嗎？他們應該是盟友才對？」

三海草聳肩，但她的表情看起來就像收到了禮物：一個未解的謎題。「她並不盡然是在說帝國本身面臨直接的威脅，雖然一直都有謠言傳說某個外星種族就要在今年入侵人類的領空。她只是說，皇帝陛下並未證明當前不存在威脅。這不太算是在譴責他無所作為，比較像是指出他對某些要事有所忽略。就像在說，如果他連這種事都記不得，那就不適合繼續治理國家……」

「我不喜歡這樣，」十二杜鵑說。「陰險極了。」

是很陰險。「補充一下，」瑪熙特說。「是她召我過來的。伊斯坎德才剛死，八迴圈就要求萊賽爾派出新任大使。」

「是才剛被謀殺吧。沒關係，我們曉得。」三海草說。

「對，剛被謀殺。」瑪熙特附和道。「但不管如何，是她召我來，現在她又做出這種事，我想見見她本人。」

三海草雙手一拍。「這個嘛，」她說。「在妳明天去科學部赴約之前，我們也沒其他地方可去。既然我們不能回妳的寓所，而我想妳也不打算再去找動衛閣下求助……」

「除非我有比想洗澡和想睡覺更好的理由，」瑪熙特說。「可能今天傍晚我就會改變主意了。」

「那我們何不直接走到八迴圈的辦公室裡去呢。」

「我們剛在公園裡打了瞌睡，現在又要闖進司法部？」十二杜鵑哀怨地問。

「你可以回家啊，小花。」三海草說。這句話傳達的態度跟八迴圈的含沙射影並無二致：你可以回家，但你也會丟光自己的臉。

十二杜鵑起身，拍拍飽經風霜的制服。「才不。我想去見識見識。雖然灰霧探子可能會盤問我在停屍間鬼鬼祟祟的做什麼，但他們也可能根本不知道是我幹的。」

瑪熙特有所懷疑；他們的樣子可能太顯眼了：兩個情報部官員加上一個野蠻人，衣服皺巴巴，還沾了一身草。其中一個人（就是她）因爲和帶著毒針的十一針葉樹扭打，外套袖子撕出一道長長的裂口；另一個（十二杜鵑）看起來像是剛躲在水舞噴泉池裡——實情正是如此；只有三海草雖然凌亂狼狽，看起來的架勢卻仍像穿戴著宮廷裡最時髦的行頭。不過，他們進司法部的路上，並沒有遭逢什麼直接的阻礙：十二杜鵑的雲鉤仍然能爲他們打開途中經過的門，也就代表他儘管被司法部的專屬調查人員跟蹤，但沒有遭禁止進入司法部本體。當三海草領頭穿過一層層保護八迴圈不受外力干擾的辦公空間，部裡的職員靜靜地留意著他們。這些職員在三海草面前散開讓路，像受熱的塑膠般，遇到壓力便軟化變形。這感覺有哪裡不對勁，他們爬上司法部這座巨型尖塔的路途，未免太容易了。

瑪熙特思量著要不要說出她這股逐漸增長的感覺——她覺得自己像在跟著三海草走進一個陷阱。但如果她說出來，也許陷阱就會縮緊逼近、包圍他們，一根根如針的利牙像一千座司法部大樓的尖塔，朝他們刺來……

八迴圈可能一直都在等她上鉤。（十九手斧就曾如此表示過，她迂迴建議瑪熙特應該去查明一開始是誰要求派出新任大使。但她不能冒險採信十九手斧的判斷，而不自己思考。）

一部電梯載他們爬升了最後幾個樓層，前往八迴圈本人的辦公室。電梯是一個小小的豆莢形狀空間，建材是半透明紅色玻璃，裡面的空氣感覺侷促而緊繃。瑪熙特發現自己不禁凝視著投射在三海草臉上的光線，將她的臉從暖棕色變成淺紅色，彷彿染上了血。

「這太容易了。」她說。

三海草頭往後仰，扭了扭肩膀。「我知道。」

「但我們已經進了電梯——」

「我可以叫小花按緊急停止鈕，但現在要改變主意未免有點遲了，瑪熙特。」

「很明顯，八迴圈想跟我們見面。」十二杜鵑說。「既然我們也想，我不知道妳爲何這麼擔心。」

「到頭來，」三海草說，語氣沉悶，帶著距離感和一絲懊悔。「妳可能還是不得不做別人想要妳做的事，瑪熙特。」

有一部分的她嫻熟於泰斯凱蘭式的語帶雙關、引經據典和拐彎抹角，如果她老實承認，那個部分就是她能夠成爲優秀政治家的原因，是她在適性測驗中分發到外交與談判領域的原因，也是她和伊斯坎德配對成功的原因。那一部分的瑪熙特狡詐地認爲，三海草完全有可能一直都在爲八迴圈效力——考慮到她這麼堅持瑪熙特赴會……

會有任何事因此而改變嗎？

應該要有。但並沒有。無論如何都已經太遲了。電梯門打開。

八迴圈的辦公室和十九手斧寧靜的白色石英裝潢截然不同。雖然位於司法部大樓頂層，卻有一種緊綁的侷促感，幾乎能觸發幽閉恐懼症。五角形空間的五面牆上裝設層架，堆滿資料微片和書冊典籍。每面牆的中央都有窗戶，蓋著沉重的布簾，陽光只能從簾下僅僅一吋寬的縫隙鑽進來。八迴圈本人安坐於辦公室的正中間，猶如人工智慧系統的核心，一顆在滿載資訊的纜線網中緩慢跳動的心臟。這位年老的女性坐在桌後，上方有大型的弧狀透明全像螢幕。螢幕的正面朝內，上面的影像是顯示給八迴圈瀏覽，站在外圍的瑪熙特只看到十幾幅倒反的畫面，有城市內的景象、密密麻麻的文字紀錄，還有幾幅她覺得是經過平面化處理的星圖。

「早安，大使，」八迴圈說。「還有兩位情資官。」

瑪熙特將雙手手指相貼，手掌拱成三角形，並傾身鞠躬。「早安。感謝您同意接見。」

八迴圈的表情文風不動，如同雕像般靜止凝定，晦暗的黑眼中無喜亦無怒。「你們來找我，」她說。「這樣很省時間。」

「我的確是遠道而來，而最後我發現，這也是因爲您的命令。」瑪熙特說。現在裝模作樣已經沒什麼意義了，她就是來問清楚爲什麼的。爲什麼伊斯坎德兩個月前過世時，八迴圈這麼著急；到底爲什麼她需要萊賽爾太空站的大使。

「萊賽爾太空站如此迅速答覆我的請求，我甚爲感激，」八迴圈說。「也甚爲讚賞。如此樂於合作的精神，在未來必然對您的同胞大有助益，希望貴方繼續保持。」

這話聽起來像是在打發她：不，我其實不需要妳了，回去當個稱職的野蠻人，好好審查進入泰斯凱蘭空域的萊賽爾旅客和貨物吧。她所屬的太空站將會「樂於合作」地被帝國吞併。瑪熙特才剛抵達這裡沒多久，待在宮廷裡的這一週內，她究竟做了什麼——或少做了什麼——導致她在八迴圈眼中失去利用價值？八迴圈當初究竟急於從她身上得到什麼？

或許八迴圈要的從來不是她，而是另一個伊斯坎德——或是任何一個太空站人，任何身上安裝了憶象機器可供取用的人。如果八迴圈是皇帝的手足，如果她也知道伊斯坎德用憶象機器為六方位延命的計畫，那麼她就有可能會想立刻弄到一位新任大使，不管人選是誰，只要能讓他們獲得憶象機器，或是讓他們拔取此人身上的憶象機器。

她全身爆發一股怒意，像是遙遠又巨大的波浪。她感到冰冷的寒意。

「您在今早新聞中發表的聲明，」她不由自主地說。「並沒有顯示您支持侵略萊賽爾，或是任何侵略行動。事實上，正好相反。基於皇帝陛下的決斷，我忍不住深受冒犯——」

「瑪熙特。」三海草警告似地說。

「您強烈要求新大使赴任，」瑪熙特說。「我想知道原因為何。以及，若是撇開我的軟弱順從、樂於合作，我對您還有什麼用處。」

八迴圈在桌面上攤開雙手，依舊維持著徹頭徹尾、令人難以忍受的冷靜態度。她腫脹的指節明顯凸起，瑪熙特甚至無法想像她要如何握筆。「在您兩個月的交通時間當中，」她說。「這裡的情勢已有改變。如果您期望我有特別的使命託付於您，那麼我很抱歉。在目前的情況下，我並沒有如此想法。」

瑪熙特好無助，她不曾覺得自己如此無能為力——甚至她在寓所中殺死那個男人時，她在六方位觸碰下感覺到伊斯坎德的神經傳導物質猛然迸發時，她都不曾這樣覺得。

她問道：「您原本想要我怎麼做？」

她的語氣聽起來委屈又急切，像個被拋棄的小孩。三海草突然將手搭在她的腰上，小小的指尖按著她的背脊，她這才意識到自己說了什麼，連忙住口。

「回去工作吧，大使。」八迴圈說。「無論太陽皇座上坐的是誰、後面站的是誰，妳的工作都不會少，也無論六方位能不能如願開戰、搬開一閃電這個絆腳石，無論他會不會將戰場選在哪個妳根本不在乎的空域。萊賽爾太空站的大使終究有工作在身。任何一個人民都會滿足於此，妳也應該滿足於此。」

在他們背後，電梯門打開了。瑪熙特退向門後，感覺自己腳步踉蹌，差點無法走穩。乘著小小的紅色電梯廂下降時，她只聽得見自己粗重的喘息聲。

她漏掉了什麼？是什麼情勢改變了？如果八迴圈一開始急召萊賽爾大使，是爲了找個能夠取得憶象機器的人（不然她還能從中得到什麼好處？），爲什麼她後來又決定根本沒必要那樣做？

她看著三海草和十二杜鵑被光線染紅的憂慮臉孔，心裡想著，在庭園裡小睡三個小時眞的不夠。她精神不穩、孤獨無依，她想要——她想要伊斯坎德回來，回來支持她，幫助她在泰斯凱蘭這巨大的機器中央立足。

◎

瑪熙特在司法部外的一張石製長椅坐下，雙手捧著頭，任憑三海草和十二杜鵑隔著她爭論。

「我們不能回她的寓所——」

「我知道妳可以靠興奮劑和冒險精神連撐好幾天，小草，但我們之中有些只是人類——」

「我沒有說她不是，請不要暗示我不認爲她跟任何一個帝國公民一樣是人類，這樣侮辱我和她——」

「該死，我不是這個意思。妳可能沒辦法再靠電線、茶和妳虛榮的野心撐下去了，妳跟她一樣失控——」

「你還有要表達什麼嗎，還是只打算繼續侮辱我？」

十二杜鵑坐在長椅上，緊靠著瑪熙特。她沒有抬頭。不管抬頭或是介入對話，都太費力了。「來我住的地方吧，」他沉重地說。「反正我在這件事裡也陷得夠深了，過去六個小時都城拍到妳們的畫面裡也都有我。我已經連半點否認的藉口都沒有了，妳們應該也是。」

接著是一段很長的停頓。瑪熙特看著陽光爬過廣場的磁磚表面，閃爍發亮。

「犧牲小我，眞是可歌可泣啊。」三海草最後說。是句語中帶刺的挑戰。

「也許因爲我想幫妳們，」十二杜鵑說。「也許是因爲我喜歡妳們，小草，也許因爲我是妳朋友。」

只聞一聲嘆息。瑪熙特想到水的波動，還有物理學上水和光移動的相同方式。漣漪。

「好吧，」三海草說。「好吧。但如果你家也有刺客，我就要放棄了；爲了比較安全的工作條件，我會申請加入艦隊，離開這顆星球。」

十二杜鵑發出的聲音不太像笑聲，倒比較像嗆到。

❁

十二杜鵑住的套房離宮殿區很遠，瑪熙特還沒有到過那麼遠的地方——通勤要四十分鐘，他說，但情報部不是每個人都像小草一樣過得那麼愜意，有些人需要靠自己的薪水付房租。瑪熙特覺得他只是爲講話而講話，想要聽到自己談論正常人的普通話題。

離開宮殿區和中央地帶，都城的風貌逐漸不同——有更多小商店，標榜現做的的餐點，還有從別洲或外星等遠地進口而來的生鮮產品，以及匠人製作的藝品，所有東西雖是用完即丟，同時也在模仿某種更理想的事物。瑪熙特原本覺得他們會招來泰斯凱蘭路人側目：一個野蠻人跟著兩名情資官，狼狽不堪地走向住宅區，但他們並沒有在街道上引發騷動。當地的泰斯凱蘭人已經自己惹了事。

一開始，她以爲當地的人口本來就不多，十二杜鵑住處附近的人可能都在上班，或是這些排列緊密、細長如花莖的建築物裡，居民人數本來就不如想像中多，但十二杜鵑的表情從大致平靜變成困惑，再變成逐漸增長的恐懼，顯示情況肯定不這麼單純。有哪裡不對勁。空氣中感覺隱含硝煙，令她想起餐廳裡的炸彈剛引爆的時候。她拖著腳步跟隨十二杜鵑繞過一個個轉角。她覺得自己不曾如此疲累。

三海草匆匆說道：「我們應該走別條路，小花。這條街底有人在示威。」

「我就住這條街上啊。」

瑪熙特抬起頭。先前不見蹤影的住戶聚集成一個流動的群體，從人行道外溢到路上。有男有女，還有被抱在懷裡的小孩，拿著標語和紫色的旗幟。他們的臉龐有著泰斯凱蘭式的平靜，情緒難以判讀，專注而堅決。連小孩都沒有大聲吵鬧，這一片肅靜彷彿是刻意爲之，感覺比吵嚷的群眾更危險。

「這些人不是一閃電的支持者，」她說。「除非公開慶祝儀式在過去三天內突然變得這麼安靜。」

「我們可以穿過公開慶祝儀式的場地，」三海草說。「只要你願意假裝喜歡長得要命的打油詩，隨便喊個跟『元帥』押頭韻的詞——」

「這是政治活動，而且我本來眞以爲我們這區不搞這一套的。」

「早知如此啊，小花，」三海草無精打采地說。「你到底有沒有看過這裡的人口組成？你搬進的是個貿易區，這些人都是——」

「——是三十翠雀的支持者，他們都佩戴胸花。」瑪熙特插話。他們都停下腳步。示威群眾逐漸接近，像緩緩增長的眞菌。隊伍裡的人並肩同行，逐步進逼。瑪熙特認出其中一張標語牌上塗鴉的詩句：

星圖恆動，船艦不歇／花苞待放，空虛無果。

是九玉米在詩賦大賽上引起風波的對句。

「沒錯，」三海草贊同。「這個區這麼富裕，是因為外省的貿易和工業生產，也就代表這些人偏好名義上的皇儲三十翠雀。但他們在等太陽警隊拂逆現任皇帝的意旨，來鎮壓他們公開的反叛行動與和平示威。」

瑪熙特覺得，他們反叛的程度比不上八迴圈撰寫的評論。她覺得自己弄清楚了一部分的狀況。帝國的兩股勢力之間進行了某種交易：八迴圈和三十翠雀是在討價還價。

他們似乎在通力合作，想要阻止一閃電接受軍事擁戴篡奪皇位，同時也削弱現任皇帝的威信。握有軍權的一閃電仰賴戰爭來累積自己的支持度，根據八迴圈的評論，他在法律上有可疑之處——而根據三十翠雀支持者的行動，他在民間也不全然受歡迎。至於六方位呢？嗯，他年老體衰，錯誤地在帝國並未完全處於和平的時間點允許發動侵略戰爭——當前的時間點可能還存在外來的威脅，不論是神祕的外星人、歐戴爾星系固有的持續動亂，還是都城裡應運而生的示威抗議。他誤用了法律——而他的失誤在他厭戰的子民之間引起反彈……

司法部和三十翠雀合作。瑪熙特依稀可以——幾乎可以——看出他們的目標為何。

如果她沒這麼累就好了。

「有哪條後巷可以通到你的房子嗎，十二杜鵑？」她說。「我今天看到的太陽警隊已經夠多了，我想他們很快就會到場——」

確實有這麼一條後巷。他們像是被追趕著一樣跑了過去。

第十三章

勳衛三十翠雀將受封皇儲

勳衛三十翠雀因長年悉心服侍光輝萬丈的六方位皇帝陛下，將於第十一紀元第三年第一日九時三十分受冊封爲皇儲，與另兩位皇儲八迴圈及八解藥並列。願三位皇儲共同穩健成長、不分軒輊，於必要時聯手治理帝國。

——張貼於中央七號廣場地鐵站之帝國宣令，遭人以紅色噴漆塗鴉「一閃電」字樣，並於周圍潦草畫上泰斯凱蘭戰旗。已於249.3.11由太陽警隊沒收，待銷毀。

❁

即便伊斯坎德・阿格凡的命運尚且不明，我們仍然沒有妥當的理由拒絕派任另一名大使前往泰斯凱蘭。我們需要有人在帝國爲我們代言，而即使在事發之前，阿格凡先生也不是個特別踴躍溝通的發言人。我建議除了讓志願者接受完整的適性測驗之外，也讓尚未加入憶象鏈、在皇家泰斯凱蘭語言檢定獲得高分的年輕人受試。與阿格凡的憶象紀錄相容性最高者，就是我們的新任大使候選人。容我提醒，我們確實還有他的憶象，雖然久未更新。

——傳承大臣安拿巴致萊賽爾議會其餘成員之備忘錄，現爲公開紀錄。

事後，瑪熙特對那個下午的記憶都是片片段段：各自獨立的時刻，互不相連，疲憊的壓力讓時間扭曲失真。她第一眼看到十二杜鵑的房間，只見牆上掛滿藝術品——外星油畫、壓克力顏料畫和墨水畫的複製品，雖然是大量生產，但品質高級。她讚美那些畫作時，十二杜鵑的神情隱約顯得困窘，好像他根本沒邀過什麼訪客來評論他的品味。他家浴室的水溫高得刺痛皮膚，而泰斯凱蘭到處的香皂聞起來都是同一種花的味道，她叫不出名字，但總之是略帶辛辣，介於陌生與熟悉之間。他借她穿的寬鬆長褲和襯衫以粗針絲料製成，上下左右都太短，只能蓋到她小腿和前臂的一半。她躺在寬大的沙發上，起先感覺好荒唐，但接著就什麼感覺也沒有了，觸感和聲音都在一眨眼間化爲無物。

三海草和她背對背相貼，在她旁邊伸展身軀。她睜開眼，看到的是全像投影螢幕上模糊的動態。十二杜鵑用長棒狀的餐具從塑膠容器裡夾某種類似麵條的料理吃，他疊腿坐在椅子上，看著已經比較收斂的抗議隊伍，隊尾正好經過他的窗外。遠方傳來玻璃破碎聲，她再次遁入自己的內心，潛進那個原本應該有伊斯坎德存在的黑暗空間，就算只是一下子也好。

她完全醒過來時，天色已經全暗。十二杜鵑趴在桌上睡著了，頭窩在臂彎裡，旁邊還放著晚餐。螢幕的聲音調低了，但畫面仍在播放，移動的影像在他的臉上投射著光線。瑪熙特小心地從沙發上、從三海草旁邊脫身。即使在睡夢中，三海草看起來都一臉蒼白，而且帶著一種不健康的灰敗（她眞的已經從神經電擊恢復了嗎？瑪熙特不敢想像）。瑪熙特走到對面的窗邊，窗外的街道寂靜無聲。路口處，太陽警隊空洞平板的金黃面甲閃爍發光，他們至少有四個人待在這安靜的住宅區裡，威嚇似地監視著。

先是餐廳裡有炸彈、示威行動四起，現在又發生暴動。如果太陽警隊眞的是由一閃電所控制，那麼他們現在出現在這裡，就顯示了這位元帥有多麼渴望將自己塑造爲當前動盪不安的情勢下唯一足以維護秩序的勢力。瑪熙特認爲這是高明之舉。如果一閃電不必靠發動侵略戰證明自己對帝國的善念，瑪熙特會覺得他更高明。不過，太陽警隊一再嘗試逼她屈服投誠——對象不是皇帝或都城，而是一閃電——反應了六方位的統治實力已經出現比她預期中更嚴重的破口。他還失去多少權力？

她想也沒有想過，泰斯凱蘭的王位繼承方式會是如此野蠻——把泰斯凱蘭語的「野蠻」這個詞用在該國人身上，仍然帶給她一股小小的、異樣的刺激。在史詩和歌謠以外的現實，爭奪帝國大位的過程血腥殘暴，對於被犧牲的地域和人群完全漠不關心。

螢幕上仍在播放新聞。鮮紅色的字符組合成輕快的打油詩，在螢幕的下半部輪播：特急新聞請注意！／驚奇爆料，重要消息／兩分鐘後，第八頻道報給你！

瑪熙特輕推十二杜鵑的肩膀，他驚醒。「怎樣？」他說，抹抹臉。「噢，妳起來了啊。」

「你的全像螢幕要怎麼切換頻道？」瑪熙特問。

「呃，妳想看什麼？」

「第八頻道的驚奇爆料和重要消息。」

「第八頻道是政治經濟節目……等等——」他的眼睛以細微的動作在雲鉤鏡片下逡巡，然後螢幕閃了閃，畫面轉換。

第八頻道！的字樣懸浮在右上角，下方的畫面是某艘巨型船艦的艦橋：一個微光閃爍的空間，由冷硬的鈦鋼金屬和蒼白的燈光組成，泰斯凱蘭的戰旗掛在後方的牆上，張揚地展示出排列成太陽射線的矛槍。一個膚色深暗、容貌粗獷的男子立於牆前，他嘴唇薄，顴骨高，臉就像岩石切面，像用以揮擊的鈍器。他身上的制服繡著銀線，掛滿勳章、徽記、獎牌，還有代表軍階的條槓。

「一閃電。」十二杜鵑說。「嘿，小草，快起來看看這個。」

三海草撐起上身坐直。她的一側臉頰上還留著抱枕的壓印，但眼神十分專注。「——我可不能睡一睡就錯過了這場宣傳，不，這太不像我會做的事了。」

「也太不像十一車床會做的事了，」十二杜鵑愉快地說。瑪熙特心中突然隱隱作痛，好希望能有會這樣嘲弄她的朋友。她好希望能有朋友，就像在萊賽爾太空站時一樣。

「噓，元帥在講話了，音量調大一點。」三海草說。

一閃電開口了。他的嗓音洪亮，雖然沒有雄辯家的口才，但呼喊的聲量可以有效傳到遙遠的距離外。瑪熙特完全可以想像自己就是他麾下一名士兵。他繼續堅定懇切地發言，帶著憂國憂民的氣息，她也能想像爲什麼他的軍隊願意追隨他，即便背棄他們誓言效忠的皇帝也在所不惜。

「我的戰艦『二十日落』號剛在歐戴爾星系成功平亂，回到世界的中心，但即使在這裡，我們也警覺到，『世界之鑽』的大街小巷裡醞釀著混亂與不安。」元帥說。第八頻道負責製播節目的人員也順著他的話語在分割畫面中放上抗議活動的影片。瑪熙特認出那是十二杜鵑窗外幾個小時前的景象，她不禁好奇那些攝影機都擺在哪裡，又有多少人透過攝影機窺探。她再度將都城想成一套演算法，並且第一次認眞地想到，沒有任何一套演算法能夠不受設計者本身所影響，不可能。在設計演算法之前，必定有個初始目的，不管從目的到執行之間相隔有多遠——即使演算法日後自行進化、演變，一開始一定是某個人類懷著某個理由創造出它。十珍珠的演算法推動都城運作，而演算法之中必然植入了他起先的意圖。都城的運作所仰賴的這套演算法，是設計來回應泰斯凱蘭人的欲求，因此無法避免會受那些欲求影響，將之放大，透過機器學習予以扭曲。（在十珍珠設計的演算法控制之下，都城可以瞬間起而攻擊任何十珍珠指定的對象——而如果他與戰爭部合作，如果戰爭部已經……呃，落入一閃電的掌握，跟科學部達成了某種協議呢？）

新聞還播出其他泰斯凱蘭人憤怒集結的畫面，不是只有這條街。顯然，各地都發生了大型和平示威行動。在每個示威地點，鏡頭都準確拍出眾多抗議者佩戴的紫色胸花。

瑪熙特猜想，製播政治經濟節目的第八頻道，領的肯定不是三十翠雀的薪水。他們一面播放那種聚焦畫面，一面播出一閃電反對抗議行動的演說。他繼續聲如洪鐘地說道：「我，還有每位同在軍中的泰斯凱蘭勇士，對『世界之鑽』的人民深懷同情，他們畢竟只是夢想著和平與繁榮——但從我們所在的制高點，我們清楚看見你們所看不見的視野。你們滿懷的善念已經被皇儲三十翠雀自私的計畫所利用。」

三海草從齒間嘶聲噴氣，尖銳的氣音正好完美地搭上一閃電留給觀眾消化震驚情緒的停頓。

「皇儲既不在乎戰爭，也不顧念和平！」一閃電咆哮道。「他只貪求利益！如果我們的戰爭是發生在其他空域，他絕不會以言論和資金支持抗議行動——偏偏這個戰場威脅到他的利益！」

「是是是，要講快講，重點在哪裡？」三海草說。瑪熙特偷偷瞄了她一眼。她一臉專注，容光煥發，雙眼灼灼發亮。

「——這個象限，就是萊賽爾太空站的所在地，一個無足輕重的獨立政體，在泰斯凱蘭罕為人知，但他們向三十翠雀提供了於法不容且道德淪喪的腦神經增能科技。我姑且猜想，該太空站若是在戰爭中遭到殲滅，他的祕密供應來源就會斷絕，於是他便利用我國人民高貴的情操煽動叛亂！」

「這下有意思了。」三海草喘氣道。同時，十二杜鵑關掉螢幕。

「問題來了。」他說。「這是真的嗎，瑪熙特？」

「就我所知不是。」瑪熙特說。她想不到一閃電是如何判斷出意圖染指憶象機器的人是三十翠雀，而非六方位。更別說一閃電是怎麼發現這整件事——除非這單純只是誇張的政治宣傳話術……她嘆了口氣。「而事實上，該死的問題就在這裡：我的所知並不足夠。」

十二杜鵑沉重地在她對面坐下。「就妳所知，阿格凡大使並沒有爲三十翠雀提供……非法科技吧？道德淪喪的腦神經增能科技？妳不知道的是哪一個部分，大使？」

這整件事突然變得十分惹人惱怒。瑪熙特疲倦至極，她必須小心分辨泰斯凱蘭語不同字詞之間細微的差異，費力組織句子內的語序，以求明確傳達她想強調的意涵，還得留意記清楚她對三海草說了什麼、對十二杜鵑說了什麼，以及她從不曾告訴任何人的又是什麼。

（皇帝對她說，還有誰能保證八十年的和平？她在焦灼中逐漸篤定，也許他說得沒錯。他潛在的繼位者都是這副德性，一個個似乎都鐵了心，要在爭取登基的道路上煽動都城人民步入毀滅與暴亂。）

她咬牙切齒，下巴都痛了起來。「阿格凡大使不曾提供三十翠雀任何相關技術。就我所知是如此。並且，我也無法完全確定，什麼行爲在泰斯凱蘭算是道德淪喪——爲什麼你們覺得腦神經增能是這麼嚴重的問題？」

「但他曾經提供這項技術給其他人！」十二杜鵑說，彷彿他解開一道邏輯難題，得到滿意答案。

「是向其他人承諾會提供。」瑪熙特妥協承認。「其實，我可能因此比原本多了些籌碼。假如他在害自己送命之前履行承諾，我現在就沒本錢跟人討價還價了。」

「瑪熙特，」三海草插話，但她的態度實在比瑪熙特所希望冷靜太多了。「針對妳和皇帝陛下談論的內容，我開始有了某種揣測。」

「不管想對妳隱瞞什麼事，都是徒勞無功，對吧。」瑪熙特說。她好想低頭往十二杜鵑的桌子一靠，可能順便再用額頭朝桌面撞個幾下。

三海草用簡短而安撫的動作摸摸她的肩膀，然後自己聳了聳肩。「我是妳的聯絡官。技術上來說，我們不該對彼此有任何隱瞞。我們繼續努力吧。」

「一定要嗎？」瑪熙特無助地說。接著，三海草努力拉開萊賽爾式的露齒笑容，瑪熙特也不由自主以相同的表情回應。她問：「這爲什麼是一項道德淪喪的科技？如果妳也不該有所隱瞞，就告訴我吧。」

「根本沒多少道德淪喪的成分。」三海草開始解釋。「元帥是在向一群極端保守分子喊話，那種相信法律與秩序、每年春天都要舉辦勝利遊行的人。不過，妳們的憶象機器實在有些很令人不安的地方，瑪熙特。我們不喜歡任何用來增強人類心智能力、超過原有天賦的設備——或是化學物質。」

「妳參加過那個測驗，對不對？」十二杜鵑問。「帝國適應測驗。」

瑪熙特點頭。在永無止境的憶象適性測驗之後，帝國適應測驗只是個輕鬆消遣，考題內容都是泰斯凱蘭的文學、歷史、語言。她之所以應試，是希望贏得一份讓她某天能前往帝國中心的簽證。

「我們是什麼樣的人，有那麼多的成分取決於我們記得的事物、轉述的內容，」三海草說。「還有我們仿效的人物、史詩、詩歌。腦神經增能等於作弊。」

十二杜鵑補充道：「而且適應測驗中禁止使用這種技術。每隔幾年就會有醜聞爆發——」

瑪熙特發現自己很難將憶象的概念——與另一個人的融合、歷代保存技術和記憶的方法——跟考試作弊畫上等號。「沒這麼簡單吧。作弊是犯法沒錯，但道德淪喪又是怎麼回事？」

「道德淪喪，指的就是變成一個你根本無法模仿的人。」三海草說。「就像穿著別人的制服，或是一面念誦〈立國之歌〉中先帝的銘言、一面謀劃叛國。錯就錯在這種巨大的反差存在於同一個人身上。我要怎麼知道你是你？要怎麼知道你是有意識地在保存那些內容？」

「你們在死人體內灌滿化學藥劑，不肯讓任何東西腐敗分解——不管是人、思想或是……寫得很爛的詩；就算格律完美，爛詩還是不少。」瑪熙特說。「抱歉，我對模仿這個概念的意見或許與你們相左。泰斯凱蘭這個帝國無非就是在模仿各種早該入土爲安的事物。」

「那麼妳是伊斯坎德，還是瑪熙特？」三海草問道。這似乎才是問題的核心：伊斯坎德消失之後，她仍然是他嗎？

甚至，瑪熙特・德茲梅爾究竟是否存在？在泰斯凱蘭的城市與語言之中，帝國政治感染了她，像一個她並不適合植入的憶象，鬚莖般的記憶與經驗由外向內在她身上生長，宛如某種迅速蔓延的眞菌滲透進來。

「三海草，泰斯凱蘭語中的『你』這個概念，包含的範圍有多廣？」她問，在這一切事件眞正開始之前，她也問過相同的問題。

三海草攤開雙手，做了個緊張而挫敗的姿勢。「我不確定。比太空站民認定的範圍窄吧。對我們——大部分人來說是如此。」

「要不然，一閃電在第八頻道的這段表演，也不會有效了。」十二杜鵑補充道。「他暗示三十翠雀不但爲了個人私利而操弄群眾，而且還是一向如此……腐敗可鄙的私利。任何需要仰賴腦神經增能的人都絕對不配當皇帝——」

「我覺得，」三海草說。「內戰就快要發生了。」

然後，她相當突兀地瞬間舉起一隻手掩著臉，彷彿要擋住即將湧出的淚水。

十二杜鵑帶三海草離開房間。瑪熙特依然聽得見他們的聲音，聲調微微起伏，從轉角的廚房裡傳來。她沒看過三海草這麼難過，就連面對生命威脅時、跟煩人又怪異的瑪熙特共事時，或遭遇電擊之後都沒有。可是，現在三海草癱軟得宛如遭過量輻射照射的金屬，一碰即碎。她靠出色的分析能力得到瑪熙特已經知道的答案：只差一步，泰斯凱蘭就要活生生將自身反噬殆盡。

就算只是憑著聯想和關切，瑪熙特覺得她還是能理解。她也很難接受這個想法——泰斯凱蘭並非恆久不變、永垂不朽。而她是個野蠻人，一個外來者，只是熱愛這個帝國的文學與文化；這裡並不是她的家鄉，這裡對三海草而言或許就是整個世界，對她而言並不是，反而是扭曲眞實世界樣貌的虛像，是拉扯著太空的沉重質量。

即便如此，三海草手指遮掩不住的淚水仍然令她不忍。她很高興十二杜鵑可以陪三海草去廚房喝點水什麼的，爲她提供老朋友的安慰。暫時落單的瑪熙特從外套內袋拿出她離開寓所前帶走的戰利品：那卷僞裝成資料微片的紙，上面寫著來自萊賽爾太空站的新訊息；還有伊斯坎德的憶象機器。

她將這兩樣東西擺在面前的桌上。兩者都不過她兩截指節的大小：儲存著伊斯坎德·阿格凡整個人的銀白色蜘蛛狀機器，還有一捲細細的灰色紙張，上面有紅色封蠟和紅黑相間的條紋貼紙，代表來自外星的通信。她小心翼翼地用拇指指甲劃開封蠟，剝開脆弱的紅色弧形蠟片。封蠟的象徵意義遠大於實質功能：如果郵政機構的某個人員有意刺探，拆開信件之後，輕而易舉就能不著痕跡地封緘回原狀。封蠟的意義是隱喻性的，她現在只能仰賴泰斯凱蘭人對隱私和禮儀的尊重——

還有就是靠萊賽爾的加密系統了。

在她把整個紙卷攤開之前，她先在伊斯坎德的憶象機器上重複相同動作，以指甲劃過金屬表面，碰觸著那些曾經碰觸過他、曾經置放在他體內的零件。中間長方形的晶片部分表面黯淡無光，彷彿上了一層漆；從四角伸出、蜘蛛腿般的細絲組成碎形網絡，曾經與他的腦幹深入連接。在她顱骨底部，同樣安裝著憶象機器的部位隱隱作痛。一股出於共感的疼痛。

這裡也有萊賽爾的加密手法：沒有人能夠取得伊斯坎德儲存在機器裡的記憶與知識。她無法觸及那消失的十五年紀錄，即使她腦中的伊斯坎德照常運作時也沒有辦法。她還是好想念他。

（她會喜歡這個將萊賽爾的祕密出賣給六方位的男人嗎？恐怕會。只要她能夠再度擁有一個眞心的盟友，她恐怕壓根不會在乎他的作爲。）

瑪熙特剝開電報外層剩餘的封蠟，用雙手將那卷紙鋪平在桌上。

她看到的內容與她的預期不同。噢，上面寫的訊息是很中規中矩——第一眼看起來是如此。一個個段落以拼音文字寫成，是萊賽爾的拼音文字，共有三十七個字母，看在她眼中熟悉得驚人，但也陌生得驚人。開頭的問候語給了明確的指示，接下來的段落必須靠她用源自泰斯凱蘭語文法的替換式密碼解讀。再下一段就讓她開始擔心了——這一段使用的密碼她不僅不會操作，更是從來沒見過。

嗯，這可不是她本來期待的加密法……

「十二杜鵑？」她朝廚房喚道。

「是？」

「你有字典嗎？確切地說，你有《帝國字符標準字典》嗎？」

「每個人都有《帝國字符標準字典》。」三海草叫喊。她聽起來只有一點點哭過的感覺。

「我知道！」瑪熙特說。「所以我才選它——到底有沒有？」

十二杜鵑跑回來，仔細檢視那張攤開的紙。「這是你們的語言嗎？字母好多。」

「還說呢，《帝國字符標準字典》可是收錄了四萬個字符。」

「但拼音字母就是應該要簡單啊。總之，情報部的訓練課程是這樣告訴我們的。等一下，我去拿字典。」

至少他有字典。她也許去任何一間商店都買得到，但不用費這工夫讓她鬆了一口氣，畢竟都城現在情勢動盪不安。

十二杜鵑「咚」的一聲將字典放在她的手肘旁。紙本的字典厚度超過四百頁，裡面的文法和字符編排成表格。「妳要拿來做什麼?」

「坐下,」瑪熙特說。「看我揭露萊賽爾的國家機密。」

他坐下。片刻過後,紅著眼睛的三海草也出現了,坐在他旁邊。

在觀眾面前解碼感覺很奇怪——但瑪熙特發覺,自己和這兩個人已有了羈絆。他們陪伴她、保護她、為了她而陷入政治風險與人身威脅。而且,她也不打算告訴他們如何破解密碼,只是透露該用哪一本書。她花的時間不長——這套密碼是她自己編寫的,她知道該如何解讀。

寄件者在信的首段報上名號——達哲・塔拉特。這幾乎讓瑪熙特吃了一驚:傳訊息給她的居然是礦業大臣,而不是傳承部大臣亞克奈・安拿巴。但如果荻卡克・昂楚在密件所暗示屬實,安拿巴就是破壞她的憶象機器、害她承受這些缺損的罪魁禍首,那麼塔拉特也許……出手干預了?也許他攔截了訊息,決定自行答覆?

如果她相信這個假設,她就等於相信昂楚的懷疑——她根本不應該得知的懷疑。而塔拉特並不知道昂楚曾對伊斯坎德示警。塔拉特會以為,接到他訊息的瑪熙特無論能否和憶象化的伊斯坎德・阿格凡溝通,她都不知道出錯的原因究竟是什麼。她也許會以為,問題全然來自她個人的某種失誤,而非遠方太空站議會成員們之間的鬥爭所導致。

首先,塔拉特想要和她對話,不論他是否知道安拿巴搞的破壞,不論安拿巴的這件事是否屬實。礦業大臣簡直隨時在擔憂國防與自治的議題,他正是以此贏得選票。如果這封訊息來自塔拉特,那麼至少代表他們嚴肅正視泰斯凱蘭的擴張戰爭對萊賽爾主權的威脅。

首先應該考慮她完全確定的事實,關於憶象機器遭人破壞的揣測(如果一連串的神經失靈不用歸咎於她,那豈不太好了?——這真是個浪費時間的念頭)稍後再提。

瑪熙特一個字接一個字將破譯後的段落內容拼湊起來。信中表示收到她的來信（只用了一個字符），並致上謝意（另一個字符），然後指示她，使用以字典爲基礎的替換式密碼，保密層級已經不足，因爲以下的內容中包含明確的行動指示，牽涉到她先前未曾得知的資訊。（這一段用了六個字符，最後一個字特別棘手，她從來沒有在書面上看過，在泰斯凱蘭語裡代表「先前未曾對不知情者揭曉的祕密」。他們的語言裡有這樣一個字也是挺合理的。）

「對，對，」她喃喃低語。「那麼剩下的部分我要怎麼破譯……」

三海草嗤笑一聲，瑪熙特抬頭瞪她，她舉起雙手表示抱歉。「我喜歡看妳工作，」她說。「妳雖然一頭霧水，但速度還是非常快。妳可以學學眞正的加密編碼，我們這種，如果妳把這一季流行的詩背起來——」

「那還不簡單，」瑪熙特的態度仍未軟化。「但是三海草，那也不算眞正的密碼。我是說——那不算眞正的加密。只要有個像樣的人工智慧系統，並且知道密碼的基礎是什麼——比如說字典或是詩——破解替代式密碼根本輕而易舉。」

「我知道，」她說。「那不是加密技術，而是藝術，妳會很得心應手的。」

瑪熙特感覺像是莫名被刺了一下。她聳聳肩，回頭看著她唯一讀懂的那個段落的最後一句。

> 密碼‖保護／囚禁／上鎖‖（個人的／遺傳的）知識（內部的地點）‖（隸屬於）

後面接著清楚明瞭的太空站字母：「伊斯坎德的憶象」。

解讀剩餘訊息所需的工具，以及其中「先前未曾對不知情者揭曉的祕密」，不屬於瑪熙特，而是存在於伊斯坎德的知識庫裡。塔拉特認爲她有辦法取得那項工具。（他想必不知道憶象機器遭破壞的事；或者他認爲蓄意破壞的行動並未成功，她和伊斯坎德已順利融合，機器受到的損傷無礙她破解密碼。）

伊斯坎德不在這裡，無法與瑪熙特同在，不管是由於憶象機器受損，或是她自身的神經傳導問題，總之他幾近消失。她根本沒辦法和他接觸。她所知的語言中都沒有足以供她用來咒罵的詞彙，就連《帝國字符標準字典》裡最最難聽的字都不夠用。這兩個泰斯凱蘭人不久前才在說，像伊斯坎德這樣的存在是如何**道德淪喪**，她要怎麼對他們解釋「我失去了另一半的自己，我需要他」？

她要從何解釋起？

她完全束手無策。「我完全搞砸了。」她說，並等待他們的反應。

她得到的反應是：十二杜鵑看起來憂心忡忡，彷彿擔心如果面前的這個野蠻人也失聲落淚，他將不知該怎麼辦。三海草臉上的最後一絲悲傷神情消失了，回復徹底的全神貫注。

「可能吧，但如果妳解釋一下原因，我也許可以幫妳一把。」她說。那一瞬間，瑪熙特完全理解為什麼被選任為文化聯絡官的人是三海草而非十二杜鵑。這個職位需要歸納分析、觀察情勢、獲取資訊的能力——但同時也需要決心，而三海草兩者兼備。

她拱起肩膀，做好準備。她——還有萊賽爾太空站——若是想要在六方位將權力移轉給繼位者的過程中毫髮無傷，她就需要三海草幫這一把。

來吧，伊斯坎德。我要把我們的生命託付給這些泰斯凱蘭人了。你做出這種事時，感覺如何？

她發覺她不是在對伊斯坎德的沉默憶象說話。她是在對已死的他說話。如果她能設法觸及他留於憶象機器的印記、他閒置的鬼魂，他才能夠聽見她。

「伊斯坎德·阿格凡這個人，或者至少某一個版本的他，應該在我的腦中，與我同在；我也植入了一個像這樣的憶象機器。」瑪熙特開口，同時用拇指和食指拿起伊斯坎德的憶象機器。「我擁有的是他十五年前的記憶，或者該說是我『曾經』擁有——因為他不在了；自從我來到這裡的第一天，看到他的屍體之後，他就消失了。他——或者是我——發生了功能異常。」

三海草說，「這部分我已經推測出來了，瑪熙特。」

「我還沒有——」

「小花，你今天早上才加入我們。」

「妳體內眞的有那東西嗎？那是什麼感覺？」

他的語氣就像在問一個燙傷起水泡的人「會不會痛？」，眞是荒謬之至。

瑪熙特嘆道：「這和目前的問題無關，十二杜鵑，通常感覺不差，只是機器現在無法運作，而我需要……我需要他。」

「因爲妳的加密訊息裡的內容。」三海草說。

「因爲他有解密的工具。我必須知道我們的政府想要我做什麼。」

出現了一段短暫的沉默。瑪熙特不知道三海草是否在等她進一步揭露些什麼，例如某些確切實用的資訊，三海草才能能以文化聯絡官的身分提供協助。但除此之外她已無話可說。這裡只有那封訊息、瑪熙特本人，還有她腦中那個帶電、沉默的空洞。

三海草接著說，「那麼這裡面的伊斯坎德呢？」她指向放在三人之間桌上的憶象機器。「我猜他也知道。」

一陣身心同步的痛楚如閃光般襲向瑪熙特：她顱骨底部的細小疤痕綻開，粉紅與灰白相間的腦神經褶皺組織中多了憶象機器的重量。她又再次經歷了這一切。

伊斯坎德・阿格凡，這位慘遭謀殺的大使，僅剩的遺物被她握在手中。她合起手掌，彷彿要將他藏起，避開三海草這個泰斯凱蘭人觀察敏銳的眼光。

「……讓我想想。」她說。

第十四章

28、外景，白天：烏鴉座九號的戰場上，硝煙瀰漫，一片混亂。攝影機推軌向前，鏡頭帶過被燻黑的屍堆與焦土，發現十三石英；他躲在翻倒的陸行車下，半昏迷地躺著。鏡頭在十三石英身上停留，然後切到下一場。

29、外景，白天：相同場景，但改爲九十合金的主觀視角。攝影機退至九十合金肩後，拍攝他在十三石英身旁跪下——後者睜開眼睛，孱弱地微笑。

十三石英（虛弱地）：

你回來找我了。我始終……知道你會回來。就算是現在。

（攝影機推軌轉向九十合金臉部）

九十合金：

我當然回來了。我需要你。我還能上哪找一個在早餐前就靠自己打贏半場戰爭的副指揮官？（啜泣）而且我需要你。你一直是我的幸運星。來吧，我扶住你了。我們要回家了。

——《九十合金》第十五季完結篇拍攝劇本。

第三格——遠景，卡麥隆艦長站在太空艙橋上。所有人注視著他，其餘船員的表情驚恐、渴望、不耐。卡麥隆向他的憶象請教，所以上色需強調他的頭和手周圍的白色微光。他看向敵艦，它在黑暗太空中飄浮，一副十分不祥的樣子，外觀布滿尖刺——這一格以敵艦為焦點。

卡麥隆：我還是查德拉．邁夫的時候，學過怎麼和伊柏瑞克族說話。這一點也不難。

——《危險邊境！》第三卷漫畫腳本，由萊賽爾太空站第九層小型出版社「冒險／陰森」發行。

接下來整個晚上，瑪熙特一直在思考這件事，不管是三海草和十二杜鵑忙著洗衣、把他們被草地弄髒的衣物清理乾淨之際，或是三個人一起看著全像螢幕上的新聞重播一閃電的演說和示威畫面時。瑪熙特不可自拔地思考，思考著軍事行動和政治評論之間的對比落差，好像用舌頭不斷舔弄口中一個難以忽視的傷口，試探著這個想法。她把伊斯坎德的憶象機器放回外套口袋。微小的重量如鐘擺般懸在那裡，呼應著心跳。

濫用憶象機器的方式有很多種。

不，應該說：有很多種使用憶象機器的方式，會讓瑪熙特（縱使自詡熱愛泰斯凱蘭文學，骨子裡仍是徹頭徹尾的萊賽爾人）產生像三海草和十二杜鵑所描述的那種考試作弊般的感覺。有很多種使用憶象機器的方式是**不道德的**——她在兩種語言裡都找不到比這更具體的形容詞。

比如說，可能有人帶著死去愛人的憶象——通常死得很悲慘；那是全像電視日間娛樂節目的劇情——跟自己一起生活，不讓那份憶象傳承給下一位通過適性認證的人，在毀掉他們自己的同時，也讓數個世代以來的知識陪葬。那感覺很不道德。另外還有各種稍微不同的情況：新的憶象繼承者回到死者遺偶身邊，試圖重啓已經結束的關係。這種事還眞發生過，每個人都認識一兩個這樣的事主，萊賽爾會將心理治療發展成一門科學不是沒有原因的……

還有更糟的，她對自己說。那種不只是悲慘可憐，更讓人坐立不安的濫用。

把一個憶象植入較虛弱的心智；像那樣的心智能低空飛過適性測驗，但不足以從兩個各自獨立的人格中創造出一個嶄新、眞實、功能正常的人。一個**吞食**繼任者心智的憶象。

那種濫用（正是六方位陛下的打算）已經糟到她完全不想思考那是什麼感覺。

幹得好，瑪熙特。妳找到一件比三海草建議妳做的事更令妳反感的東西了。

三海草認爲她應該從阿格凡大使的機器汲取新版伊斯坎德的憶象，覆寫那個受損且無用、在她腦中只剩局部殘影的舊版。三海草認爲，假如她這麼需要那份密碼——而她需要，眞的需要——這就是唯一合邏輯的手段。

就三海草自己來說，她並不是自告奮勇參與一場終將淪爲實驗性腦神經手術的活動。這個行星——文化——不樂見腦神經增能，認爲這整個概念都不道德且駭人。但三海草鼓勵瑪熙特這麼做。

*嘿，伊斯坎德，你可以挽回這個局面，*她第一百次在心中暗想，得到的除了神經末梢微微發麻，就只有一片死寂。更別說誰知道她能否再承受另一個憶象？這個憶象也有可能是因爲她的缺陷、失職和無能才會故障。就算問題不是出在她身上，她也還記得第一次融合是什麼感受：雙重認知疊加在一起的暈眩感，像是站在峭壁邊緣的感覺。稍有一點動作，她就會墜入別人龐雜的記憶中，而且他們沒有足夠的時間成爲一個新的人，成爲瑪熙特—伊斯坎德，再加上伊斯坎德年輕時所吸納的某個鬼魂，瑪熙特—伊斯坎德—薩凱爾……

那個名字自她腦海中的憶象殘骸裡浮出；她在萊賽爾紀錄裡查詢過這個名字，試圖追溯她要加入的這條傳承鏈，當時的感受如回音般重現。薩凱爾．安巴克，四個世代以前，她沒來到都城，而是在太空巡航艦的船首和泰斯凱蘭談判，確保萊賽爾和其他太空站能繼續保有開採該區域礦產的獨立主權。瑪熙特讀過她寫的詩，覺得挺無趣的，寫的都是故鄉。她覺得——三個月前的她覺得——她可以寫得更好。

也許她的新憶象能和她多談，他進入她腦海時讓她見到的那個人，那個在更早前被他吸納的憶象。那個手術，她是做定了吧。她早就決定了，卻沒意識到自己已經做出結論；她會嘗試接受手術，因為她孤苦無依，因為沒其他選項，也因為她想變得完整，成為萊賽爾大使傳承鏈的一部分——她理應參與其中，她被授予這份權利，而且失去憶象這件事至今仍讓她痛苦且失落。如果有人蓄意破壞，那麼她想要設法挽救復原；她想取回她的憶象鏈，她想保存它。她想當個夠格的記憶繼承者，想要守護它；她身為萊賽爾太空站主權的一種延伸，來到這裡之後應該服務她的人民，她想為了那些人這麼做。為了可能跟隨她的腳步，在太空站上將她的心智和記憶傳承下去的那些人。

極端的情境似乎很容易催生愛國主義。

瑪熙特心想，這話也一樣可以套用於都城街上的所有暴民吧。

她發現三海草在廚房裡對一株植物進行某種難以理解的行為：把它挖空，再用另一種東西填滿，一種用米和看起來像絞肉的東西混成的肉糊。

「那是食物嗎？」

三海草轉頭看過來。她的面容憔悴而堅決。「還不是。等個一小時左右就會是了。妳找我嗎？」

「如果這星球上有，我需要一位腦神經外科醫生。」瑪熙特說。

「妳要做那個手術？」

「我要試試看。」

三海草點頭。「各種形式的東西，都城什麼都有，瑪熙特。但我恐怕完全不曉得要上哪找個有意願——也有能力——切開妳腦袋的人。」

十二杜鵑從另一間房間喊道：「妳不曉得，小草，但我以身家打賭妳能找到。」

「別再偷聽了，給我進來。」三海草大喊，等十二杜鵑出現在門口，她故意瞪他一眼。「我是要上哪找這個人？我想要我的大使能活著出來。」

「妳們去見科學部長的同時，我來用比較非官方的手段找出某個人。」十二杜鵑洋洋得意地說。「我在情報部的職務跟醫學院有往來。是不是很開心有把我扯進這場陰謀裡啊？」

「是啊，」三海草說，「原因可多了，包括用你的套房當安全屋——」

「妳只因爲我的物質財產才喜歡我，小草。」

「還有你在宮廷和部會以外持續經營的人脈。那也是。」

「妳如果想要那些人脈，妳都能有，」十二杜鵑小心翼翼地說。「前提是妳有興趣拓展交友圈。」

三海草嘆了口氣。「小花。你知道那不會有好結果。之前就沒有好結果。」

「爲什麼？」瑪熙特發覺自己問道。她想不出對情資官來說，跟宮廷外的人往來有什麼壞處。

「因爲我會把他們當作資產，瑪熙特。」三海草語氣尖刻，近乎自我斥責地說。「就只是資產。而小花這傢伙有眞正的朋友，裡面有些人到頭來，八成會被我當成反帝國叛亂分子而檢舉。只要時機合適或有利。」

「妳一直這樣對自己沒好處，」十二杜鵑說。「滿腦子虛榮的野心，卻——」

「沒有足夠的同理心，我知道，」三海草回答。「這對話的重點不是在你身上嗎？」

十二杜鵑嘆了口氣，然後微笑，睜大他深色的雙眼；瑪熙特意識到，這個話題他們已經談過上百次了；這事在他倆間已有結論，是他們在朋友關係中謹慎繞過的角落：三海草不過問十二杜鵑工作以外的事，十二杜鵑別試著讓他的……叛逆醫界友人跟政府事務，也就是跟三海草，有所牽扯。他們知道哪條線不該跨越，兩個人都知道，並且遵守，而瑪熙特提出的要求會讓所有界線變得模糊。但他們看起來卻都十分樂意。

她希望自己值得他們這樣做。（萊賽爾是值得的——又是那股愛國熱血，她搞不懂這怎麼變成了一種奇怪的膝反射——但她的情資官不是為了萊賽爾而這麼做。）

「是，」十二杜鵑說道。「都包在我身上，看看我多管用，還有我幫了妳們多大的忙。我會在妳們明天開會的時候把這件事處理好。」

◎

即使隔日清早的日光明朗，在都城裡移動起來仍舊寸步難行，而且還愈來愈糟。瑪熙特幾乎可以肯定，她跟三海草離開十二杜鵑公寓大樓、走去搭地鐵的時候，有人跟蹤她們：不是戴金面罩的太陽警隊，而是一身灰色的鬼影。灰霧探子，十二杜鵑曾這樣稱呼司法部自家的私人偵查團。如果這些人就是他們——如果這些人是真的——那可是名副其實。

這可能是她的幻想。當你真的被一群人盯上，疑神疑鬼也是相當合理的反應。萊賽爾的心理學課程教過這個，而瑪熙特愈來愈沒辦法不採信。再說，地鐵有大半的路線要不延誤、要不直接停擺，怒氣沖沖的通勤旅客對任何人的安全感或身心狀態都沒有幫助。六角形宮殿區和城裡其他地區的分界如今成了肉眼可見的邊界，昨天瑪熙特的寓所作為犯罪現場而被查封，她和三海草隨十二杜鵑離開時，情況還不是這樣。太陽警隊站成一排，檢查每位泰斯凱蘭公民的雲鉤，確認他們的身分。都城本身閃閃發亮的玻璃和電線牆在他們後方，爲獲准通行的訪客開啓、收合。這一切都比以前更有直接的威脅性。

她把萊賽爾的加密通訊文件收在她剛洗過的襯衫底下，用彈力運動繃帶貼在她肋骨上。十二杜鵑在他的一個抽屜深處裡找到繃帶，然後他們才離開，出發回到宮殿區，放他去找人幫忙做非法的腦神經外科手術。十二杜鵑之所以有那捲繃帶，是因爲他參與某種包含球和球網的團體運動時扭傷腳踝——他們在庭園裡拿到的傳單上就有這項運動的廣告。十二杜鵑講得喜上眉梢（他每週會跟當地的隊伍練一次球），瑪熙特則是興趣缺缺。但那不重要：那捲繃帶被她拿去用了，現在她感覺就像在偷渡祕密、潛入敵營。即使文件在法律上和道德上，都是屬於她的祕密。

「妳覺得我們會被逮捕嗎？」瑪熙特問。

三海草用過度雀躍的語氣輕聲說：「還不會。」她穿著乾淨的情報部制服，很像一把精良鋒利的武器；老實說，瑪熙特不曉得要是沒有她，自己該怎麼辦。

「不是現在，那是什麼時候？」她說，語氣透出一種無奈的興味，然後她們抵達那一排金黃鏡面頭盔組成的壁壘。三海草一派輕鬆自在地報上她和瑪熙特的名號——就是一位文化聯絡官，監督著受她看管的對象穿越緊閉的門。太陽警員要她交出雲鉤——她照辦。太陽警員問她她們之前在哪裡——她毫無欺瞞或罪惡感地解釋，她們在她的老同學兼好友家中過夜。

瑪熙特再度好奇起太陽警隊是否和都城共享巨大的心智——這位警員是否此時此刻就在參閱其同僚在她寓所裡的工作狀況。他顯然一點也不趕。他抬眼往瑪熙特和三海草身後看——又一個灰霧探子，映照在光滑的金色面罩上，太陽警員盯著瑪熙特身後那個東西看了太久，這一小段時間彷若永恆——然後他再低下視線。也許他是在跟六方之掌的同僚交換意見。陰謀對上陰謀。是她疑神疑鬼。沒人在跟蹤她們，科學部沒有和戰爭部密謀推翻皇帝，沒有人在街上示威，中央九號廣場的那顆炸彈只是情勢導致的意外，完全不是針對她，而是某個與她無關的東西，支持歐戴爾人民的常見之舉——當然了。

太陽警員揮手讓她和三海草通過，動作之唐突，令她眞心感到訝異：腎上腺素驟跌的刺麻感又熱又冷，順著脊椎往下流過。穿越都城內壁敞開的門口，感覺很像爬進一隻動物嘴裡。門在她們身後關上，瑪熙特想到某些太空站寄生蟲大嘴裡環形的牙齒——生長在地板下的爬行空間，擠壓在電纜隔熱層上方的那種。

白天的宮殿區比起任何地方都要寧靜。牆壁就有這樣的作用。牆壁能將動亂不安的可見象徵隔絕在外。前往科學部的路上輕鬆愜意，空氣聞起來是泰斯凱蘭無處不在的花香——類似胡椒的辛香味和濃郁的白麝香——還有涼爽宜人的陽光，瑪熙特卻無法讓自己的心跳降速，變成低沉的嗡鳴。

「如果我們出來的時候，可以不要宣戰、不要宣誓效忠，也不要讓妳被十珍珠最優秀的博理官綁架去做腦部實驗，我會不勝感激。」三海草說。

「我可以保證不會宣戰，」瑪熙特告訴她，往上看向科學部鐵灰色的花飾，以珍珠鑲嵌而成的浮雕呈現出次原子粒子軌道和蛋白質的形狀。「我沒那個權力。」

「好極了。我們會沒事的。」

進去之後，面對的就是泰斯凱蘭宮廷高層間那套社交禮儀，她已然習以爲常。三海草負責介紹，並確認她們和十珍珠有約；瑪熙特指尖相觸、傾身鞠躬；身體彎到她感覺合適的角度，至於那是她自己的本能，還是伊斯坎德飄忽不定的殘餘效應，其實也不重要。

她跟三海草被護送進一間沒有窗戶的會議室，幾張呆板的淺灰色椅子環繞著一張呆板的淺灰色桌子，唯一的裝飾只有一條不顯眼的同款珍珠鑲嵌浮雕，環繞電燈開關正下方的牆壁。她們在那兒等待。

三海草用指甲在桌子上輕敲，瑪熙特現在才注意到她緊張時會這麼做。瑪熙特自己則是下意識翻弄外套口袋裡伊斯坎德的憶象機器，她不得不逼自己停下來好幾次，並且不斷想到，要是她呼吸太用力，固定在她襯衫底下的信函就會沙沙作響，即使它現在一點聲音也沒有。十珍珠出現在會議室門口時，她大大鬆了口氣。他現在人到這裡來跟她談話，她就能做點什麼。等待……沒有幫助，現在沒有。完全沒有幫助。

「部長。」她起身對他招呼道。

「大使。歡迎。我聽說您失蹤了呢！」

啊。所以這次他們要玩這套就是了。

也是——上次她和十珍珠碰頭，她在皇帝的詩賦大賽晚宴上為了新聞曝光而耍了他一次。她從宮裡消失一事，不管十九手斧瞎扯什麼說法逼她不得不照演，八成也是她活該。

「我知道我自己整段時間人都在哪。」她說。同時，她意識到自己要拋下先前野蠻人和鄉巴佬的偽裝了。事已至此，也沒有再打迷糊仗的必要，反正她的計畫之前也沒發揮作用。至少有兩個人企圖謀殺她，一次用毒花，一次在她寓所突襲。她用表演當作盾牌，裝成野蠻人，卻還是跟扮演政治人物時一樣弱勢。她現在不如老實點。像十九手斧對她的形容，當個精明的野蠻人。

十珍珠禮貌地笑了笑。「這我相信！多麼巧妙的說法啊。我能幫您什麼忙呢，大使？」

瑪熙特安排這場會面時，本意是想弄清楚，伊斯坎德是否真的如此明目張膽地要販賣憶象技術給泰斯凱蘭，以至於和科學部交惡——這個問題現在已無足輕重。伊斯坎德死了，而憶象技術的買家是皇帝。她現在需要知道的，主要是十珍珠支持哪一位王儲，她要藉此判斷他是否參與了併吞萊賽爾一事，以及他能否為她所用，阻止侵略發生。

「我不希望在已經令人不快的話題上繼續打轉，」她開口說，話裡把她想用的時態全給用上，她和部長之間已不必再裝模作樣，「但我非常希望知道——爲我個人的利益和健康考量，您曉得的——在我前人過世當晚，您和他談了什麼。」

她感覺得到三海草在她旁邊坐挺，展現出常年習得的那份戒慎專注。

十珍珠雙手交扣。即使在枯燥的日光燈下，每只戒指仍閃閃發亮。「您是擔心會犯下類似的錯誤嗎，大使？」他問。「您前人吃了某種令人不適的食物，僅此而已。很遺憾。我們談的話題，都跟他的飲食習慣一點關係也沒有。我相信您只要小心點，就能避免吃到類似的東西。」

瑪熙特咧嘴而笑，牙齒一覽無遺。野蠻，但執著。「沒人具體說過他是吃了什麼，」她說。「這樣避而不談還眞是有趣。」

「大使，」十珍珠慢條斯理地說，像在哄她。「您有沒有想過，或許避而不談有其原因？此刻，我們還有其他各種對我倆有利的話題可談。也許我們可以聊聊，水耕作物的營養素差異，跟人口多寡有何相關？我們能從彼此身上學到的東西可多了，萊賽爾和泰斯凱蘭。」

發怒會惹來許多不便，瑪熙特暗忖。會削弱她用字遣詞的力道。然而，她現在就跟她在八迴圈辦公室的時候一樣怒不可遏。

她直直看向他。「十珍珠，我想知道我的前輩怎麼會在您的照顧下死掉。」那不太算在指控。（是指控沒錯，只是比較迂迴。）三海草一隻手擱在瑪熙特膝蓋上，溫暖並帶著警告意味。

十珍珠嘆了口氣，有點勉強的樣子，好像準備要做一件令人不悅，卻又不得不然的事，像是處理腐爛的食物。「阿格凡大使的行爲和提議皆屬不當；他在一次正式餐敘上——在他有多次機會收回言論的情況下，暗示他準備好隨時要將可能打亂我們社會運作的科技大量引進到泰斯凱蘭市場，而他似乎成功遊說了、或影響了我們光芒萬丈的皇帝陛下。身爲科學部長，我有責任處理他所代表的威脅。」

「所以您殺了他。」三海草目瞪口呆地說。

十珍珠心平氣和地看向三海草。「考慮到當前的情況，」他一邊說，一邊稍微朝瑪熙特比了個代表含括的動作，像在將她劃入泰斯凱蘭外交事務的整體中，再把這整個群集拋在一旁。「我看不出有什麼理由否認，我在他死亡當下沒有採取醫療手段介入。如果德茲梅爾大使想在醫療疏失的調查過程中提及此事，我相信可以從司法部那頭著手。」

在都城和政府動盪紛擾的兩天之中，難道她的影響力已經減少到十珍珠不只能輕率承認他做掉了自己的政敵（「沒有採取醫療手段介入」只是講給三海草那雙拘泥於法規的耳朵聽的，瑪熙特很清楚他說的是什麼意思），他還有十足把握，瑪熙特在宮中沒有能動用的人脈，無法懲罰他？顯然十珍珠相信，無論是誰繼承王位，科學部都不會遭究責——

——同時，他顯然也相信，沒有伊斯坎德·阿格凡和他承諾的科技，六方位就不會再想保護萊賽爾太空站，或它的任何一位公民。因此，瑪熙特如果沒打算大量引進永生機器到泰斯凱蘭市場，她對他便毫無用處——對他來說，她的價值就和泰斯凱蘭邊界上隨便一個衛星小國的大使一樣。

協議，三十翠雀在詩賦大賽上指的是——她當時沒搞懂——皇帝和伊斯坎德的協議，沒談成。

她努力維持語氣平穩，用詞簡樸，發射一顆試驗衛星到他們談話的軌道上：「我不會從司法部著手，部長；如果我要尋求建議，我會先去找皇帝的動衛。我在她那裡頗感安全。」

「是嗎？」十珍珠說。「我很高興，情況和以前不同了。」

「不同？」瑪熙特問，然後等待：她開始懷疑十珍珠有話要說，想藉這場談話讓她感覺無力。三海草的手指如此用力捏她的大腿，她可能要瘀青了。

「您受人讚譽的東道主，十九手斧閣下，當時就和我一樣袖手旁觀。」十珍珠說。「我那晚或許是在席間挺身維護了我自己的部會——連帶還有整個帝國——但她也沒有阻止我。」

瑪熙特感覺思緒變得清晰冰冷。她想起十九手斧在喝茶時，對她說**他是我的朋友**——想起她讓瑪熙特的神經系統產生的熟悉感；想起自己屬於伊斯坎德的那部分是如何想接近她，和她共度美好時光，同時受到挑戰與安撫的感覺；想起十九手斧是怎樣在走廊上看著她，看她拾起毒花、低頭準備嗅聞的模樣。她大可留在拱門那頭，一身白衣，動也不動，默不出聲，完全不出手介入。

但她介入了。不管是什麼原因，她救了瑪熙特一命。儘管她沒有救伊斯坎德。

「我很感激您的警告，」瑪熙特努力接續說道。她在睜眼說瞎話。她可以再多撒點謊。她故作膽怯、困惑、生氣的模樣。（生氣這一點是眞的。）「之前確實發生過幾起令人不快的事故——有人送給我一朵含有毒素的花——您認爲——」

「我，」十珍珠打斷她，「才不會讓人栽贓我用花朵來行刺。我是個現代人，而科學部才不是只和植物學有關。」

「我們並非要表示，」三海草說，「科學部只和植物學有關。」

隨之而來的停頓無止盡延伸，瑪熙特納悶他們三個誰會先開口，不管是大吼還是失控大笑。

「既然我沒有派任何人送花去取您性命，您還有任何想表示的嗎，大使？」最後，十珍珠開口。

「您讓我對自己的處境再明白不過了，」瑪熙特告訴他。「待塵埃落定，如果我們還還有話想跟對方說，我會再和您聯繫。水耕作物。我記下了。」

※

她們匆匆離開科學部後，三海草帶瑪熙特去一間餐廳。瑪熙特隨著她去，只有意思意思抗議了一下——我們上次這樣做就遇上境內恐怖攻擊——並得到這樣的回應：上次我有訂位；現在沒人知道我們在哪裡，沒事的。像這樣坐在像洞穴一樣昏暗的空間裡，窩在雅座的牆邊，讓陌生人爲她和三海草上菜，感覺還挺好的。

可能被人毒死的念頭只在她的湯上來時短暫掠過腦海。然後她就決定自己現在不管這個了。

「眞的，我覺得妳表現得非常好。」三海草說著，從她的餐點——看起來是一整隻動物的側身——切下一小塊肉。它的香氣讓瑪熙特大受吸引，同時又有點驚恐：血水也太多了，不可能是實驗室培養的。那曾經是一隻會呼吸的活體，而三海草現在在把它吃下去。

「我不確定還能怎麼辦，他坦承他殺了伊斯坎德，還告訴我沒半個人在乎。」瑪熙特說。

三海草用一大片紫白色花瓣裹住肉。她點了一整疊花瓣，把它們當作薄薄的小麵包，裹著肉從盤子送進她嘴裡。「哭泣，」她說。「誓言報復。當下企圖動粗。」

「我不是史詩裡的英雄人物，三海草。」瑪熙特痛恨自己說這話時感到的羞愧與卑微：她不應該**仍然想要**當個泰斯凱蘭人，想要仿效和重現文學作品的情節。特別是經過這週的遭遇之後。

花瓣沾上深綠色的醬汁，看起來既像調味料，也像結構黏合劑，然後被興沖沖地咬下去。三海草含著滿嘴食物說：「我說了，妳表現得很好，好嗎？眞的。我不知道妳接下來有何打算，但妳會談時的表現就像是宮廷出身的人，或最少也是受過訓練的情資官。」

瑪熙特感覺自己雙頰泛紅。「很感謝妳這麼說。」

她們之間的停頓——有股強烈的張力。三海草笑臉盈盈，睜著溫暖又富同情的大眼，瑪熙特強烈意識到自己的臉有多紅，紅得像是三海草剛剛吞下的花瓣或肉片。瑪熙特嚥下口水。努力找話說。

「撇開殺人犯的自白，」她開口，並對三海草稍微坐正、更爲專注的樣子感到滿意——眼前還有正事要辦。「十珍珠對水耕栽培也太感興趣了。我們的水耕是不錯，但沒辦法餵飽整顆星球。我想不出他爲何想和我聊這個，除非都城的糧食種植演算法發生什麼異常……」

結果她找到的話題談起來還挺有意思。「就跟都城安檢的演算法一樣。」

「妳是指都城的攻擊。像是我在中央九號廣場遇到情況。還有……太陽警隊的事。前提是太陽警隊眞發生了什麼事。」

瑪熙特點頭。「十珍珠憑著他完美的演算法才當上部長。先是地鐵，他把所有獨立線路整合成一個由人工智慧控制的演算法系統，然後是都城的安檢機構。對吧？」

「對，」三海草說。「不過妳怎麼會知道這些？那都是……喔，我甚至還在念幼稚園時的事了。」

瑪熙特聳肩。「如果我說是因爲那具沒有如願正常運作的憶象機器，妳會意外嗎？」

「現在不會了。」又是那奇怪又溫暖的笑容。

瑪熙特不太有辦法在她那樣笑的同時還和她維持視線接觸。「兩天前，我們晚上走回去的時候，妳說過去一年有八起都城攻擊事件。那和前一年相比多了多少？」

三海草的頭微微歪向一邊。「七起。妳是想說演算法有錯嗎？」

「或是被錯誤地使用。一個演算法再怎麼完美，都將受其設計者所限。」

「噢，這招厲害，瑪熙特，」三海草喜孜孜地說。「妳若想爲謀殺案找科學部報復，對著他們公正無私的名譽下手就對了。」

瑪熙特不用費力解釋，三海草就能明白她的意思，這實在令她感到無比滿足。「具體來說，是十珍珠的名聲。」她附和，「因爲他是靠設計這套演算法才贏得部長一職，而他的演算法現在傷害了正常的帝國公民。」

「我喜歡，」三海草說。「我們會需要一些從事資料科學的人——一位博理官，讓聲明好看一點，還要有人來廣發這份報告。尤其，這如果跟戰爭部有關，操作起來就有趣了……」

「我們會做這件事。等我能回我自己的寓所之後。等一切——稍微平靜下來。」

三海草縮了一下，伸手拍拍瑪熙特的手背。「妳現在想做什麼？還是……我們之前討論的那件事嗎？那具機器？我們點餐時，我收到十二杜鵑的訊息，他找到跟我們隔著半個省的醫療人員。」

這似乎是瑪熙特好一段時間來聽到的第一個好消息。她感覺皮膚發麻，既鬆了口氣又迫不及待，還有一種令她昏眩的恐懼。「對，」她說。「現在我更是非拿到那個密碼不可了。我得做點什麼，改變什麼，扭轉局面。」

三海草微微歪頭，打量她。瑪熙特想別開視線。她正在表示自己準備介入當前的政治紛亂。如果她的聯絡官會在哪個點退縮、離開……但三海草只是點點頭，然後說：「如果是我，一定會嚇壞的。」

「誰說我沒嚇壞？」

「但妳之前做過啊。」

「當時有專業人士照料我，遠比十二杜鵑幫我們找到的任何一個傢伙都專業。」

三海草看起來想要對這番侮辱泰斯凱蘭醫療科技的言論翻臉，但改變心意，只是聳了聳肩。「他人脈很廣。形形色色的人都有。我相信這人至少有點概念，知道自己在做什麼。」

「我要是死掉，或醒來之後不成人樣，」瑪熙特說，「我希望妳對萊賽爾下一任大使——如果有下一任——一五一十全盤托出。一次講完，盡可能詳細。」

「妳要是死了，情報部絕不會讓我靠近萊賽爾下一任大使，或其他任何大使。」

瑪熙特忍不住笑了。「我會努力不要死掉。」

「很好，」三海草說。「妳想要一份這個嗎？」

「什麼？」

「三明治；妳一直盯著看。」

瑪熙特垂涎欲滴。「那是動物嗎？在它變成食物之前。」

「……對？」三海草說。「這是一間不錯的餐廳，瑪熙特。」

她可能會死於實驗性腦外科手術，她所有的盟友，除了這兩位情報部人員，要不是消失，要不就是本身也很可疑，而泰斯凱蘭非常可能會用它血淋淋的星艦巨牙將她的故鄉生吞活剝。

「要，」她說。「我想要一份。」

肉一入口，她隨即感覺到肉中的湯汁在她舌尖綻放。

第十五章

「世界之鑽」中央飛航管制塔臺主任三金蓮

呼叫帝國旗艦「二十日落」號：

請立即聯絡塔臺進場管制員，貴艦已進入管制空域，尚未獲得通行許可，未於通訊中報告目的地及航向供塔臺指揮貴艦周圍交通動向。請以一八〇・五頻率聯絡塔臺進場管制員。重複呼叫，帝國旗艦「二十日落」號，貴艦已進入管制空域，尚未獲得通行許可，未與塔臺聯絡，請回覆。

——衛星通訊紀錄，251.3.11-6D

※

>>查詢/使用者：昂楚（飛行員）/最新存取紀錄

>>32675號憶象機器（伊斯坎德・阿格凡）最後由醫學部（腦神經科）存取，155.3.11-6D（泰斯凱蘭曆）

>>查詢/使用者：昂楚（飛行員）/所有存取紀錄

>>範圍過大

>>查詢/使用者：昂楚（飛行員）/155.3.11-6D所有存取紀錄

32675號憶象機器（伊斯坎德・阿格凡）最後由醫學部（腦神經科）存取，155.3.11-6D（泰斯凱蘭曆）；

由醫學部（維持治療科）存取，152.3.11-6D；

由傳承部亞克奈・安拿巴存取，152.3.11-6D；

由醫學部（維持治療科）存取，150.3.11-6D；

由醫學部（維持治療科）存取，150.3.11-6D……

——荻卡克・昂楚於萊賽爾憶象資料庫操作查詢之紀錄，220.3.11-6D（泰斯凱蘭曆）

回到地鐵站，通過另一道安檢——靜立的太陽警隊金光耀眼，並且留心觀察。相較於進宮的訪客，他們比較不擔心離開宮殿區的人，這不令人意外，但瑪熙特經過他們時仍緊張不已。不曉得演算法能否偵測到計謀，能否感覺到東窗事發的預感在嗡嗡低響；一套由活人（至少在某個時間點擁有泰斯凱蘭公民身分的人）所組成的演算法，是否有辦法觀察到她和三海草在餐廳的對話，並在她們能採取行動之前阻止她們。喔，還有，她眞希望有時間弄清楚太陽警隊還算不算泰斯凱蘭公民。泰斯凱蘭人對腦神經增能手術的反感非常明確，但在她跟三海草經過時，所有太陽警員以一種集體轉動的方式——像一顆衛星不可避免地繞著恆星擺盪——將七面金色頭盔一同轉向她們。

瑪熙特已有心理準備，他們至少會想針對寓所裡的那名死者多問她幾個問題——他到現在已經死了兩天，像十一針葉樹這種有辦法出席皇家詩賦大賽晚宴的人，想必會有某個家人、同事、軍中老友，會出來大吵大鬧，要求爲他伸張正義吧。

但太陽警隊只停了一下，似乎在彼此商討，隨即一言不發放她們離開。也許她正受到某種保護？如果太陽警隊是受演算法控制，在他們背後發揮影響力的可能不只一人——不只是戰爭部的哪個傢伙，或是十珍珠本人，而是……另有其人。那些來去無蹤的灰衣人，司法部的探員（或是司法部的幻影），他們再次出現，瑪熙特左右張望。她看不出他們在哪，但他們還是有可能在暗處跟蹤。她加快速度，跟上三海草的小碎步，思考著泰斯凱蘭法律裡的管轄權。如果司法部在跟蹤她，太陽警隊也許就不敢介入。她實在也該研究研究刑事法錯綜複雜的法律條文，而不只是治理野蠻人行爲和活動的法律。

她該做的事可多了。三海草在地鐵裡領著她到中央火車站，瑪熙特還感覺得到她指尖狂亂的搏動，也感覺得到周邊神經異常引起的低鳴如影隨形。

「還沒被抓走。」她又小聲說了一次。

三海草的表情左右爲難，一面想大笑、一面焦急地想要瑪熙特閉嘴。

「還沒有。」她說。瑪熙特對她咧嘴而笑。她快情緒失控了，感覺自己突然像個小孩，跟朋友在太空站的走廊上玩耍，牢牢守著一個不該給大人看的祕密。她深呼吸的時候，把加密信函固定在她肋骨上的綳帶往她身上縮過來，提醒著她。

極內省容納了一千七百萬泰斯凱蘭公民、宮殿、中央城區，瑪熙特原先預期她任職大使的期間主要都會待在這裡。這個省分的中央轉運站是一座巨大宏偉的建築物。她們爬過地鐵長長的臺階，見其映入眼簾：薊狀的建物、水泥和玻璃。一圈圈磁浮列車軌道在其後如藤蔓般蔓延開來，好像一大團巨型扭曲的爬藤植物，呈扇形散開。瑪熙特知道〈諸樓宇〉有個詩節就是從這座車站寫起：堅不可摧，切面繁複，這隻眼睛送出／我們的公民，觀覽四方。它看起來確實像顆眼珠，像昆蟲的複眼——每個切面都閃閃發亮。當泰斯凱蘭文學談到眼睛時，通常是在談碰觸，或影響的能力——眼光所及之處，所見之物皆遭改變。這一半是量子力學，一半是敘事。

在泰斯凱蘭這裡，全都是敘事，縱使量子力學還是幫了點忙。

「我們要在哪見十二杜鵑？」瑪熙特問。在這棟建築裡太容易迷路了——消失在往返的泰斯凱蘭旅客間，如水流般連綿不絕的人潮裡。

「車站大廳，動衛一望遠鏡的雕像旁邊。」三海草說。「位置很顯眼；因爲那個時期落成的雕像都非常閃耀奪目，體積也巨大無比——幾乎全身都是以珍珠母貝打造，那是兩百年前流行的雕塑風格。」一個覆滿貝殼內容物的巨型雕像，那些貝殼勢必是從眞正的海洋裡採收而來。緩慢且曠日費時。瑪熙特再度想要大笑，又摸不太清楚爲什麼，爲什麼她無法冷靜，爲什麼一切都彷彿將要無可避免地衝撞在一起。*可能是因爲妳準備要做實驗性腦神經手術吧*，她告訴自己，然後對三海草點點頭。

「那走吧。」

她們在入口處看見兩位身穿灰色制服的司法部探員，眞的看見，而不只是瑪熙特的想像。她們走進去的時候，他們就在那兒閒晃，過分悠哉，明顯一副在觀察的模樣。車站大廳清透的拱形結構突然出現，帶肋的玻璃穹頂寬得令人難以置信，瑪熙特儘管讚嘆，她依然沒有忽略一件事：進出這些門的所有人都被仔細記錄。她見到另一位探員，像個分心的通勤旅客，在售票亭前走來走去，但一直沒有買票，於是她推推三海草的肩膀。

「灰霧探子。妳覺得他們在跟蹤我們嗎？」

「……我不確定。」三海草喃喃說，聲音幾乎被泰斯凱蘭人尋找列車時的喧鬧聲給蓋過。「十二杜鵑公寓外面那條街上可能有一個在跟蹤我們，但就算那傢伙眞的存在，他也在我們離開科學部時消失了——而現在這幾個，是在我們來之前就已經在這裡……」

司法部可能基於許多理由在找長得像她跟三海草的人，從「*八迴圈對我的利用價値改觀*」到「*非法*

褻瀆伊斯坎德屍體」都有可能。雖然後者主要是十二杜鵑所爲。

「我覺得他們不是在找我們，」瑪熙特說。「他們是在找——」她不想用他的名字。「小花。因爲機器的事。」

三海草低聲咒罵。「而他們之所以跟蹤我們，只因爲我們從他公寓出來，然後——我們沒有形成威脅，我們去開會，然後在外頭用午餐，目標不是我們。」

瑪熙特再度思考起司法管轄權。也許跟蹤她們的探員目標不是她們，但她們確實被跟蹤了，而她們當時可能正是因此才沒被太陽警隊抓走。她發現自己同時處在感激涕零和勃然大怒的狀態。（她開始習慣這個組合了：那種重疊的怪異感受，對某個她一開始就根本不該有的遭遇心懷感激。這在泰斯凱蘭俯拾皆是。）

「也許不是，」瑪熙特說。「妳看得見他嗎？小花。」她朝著那尊肯定是一望遠鏡的雕像示意——雕的是一個乳房豐滿、臀部寬大的巨型女子，立於基座上，隨海生珍珠的色彩閃閃發亮。附近到處都找不著十二杜鵑的身影。

「我們繞去後面，」三海草說。「假裝完全不曉得這裡在做什麼。從容點。模仿其他人的步調。」

感覺實在很像在演全像電視裡粗製濫造的諜報劇。奇怪的人在轉運站裡徘徊，瑪熙特和三海草努力不引人注意——一個野蠻人，和仍穿著紅白兩色宮廷禮服的情資官，怎麼可能不引人注意——但或許她們只是在設法顯得和她們試圖找出的那個人沒有關聯。那可能還有辦法。

十二杜鵑沒有在一望遠鏡雕像後面。三海草靠著雕像基座，完全無動於衷的樣子，於是瑪熙特也靠上去——靠著，然後等待。試圖看她能否在一片熙攘的泰斯凱蘭人潮中認出任何一點他的輪廓。她無法。人實在太多，而且太多人長得都很像十二杜鵑：矮小、寬肩、深色頭髮和褐色皮膚，身穿多層次套裝的男子。

「我動的時候，妳不要有反應。」三海草喃喃道。「我看見他了，數三十秒再跟我來；他在隔兩道門的那個食物販賣亭陰影處——十四號門和十五號門之間。」她用下巴朝那裡比了一下，然後出發，看似漫無目的地往那個亭子晃去。它正以歡樂吵雜的全像投影宣傳「**荔枝口味小蛋糕**和**新鮮進口魷魚棒**」，瑪熙特無法想像自己會想吃那兩樣東西。三海草從亭子裡買了些什麼，然後消失到一旁暗處，瑪熙特剛好也數到三十了，於是動身往那兒走去。她完全避開食物亭，從後面繞過去，它的全像投影廣告正好提供了大量的視覺干擾。

十二杜鵑穿著瑪熙特至今見他穿過最休閒的常服：襯衫和長褲，外加一件長外套，全是濃淡不一的粉色和綠色。臉上掛著憔悴恍惚的神情。所以他被灰霧探子盯上，或至少被他們跟蹤了。他們看起來並不急著要逮捕他；暫時不急。

「可惜這裡沒有另一座水耕花園讓我們躲。」三海草在點心蛋糕吵鬧的廣告歌曲底下輕聲說道。

「那些人應該是在跟蹤你？」

「跟蹤我的人倍增了，」十二杜鵑回答。「我溜出司法部的時候只有一個。」

「他們肯定在監視你的公寓，」瑪熙特說。「我們覺得，我們離開時也被他們跟蹤，但我們沒做什麼出格的事，然後他們就放棄了。」

十二杜鵑笑了，難聽的聲音像是喉嚨噎住般，很快就打住。「妳想必把小草的牽繩拉得很緊，大使，才會沒做任何出格的事。時間可是過了好幾個小時呢。」

「你覺得他們有看到你嗎？」三海草問，善意地忽略他剛才所說的一切。

「有——但他們沒有靠近。他們沒有試圖逮捕我，他們想知道我要去哪，然後跟蹤我們到——」

到神經外科密醫那裡。如果他們一路跟過去，瑪熙特很確定整個計畫定將毀於一連串泰斯凱蘭法律爭議和拘捕行動之中。

「——而且他們堵在我們跟售票亭中間。我不能讓他們看到我買票。」十二杜鵑把話說完。

三海草神色自若、全神貫注：她在危急時刻散發出耀眼的能量和堅決，瑪熙特又是欣賞又是喪氣。

「我去買票。沒人在盯我。你跟瑪熙特兩分鐘後和我在二十六號門會合。讓她走在你前面；雖然你這笨蛋穿了一身鮮豔的顏色，但她顯眼多了。」

「這衣服不是穿來做實務諜報工作的，」十二杜鵑悶聲說，「我穿的是要去外省的衣服。」

三海草聳肩，對他和瑪熙特露出燦爛的泰斯凱蘭式笑容，眼睛在窄小的臉龐上睜大，然後聳肩脫下她的情資官外套。她把衣裡外翻，露出橘紅色的縫線，甩開綁髮辮，讓頭髮散落在她肩膀周圍，接著把變成紅色的外套拋到手臂上。「馬上回來。」她說。

「她看起來完全準備好要進行諜報工作。」瑪熙特冷冷打趣道。

「小草內心也許很保守，」十二杜鵑語氣不帶批評地說，「但她對保守的定義非常廣，以至於她認爲情報部就是滲透暨情蒐單位，就像部門正式成立之前那樣。」

瑪熙特開始慢慢地走，眞的拖著腳漫步，讓自己引人注意。一位高䠷的野蠻人穿著野蠻人的服飾。她讓自己像個太空站人一樣移動，彷彿這顆星球的重力比她所習慣更強：她放慢腳步，感覺到以前的伊斯坎德習慣星球重力後殘存的感受，像是肌肉裡一陣令人安心的痠痛。「情報部正式成立之前到底是什麼？」她問，目光留意著司法部的灰衣人。他們沒在看她。他們在找十二杜鵑，而後者正躲在她高大的影子底下。此時此刻，她不重要。

「六方之掌的諜報分析部門，」十二杜鵑悄聲解釋道。「但那是幾百年前的事了。我們現在是文明人。我們服務的是皇帝，不是任何一位元帥。篡位陰謀的數量因此下降了不少……」

二十六號門的廣播宣告一班從極內省開往白楊橋的通勤列車即將離站，途中停靠鐘鎮一區、鐘鎮四區、鐘鎮六區、經濟學院和白楊橋。瑪熙特和十二杜鵑站在乘車門旁邊。十二杜鵑緊貼牆面，瑪熙特面對他站在前方，盡可能不讓他被看見。乘車門廣播列車將在兩分鐘後離站。她能感覺到司法部探員的目光掃過她——聽見他們直直走來的腳步聲；她往後瞄一眼。她看到三海草往他們走來，看起來完全就是大學下課後返家回外省的年輕女性，跟眞正的她一點也不像——還有一組灰衣探員從另一邊靠近他們。

瑪熙特一鼓作氣做出決定。她要搭上這班列車，她要去找十二杜鵑的祕密神經外科醫生，如果眞有可能，她絕不要讓人妨礙她取得前人的記憶和能力。那些灰霧探子也許曉得他們要搭哪輛車，但他們肯定不會知道他們要在哪下車。

「跑，」她說，「現在。」她抓住十二杜鵑的袖子，拉著他穿過乘車門，奔向那輛樣式時髦、黑金色膠囊狀，等著發車的區間磁浮列車。她不需相信三海草會追上她——該死，跑步的時候屁股痛死了，傷還沒全好——

列車車門輕鬆地爲他們打開；並在他們後方關上。「上去。」瑪熙特說，十二杜鵑跟著她走上膠囊車廂第二層。過了一會，她聽見列車即將離站的第一次廣播——車門即將關閉，請勿靠近——她希望三海草也成功搭上車，司法部探員沒有，然後——

——然後膠囊車廂開始移動（優雅無聲、毫無摩擦感），她喘了口氣，用力撐住自己，接著三海草從樓梯上來。

「他們沒有票，沒搭上車。」她說，「看，他們在月臺上。」然後氣喘吁吁地倒在一個座位上。瑪熙特看過去。車外那裡有兩名灰衣男子，身影隨磁浮列車加速駛離而迅速縮小。

「刺激的程度遠超出我預期。」瑪熙特說，她不知道還能說什麼。現在這一切……還沒結束，但暫停下來之後，她才強烈感覺到身體有多痛。不是進行實驗外科手術的最理想狀態。

「這句話足以描述妳抵達之後我一整週的狀況，瑪熙特。」三海草說，遞給她一張票。瑪熙特喉嚨卡了一下，試圖別笑出來。

「所以，」三海草接著說，語調輕鬆而堅定，「我們要去多遠的地方？還有，我們要見的這個人有名字嗎？還是我們要繼續這種三流間諜的作風，在街角晃來晃去講通關密語？」

「她叫五廊柱，我們要去鐘鎮六區。」十二杜鵑說，三海草咬牙嘶了一聲。

「六區，認眞的嗎？」她說。

車窗外的都城化作一團閃閃發亮的鋼鐵、金屬和電纜，呼嘯而過。瑪熙特盯著看，邊放空邊聽——萊賽爾的所有心理治療訓練都告訴她，這種輕鬆的沉浸式文化觀察是她的特長之一。放空——飄浮在新環境裡，吸收資訊，必要時加以內化。她需要休息。她需要盡可能地冷靜。

「是，鐘鎮六區，她是無照博理官，妳以爲她會住在哪？地價高的地方？」十二杜鵑說，聲音充滿防備。

「我如果想做整型手術，在你家附近就能找到無照博理官，不用橫跨半個省分。」

「要找到願意鑿開大使腦袋的人比較麻煩一點，謝謝妳喔。」

他們停頓片刻。列車行駛時發出嗡嗚，一種舒適的喀噠聲，在瑪熙特聽覺的邊緣反覆作響。

「我很感謝你的幫忙，小花，」三海草嘆氣。「你知道吧？就只是……這週眞是……謝謝你。」

十二杜鵑聳肩，肩膀抵著瑪熙特的肩膀挪動。「妳要請我喝一年的酒。但沒事啦。不用客氣。」

將近一小時後，列車駛出極內省——都城之心，瑪熙特本來預期自己任職大使的至少前三個月都只會待在這裡（觀光是安頓下來以後的事，她心想，那感受離她好遠；在某個更友善好客的宇宙裡，屬於另一個瑪熙特・德茲梅爾）。他們進入鐘鎮省。一開始，除了乘客組成外沒有其他顯著差異：種族稍有不同，瑪熙特暗忖，整體來說比三海草和十二杜鵑高了一些，膚色也白了一點。但慢慢地，隨著他們經過鐘鎮一區和三區進入鐘鎮四區──往外擴張的扇形分區──建築結構也開始改變：沒有比較矮，但顏色較深，沒那麼通風。中央城區裡隨處可見的花卉和光線意象、蜘蛛網般的交通路網沒了，取而代之的是滿坑滿谷充滿壓迫感、窗戶一模一樣的高聳大樓，遮蔽了大部分的日光。

瑪熙特習慣了萊賽爾太空站的狹窄通道，消失的蒼穹反倒讓她有種詭異的安心感，好像她可以無需再留心某件煩人瑣碎的任務；不用一直去想天空有多麼寬廣。不曉得泰斯凱蘭人對此有何想法。他們或許覺得這是城區破敗的象徵吧，這些人全擠在一起，遮住了太陽。

鐘鎮六區的人口依舊稠密，像一棟棟灰色水泥建物構成的花園──他們一踏出車站，光線就暗下來。上頭只有藍藍一小片天空。三海草肩膀聳到耳邊，縮起身子抵抗不存在的涼意，那樣子本身就說明了中央城區絕大多數居民對該省的觀感。

「你怎麼找到這位五廊杜的？」十二杜鵑帶她們走過狹窄的街道時，瑪熙特問道。

他單肩一聳。「這個小草已經知道了──她以前老拿這開我玩笑──我申請情報部之前先申請過科學部，然後初選考試沒過。每期考試結束後總會有一群不爽的學生。他們氣沖沖地在咖啡廳聊天，或是在不完全合法的雲鉤訊息網路上活動──我跟其中幾個人還有聯絡。」

「你眞是──深不可測。」瑪熙特說。

三海草發出一聲細小尖銳的竊笑。「別因爲他長得漂亮就低估他，」她說。「他沒去科學部是因爲他情報部成績高到爆，只能來這裡。」

「總而言之，」十二杜鵑說，「我有個老朋友認識五廊杜，而且我相信她不會推薦我們去找一個徹頭徹尾的騙子。好嗎？」

「只會推薦半調子的騙子給我們。」三海草說，接著十二杜鵑讓她們停在其中一棟巨大參天的建築物正門口。此處的門不像中央城區和宮廷有雲鉤介面——反而裝設了按壓式鍵盤。

他拇指按住下方一個按鈕。它發出像小警鈴一樣惱人的答答聲。

「她知道我們要來嗎？」三海草一問，大門正巧喀噠彈開。

「那就是知道了。」瑪熙特說，然後彷彿一點也不怕似地走了進去。

五廊杜的住處在一樓，整條走廊——一條深灰色的晦暗通道——唯一打開的一扇門。那名女子本人站在裡面，看著他們穿過走廊，臉上除了一種沉著的估量之外，沒有任何表情。靠近點看，她的樣子看起來很不像瑪熙特想像中的無照博理官。她身形消瘦，中等身高，有著泰斯凱蘭人的高顴骨，緊緻的古銅色肌膚因步入中年還有缺少維他命D而顯得黯沉。事實上，她很像某個人家裡最年長的手足，那種懶得填生育配額表，基因又沒好到會讓太空站人口委員對她窮追不捨的人。

只不過，她其中一隻眼睛根本不是眼睛。

那在很久很久以前也許曾是一只雲鉤鏡。現在則是她頭顱上一塊金屬和塑膠組成的區域，邊緣被早已癒合、歪七扭八的皮膚遮蔽，正中間眼球本該在的位置，則是一具伸縮鏡頭。它微微泛出紅光。光圈在瑪熙特靠近的同時打開。

「妳想必就是大使了。」五廊杜說。她的聲音和她的中年外表跟那顆人工眼都搭不上，聽起來悅耳、可人，彷彿她若在另一個世界可能會是個歌手。「進來，把門關上。」

五廊柱家沒有那套迎賓儀式。沒人堅持端茶給瑪熙特與其同行者喝——她想到十九手斧，並短暫後悔起自己就連囚犯享有的那種庇護都沒了——即使現場有一張沙發（沒套椅套，材質是破舊的水綠色織錦），他們也沒受邀入座。相反地，五廊柱迅速在瑪熙特身邊繞了一圈，仰頭看清她的臉。移植在她頭骨上的科技裝置分成透明和不透明兩個區塊，不透明的部分閃閃發亮，在透明的地方，瑪熙特則能看到裡面帶黃的骨頭和鮮明的紅粉色血管，封在裡頭避免接觸空氣。

「妳想植入的機器在哪？」她問。

三海草禮貌性地咳了一聲，然後說：「也許我們可以自我介紹一下——」

「這位是萊賽爾大使，那個男的是和我聯絡的人，而妳是個除了校外教學就沒來過外省、任職宮廷高層的情報部官員。我是你們僱用的人。滿意了嗎？」

三海草睜大眼，一臉泰斯凱蘭的正式笑容，氣得要命。「我只是確認一下，」她說。「我沒預期您會多好客，博理官，但我想試試無妨。」

「我不是博理官，」五廊柱說。「我是技師。在我跟妳家大使談話時，情資官，妳動腦想一想吧。」

「我頭顱裡已經有一具機器，」瑪熙特說。「這裡，腦幹和小腦連接的地方。」她扭過頭給五廊柱看，拇指懸在她脖子頂部一小條隆起的疤。「我想要妳把新的那具用跟現在這具完全一樣的方式移植到完全一樣的位置。從中間的地方分開——它可以再縫合回去，重新焊接外部機器的連接處。」

「而這機器的確切功能是什麼，大使？」

瑪熙特聳聳肩。「某種增強記憶的手段。這是最簡單的說法。」

其實這不是最簡單的說法，但她最多只願意跟一個她才認識三分鐘又沒禮貌的人說這麼多。五廊杜一臉備受吸引的樣子，卻也帶著疑心，兩種表情在她臉上都很自然。

「現在這個版本壞了嗎？」她問。

瑪熙特猶豫了一下，接著點頭。

「妳能描述是怎麼個壞法嗎？」

瑪熙特跟十二杜鵑或十九手斧，或甚至是皇帝本人談到憶象機器時，他們也問過她各種問題，但是五廊杜的問題略有不同：她問得委婉，變來變去，暗示她眞正的目的，但不直接逼瑪熙特坦白。瑪熙特意識到她肯定一天到晚都在問各式各樣不肯吐實的人爲何需要做非法腦神經手術。想到自己不是五廊杜第一位病患，她感到莫名地安心。

「我不知道妳把我切開之後會看到什麼，」她開口。「受損的可能是機器，一看就知道。也可能不是。那具機器運作失常，我使用時，還會發生一些只能說是周邊神經病變的症狀。」

「那麼，在取出和置換的過程中，有哪個時間點妳會想要我放棄移植，大使？」五廊杜的人工眼球中心泛著紅光，擴張開來，往外伸縮。彷彿直視雷射槍慘白炙熱的核心。

「我們會希望大使不受任何傷害。」三海草說。

「妳當然希望。但我要撬開的不是妳的腦袋，情資官，所以我要聽大使自己回答。」

瑪熙特衡量了一下自己準備好承受什麼樣的不幸。抽搐、失明、反覆癲癇、死亡——好像沒有任何一項眞的要緊，因爲現在泰斯凱蘭帝國正將血盆大口對準她的太空站。她從沒有過這種感覺：和一切事物斷了聯繫。她一個人，在這人海茫茫的巨大星球上彷彿滄海一粟，準備嘗試連萊賽爾自家最優秀的腦神經學家都不會允許的實驗。

「我想要活下來，」她說。「但前提是我有頗大機會保有絕大部分的心智能力。」

十二杜鵑在她後面表示抗議。「眞的？」他說，「要我就會講得保守一點，瑪熙特——五廊杜待人很認眞的……」

五廊杜舌尖抵著牙齒彈了彈，深思熟慮地微微哼了一聲。「很高興妳如此信任我。」她說，語調平板到瑪熙特不太確定她是覺得被冒犯還是高興。「活著，並且心智靈敏。了解了，大使。那這趟小小的冒險，妳打算怎麼付費？」

瑪熙特驚慌地發現自己壓根沒想到要怎麼付款。她有她的大使薪水——還沒進帳，而且她心裡有點懷疑，如果泰斯凱蘭政權再擴張下去，不知道她會不會拿到任何薪水。還有一個信用晶片上的貨幣帳戶，但那只有萊賽爾銀行的機器才能讀取。她就這麼跑到這裡，莫名其妙以爲這手術會像宮廷裡的餐廳一樣——像某人的慷慨之舉，或某人的政治籌碼。蠢死了。她想都沒想過。她表現得就像個——噢，像個泰斯凱蘭貴族，大概吧。

管它去死。

「妳可以拿走妳移除的那具機器，」她說。「而且隨妳想拿它做什麼都行，只要妳不將它交給科學部的人，或皇帝陛下本人。」

「——瑪熙特。」三海草震驚地說。

瑪熙特咬緊牙關，看向三海草，看她臉上的每條紋路扭曲成受人背叛的失望。這對她來說眞有這麼重要嗎？瑪熙特一直都很尊重泰斯凱蘭的價值觀，一直很入境隨俗，適應泰斯凱蘭的官僚作風和宮廷文化，現在卻要把伊斯坎德千辛萬苦想出售的東西拱手讓人。是。是，也許是吧，她不希望實情是如此，但事已至此（終究沒有友情，沒有意外結識的盟友，只有私人利益，這很傷人，而現在也不能怎麼辦），而且她沒那個時間或精力去爲自己解釋，化解三海草的失望之情。

但五廊柱說：「成交。」好像瑪熙特給了她一塊濃郁可口的甜點。瑪熙特感覺好不舒服。「向一個眞的有神經外科手術可言的文化偷來一小件科技產品，這價值比起進到妳腦子探險這麼一次高得多了，大使。妳還有其他需求嗎？視覺增能？把妳的髮線改成就連這位情資官都會覺得迷人的模樣？」

「不需要。」瑪熙特說，努力不縮起身子，努力不要讓表情有任何變化。徹底地泰斯凱蘭化，一臉平靜，像伊斯坎德教她的那樣。

（她是在殺死他，她的憶象，她的另一個自己嗎？這是否才是她眞正要付的代價：她在摧毀她原本應該要跟伊斯坎德融合而成的人，即使她的打算是用他的另一個自我替換掉他？）

「如妳所願，」五廊柱說。「撇開不可抗力之情事——就算在鐘鎮這裡，我們也會受到太陽警隊侵擾，大使，而我要是爲了保命，就會把妳的機器交出去。我保證妳的外星科技絕對不會落入最想弄到它的那群人手裡。」

「這點子爛透了。」三海草沒特別對哪個人說，十二杜鵑的手擺到她手臂上。

「我知道，」瑪熙特說，「但我實在沒有更好的選項。」

「我想也是，」五廊柱說。「否則妳怎樣都不會冒險跑來這裡。進手術室，我們開始吧。她大概三個小時左右就會回來找妳了，情資官——前提是她有回來。」

第十六章

22.00-06.00實施宵禁——由於民間騷亂持續增加，太陽警隊將於以下地區實施宵禁：南中央省、鐘鎮一區、鐘鎮三區……

——雲鉤系統及新聞頻道公告，251.3.11

……基於目前情況考量，泰斯凱蘭帝國請求萊賽爾太空站派出一位新任大使。訊息結束。

——外交通信，由「昇紅豐收」號上一名傳令特使送交萊賽爾太空站政府。

除了整潔無菌這點，五郎杜的手術室和瑪熙特記憶中萊賽爾的白色塑膠房毫無相似之處。高度可調的底座上有一張擦拭乾淨的鋼桌，旁邊簇擁一大堆可動機械臂和複雜的拘束裝置。她感覺像在作夢，脫下外套時一點眞實感也沒有。她留著襯衫沒脫，她的萊賽爾祕密還在裡面，貼在她肋骨上。五郎杜看起來並不在乎；她直接讓瑪熙特腹部朝下趴到桌子上，用一個由包軟墊金屬條和束帶組成的籠狀裝置固定她的頭。這太荒謬了。她就要在外星上一棟公寓大樓的密室裡讓一個陌生人扯掉她的憶象機器。而她一次又一次同意了那些危險的要求。

伊斯坎德，她暗忖，最後一次絕望地朝他試探。原諒我。我很抱歉——回來，拜託——

沉默依舊。只有那股神經受損的顫動從手臂傳到手指末端。

五廊柱拿了一枝針筒過來，尖端露出一小滴麻醉劑。她的人工眼球打開虹膜，一個像快門轉動的金屬往外擴張；五廊柱眼珠中央的白色雷射光在瑪熙特面前，她過了一會才感覺到上臂被打針的刺痛。

她頭暈目眩。五廊柱雙手擺在她兩隻手臂上。她感覺得到自己全身的骨頭貼在鐵桌上。雷射眼球張得更開了一些——她感覺得到它的熱度——她是要用那隻眼睛來切開——

◎

一片空白。緩慢腐敗，逐漸消亡，倒帶，快轉，回憶起終結一切的黑暗、墜落，接著——他在沉靜的軀體中醒來，喉嚨輕鬆而緩慢地吸進一絲氧氣——首先是放鬆，令人暈眩、徹底鬆一口氣的感覺，呼吸的感覺，一直被隔絕在外的空氣終於灌進肺部的激動歡愉——

（他本來在地上，嗆咳著倒在地上，地毯的絨布貼著他的臉頰，現在他臉頰在某個冰冷的東西上）吸一口氣，依舊緩緩地，像被下了藥一樣緩慢——

（——不是他的臉頰，這副肺太小，身子太窄，大概是混雜著年輕和疲憊，感覺既脆弱又有活力，而他已經幾十年都沒這麼年輕過——另一具身體，新的、較小的自己，他死了，是吧——死了，變成憶象，在新的身體裡——）

他的嘴巴發出哀號、荒謬的聲音。他搞不太清楚原因。

那不重要。他在呼吸。他重新沉入黑暗。

◎

萊賽爾太空站上，在二十四小時循環內會有四次日出。太陽在他（沒有皺紋，指甲修剪方整）的手背後面升起，停在經過回火處理的冰冷灰色金屬上。腎上腺素讓他的手指像如針刺般微微發疼。達哲・塔拉特在他對面（一個他不認得的聲音自遠方某處說：這個塔拉特年輕得太荒謬了，看起來更像是依別人回憶他的模樣做出來的活屍），灰白的鬈髮底下臉色凝重。他說：「如果你願意，我們要送你去泰斯凱蘭，阿格凡先生。」

他說〈他記得自己說〉（就像她也曾說過）：「我想去。我一直都——」

熱切的渴望湧上心頭，對他無權渴望之事赤裸而羞恥的渴望。這是他第一次有這種感覺嗎？

（當然不是。她也不是第一次。）

「你想不想要，跟你被派去的原因無關，」塔拉特說。「雖然這也許代表你對他們的統治階層而言更具吸引力，他們短時間內都不會把你還回來。我們需要在泰斯凱蘭有影響力，阿格凡先生。我們需要你盡可能打入他們的圈子，讓自己不可或缺。」

他說：「我會的，」話中滿是年輕人的傲氣，然後他這才問：「為什麼是現在？」

達哲・塔拉特將一張星圖推過金屬桌面。它繪製得精美準確，伊斯坎德認得這些星群：他童年時見過的星群。在星圖一角有一系列黑點，那是被標出來的座標。有事情在那些地方發生。

「因為我們可能得請泰斯凱蘭保護我們，不受某個比泰斯凱蘭更糟的東西侵害，」他說。「讓他們在我們提出請求時喜愛我們。需要我們。讓他們喜愛你，伊斯坎德。」

「那些地方發生了什麼事？」伊斯坎德問，沒有長繭的指尖停在那些擴散的黑點。

「外面這裡不是只有我們，」塔拉特說。「而其他也在這裡的東西，正飢渴地覓食，非常飢渴。它們到目前爲止都很平靜，但……情況可能會變。隨時可能。到時候，我要你準備好請泰斯凱蘭介入。人類的帝國就算要吃人，至少只會從心臟往外啃食。」

伊斯坎德渾身發抖，既憤怒又恐懼：爲了問一個有用的問題，他壓下怒氣、辱罵、因心愛之物而成爲可鄙之人的感受。「我們之前就遇過外星人了——這次有何不同？」

塔拉特表情平穩沉著，徹底冷漠。伊斯坎德會在狀況不好的時候夢到此刻（他往未來回想，知道他會夢到），夢到他這麼說：「它們不會思考，伊斯坎德。它們不是人。我們不理解它們，它們也不理解我們。沒有講理或談判的空間。」

夢到，然後冷醒，再厚的被子或床伴的體溫都趕不走的那種寒意。然後他會自忖：塔拉特爲什麼不報告議會？爲什麼他選我當武器？他想要萊賽爾太空站變成什麼樣子，因此甘願冒上這般風險，甘願耗上不知多長的時間（〈二十年。〉某人低喃道）。

即使在那時，他也很清楚，塔拉特想要的不只是泰斯凱蘭的軍事保護，但那時他人已經在都城，已經在宮裡，而那——不重要——

這是我第二次想起這件事。

〈這是我第二次想起這件事。〉

（我在想起一件我不曾目睹——）

我目睹這件事。這是我遇到的事。妳是誰？

（往內翻旋，搜索，尋找那陌生的聲音——看見她，在他們裡頭。往內翻旋，並在翻旋中看見彼此，交疊——）

◎

〈我是伊斯坎德．阿格凡。〉伊斯坎德．阿格凡說。

伊斯坎德．阿格凡二十六歲，踏進泰斯凱蘭境內才三十二個月餘。伊斯坎德．阿格凡。〈死了！死了，我在一間地下室的檯子上看到你的屍體！我死了，因爲你死了！〉四十歲，快要四十一歲，知道人到中年時，肉體無可避免會遇上的小小憾事：鬆弛下垂的腰部和下巴。

我是伊斯坎德．阿格凡，伊斯坎德．阿格凡說，你是我十五年前送回萊賽爾的憶象。是誰他媽蠢到把我的憶象放進我裡面？

是我。

〈再一次往內翻旋，轉向側邊，而後看見：高顴骨的女子，一頭短髮、身材高䠷纖細，有著尖銳的鼻子和疲憊到充血的灰綠色眼眸。〉

我是瑪熙特．德茲梅爾，瑪熙特．德茲梅爾說，現在我也是你們兩個了。

血紅星光在上，伊斯坎德說，各個他，兩個他，用泰斯凱蘭語咒罵時的語調一模一樣，妳爲什麼要那樣做？

瑪熙特在自己腦袋裡笑起來，才意識到這感覺很不舒服，又或許不舒服的是企圖將三個心智裝進同一個心智裡，她/他們會沿著那條薄弱的斷層分裂，他們太過相似，而她……不一樣，她是女性，小了一輩，矮了十公分，她喜歡魚鬆粉灑在早餐粥上的味道，但他們覺得噁心，諸如此類，都是些微不足道的蠢事。

她在自己的腦袋裡墜落，感覺像一陣回音，在她被切開的地方，被外星且非人的手改得面目全非——

※

萊賽爾太空站有歷史悠久的心理治療傳統，因爲若沒有，所有站民就會陷入代償不全的認同危機。在憶象融合最初期的階段，這個最困難的時期，兩種人格要區分對憶象結構來說什麼東西有用，什麼可以丟掉，什麼對宿主人格來說有留下來維持自我認同的必要，哪些可以被修改、覆寫、放棄——在早期這些階段中，應該要做的是考慮出一個選擇，一個憶象和宿主都同意、微不足道的選擇。專注在那個選擇上，以它爲錨點；內心不相矛盾的一塊。以此作爲基石。

〈瑪熙特，〉其中一個伊斯坎德說。她覺得是年輕的那位，她的憶象，已經和她相融不只一半的那位。〈瑪熙特，記得妳第一次讀僞十三河的《帝國擴張史》，讀到有一段描述懸在萊賽爾太空站的拉格朗日點時會看到的三重日出，然後妳心想，終於有文字能描述我的感受，而那甚至不是我自己的語言——〉

記得，瑪熙特說。記得，她記得。那種痛楚：嚮往伴隨著一種狂暴的自厭，卻只讓嚮往更形強烈。

〈我心有同感。〉

我們心有同感。

他們倆的聲音，幾乎一模一樣。電流在她神經裡灼燒，被人理解的甜美感受。

※

瑪熙特一陣反胃，以她一輩子都不想經驗的方式猝然意識到氣流在她頸椎內部結構裡流動，那種令人作嘔的親密撫觸化作排山倒海的神經脈衝，讓她的指尖和腳尖感到一陣微微的壓力，然後用某種巨型開關猛然切換，突然變成疼痛。

為什麼她沒有失去意識？

五廊柱在對她做什麼？

瑪熙特試著大叫，但沒辦法：應該讓她維持無意識狀態的——不管是什麼——藥物也有麻痺作用（至少有東西在發揮功用，她驚恐地想，至少她不會大肆破壞，從五廊柱的微創手術器械尖端扯下自己的神經系統）。

一波波電麻感自四肢末梢不受控制地一湧而上——

⁂

有兩個他。他們看到彼此；一個已死，一個逐漸消亡，成為記憶中一張年輕臉孔的模糊速寫，棕色的眼睛被瑪熙特的綠色取代；身處陌生感官系統裡的錯置感，這具身體的嗅覺更敏銳，她的壓力荷爾蒙不一樣——更能承受劇烈疼痛，某個伊斯坎德（是哪個不重要）想起，擁有雌性荷爾蒙的身體就是比雄性荷爾蒙更擅於應付疼痛，他想：至少那樣會比較輕鬆，但這實在太痛了，她現在的遭遇。

他們的。她的。

回憶雜亂閃現；片片段段地，像在零重力環境下飄浮，被某道太陽光照得刺眼：

（——強烈的太陽光暈穿過窗户，落在他手背上；上面長了太多的皺紋，血管浮出。他從沒想過自己會在泰斯凱蘭迎來晚年，但他人就在這兒，在他的寓所中，把加密文字寫在紙上，告知達哲·塔拉特，透過任何管道進一步傳送他的憶象拷貝並不安全，他也不會回萊賽爾交出憶象機器讓他們保存，再安裝一個新的空機器繼續記錄。實情並非如此：如果讓萊賽爾的任何一人得知，他為了保護他們所有人的安全打算做出什麼事，那才是眞的危險。他不只覺得年老，還很陳舊，像一個逐漸衰頹的集合體，綜合各種萬般無奈的選擇——萬般無奈，且出於一片赤忱，多麼可怕的組合——但萬般無奈且出於眞心愛慕還更糟，而且可能更貼近現實——）

（「——我們在萬般無奈之下，必須確保皇帝對繼位者的意見受到重視，」八迴圈說，「是此，我提議由我領養他的百分之九十複製體，成爲我的合法繼承人。」伊斯坎德盯著她看，心想：不管我要對這孩子做什麼，都不會比他自家人爲他安排的更慘——他們會控制他生活中的方方面面，捏塑他，爲他做選擇。讓皇帝棲居他體內，有比這糟到哪去嗎？

接著他想：有，那更糟，但我還是要這麼做。）

（——六方位皇帝在他的烈日尖矛皇座上，光輝奪目，臉上每一吋肌膚都帶有從容的激烈之情。伊斯坎德感覺自己腸胃翻攪，興奮難耐，一股麻刺的電流卡在喉頭：他想和我說話，我分享了夠多有趣、也許有點機密的事情，可以的——我知道我能給出什麼他不會拒絕的東西——）

（他咬下的最後一口花瓣包肉卡在喉頭；他無法呼吸或吞嚥。他手腕像被十珍珠用一根炙熱的錐子刺進去。十珍珠從桌子對面審視著他，並嘆了口氣：一聲略微鬱悶、無可奈何的嘆息。「我眞的努力過，想找出一個更好的方法，讓你離皇帝遠一點。」他說，「十九手斧也是——如果你們的信仰有來生的概念，而你因此能夠原諒，請你原諒她——」）

片段紛飛的回憶聚集成堆，崩塌，瑪熙特跟著墜落，落入他們三人中央。曇花一現的反抗——（不該有人知道，我不能，這——你死了，瑪熙特心想——〈我死了。〉另一個年輕的伊斯坎德心想）——接著：

※

「皇帝是在和你同床時要你讓他永生不死的嗎？」

十九手斧躺在伊斯坎德裸露的胸膛上，用雙手撐起下巴，一臉嚴肅至極地仰望他。細細的汗珠讓她全身滑溜。考慮到她剛才對他提出的問題，伊斯坎德不應該再覺得她香豔誘人了，但實際上，他的感覺似乎沒有任何改變。但願他還能對自己感到詫異。他的手指梳過她的頭髮，和幾縷深色的滑順秀髮纏在一塊。皇帝的頭髮也像這樣，只不過是銀灰色的。觸感一樣。

（另一個伊斯坎德一閃而過：主要是原始的欲望，性的欲力，瑪熙特感覺下體一緊，無從否認那份渴求。她差點因而忽略一個驚人的發現：十九手斧問的問題，答案是肯定的。）

（〈你讓她注意到你了。〉伊斯坎德對另一個伊斯坎德說。）

（那天晚上我比你老十歲，而她大概兩個月前才開始把我當回事，伊斯坎德說。閉嘴，讓我好好回憶這段，這很……）

（〈愉快？〉）

（不是，擁有這段回憶的伊斯坎德說。不是，這很重要。）

（和十九手斧在浴室裡的回憶湧入瑪熙特腦海，她雙手擺在瑪熙特手上時的微妙溫情，她對她突如其來的熱切關愛。她試著回想那份渴望是她自己的，還是伊斯坎德的，又或者兩者皆是——他倆看著這段回憶說道，血紅的星光在上，你怎麼會覺得這是個好主意。她讓自己的餘音聽起來很凶狠。凶狠還不足以表達她在眞相揭曉後的感受，她毫不意外伊斯坎德誘惑了十九手斧和皇帝本人——並同時反被誘惑。兩人都是。）

伊斯坎德在記憶中那張床上閃避十九手斧沉穩平靜的凝視，然後說：「不是永生不死。如果妳要問的是這個。身體會死亡，那影響很大。人格有很大一部分就是內分泌。」

十九手斧思量著這句話。她的裸體似乎對她臉上冷酷估量的表情沒有任何影響；她帶他上床之前，就是同一副表情。「所以你們是依內分泌適性來配對？」

「我們依性格來配對；很多不同的內分泌系統會讓人有相似的特質，重點是性格能不能融合。但假如生理或早年生命經驗有一定程度的相似，那會比較容易。」

「皇帝陛下想要一個複製體。」

這念頭讓伊斯坎德打了個冷顫，他努力不讓十九手斧發現。（伊斯坎德打了個冷顫。伊斯坎德—瑪熙特打了個冷顫。不管受多少泰斯凱蘭人色誘，或在宮廷文化裡浸淫了多久，有些禁忌似乎就是無可抹滅。你就是不會把憶象放到傳承鏈上前一個人的複製體裡；兩者相似性太高了。人格不會整合，而是會由一方獲勝，另一方不管能貢獻什麼，都將蕩然無存。）「我們不會用複製體當憶象宿主，十九手斧。六方位成為憶象後，我完全不知道複製體會如何影響他的表現。」

她抵著上排牙齒咋了一下舌。她整個人躺在他身上；他懷疑她一定清楚感覺得到他強烈的厭惡。

「如果把這想成對皇帝的重複利用，就比較不那麼令人反感。但我還是很反感。」她說。

伊斯坎德說：「妳如果不反感，我才覺得驚訝。我就很反感，而一開始還是我先建議他用憶象機器的。」

「那你為什麼要這樣建議？」

伊斯坎德嘆了口氣，挪動他們在枕頭上的位置。他側身躺好之後，十九手斧窩進他的胸口到腰部之間微彎形成的空間；小巧細瘦的身子令人難忘。「因為泰斯凱蘭是頭飢渴的巨獸，而六方位陛下既不瘋狂、不戀棧權力，也不殘忍。世上沒那麼多好皇帝，十九手斧。就算在詩歌裡也沒有。」

「而且你愛他。」她說。

伊斯坎德想起自己在皇帝床上睡了大概一個小時後醒來——全身精疲力盡，還有令人愉悅的痠痛感——發現皇帝還醒著，赤裸的膝蓋旁堆了一疊資料微片，他還在工作。然後他會蜷縮在皇帝身邊，讓他靠著自己溫暖的身體工作。多麼微不足道的一件事，而六方位的左手就捧著伊斯坎德的臉頰，在那兒徘徊——接著他會想，皇帝真的休息過嗎？然後，彷彿他腦袋裡有個雲鉤，十四手術刀的〈旗艦「十二盛蓮」號之殞落〉中，描述艦長和手下一同長眠的那個詩節如回音般響起：*沒有任何一幅星圖／不被她夙夜匪懈的雙眼注視／不受她飽經風霜的執矛之手引導／身為艦長，她實至名歸*。不眠的皇帝。色誘本身就是詩歌，是一個他渴望能夠成真的故事。

「而且我愛他，」伊斯坎德告訴十九手斧。「我不該如此，但我愛他。」

「我也是，」她說。「我希望即使他不再是他自己，我也仍然愛他。」

❁

我們是我們自己嗎？

其中一人問道。其中一人認為這是反詰問句：記憶有連續性，那「自己」就存在。只要是擁有「身為自己」的記憶的人，即是「自己」。

其中一人提出糾正：經內分泌反應篩選所遺留的記憶之連續性。

其中一人提出糾正：我們都有身為那個「自己」的記憶，但我們並不一樣。

他們彼此相望，詭異的內在三重視覺。瑪熙特不記得她第一次移植時曾看見伊斯坎德。伊斯坎德——她的憶象，她的另一個自己，現在已是逐漸消散、始終沒多完整的殘篇斷簡。他現存的部分，只是早已寫入她神經系統的部分——這他也不記得，不知道（一連串可悲的無知自白）是他忘了，或他單純只記得瑪熙特所記得的，或伊斯坎德所記得的（另一個伊斯坎德，死掉那個，他像被穿刺一樣，還困在他死亡的那一刻）。

（——他咬下的最後一口花瓣包肉卡在喉頭；他無法呼吸或吞嚥——）

住手，瑪熙特說。你本來已經要死了，現在你是我們。

她仍對他的其他回憶難以置信，得知他和泰斯凱蘭人互相誘惑到什麼程度讓她震驚不已，但她還有足夠的自我感知（他們用的是她的身體），能拒絕再經歷一次被十珍珠下毒噎死的感受。

你死了，現在你不會死了，而我需要你，她說。我需要你的幫忙，伊斯坎德。我是你的繼任者，而我現在需要你。

她那破碎不堪的伊斯坎德：我很抱歉。

那位瀕死而深陷愛河的老人：抽了口氣，企圖想呼吸——想控制他現在的身體裡的肺——

❁

瑪熙特（或伊斯坎德）（或另一個伊斯坎德）咬緊牙關，身體緘緊抽搐，因痙攣發作而弓起——自五廊柱手術開始後，那張鋼桌上的她第二次在一陣恐慌下恢復神智。神經系統暴露在外的駭人感受不見了——謝天謝地，至少沒有器具在她腦袋裡了。如果她痙攣發作，至少只會用異常放電把自己腦子燒壞，而不是用蠻力扯開自己的頭顱——

她的肺部收縮。伊斯坎德呼吸的方式和她不同，他習慣比較大的肺，或是被神經毒素麻痺而暫停運作的肺。她眼前主要是藍白雙色的閃光，視野邊緣被灰灰的雜訊給吞噬。她試著別恐慌，試著回想怎麼讓這個內分泌系統呼吸、冷靜、停下來——

伊斯坎德，我需要你，我們有任務在身，你不能就這樣被了結掉——

被毒花灼傷的那隻手往鐵桌猛地一拍——在天旋地轉的片刻之間，她難以判斷那是她自己在痛，還是瀕死的伊斯坎德在回憶自己被針刺進手裡，滾燙的毒液擴散開來。她感覺到同一股電流竄過她的尺神經——那是和她共享心智的伊斯坎德憶象故障的跡象。

如果這一切苦痛都是徒勞，如果遭破壞的不是憶象機器，而是瑪熙特自己，是她的神經出了錯，如果她讓自己白白被五廊柱剖開——

〈瑪熙特。〉一個伊斯坎德說。裡頭的聲音怪異、重疊、斑駁。但就在那裡。她的脊椎彎折到嚇人的程度，而她無法放鬆。*除非你讓我們死，否則我們不會死*，她告訴那個聲音，並試著如此相信。

有一根針，這次刺在她的臀肌。*五廊柱，*瑪熙特暗忖，*是五廊柱試著修好我。*

扁平的黑暗如雷鳴將她吞噬。她暫時得救了。

間幕

心智像是一種顛倒的星圖：記憶的集合、條件反射和過往行爲，全部裝在一組電流和內分泌訊號組成的網路，化作單一的意識流向。兩個心智結合在一起，各有一幅過去和現在的廣大地圖，並各自投射出一幅更爲浩瀚的未來地圖——兩個心智結合在一起，無論交織得多麼緊密，都自有一幅互不相容的地圖。瞧達哲・塔拉特和荻卡克・昂楚——昔日好友，長年共事，相互猜忌——現在就同聚在昂楚自己安靜又私人的寢艙裡。他們彎起的膝蓋幾乎相碰。隔音效果啓動了。

他們仔細檢視各自宇宙地圖裡那些不相通的點。

昂楚帶來巨型三輪艦的報告給塔拉特看——它們正穿過太空站空域，吞食太空站的船艦和太空站飛行員；她自己的憶象鏈面對未知時萌生一股被重力扭曲的恐懼，而她也將這股恐懼帶來了。要向塔拉特承認這些事情讓她有點顏面無光，但礦業大臣和飛行員大臣自古便是盟友：萊賽爾政府內，只有這兩個部門需要派男男女女離開太空站的金屬外殼，涉足外頭黑暗世界。

她沒料到塔拉特給她的回應是：關於這些外來入侵者，他從謠傳、暗示和被壓下來的報告中，已經知情十多年了。他知情，還藏有一份祕密地圖，和一群提供該地圖新資料的間諜和線民。跑去找昂楚的那位運輸艦艦長，事後也去了塔拉特的辦公室一趟。

昂楚爲此對他感到氣憤。但生氣沒有用，她也沒那個時間，因爲塔拉特隨即一副如釋重負的樣子，一股腦地坦誠以告：他多年前派伊斯坎德到泰斯凱蘭服務，心裡的盤算是準備跟帝國（他們和太空站民一樣有人性，只是比較飢渴）結盟，設法勸誘他們，在時機到來時，希望他們張牙舞爪地撲進另一座更廣大、更陌生的帝國巨嘴。過去呑併無數領土的帝國，可能會就此反遭呑噬。

「你這是在拿我們當餌，」昂楚說。「泰斯凱蘭和這些外星人會直接在我們頭頂交戰——」

「不是當餌，」塔拉特回答。「是讓我們對一個不斷威脅要併呑我們的政體來說，能夠有其價值，值得他們容許我們繼續維持現有的獨立狀態以當前狀態保存下來的價值。他們不會在這裡交戰——泰斯凱蘭的艦隊會穿過我們的安赫米瑪門和那些船艦近期出沒過的其他每一扇跳躍門——到那些外星人來的地方。」

昂楚試著想像塔拉特的思維：他肯定把泰斯凱蘭想成浪潮，一種可以沖刷後再退回去的東西，大海仍然維持不變。她看過一次海。她見過巨浪對海岸的影響。

塔拉特想的不是浪潮。他想的是重量：是拇指死命往銀河模型壓下去，按出一個小小的凹陷，一個微小的改動。做出那種微小的改動並非不可能，只要讓一個男人去泰斯凱蘭，全心全神地深愛它，和它互相勾引誘惑，並引它步入死亡。

「你這麼做是爲了什麼？」昂楚在她安靜的寢艙裡問道。

「終結，」塔拉特說；手指壓在模型上的這些年，他也愈來愈衰老了。「帝國的終結。拿一個不可撼動的物體，給勢不可當的敵人衝撞，並且摧毀。」

昂楚嘶聲咬牙。

第十七章

三等貴族十一針葉樹急病猝逝

曾服役於第二十六軍團，在一閃電元帥麾下英勇爲國效力的三等貴族十一針葉樹，昨日因急病猝逝。與他關係最近的基因親屬爲擁有百分之四十相同基因的複製體一針葉樹。記者在他位於中央旅遊局東北分部的工作地點採訪他：「我的基因親代實在過世得很突然，」一針葉樹表示。「我也將進行一連串檢測，查明我是否也攜帶了易導致中風的基因標記……」

——《論壇報》正刊，訃聞版，252.3.11-6D

❁

我們的空域路線上偵測到泰斯凱蘭船艦的活動——請指示——考慮到對方數量，我們不可能予以攔截——至少有一整個軍團出動——

——飛行員康查·吉坦致萊賽爾太空站榮譽國防首長荻卡克·昂楚之電報，252.3.11-6D（泰斯凱蘭曆）

瑪熙特醒來時，看見希微的光線，感覺到手掌和臉頰壓著扎人但舒服的粗布，還有她這輩子最嚴重的頭痛。她的嘴巴像一片被汙染的沙漠——乾燥到她無法吞嚥，味道腐臭難忍。她的喉嚨因為先前的尖叫而紅腫，左手則有一股鈍鈍的抽痛，幾乎就跟她剛碰到毒花時一模一樣——不過她沒死，而且還能用完整的句子思考。

目前這樣還不錯。

*伊斯坎德？*她警覺地問。

〈妳好啊，瑪熙特。〉伊斯坎德用疲憊的語氣說道。大致上，這個聲音比較像阿格凡大使——比較老成，比較沙啞，不像她一度認識、後來又失去的那一個伊斯坎德。

大致上，但不是完完全全。

她的那個伊斯坎德似乎仍然存在於小小的狹縫和空隙中——過去儲存他的憶象機器已經移除，但在記憶和印象中，他仍然是一個跟她本人一樣清晰真實的存在。他們曾經棲身於同一套神經架構、同一個內分泌系統，共度了三個月又多一點。這段時間不足以完成融合——不然她就不需要換掉他了——但她還是感覺得到他，還是記得那個年輕了十五歲、不同的伊斯坎德所擁有的回憶。

現在，那也是她的回憶了。她一回想，就感覺頭昏腦脹，雙重的記憶畫面讓她暈眩——她猜測這就是為什麼添加同一憶象的第二版本（即使是較新的紀錄）是下下之策，而且從來沒有人這麼做過。

*你好啊，伊斯坎德，*她勉強撇開反胃感，用思緒說道。她的嘴角揚起，露出屬於他的咧嘴笑容。她輕輕喝斥他（他們有好多事必須從頭來過，而且她該死地好想念屬於她自己的那個憶象），*離我的神經系統遠一點。*

〈我也想念他，〉伊斯坎德說。〈誰會不想念二十六歲的時光？〉

這又不一樣，瑪熙特說。

〈是，我猜是不一樣。〉

瑪熙特嘆了聲氣，她的喉嚨甚至連嘆氣時都痛。她一定尖叫了很久。我知道，她想道。我們現在只有彼此了。我們的憶象傳承鏈只有我們兩個——第一任和第二任駐泰斯凱蘭大使。

〈妳給我們惹了這麻煩，可是比我鬧得還大，〉伊斯坎德說。她可以感覺到，他正緩緩回溯她剛度過的這一週，像在看資料微片裝訂成的手翻動畫書。〈眞是令我刮目相看。〉

要不是你一開始先害我們落到這步田地，現在也不會惹出這種麻煩了，她說。現在我需要你幫忙。我們還需要……搞清楚我們要成爲什麼樣的人。我的輕重緩急和你不同——

她的胸骨下方閃過一股猛然突刺的情緒，和她跟皇帝對話時的感覺如出一轍。〈可不是嗎？〉

不，她重複道。還有，離我的神經系統遠一點，我告訴過你了。你已經死了。你只是我的憶象，有生命的記憶，而我們是萊賽爾太空站大使——

〈我倒是喜歡妳，〉伊斯坎德說。〈向來喜歡。〉

她所認識的那個版本的他在縫隙裡微微閃現。然而，她還是感覺遭到侵略，心頭多了一股陌生的重量，屬於一個比她擁有更多人生體驗、更多見識、更了解泰斯凱蘭的人——她突如其來、不由自主地想到那個擁有皇帝百分九十基因的複製體；把六方位這整個人塞進他的十歲兒童腦袋裡，他會什麼感受。她的心因同情而隱隱作痛。

伊斯坎德的存在感——沉甸甸的重量和開朗的戲謔——撤退了。這也許算是某種道歉吧。

瑪熙特鼓起勇氣，準備面對無可避免的生理衝擊，然後睜開眼睛。尖銳的頭痛立刻隨著光線一起襲來，正如她所預期，但她沒有嘔吐，也沒有再度痙攣，或是出現立即的視野扭曲。這樣已經不錯了。

她躺在水綠色的沙發上，跟五廊柱擺在前廳的那張一樣。她臉頰下壓著椅套布料。也許五廊柱有一整套水綠色的家具，又或許這全是特價出清時買的。瑪熙特上次接受手術後恢復甦醒時，她人在萊賽爾太空站上的醫學中心，待在一間令人心情舒緩的銀灰色無菌室內。現在這裡……很不一樣。

〈的確。〉伊斯坎德乾巴巴地說。瑪熙特嗤笑一聲，又引起一陣疼痛。

瑪熙特坐起身來，動作極爲小心，彷彿她身上的每一個部分都經過眞空乾燥。五廊柱、三海草和十二杜鵑都不在她舉目可及之處。她於是有了很長一段空檔做好準備，面對站立、行走、前往唯一可見的房門這整個過程中令她暈眩反胃的感覺。她嘗試深呼吸時，覺得肋骨緊緊收縮——噢，是因爲最底端的浮肋貼著彈力繃帶，手術開始前就已包紮在那裡。

挺奇怪的，有許多原因可能讓你信任某個人：瑪熙特對五廊柱深懷感激，因爲對方所做的一切都沒有超出她的請求。只要介入到我要求的程度就好，謝謝。達哲・塔拉特的信還在她手上，現在有了伊斯坎德的幫忙，她能夠解讀了。

如果其他人在門外等她醒來——可能還懷疑著她到底醒不醒得來，現在或許就是她趁著一人獨處破譯訊息的最好時機。

從此以後，這就是她最接近一人獨處的狀態了。

〈我們會慢慢習慣的，〉伊斯坎德說。〈我們之前也習慣過。〉

然後你就給我鬧失蹤，瑪熙特對他說。好吧，你如果知道該怎麼解讀，就快告訴我吧。

她掀起襯衫，解開繃帶解開。電報皺巴巴的，想必是因爲貼在她身上、被她壓著翻來滾去，紙上壓出她肋骨的形狀，但依然完整，內容可以用她編寫的密碼辨讀，除了最末一段以不同方式加密的文字。

〈上面寫說你有解碼的工具。或者說是十五年前的你有。〉

〈現在的我也有。〉伊斯坎德對她說。她知道，當那股鬆了一口氣的解脫感滿溢她全身，他也跟她一樣強烈地感覺到。〈是達哲・塔拉特暗中交給我的，就在我登上開往這裡的交通艦之前。如果這封訊息是用他的密碼寫成，那麼一定就是他親自執筆。〉

解讀給我看，瑪熙特說。

伊斯坎德依言照辦。

分享憶象所擁有的技能，就像是發覺自己有一份意料之外的天大才華。彷彿她坐下來計算太空站的轉動軌道時，突然驚覺自己研讀數學多年，所有正確的公式和運算經驗都能信手拈來；或是像她突然必須在零重力環境跳舞，而她的身體自動就曉得該如何在太空中感知、移動。密碼是數字式的，這必定源自於塔拉特的偏好。瑪熙特察覺伊斯坎德曾經額外學習矩陣代數的運算，以此作爲產生一次性解碼工具的基礎。她很高興她不必自己學習，這個流程就在她的腦內開展，像一朵盛放的花。

〈有紙的話比較方便，〉伊斯坎德說。〈還有筆。〉

瑪熙特小心翼翼地輕笑一聲——只要一笑，喉嚨和頭就發痛。

她舉起手摸摸後頸，施作手術的部位貼了一塊繃帶。根據她摸索推測，傷口約莫跟她的拇指等長。她試著想像傷疤看起來會是什麼樣子。然後，她推著自己的身軀站起來，依舊維持小心謹慎的姿態，拖著蹣跚步履尋找可能放置書寫工具的地方。五廊杜是個反建制派，她的桌子抽屜裡放的可能眞的是墨水筆，而非投影式資料微片匣的製作工具。

抽屜裡沒有墨水筆，倒是有枝素描用的鉛筆放在一疊工業設計圖上。瑪熙特沒有翻那疊圖——五廊杜沒有脫她的襯衫，她也不打算偷看對方的文件。但就算只是匆匆一瞥，她也看得出最頂端的那張是一幅手部義肢的結構示意圖。

爲什麼會有人爲了義肢遠道而來？

〈泰斯凱蘭人就是這樣，〉伊斯坎德說。〈對他們來說，除了腦神經修正，其他身體部位的調整也算破壞公平的行爲。〉

她眞希望自己能夠分辨他是故作嘲諷，還是眞心表達看法。但這也不是新鮮事。每個版本的伊斯坎德都自帶這種令她摸不清頭緒的風格，早在萊賽爾太空站上，他第一次進入她腦海裡時便如此。

這裡有鉛筆，她在心中對他說。教我怎麼解讀塔拉特的訊息；針對這支瞄準我們太空站的侵略勢力，他想要我怎麼做？

她沉浸在伊斯坎德的知識之中，開啓了前所未見的智慧之窗，憑藉伊斯坎德二十年前來到泰斯凱蘭途中（交通時間長達數週）記下的矩陣序列轉換，他們同心協力，一個字一個字地破譯了訊息。她捕捉到他記憶的吉光片羽——伊斯坎德在她的（也是他的）大使寓所度過的第一夜，他背下內容後燒掉塔拉特交給他的紙條。

瑪熙特全神貫注於破譯的程序，在整段文字用明碼拼寫出來之前，她甚至沒有注意到訊息內容爲何。訊息不長，在這一整段驚魂冒險之前她就知道了，內容長度有限，字元數目不足，不可能有符合她期望的詳細指示。沒有人能告訴她現在該如何脫身，他們只會給她簡短的建議。

而那段建議嚇壞了她。

要求侵略勢力改道；聲稱有可靠資訊顯示，新發現的非人類生物在以下地點籌劃入侵；得到進一步確認前，勿透露座標位置。

〈數字妳背得起來嗎，瑪熙特．德茲梅爾？〉

她的頭痛得椎心蝕骨，感覺現在好像只能靠伊斯坎德把她整個人撐住。可以，她想道。我背過僞十三河的全套著作，記一串座標數字不成問題。

〈那就記吧。然後把原件銷毀。〉

怎麼銷毀？

〈吃掉。那就是張紙。〉

瑪熙特盯著那串座標數字，看了足足一分鐘。她在心中幫數字配上節奏和音律，如同背詩一樣記誦。然後她將寫了數字的部分從原本的電報上撕下來，變成一張紙條，塞進自己的嘴巴。整段過程中她都在想：**我們將死者身上最美好的部分吃下。那麼我現在吃的是誰的灰燼**？

她得把紙嚼一嚼才吞得下去，咀嚼的動作讓手術部位痛了起來，但她照嚼不誤。考慮一下她擁有的選項，就顯得這件事非做不可。

她該對誰提出訊息中建議的要求？對皇帝嗎？

〈是的。〉

你的觀點有偏頗之嫌，伊斯坎德。

〈有偏頗，但，是正確的。〉

也許。也許她該做的，正是伊斯坎德如果沒死也會做的事：她要大步走進地宮，舌頭上掛著那串座標數字，像一串珍珠，以此作爲交換和平的籌碼。

※

她終於來到五廊柱寓所的前廳，此處跟手術室的門隔著很長一段的安全距離。三海草和十二杜鵑在另一張水綠色沙發上並肩而坐，像是等候室裡的孩子，五廊柱則不見人影。瑪熙特一進門，三海草就站起來跑向她，伸出雙臂緊緊抱住她，打破了萊賽爾或是泰斯凱蘭關於個人空間的每一項禁忌。瑪熙特感覺得到心臟在肋骨後方跳得飛快。

「妳還活著！」三海草說，然後又接上一句。「——噢該死，我是不是弄痛妳了？」這才鬆開瑪熙特，力道幾乎跟剛剛擁抱時一樣大。「妳現在是——妳嗎？」

「……是。妳沒有把我弄得更痛。然後妳的問題，還是取決於泰斯凱蘭語的『妳』的定義，三海草。」瑪熙特告訴她。微笑的時候，手術的部位也隨之作痛，但是沒有咀嚼時那麼嚴重。

「而且妳能說話。」三海草繼續說。瑪熙特想將她的頭髮輕輕梳到耳後。自從他們開始逃離司法部特務的追捕，三海草就不曾好好整理凌亂的髮絲，從瑪熙特進去接受手術到現在的這段時間亦然（不論現在到底是什麼時候；瑪熙特並不確定現在幾點）。披頭散髮的三海草看起來年輕得令人心碎。

「我想我大部分的高等功能都還在。」她告訴她，盡量使用中性的泰斯凱蘭語態。

三海草眨了好幾下眼睛，然後笑出聲來。

「我很開心，」沙發上的十二杜鵑說。「但那……有效嗎？」

「是，」瑪熙特同時對外界、也對內心說。「至少算夠有效。我破譯出訊息了。」

〈妳還真是交了一群迷人的朋友。〉

「那是什麼感覺？」十二杜鵑問。

同時，三海草則說：「很好。這麼一來，妳接下來打算怎麼做？」

如果能夠照她的偏好行事，瑪熙特會想坐下來，也許一覺睡到這一切結束，睡到新皇帝登基，宇宙重新回復正常。要是睡得那麼久，她可能都死了。不過，坐下來這件事總是沒問題的，至少可以坐一會。她走到沙發那兒，三海草在她的手肘邊，現在維持了一呎遠的合宜距離，她隱約覺得有些可惜。她坐了下來。

「我需要，」她說。「回地宮去，向六方位皇帝陛下進言。」

〈謝謝妳。〉伊斯坎德說。這聲耳語宛如她眼睛後方的一股火苗。

「一定是有什麼訊息要傳達吧。」十二杜鵑說。

瑪熙特小心翼翼用雙手捧住頭。「有侵略勢力要進逼我的家鄉，帝國又處在內戰的邊緣，我向母國政府的上級請求即時指示，你還期待我能先給個中立的肯定說明嗎？」

「我又不是白痴，」十二杜鵑說。「我都把妳弄到這裡來了，對吧？」

「對，」瑪熙特說。「抱歉。我大都不省人事，已經……我不知道多久了，現在幾點？」

三海草在她背上輕輕拍了一下。「過了十一個小時。現在大概凌晨一點。」

難怪瑪熙特這麼不舒服。她處在麻醉狀態下這麼久了。「其中有多久是手術時間？五廊柱跑去哪了？我覺得我要跟她道聲謝。」

「她……出去了，」十二杜鵑說。「大概一個小時前。但妳在手術室裡只待了三到四個小時。」

「我們沒辦法完全確定妳會不會醒，」三海草用實在太過平板的語調說。瑪熙特聽得出她聲音中殘留的憂懼，她不禁再度懷疑三海草當初被都城電擊住院時傷得有多重。「五廊柱只會帶來跟安撫人心相反的效果。」

「我覺得我自己恐怕也差不多，」瑪熙特說。「有沒有……我能喝點水嗎？」她說話的時候，喉嚨還是乾燥得發疼，而既然三海草和十二杜鵑醒著跟她對話，她覺得自己非說不可。

「當然，」十二杜鵑說。「這房子裡某個地方一定有間廚房吧。」他從沙發起身，費力的樣子像是那種在同一個地方坐了非常久的人，隨即消失在轉角——瑪熙特覺得有一點點內疚，就一點點。

只剩下她和三海草獨處。她們之間的沉默感覺挺奇怪的，又像在餐廳裡時一樣隱含電流，直到三海草悄聲問：「妳還是妳嗎？我……我可以跟他說話嗎？有可能這樣嗎？」

「我就是我，」瑪熙特說。「我擁有記憶的連續性，和內分泌反應的連續性，所以我跟原本一樣是我。並不是我的體內裝了第二個人。是我，經過調整的我。」

〈如果妳想，我們可以跟她說話。〉伊斯坎德在她的頭顱裡低語。

我們正在跟她說話，伊斯坎德。

「好吧，」三海草說。「我覺得這整個過程眞是嚇人極了，瑪熙特。而且我也覺得我該讓妳知道，除非妳的行爲出現什麼改變，我想要用跟之前一模一樣的方式對待妳。」

瑪熙特懷疑三海草嘗試要說的是：**我依舊信任妳，但還在努力達成這個目標**。她對三海草露出笑容，萊賽爾式的笑容，雖然那樣會痛。三海草回以雙眼圓睜的泰斯凱蘭式笑容。

在她開口說話之前，十二杜鵑稍早前往的方向傳來一陣騷動——五廊柱回來了，有人跟她同行。

「他是誰？五廊柱，妳之前沒說妳有客人。」是個女人尖銳的聲音。

「他不是客人，二檸檬，只是客人的聯絡人。進來吧，還有其他人在。」

「現在不是收客人的時候，」二檸檬說。「元帥才剛讓一支軍隊降落在空港——」然後這一幫人全湧進了瑪熙特所在的房間。總共有五人，性別和年齡各異，都沒佩戴雲鉤。〈他們都不想被都城以及它的演算法核心監視。〉一手拿著水杯的十二杜鵑被擠到人群中間。

「就是那個野蠻人。」其中一個新來的人說。

「是外籍人士。」另一個人說，彷彿這已經是他第一百次這樣疲憊地糾正別人。

「外籍人士也好，野蠻人也罷，我不在乎。」二檸檬說。她是個身材豐潤的女子，背脊直挺，鐵灰色的頭髮一絲不苟。「她旁邊那個是間諜。五廊柱，情報部的人爲什麼在這裡？」

三海草變得極度靜止，顯得沉穩鎮定的同時又呆滯定格。瑪熙特納悶她們是不是該逃跑。她不確定自己跑不跑得動。

「她跟野蠻人一起來的；野蠻人來的時候，」五廊柱說道，沒人費心糾正她的用詞。「他們帶著一個很有趣的問題，而且願意付錢請我解決。二檸檬，妳很清楚我只跟我想交易的對象交易。」

「妳可以在我們來妳家之前警告一聲，」二檸檬的其中一個同伴說道，對外籍人士很感興趣的那個。「我們是來針對明天的行動開緊急計畫會議——」

二檸檬用一個不慍不火的注視眼神制止他。「別在間諜面前談。」

「我不是間諜，」三海草略顯憤慨地說。「我也不管你們在計畫什麼，或者你們是誰。我在情報部的職務和你們任何人都無關。」

「噢，但妳就是間諜，情資官大人，」五廊柱說。「雖然我認爲如果經過適當處置，妳的潛力不止如此。」

「這是威脅嗎？」

瑪熙特一隻手搭在三海草臂上。「情資官跟我一同來此，」她說。「我代表萊賽爾太空站庇護她，爲她的行爲負責。」

〈這眞是驚人地不合法。〉伊斯坎德語帶敬佩地說。

對，反正他們不知道。

二檸檬順著瑪熙特鼻子的峰形打量她。「妳就是那個萊賽爾大使，對吧。」

「我是。」

「妳在司法部發布的新聞裡可不太受歡迎。」二檸檬說，話中帶著十分勉爲其難的欣賞之意。

「我不曉得，」瑪熙特告訴她。「我這一天大半都處於無意識狀態。問五廊柱就知道了。」在瑪熙特手掌下，三海草微微發抖，腎上腺素的作用充斥全身。

五廊柱嗤笑一聲；二檸檬看向她，她聳肩。「大使說得沒有錯。」

「如果沒有接受醫療監測，她會死嗎？」二檸檬問。

瑪熙特認爲這是好問題，她本人也想知道答案。她得用力壓制衝動，別發出不得體的笑聲。

「終究會，」五廊柱說。「但不會是因爲我做的任何事。」

〈妳找的這個維修工還眞會安撫人。〉伊斯坎德評論道。

「我要她滾出這裡，五廊柱，她跟她那個情報部的傢伙。」二檸檬繼續說。她的同伴之間起了一陣短促而愉快的模糊低語，但一個眼神就讓他們噤了聲。「我們有正事要辦。」

我也有，瑪熙特心想。雖然我希望……我希望可以更了解他們在這裡做的事。還有，他們跟餐廳和戲院裡的炸彈客是不是同一群人，或是他們有其他的手段——他們就是那些認爲都城不是都城的人嗎？

〈泰斯凱蘭不只是宮殿和詩歌，〉伊斯坎德喃喃說道。〈就連我最後也發現了這點。如果我們成功度過這個關卡……〉

如果我們成功度過這個關卡，我會好好記得二檸檬，雖然我懷疑那就是她最不想要我做的事。

「我們會離開，」瑪熙特說，打斷他們進一步的揣測。「我眞心祝你們好運，不管你們在計畫什麼。」她站起來，腳步毫不顚簸。她也許可以拚命走到車站，不在途中倒下，如果有人能眞的給她一點飲水就好，別像十二杜鵑，只會光端著杯子無助地站在那裡，身邊包圍著這群……不知道該算什麼人物。反抗勢力領袖吧。〈反抗什麼呢？是帝國，還是特別針對六方位？他們就是在地鐵站貼海報、支持歐戴爾星系分離運動的那群人嗎？或者他們關注的是某些瑪熙特現在不懂、未來也永遠不會懂的政策選擇？抑或他們是反對一閃電——或任何軍事將領——涉足都城？）

「要是我就會趕緊走，」五郎杜說。「一閃電已經在街上派了軍隊。」

三海草咒罵，用了一個瑪熙特從沒聽她說過的尖銳字眼。然後她說，「好吧，謝謝。走吧。」她起身要離開，同時攬著瑪熙特的手肘。

「給我五分鐘，我要跟客人談談，」五郎杜直截了當地說。「我要確認我的工作結果，我上次看到她的時候，她還徹底不省人事。」

瑪熙特點頭。「私下說，」她說。「私下談個五分鐘。」她輕柔地將自己的手臂抽出三海草的掌握，然後走回她甦醒時所在的房間，使勁不要踉蹌、顫抖或洩露出她的頭痛得有多難受。

五郎杜跟隨她，關上她們背後的門。「嗯，這麼糟嗎？」她問。「妳不想讓妳的朋友知道？」

「本來還可能更糟，」瑪熙特說。「我的腦神經功能似乎大部分是完整的。我想知道妳有什麼發現，在舊的那個機器上。它有受損嗎？」

「有些奈米電路燒壞了，」五郎杜說。「第一眼看起來是這樣。它們貌似原本就不太牢靠。這是非常精密脆弱的東西——連摸一下電路都有可能導致短路。我得把它拆解開來，才能進一步了解。我十分期待呢。」

「有意思。」瑪熙特擠出一句。這中間……有些不尋常。或許是惡意破壞，或許是機械故障。

「真的。現在我們來看看妳。」

瑪熙特靜立不動，讓五郎杜細心檢查手術的部位。她遵照對方的動作指示，完成了基本腦神經檢查，和她在萊賽爾接受的檢查並無二致。全程花不到五分鐘，大概就接近三分鐘而已。

「我想叫妳好好休息，但這沒什麼意義，」五郎杜檢查完時這麼說。「妳該走了。謝謝妳帶給我這麼奇妙的體驗。」

「畢竟妳不是每天都能幫野蠻人動手術？」

「畢竟不是每天都有野蠻人把他們的科技產品留給我。」

〈妳這遊戲玩得可眞大，瑪熙特。〉伊斯坎德在她的意識深處說。對於她交出這項過去被他用來換得皇帝歡心的物品，她無法判斷他的反應是生氣，抑或是刮目相看。

過了一會兒，他們三人被逐出那個提供有限安全的空間。在五廊杜的住處樓房投下的陰影中，他們聚集成一團。瑪熙特靠在三海草身上，心裡想著，她剛才離開前要是眞的有喝到那杯水該有多好。她的喉嚨乾得好痛。在介於午夜和日出之間的凌晨時分，鐘鎮六區既沉靜又嘈雜：遠遠傳來尖銳的笑聲、玻璃的破碎聲、迅速被悶住的尖叫，在樓房之間飄蕩，但他們佇足的這條街完全空無一人，唯一的光源來自標示大樓門牌號碼的晦暗霓虹燈飾，那字體連瑪熙特都覺得老氣。是五十年前的新潮，但放到現在也還稱不上復古風。

「小花，」三海草用細細的、緊繃的低語聲問。「你本來打算什麼時候才要告訴我們你那個無照博理官涉入反帝國叛亂運動？」

十二杜鵑面無表情，掛著一種不可動搖且刻意爲之的空白，一種受傷。「她是個無照博理官，住在鐘鎮六區，我不知道爲什麼妳會以爲她**沒有**涉入叛亂。妳是情報部的人，小草，稱職一點。」

「我很稱職，」三海草啐道。「我問的，是我的密友往來的對象和他所受的影響；我問的是我自己在做什麼——」

「住口。」瑪熙特說。說話的動作帶來疼痛，她每一次說話都會帶來更多疼痛，除非她能夠先安靜一下子。「你們換個時間、換個地點再吵個你死我活吧。我們要怎麼回宮殿區？」

在她問完話的停頓中，她只聽見身邊兩人各自的呼吸節奏，此起彼落的聲音，頭尾互相交融。

然後三海草說，「我們不能搭火車。不到早上，不會有列車行駛。這個時間通勤路線不營運。」

「而且，如果一閃電眞的要軍隊降落在空港，那麼到了早上也不會有火車。」十二杜鵑補充道。

瑪熙特點頭。「這就對了。你們看看，你們兩個都派上用場了。」她這話聽起來完全就像伊斯坎德會說的話。此時此刻，她覺得自己暫且沒有能力思考這樣算不算是個問題。「如果我們不能循原路回去，還能怎麼辦？我們可以用走的嗎？」

「在嚴格的技術層面上來說，可以，」十二杜鵑說。「不過要走上一整天才能走回中央省。」

「我們兩個可以，」三海草糾正他。「相反地，瑪熙特恐怕走不到一個小時就會倒下。」

她說得沒錯，瑪熙特不得不對自己承認。「就算撇開我的身體狀況不談，」她說。「走一整天也太久了。我今天晚上就需要見到皇帝，也就是在黎明前。如果我們找得到方法。」她不知道從什麼時候開始一直在發抖，她的雙臂緊緊環抱著胸膛——儘管現在其實不冷，而且她還穿了外套。

三海草呼出一口氣，透過齒間緩慢地吐出嘶嘶聲。「我有個點子，」她說。「但小花不會喜歡。」

「妳先說吧，」十二杜鵑說。「說完再看我喜不喜歡。」

「我跟情報部的長官通話，表示我們爲了調查帝國叛亂分子而受困在外，請求派員接應，」她說。「如果你希望，我可以不要靠近這個地址發訊呼叫。算感謝五廊柱沒有害死我的大使。」

「妳說對了，」十二杜鵑說。「我不喜歡這個點子。妳在陷害我的聯絡人。」

〈想想看，她要用什麼理由解釋妳爲何在這裡。〉伊斯坎德用嘮叨的低語在瑪熙特心中補充道。

我的盟友並不多，伊斯坎德。

〈妳的聯絡官又有多少盟友？〉

不夠多。但我是其中一個。

〈目前是。〉

「我們就這樣站在街上，」瑪熙特說。「我寧願讓情報部的人來接，也不要等到跟蹤十二杜鵑的司法部特務再度發現我們，或是在有人嘗試發動軍事政變的期間找路回極內省。」

三海草皺眉。「這還不是政變。雖然到早上可能就是了——我不知道這怎麼發生得這麼快。」

「那就來吧，」瑪熙特對他們兩人說。「我們走去火車站，然後在那裡聯絡情報部。」

這段路不好走。雖然街上一片黑暗，但是人更多了，他們聚集在轉角，低聲交談。她一度覺得自己看到一把亮晃晃的刀，一件弧形的醜陋武器，被一群年輕男子拿著炫耀，他們身穿的上衣印著那幅汙衊泰斯凱蘭戰旗的塗鴉。那群人在大笑。她低下頭繼續走，看著三海草的鞋跟一步一步向前移動。抵達車站時，瑪熙特感覺她的頭痛已經變成一個極爲巨大的實體，能夠吞噬飛得離它的質量中心太近的小型太空載具。車站門上鎖了，她坐在門外其中一張長椅上，將膝蓋縮起來靠著胸口，額頭抵在膝上。壓力給了她一點點幫助，讓她分心。同時，三海草在通話，對著雲鉤喃喃發出一些默讀似的聲音。

十二杜鵑坐在她旁邊，沒有碰觸她。她想要——噢，她想要的是三海草的關注帶給她的輕鬆舒適，這是她好幾個小時以來最沒有用處的想望。甚至是好幾天以來。

〈呼吸。〉伊斯坎德說。她依言嘗試，平緩均勻慢慢數了五次吸氣、五次吐氣。

三海草結束通話。「十五分鐘內就會有人過來。」她說著在瑪熙特另一側坐下，同樣沒有碰觸她。

瑪熙特繼續呼吸。頭痛消退了一點，因此她聽見陸行車引擎聲接近時能抬起頭，不至於太感到天旋地轉。

那是一輛非常標準的陸行車：黑色，低調不張揚。從車上下來的是一名穿著情報部橘袖制服的年輕男子，他十指相觸、鞠躬行禮，問道：「情資官？這些就是妳的全體同行人？」

「是，」三海草說。「就我們幾個。」

「請上車。只要一會兒工夫，就會送你們回到都城了。」

這似乎太過容易了。瑪熙特如此懷疑，但她也知道，除了任人安排之外，她什麼也做不了。陸行車的後座是一片舒心的黑暗，聞起來有清潔劑和皮椅的氣味。他們三個人剛好滿座，大腿彼此相貼。啓程時，三海草在瑪熙特的膝蓋拍了一下；帶著那善意的小小碰觸，瑪熙特陷入無助又疲憊的沉睡，車輪的轉動哄著她入眠。

第十八章

離開本星球之民用交通活動一律取消——極內省太空港關閉——南白楊省太空港只供緊急航班及貨運使用——請尋求替代路線——重複以上訊息。

——公共新聞頻道，251.3.11-6D

❁

……誠如你所說，我致力於保持我們太空站的價值，但又不能使它在一個龐大而無情的帝國眼中顯得太有價值。因此，還望你原諒我的缺席，等到我這裡塵埃落定，我肯定會返鄉享受一趟理所當然的長假。但目前爲止，我不太能夠想像，我可以在哪個時間點將泰斯凱蘭宮廷中變化莫測的政治局勢擱置不管，而且還長達四個月之久。請包涵我滯外不歸。但請記得，若你需要聯絡我，你曾經提供私下的管道……

——伊斯坎德・阿格凡致礦業大臣達哲・塔拉特之信函，送抵萊賽爾太空站之日期爲203.1.10-6D

鐘鎮六區和東宮情報部大樓之間的第一個檢查哨，讓瑪熙特在意識正要開始模糊時驚醒過來。她只想沉陷回眼瞼後方灰暗的靜默中，到目前爲止這整整十五或二十分鐘內，沒有一個人把她搖醒——三海草、司機，甚至是她腦中的伊斯坎德都沒有。但檢查哨的聲音和光線改變了這一切。

她眨著眼坐直。陸行車減速停下，司機搖下其中一側車窗。外面的天色已經接近黎明，帶著一抹灰粉紅色，空氣裡有某種聞起來像濃煙的辛辣氣味——

有人低聲交談。司機用他的雲鉤做了個動作，投射出認證程序。另一端的某個人說：「憑這份許可證明，我們可以讓你們通過，但是你們不會想過去的。他們從空港出發行軍，民眾也在遊行去跟他們會合。眞的不會有人想過去的。」

我就想，瑪熙特在心中說。她不知道這是伊斯坎德的思緒，還是她自己的。

「但是，」三海草說。「我們想過去。我有重要的情報必須向我所屬的部會報告，長官。」

司機聳聳肩，明顯地表示**我只是來幫忙的**。透過打開的車窗，瑪熙特聽到一聲低沉的轟隆，彷彿就在不遠的某個地方，有人引爆了炸彈。

（——十五引擎，身上插著炸彈碎片，嘴裡溢出鮮血，血像淚珠般淌下瑪熙特的臉，還有那聲音，那空洞的爆炸聲——）

她用力吞嚥了一下。車窗關上，他們繼續前進。在陸行車裡很難看到兩旁經過的景物，外界的所有聲音都模糊了，窗戶爲保隱私也做了暗色處理。她一直覺得自己聽到更多次那種聲音，引爆的炸彈造成的氣爆聲。

「你們知不知道，」她發現自己在說話，大聲說了出來，語調明朗、清脆且不受控制。「萊賽爾太空站上最慘的事，無庸置疑最慘的事，就是失火——火會吞噬氧氣，火勢會竄升。三天兩頭就有防火演習，從我們兩三歲的時候開始，只要大到拿得起滅火器就要參加。失火很慘，爆炸更是慘上加慘。」

「我完全不懂爲什麼要放炸彈，」十二杜鵑說。「這又不是——沒有人想破壞都城。現在爭的是誰能占領都城，對吧？」

陸行車再度減速，但這次不是檢查站，只是變慢，像是塞在車陣裡一樣。「把窗戶變透明。」瑪熙特說。什麼事也沒發生。

三海草咬緊牙關。瑪熙特可以看見她下顎緊繃的線條。「小花，」她說。「是艦隊。用炸彈對付集結的民眾，就是艦隊的手法。你知道的。」然後她對司機說：「把不透明效果關掉好嗎？」

這次司機依言照辦。

陸行車窗戶的煙灰色變成柵欄狀，然後再變成透明，從窗內往外看，瑪熙特一開始不太能理解眼前的景象。萊賽爾太空站的人不會打破東西——不會用傲慢隨興的態度打破有價值的財物。太空站的外殼十分脆弱，如果某個機械部件斷裂，就會害人送命：在真空中死於無法呼吸、死於低溫、死於水耕系統停擺。萊賽爾常見的破壞行爲是塗鴉、入侵資訊系統、以維修機殼專用的發泡噴劑堵住走道。但是，如今在都城的街道上，她看到一個身穿正裝外套與長褲的泰斯凱蘭女人揮著一枝看似金屬棍的東西，正在砸碎商店的櫥窗玻璃。砸完之後，她往前走，在下一個地方如法炮製。

其他人在奔跑——他們在街上流竄，這就是陸行車減速到這麼慢的原因。有些人佩戴紫色的翠雀花胸針，有些人身上則看不出任何代表效忠對象的標記，另外一些則是太陽警隊，三人一組圍成尖銳的小陣形，金光閃耀又恐怖駭人，宛如偵察艦以無重力姿態俯衝穿過降落軌道。濃煙從一座美得令人心碎的多角形建築物飄出，散布在空氣中。陸行車的司機掛著一副陰沉且堅決的神情，一次接一次暴衝前進，每一次加速都讓瑪熙特的內臟全抵著腹壁撞來撞去。

「我沒有看到軍團。」十二杜鵑呆滯地說。

三海草從後座往前爬，爬到司機旁邊的前座。「我們離空港還不夠近。這個——溢出的人潮——」

他們聽見有人尖叫——兩組叫聲此起彼落，帶著節奏感和韻律性，像心跳，但時間不規則、不同步，是一顆患了纖維顫動的心臟。然後他們才勉強前進了好一段路。聲音猶如波浪，更多的爆炸轟響偶爾在意料之外的時刻加入點綴。司機看到某個瑪熙特沒發現的破口，全力加速駕駛陸行車衝過一個轉角——瑪熙特半個身子被甩到十二杜鵑大腿上，司機接著沿一條巷弄飛馳，接著就來到開闊的街上，順暢的車道逐漸加寬，通往一座廣場。聚集在那裡的泰斯凱蘭人分成兩個陣營，對彼此大聲叫囂。車子停下。他們沒辦法穿過這群情緒沸騰的民眾。

兩個陣營碰了頭，暴力便一觸即發，像漫長潮濕的春季之後大量孳生的眞菌。有個女人手臂上像服喪似地綁著一枝翠雀花，她的臉上有血，從被另一個女人毆打的部位流出的血——她們離陸行車好近，近到瑪熙特聽得見所有聲音——有人大吼「支持一閃電皇帝！」，血淋淋的手抹過額頭；她彷彿置身於描繪敵軍落敗犧牲的史詩之中。

他們看起來根本不像泰斯凱蘭人，瑪熙特心想。她的思緒飄蕩，荒誕不經且片片段段。他們看起來就像人，只是人而已。把彼此撕扯得四分五裂的人。

又響起一陣恐怖的轟隆氣爆聲，這次離他們更近了。

一聲相應的砰響從某支太陽警隊中傳來；突然之間，四周布滿迅速散開的白煙——在他們附近鬥毆的群眾開始咳嗽，奔跑逃離催淚瓦斯，顧不得自己是往哪個陣營跑。他們直接從陸行車旁邊跑過，發紅的眼睛淚如雨下。車門車窗也開始滲入一些催淚瓦斯。

「幹，」三海草說。「你們用衣服掩住嘴巴——那是鎮爆催淚彈——我們不能待在這裡——」

瑪熙特用衣服掩住嘴。她的眼睛灼痛，喉嚨也宛如火燒。

〈妳得下車。〉伊斯坎德告訴她。她剎那間冷靜下來——神志清明、沉著鎮定，感覺周遭的一切都

放慢。伊斯坎德對她的臀上腺動了些手腳。〈妳得下車，妳必須繞過這群人，現在就得行動。去吧，瑪熙特，我會幫妳指路。〉

「我們不能待在這裡，」瑪熙特大聲說，並打開車門。白色的氣體一湧而入。「跟我來。」

她無法呼吸——她吸進的第一口氣就像火焰，在她的肺裡灼燒。伊斯坎德對她說，「妳只管跑，呼吸待會再說。」於是她跑了起來——不知道自己是怎麼做到的，不知道自己的身體怎麼可能跑得動。她甚至不知道有沒有人跟上她。伊斯坎德似乎知道一條祕密通道，循著某種熟悉的模式通過這片鮮血和白煙交融的恐怖漩渦。她第一次看到穿艦隊灰金雙色制服的軍人，出動了一整個中隊。伊斯坎德驅策著她，推動她的腰臀，作她的支點，幫她從一個特定的角度加速跑開。她背後有腳步聲，速度急促，配合著她的步調。她回頭一看，是三海草和十二杜鵑，還有那個司機。

他們繞過廣場邊緣，奔向一條瑪熙特確定自己沒見過的街道。你這樣跑過多少次了，她在如雷心跳聲中暗想。只有在伊斯坎德覺得她會喘不過氣時，她才能大口吸氣。

〈夠多次了。我住在這裡。這裡是我家——曾經是——〉

又過了兩分鐘後，他們減速步行。要是沒有伊斯坎德撐著她繼續走，瑪熙特很肯定自己會當場昏倒。沒有人說話。暴動的噪音消退成模糊的低吼。他們抵達宮殿區和都城其他地區的交界——他們走的這條小徑沒有守衛，沒有太陽警隊、沒有灰霧探子，也沒有軍隊。靠著來自多年前、如今軀體已死的肌肉記憶，伊斯坎德帶領他們前進。

他們轉過最後一個彎，然後就像簾幕掀開一般，瑪熙特發現自己的面前就是情報部，外觀看起來毫髮無傷，舊世界潔淨無瑕的產物。

〈到了，〉伊斯坎德說。〈進去吧。趁妳昏倒之前趕緊坐下來。〉

一切看起來都是如此熟悉——只要步行兩分鐘，她就能回到大使寓所的大樓門口（前提是太陽警隊沒有攔下她加以盤查）。但是廣場地磚連接都城人工智慧系統的網格線路全亮著，彷彿整個宮殿區是一隻蟄伏準備出擊的猛獸。

「我不知道妳是怎麼做到的，」三海草對瑪熙特說。「我們上車的時候，妳連走都走不太動。」

「我沒有做到，」瑪熙特說。「不是只靠我做到的，不盡然。我們要進去嗎？」她的聲音破碎不堪。現在伊斯坎德不再控制她的呼吸，她覺得自己吸不到足夠的空氣，每一次吸氣吐氣，她的胸膛都劇烈起伏。

三海草看著他們的司機，他的表情是純然的震驚，整個人亂了套，周遭的世界變得一點道理也沒有。「要嗎？」她問。

「……好？」他說，並起步往門口走。

走向情報部大樓的路上，瑪熙特和三海草都避免踩到地面的線路，即使這樣走起來很彆扭。大樓裡只見泰斯凱蘭政府部門一大早窗明几淨、美侖美奐的空間，沒有任何不對勁，沒有任何不尋常。瑪熙特發現自己的眼淚就快奪眶而出，卻不知道爲什麼。三海草的司機帶他們到一間普普通通的卡其色調會議室，裡面有一張U形的桌子，中間是一部資料微片用的投影機，還有日光燈照明，和一堆坐起來不太舒服的椅子。在瑪熙特印象中，這是她所到過最沒有泰斯凱蘭特色的一個房間。但她猜測，也許用來舉辦每日例行會議的場所在整個銀河都大同小異。去萊賽爾的學校和政府機關時，她也曾坐在這種會議室裡。在目前的這個會議室，她隔著情報部大樓厚厚的牆壁，隱約地——非常隱約地——聽見又一聲爆炸。然後就是一片沉默。也許暴動被鎮壓了，軍隊在其他地方集結，進一步朝空港接近。

送來的一壺咖啡和一籃麵包捲並不是會議室的標準配備，但也許三海草爲他們動用了一點關係。咖啡驚人、極度地美味：熱而不燙口，隔著紙杯溫暖了瑪熙特的手掌。喝起來有一股濃郁、樸實的味道，和萊賽爾的即溶咖啡毫不相似。若是在比較適當的時刻，瑪熙特會很想慢慢地喝，讓她有時間思考味道中每一種不同元素——

〈有很多不同種類，〉伊斯坎德說。〈味道都不一樣。咖啡非常棒。但重點在於咖啡因。〉

他是對的。就在瑪熙特喝著咖啡的短短幾分鐘內，她感覺自己精神更集中、更敏銳，能察覺到皮膚上一股微乎其微的低沉嗡鳴。

〈慢一點。我剛剛可能讓妳的腎上腺過度疲勞了。〉這話很接近道歉了。

十二杜鵑已經在喝第二杯。「我們現在怎麼辦？」他意有所指地問三海草。「等著匯報嗎？我以爲我們必須立刻送大使去見皇帝，如果在城裡鬧成這樣的狀況下有可能辦到的話。」

我們。沒多久以前，她請求十二杜鵑幫忙從伊斯坎德的屍體上偷走憶象機器，才過了這麼短的時間，現在的他就已經願意至少在表面上跟她這個野蠻人站在同一個意識型態立場。不過話又說回來，他也知道要上哪找五廊柱和她的反帝國叛亂分子朋友——意識型態立場是有彈性的，會在壓力下產生變化。瑪熙特看向三海草，她從不曾看過對方處在如此大的壓力下：她太陽穴處皮膚發灰，嘴唇側邊有一處紅腫，想必是被她自己咬得破皮。

「我們是該去，」她說。「但情報部去接我們回來，所以我欠他們一份人情。」

他們去接我們。他們載我們通過暴動。他們爲我們送來咖啡和早餐。世界還是照常運轉，如果我表現得像這一切會持續下去，那麼就什麼問題也不會有。瑪熙特對這種思維並不陌生。她親密、驚恐地了解這種思維，能夠感同身受（她太容易感同身受了，這就是她最根本的問題，對吧？）。但三海草所說的話還是有誤。

瑪熙特說：「我認爲根本沒時間了——整個都城烽火四起，像是點了火花的氧氣室一樣。」三海草發出極爲肖似蒸氣閥嘶嘶響的聲音，雙手捧住頭，「給我一分鐘思考就好，行嗎？」

瑪熙特認爲一分鐘還在合理範圍內。可能，也許。一切都顯得非常虛幻縹緲。她眞好奇自己這下子累積了多少睡眠債。距離她在十二杜鵑的公寓小睡，已經過了三十六個鐘頭——不過也許腦部手術後無意識的恢復期也算睡眠——

〈不算，〉伊斯坎德說。這完全是她認識的那個伊斯坎德，輕鬆、機智、帶點挖苦的幽默。〈特別是經過那樣的暴動之後。〉

「好吧。」三海草說。瑪熙特於是看向她，努力維持泰斯凱蘭式的面無表情，努力別顯示出自己有多需要這位聯絡官的支持。

三海草雙手一攤，做了個無助的小動作。「我去表示要直接向情報部部長本人報告——而現在她肯定忙得不可開交，所以我們得先預約時間——我們就等預約時間到了再回來。」她站起來。「別亂跑。中央櫃檯就在這層樓走廊前面，我去個五分鐘就好。」

這個策略眞是坦誠得不可思議。但是坦誠也曾幫了他們一把，考慮到泰斯凱蘭人對敘事的執著，坦誠這回事似乎自成一股重力，能夠讓光線折射改道。瑪熙特對三海草點頭道：「試試吧，」然後又加上一句，「別擔心我們會亂跑。我們能跑去哪？」

十二杜鵑和伊斯坎德同時笑了，形成一陣怪異的回聲。三海草隨即離開，從門口溜出去，像一艘從巡艦側舷彈射出去的種子艇。

他們等待。少了三海草，瑪熙特覺得自己赤裸又孤立無援，待得愈久，愈沒有防備——尤其是等待時間從兩分鐘延長到五分鐘、十分鐘。她幾乎只感覺得到心臟低沉而焦慮的微弱聲響，透過胸膛傳遞到兩排弧形肋骨的中間，沉重地懸在那裡。周邊神經病變的症狀大部分都消失了——只剩指尖還是偶爾發麻，她懷疑這恐怕會是永久的。她不知道自己對此有何感受。目前爲止，她還是能夠握筆，雖然不一定能正確感覺到抓握的壓力。如果情況再度惡化——

之後再說。

會議室的門再度打開，三海草人在門後，瑪熙特的神經突然放鬆，感覺像被踢了一腳——然後她才看到三海草不是單獨回來，跟她站在一起的那個人，穿的不是情報部白橘兩色的制服，而是深藍色外套，衣領上別了一束紫色花朵，昨天剛採下的鮮花。三十翠雀的支持者在詩賦大賽上都佩戴這樣的花，於是這成了一種時尚、一種幽默的表達，泰斯凱蘭人在象徵意義上的政治暗示。街頭人群佩戴的花朵，在戰爭中選邊站的宣示。現在這個人佩戴的花，則像是代表公職身分或政黨傾向的徽章。

「坐下。」新來的人對三海草說，並推了她一把。瞬間，瑪熙特已經半個人離開座位，憤怒地吸足了氣準備說話——但三海草依言坐下。她滿臉脹紅，怒不可遏，但還是揮手指示瑪熙特不要輕舉妄動，瑪熙特也聽從了。

「大使，」這位訪客說。「兩位情資官。我必須告訴各位，你們目前不准離開情報部大樓。」

「我們被逮捕了嗎？」十二杜鵑問。

「當然沒有。你們是由於自身安全考量而遭到拘留。」

「我要，」十二杜鵑堅定地繼續說，瑪熙特爲他感到一股肉麻的驕傲。「跟二玫瑰木部長本人談談這件事。現在就要。對了，你又是哪位？」

「二玫瑰木已經不是情報部部長了。」那個人說，對十二杜鵑要他報上姓名或職稱置之不理。「在目前的危機狀態中，她已解除職務，由動衛三十翠雀閣下接任。若你有意願，我可以向他轉達你想找他談話。我相信一旦時間允許，他就會來找你。」

「什麼？」瑪熙特說。

「您聽不清楚我說話嗎，大使？」

「我是沒辦法相信你所說的話。」瑪熙特說。

「一點也不用擔心——」

「你才剛說我們不能離開這裡，而且部長被解職——」

「她的忠誠令人質疑，」三十翠雀的手下說，並且聳了聳肩。「三十翠雀希望將帝國交到一雙安全且穩定的手中。我們的街上有軍隊，大使，現在到處移動是非常危險的。好好休息吧。三十翠雀會把這一切處理好，一週內就會安然結束了。」

瑪熙特很懷疑。她的懷疑多到讓她不太確定該怎麼辦：一股逐漸增長的不確定，一股席捲而來的感受，深信自己一定錯過了些什麼。三十翠雀這會是在……怎麼著，搶在一閃電的政變之前發動自己的政變嗎？不論她手上是否握有關於泰斯凱蘭潛在外患的情報可作爲交換，她現在很有可能已經來不及採取任何手段導引侵略勢力轉向離開萊賽爾了。在詩賦大賽上，三十翠雀本人——一身鮮豔的藍色和紫色，態度氣定神閒——就告訴她，這樁交易談不成。只要萊賽爾對他的計畫沒有用，他顯然會在眨眼之間將它棄之於不顧，而如果他控制了政府機關——

「我們可不能，」十二杜鵑開口；無論他說什麼，只要能讓瑪西特別繼續陷在自己的思緒中，她非常感激。「在會議室裡待一整週。而且這位先生，我還是不知道你是誰。」

「我是六直升機。」那個人回答——瑪熙特直勾勾盯著他，納悶著他是什麼時候才學會一臉嚴肅地講出自己的名字，同時還帶著一股沾沾自喜。「還有，大使和兩位情資官，你們當然不會在會議室裡待上一整週。一旦我們安排妥當，你們就會被移轉到安全且合適的地點。」

「那會是什麼時候呢？」十二杜鵑繼續說。他完美表現出不敢置信、大剌剌的高調態度：就像一個遭遇了某種不便，即將要藉故大鬧一場的人。瑪熙特暗暗覺得此舉策略性十足，令人讚賞。她沒有打斷他。「這所謂的安全又是按照誰的定義？你可是在暗示，我們說話的這當下就有人企圖篡位！」

「那位元帥的小小冒險所造成的這些麻煩，還不足以稱之為篡位，就會匆匆畫下句點了。」六直升機說。「我還有很多工作要忙——我會找人再為你們送上咖啡。請不要試圖自行離開。門口會有人攔住你們——現在這裡真的是個安全的地方。別擔心。」

說完他就離開了。會議室的門在他背後喀地一聲乖乖關上。三海草隨即發出令人心神不寧的大笑。

「剛才這是認真的嗎？」她問。「這個自命不凡的小公務員，沒受過半點關於標準程序的訓練，竟跑來告訴我們，情報部現在被動衛閣下的人馬控制了？我理解到的就是這樣，而且我真是困惑極了。請原諒我，瑪熙特，我準備求職履歷的時候，實在他媽的設想不到，我擔任外星大使的文化聯絡官時居然可能遇到這種情況。」

「如果這樣說對妳有幫助，」瑪熙特表示，「我準備求職履歷的時候，也沒設想自己擔任外星大使時居然有可能遇到這種情況。」

三海草將手掌按在臉上，刻意強迫自己吐了一口氣。她的指間仍然逸出被悶住的嗤笑聲。「……沒錯，」她說。「我無法想像妳會設想得到。」

「如果我們走不了，」十二杜鵑說。「那要怎麼帶大使去見皇帝？假如暴動沒有擴散的話，只需要跨越宮殿區，但這是個極為樂觀的假設。」

等我們到了那裡，還會有皇帝等我去求見嗎？瑪熙特心想。然後，一股大半不屬於她的哀傷突然湧

上，她不由自主咬住臉頰內側；那是伊斯坎德，感覺到那股即將來臨的失落，心彷彿碎成片片。那不是她——不完全是她。〈但她想起了六方位的雙手施加在她手腕上的壓力，帶著胸骨內一股生化性質的痛楚，她徒勞地希望皇帝陛下能夠活著度過這次暴亂，即便他恐怕也來日無多。〉

但她還能跟誰談條件？

「如果我們不要去找皇帝陛下，」她說。「而是設法引起某個能帶我們去找他的人注意？」

「在這間會議室裡，」十二杜鵑狐疑地說，向那壺咖啡做了個手勢。「妳知道他們會監控我們的雲鉤，而妳甚至沒有——」

「對，」瑪熙特怒道。「我知道自己不是泰斯凱蘭公民，我一刻也沒有忘記，你不必提醒我。」

「我不是這個意思——」

瑪熙特用力呼出氣，力道大得連手術部位都能感覺到。「對，但你說的話就是這個意思。」

三海草放下掩面的雙手，瑪熙特認得她臉上逐漸浮現的那種表情：那是三海草專注於內心、準備逼迫全宇宙服從她意志的表情，因爲除此之外她沒有其他可靠的選擇。她跟他們在公園裡吃冰淇淋，即將闖入司法部前，她也曾流露相同表情。在十九手斧的辦公室時，她決定拋下自己身受的侮辱和創傷，當時她也曾流露相同表情。

「不管受到怎麼樣的監控，透過雲鉤可以做到的事都堪稱包羅萬象，」她說。「瑪熙特——妳想引起誰的注意？」

對於這個問題，眞正的答案只有一個。「動衛十九手斧閣下，」瑪熙特說。「她的位階和三十翠雀一樣高，代表她大可跟他一樣直接大搖大擺走進這裡——而且我覺得她還是挺喜歡我的。」

〈她喜歡我，〉伊斯坎德喃喃自語。〈她非常喜歡我，然後害我送命。〉

她非常喜歡你，還救了我的命，瑪熙特心想。我們來看看這是爲什麼吧，如何？

「好吧。十九手斧；就算現在發生了那麼多其他嚇人的事情，她還是把我嚇得魂不附體。」三海草說。她想到了個主意——不管那主意究竟是什麼——準備要宣告出來，這時的她變得非常雀躍。瑪熙特也懂。不管計畫的內容有多荒謬、多不可行，只要擁有計畫就能帶來力量。而且，他們三個人不是都才剛經過情緒上相當不穩定的狀態嗎？「寫給動衛閣下——瑪熙特，妳覺得寫幾句非常意有所指的詩如何？我們把它發表在公開新聞頻道。」

「妳還嫌我看太多政治羅曼史呢。」十二杜鵑咕噥道。

「我又沒有要去東宮發傳單宣揚我對第三司法部次長綿延不絕的愛戴。」三海草說，雙眼閃閃發光。「那樣才叫政治羅曼史。現在這是一個有知名度的詩人，發表她針對時事所寫的最新作品，並且以暗碼的方式置入了立場聲明。」

「妳常常在公開新聞頻道發表詩作嗎？」瑪熙特入迷地問。

「這首寫得有點不太成熟，」三海草說。「但現在時局緊張，而且連那個無聊透頂的十四尖塔都能贏得上週的帝國詩賦大賽了。顯然任何人都可以寫出不成熟的東西，然後廣受大眾歡迎。」

「所以妳認爲如果我們寫詩對十九手斧表達訴求，她就會跑來救我們？」這計畫聰明得不切實際，完全屬於泰斯凱蘭人充滿象徵符號的邏輯，瑪熙特無法信任。

「我不知道她會怎麼做，」三海草說。「但我知道她會讀到，並且明白我們人在哪裡、需要什麼。妳也看到她的隨從是怎樣監看新聞頻道的——十九手斧眼光敏銳。情報部檔案內對她的描述第一樁寫的就是這件事。」

瑪熙特對上她的眼神，突然想伸手碰觸她，又隨即撇開這個不適當的衝動。「三海草，」她說。她必須先搞清楚，如果他們要採這個路線，三海草願意幫她到什麼地步。「泰斯凱蘭語中的『我們』這個概念，包含範圍多廣？妳甚至不知道我要告訴皇帝陛下什麼事。我們眞的可以算是『我們』嗎？」

「我是妳的聯絡官，瑪熙特，」三海草說。她顯得有點受傷。「我難道還說得不夠清楚嗎？」

「這不只是要妳幫我開通門戶，」瑪熙特對她說。「這是要妳用妳的文字傳達我的目標，在公開新聞頻道發表、寫進泰斯凱蘭的公眾記憶裡，永久保存。」

「有時候我眞的覺得妳是我們自己人。」三海草說，語氣相當輕柔。她露出太空站式的露齒笑容，顫抖但眞誠。「現在就來幫我把這首詩寫出來，好嗎？我知道妳對詩歌韻律有最基本的概念，而且我們要趁三十翠雀的手下想到我們有雲鉤之前完成這件事。」然後她伸出手碰了碰瑪熙特，指尖拂過頰骨，輕得像幽靈。瑪熙特不由自主地發抖，然後完全靜止不動，彷彿等著迎接一頓痛擊。

「小草，」十二杜鵑說，嘲諷的態度甚是誇張。「調情這種事，留到妳自己有空的時間吧。」

瑪熙特但願自己的臉色沒有這麼蒼白，羞紅的臉頰就不會如此清晰；但明顯的紅暈和灼熱的溫度就在那裡。「我們不是在調情，」她說。「我們在討論策略——」

〈妳們見面第一天，妳就在跟她調情了。〉伊斯坎德評論道。瑪熙特發自內心希望她有辦法讓他閉嘴。至少之前他的憶象功能有缺陷時，他的評論還沒這麼……直白。

「我們在寫詩。」三海草說。她維持完全平靜的表情，反而讓這行爲聽起來倍顯親密。

〈而且她也回應了妳的調情，〉伊斯坎德繼續說。〈等到妳們不再身陷政變陰謀時，也許會想再發展些什麼。〉

◎

瑪熙特以前也用泰斯凱蘭語寫過詩：十七歲時，在她位於萊賽爾太空站的膠囊房間裡，獨自一人拿著筆記本塗塗寫寫，假裝自己能模仿僞十三河或一天鉤這些偉大詩人。她勾勒著自己未成形的意念，她太野蠻、又太年輕，因此她所使用的語言加倍地不屬於她。如今，她在三海草身邊，低著頭調整詩句的格律，謹愼地選擇援引的典故。她心想：詩歌屬於絕望者，以及歷經了夠多歲月風霜後有話可說的人。

歷經了夠多歲月，或是遭遇了夠多難以理解的經驗。也許她現在終於老到可以寫詩了：她的體內裝了三段人生、一次死亡。她一不留神，就會把死亡的那部分回想得太清晰，呼吸變得愈來愈急促，直到她提醒伊斯坎德，他現在沒有要死掉，也不用管理她的反射神經系統。

至於三海草，她創作詩句的方式就像在試穿一件訂製的西裝外套——她知道該怎麼讓這個動作賞心悅目，於是自己在過程中也顯得神采奕奕。她儲存字符與典故的記憶圖書館浩繁龐大，瑪熙特在羨慕之餘帶著一點小心眼的嫉妒：如果她也是在這個地方長大，從小沉浸在詩文之中，她也能在一分鐘之內將通俗的口語變成音韻和諧的詩句。

她們想出的詩並不長。太長也不行——這首詩必須能在公開新聞頻道上迅速播放，語句要方便引用，意涵要明確：在一般大眾眼裡看來明確，看在十九手斧和她的隨從眼中，又有另一層更隱晦的意義。瑪熙特以一個意象開頭，她知道五瑪瑙辨識得出來：五瑪瑙當時也在場。而且，五瑪瑙聰明、忠心又擅於解讀隱喻，她能夠明白瑪熙特實際上是多麼急切絕望——並且將這一切都報告給動衛閣下。

在孩童柔軟的手上
即便一張星圖也能承受

拉扯與碾壓的力道。重力猶在，
連續性猶在：細嫩的手指繞行星球軌道，但我滅頂於
繁花的大海、紫色的泡沫、戰爭的迷霧之中——

黎明時分的圖書館裡，二地圖和母親一起把玩著一張星系圖。這是第一個信號：「妳知道我是誰，五瑪瑙：我是瑪熙特·德茲梅爾，我了解妳對兒子的親情、對女主人的敬愛。」第二個信號：「我遭遇威脅，來自三十翠雀的威脅：繁花和紫色的泡沫。」

「戰爭的迷霧」幾乎已經算不上隱喻，更像是描述不可避免、正在發生的事實，而且也符合三海草的詩句格律。

剩下的部分很簡短：對情報部大樓的外觀描繪，仔細摹寫了建築物的所有細節，在想像中爲它掛上一個翠雀花的喪禮花環——這段援引的是〈諸樓宇〉中的一節。這是爲了告訴十九手斧他們人在何處。然後是一個用單組對句寫出的承諾：

一旦重獲自由，我將以唇舌述說異象。
一旦重獲自由，我將是太陽手中的尖矛。

來救我們吧，十九手斧。來救我們，幫助我們讓太陽與尖矛的皇座不致偏離正道。

瑪熙特把那首詩檢查過最後一遍。還不差。在她眼中看來很不錯——她知道自己不擅鑑賞，但意旨明確優雅。

「發送出去吧，」她對三海草說。「我覺得我們在這麼有限的時間內，也不可能寫出更好的了。」

「是我的話會現在就發送，」十二杜鵑補充道。「妳們在忙的時候，我一直看著新聞。情況愈來愈糟了，變化得很快——一閃電的軍隊朝海關人員開槍了，他們主張都城的人民需要他們平定暴動。我不

知道誰能阻止他們——我們要怎麼阻止帝國軍隊？我們的軍隊所向無敵。」

「我發送出去了，」三海草說。「用我的署名，發送給了所有我找得到的公開頻道，還有幾個私人頻道——詩歌結社、情報部部內的備忘頻道——」

「這樣好嗎？」瑪熙特問。「我幾乎可以肯定三十翠雀的手下也會看到那個頻道。」

「只要三十翠雀的手下有任何一丁點眞本事，他們就會監看我們的雲鉤收發的所有訊息，」三海草說。「如果是我，我的第一個動作會是沒收雲鉤。」

「那麼，妳站在我們這一邊而非他們那一邊眞是太有幫助了。」瑪熙特對她說，儘管情勢嚴峻危急，她還是發覺自己微笑起來。

「妳覺得我們有多少時間？」十二杜鵑問。

「你是說在軍隊衝進宮殿區之前，還是在我們沒辦法繼續使用公開通訊平臺之前？」三海草問，語氣實在過度開朗。「不要再看新聞了，小花，來看這首詩在我還有管道的時候可以散播到多大範圍。」

她把雲鉤從右眼上方的習慣位置取下，放在他們面前的會議桌上，更改設定，讓它變成一部微型投影機。瑪熙特看著她們剛寫的詩在泰斯凱蘭的資訊網路散播——從一個人的雲鉤分享給另一個，被人轉發、補上不同的脈絡，就像看著墨汁在水中擴散。

「還要多久？」她輕聲問。

「我猜三分鐘吧——速度很快——」三海草說。然後，會議室的門砰地一聲甩開。六直升機站在門口，後面站了另外兩個人——穿著情報部的橘色配奶油色制服。三海草合起指尖對他們鞠躬行禮。

「眞高興看到你們，三檯燈和八筆刀，」她說。「你們今天下午被這個不屬於情報部的政客惡整得還開心嗎？」

瑪熙特笑出來，但三檯燈和八筆刀一言不發地收走十二杜鵑和三海草的雲鉤，交給六直升機。

「你們可知道，」他說，「你們剛剛做的好事——在公開頻道發送未經核准的政治詩——算得上叛國行為？尤其考量你們今早要求接應的地點，鐘鎮六區可是反帝國抗議分子的大本營，而且現在都城裡其他地方也是一團混亂。」

「去跟司法部說啊。」十二杜鵑表示。瑪熙特以他為傲。他們可能都會死掉，或是……面臨不知道什麼命運，但他們一起成為了「我們」。不管是根據哪一種語言的定義。

「我寫的政治詩，根據個人經驗妥善反應了目前情勢，」三海草說。「如果這算叛國，你可以去看看我們兩千年來的經典，我相信你可以在其中找出更多叛國行為。」

六直升機努力不要氣急敗壞，但是失敗了。他的手忙著拿雲鉤，沒辦法好好做出別的動作，但是從他肩膀和下顎的緊繃線條，瑪熙特看得出他有多麼想狂揮雙手，或是抓著三海草搖晃。三海草靜靜坐著，手肘擱在桌上，手掌托著下巴。

「我要逮捕你們，」他最後說。「我要代表情報部代理部長三十翠雀……指揮這兩位情報部官員拘留你們。」

「天殺的，繁星在上，」十二杜鵑說。他不理六直升機，反倒對著畏縮的三檯燈問：「你們兩個真的要幹這種事嗎？」

「如果你們嘗試離開，會有人阻止，」三檯燈說。「這點我可以保證。」

八筆刀補充一句：「你們的情資官職權也被拔除了，待下一任部長重新審查——」

「我對你真是失望透頂，八筆刀，」三海草說著，優雅地嘆了小小一口氣。「你以前是那麼支持二玫瑰木的政策——」

「夠了，」六直升機斥道。「我們還有工作要做；兩位情資官、大使，你們可沒有。」他靈敏地腳跟一旋，離開了，兩個情報部的忠僕也緊跟在後。會議室裡再度只剩他們三人，無事可辦、無物可看——少了雲鉤和新聞頻道，被關在沒有窗戶，只以日光燈照明的房間裡。連那壺咖啡都空了。

瑪熙特先看看三海草，再看看十二杜鵑，他們分別在她的兩側。「那麼現在，」她說，話中傳達的自信比她所感覺到的更強烈。「我們就等吧。」

❁

等待的過程並不愉快。瑪熙特感覺自己被密封在一顆膠囊裡，防腐、防輻射，在眞空裡跌來撞去——完全無法保證膠囊撞得裂開之後，她還有沒有辦法回到外面的世界。情報部的會議室裡不但沒有東西可看，也聽不見來自外界的聲音，沒有士兵的吶喊或軍靴的踏步聲，看不見都城裡是滿溢著太陽警隊金盔的閃光，或是鋪成地毯的紫色花海……

三海草趴在桌上，頭靠著交疊的雙臂。瑪熙特不知道她是在小睡，或只是試圖不去思考。不論如何，她都感到羨慕。不去思考是別人才做得到的事。對她而言，她可能不思考；她眞想把自己的皮給剝下來。她不斷在想像，十九手斧——不論她是不是動衛——有多少理由會拒絕爲了區區一位萊賽爾大使挑戰三十翠雀。這之中最糟的可能，就是十九手斧和三十翠雀已經結盟，而對於他在情報部所做的決策，她只會言聽計從。第二糟的，就是十九手斧衡量了雙方勢力，知道不可能成功挑戰三十翠雀，於是選擇在政變期間保持沉默，不管最後是誰勝出……

她可能不會採取第二種方案，那不像她的作風。這股肯定的感覺在瑪熙特心中浮起，像一陣溫暖的潮水：不純然屬於她，而是伊斯坎德和她的記憶結合起來，共同做出這個判定。

「感覺就像有人砍斷我兩隻手，」十二杜鵑對著一片沉悶的靜默說。「我一直想去觸控新聞頻道，但是訊息已經不在了，只剩下我，再也沒辦法碰一下就觸及整個帝國。」

〈身為泰斯凱蘭人，卻無法跟整個泰斯凱蘭接觸，確實令人感到很寂寞，〉伊斯坎德悄悄對瑪熙特說。〈這點我並不羨慕，完全不會。〉

我們永遠不會寂寞，瑪熙特想道。你和我。這輩子永遠不會。

〈還有下輩子。〉

如果在我之後還有下一任駐泰斯凱蘭大使。

〈如果在妳之後有下一任駐泰斯凱蘭大使，如果我們的憶象傳承鏈對他們還有保存的價值。〉

瑪熙特希望如此，這股感覺就像她肚腹深處一顆加熱的小鉛球。這週的種種、她的某一部分、她和伊斯坎德的共同體的某一部分，她希望這所有都不會徒然浪費。她希望她目前所知的一切——她心中記著泰斯凱蘭的外患，就像她記著她碰到的那種毒花、外星飛船集結的位置座標，那是足以讓任何侵略戰爭都因而撤消的外患——不會隨著她和伊斯坎德死去，不會隨著他們而永遠沉默。

但無論如何，她討厭等待。她輕而易舉便能想像外面可能發生的事——上百種不同的版本，在她腦中搭配著史詩、品質低劣的影劇，和地下紀錄片，描繪泰斯凱蘭對太空邊緣星球發動的侵略戰爭。如果他們開火射擊，發生在帝國中心的戰爭也不會有任何不同，完全不會。這就是問題所在。帝國就是帝國——有些地方誘惑著你，有些地方鐵腕壓制你，它的口顎宛如巨鉗，會咬住一顆星球猛力搖晃，直到受害者斷頸而亡。

時間凝止在會議室空洞而毫無變化的燈光下，沒形沒狀地飄浮著。瑪熙特發現，這段漫長等待結束的第一個跡象，是走廊上傳來的騷動——喊叫聲、甩門聲。停頓片刻後，又是一陣大聲碰撞，像是某張桌子上的所有物品被人一把掃到地上。

「——妳覺得是怎麼樣了？」三海草說著站起來。

「就算不是有人來找我們，」瑪熙特說。「不管做什麼都比乾等好。我們去看看。」

「我們被逮捕了，」十二杜鵑隨口提醒她們一聲。「但是——管它去死。我們自己釋放自己吧。」

瑪熙特笑了。在她的顱骨裡，在手術部位無盡的抽痛、受傷的手上血流的搏動、受損神經的麻刺、和髖部持續的痠痛之下，她幾乎有了舒服的感覺。

〈腎上腺素是一種要命的毒品，瑪熙特，〉伊斯坎德說。〈我們就趁還可以的時候好好利用吧。〉

會議室的門甚至沒有上鎖，這既讓人深受侮辱，又同時有些微罪惡感，瑪熙特感覺自己彷彿自願促成了遭人監禁的結果。會議室外，通往出口的走廊半途，是中央服務台臺所在地，負責看守的人員從身高和髮型來看應該是三檯燈。就是這張桌子上的東西被全部一掃落地，包括一堆散置的資料微片匣和辦公文具。而破壞這個小地方和諧氣氛的不速之客穿著一身耀眼的白色——噢，泰斯凱蘭人不管做什麼事都要追求象徵層面的效果，即便那效果是徹底的刻意造作；瑪熙特眞是無法抵擋自己對這一點的熱愛。因爲白色是十九手斧的專屬顏色，而來者正是五瑪瑙，十九手斧的最佳助手、最寵愛的學徒。她樸素的臉龐平靜而冰冷，手裡拿了一根電擊棍：細長的金屬棍，發出電流的劈啪聲。她背後站著另一個全身白衣的泰斯凱蘭人，手中也拿著相同武器。瑪熙特沒見過他。

他們算是某種意義上的騎兵隊，正裝筆挺而來，身上沒有半點紫花。而且，來找他們的是五瑪瑙，這代表十九手斧可能理解了瑪熙特和三海草試圖在詩裡表達的意思——

「我看到他們了，」五瑪瑙說，聲音銳利而響亮。「三個人。過來吧，大使——動衛十九手斧閣下發現您向她請求的庇護尙未屆期。」

「他們從未正式請求庇護，」三檯燈發難道。「這要是拿到司法部，一刻也站不住腳。」

「三十翠雀的陰謀也一樣，」五瑪瑙怒道。「所以我們扯平了。我不想鬧大。讓他們過來。」

瑪熙特起步走向走廊，三海草和十二杜鵑夾在她兩側。片刻之間，她覺得他們要成功了，他們要安全無事地抵達五瑪瑙手中，十九手斧施展了她綿裡藏針的力量——

——接著六直升機從他們後方靠近走廊上較遠一端的辦公室裡破門而出。瑪熙特怔住了，轉過頭直視他。他手中拿的不是像五瑪瑙那種電擊棍，而是射擊武器，她在冰冷的恐懼中認出——那在萊賽爾是非法違禁品，可能造成太空站外殼損壞。逃脫到一半的瑪熙特整個人定格，困在六直升機和五瑪瑙之間，進退兩難。

「你們他媽的竟敢——你們這些自以為是的暴民頭子，還覺得自己可以隨心所欲，外面街上可是有軍隊的，你們再也得意不起來了——你們要服從法律、服從秩序！」

恐懼之餘，這個場面幾乎令瑪熙特覺得荒唐：這個小家子氣的無名小卒，要失去他好不容易到手的一點點權力時，竟是這麼生氣。

五瑪瑙冷靜地舉起電擊棍，藍綠色的電流在棍尖劈啪作響。她起步走向六直升機。

射擊武器開火的聲音比瑪熙特記憶所及的任何噪音都更震耳欲聾。她的左方響起一聲短促尖銳的尖叫——然後是更多的巨響，一連串接續傳來。她根本來不及下決定，就沿著走廊跑向五瑪瑙，完全打破了自己麻木的狀態。三檯燈在桌子後蹲低，躲到視線範圍之外，五瑪瑙的援兵在前進途中經過櫃檯，手中的電擊棍閃著光芒。

又一次發射，五瑪瑙的上臂被打出一朵猩紅的花，順著織線擴散，白色的長衫蓄積血泊，她的臉龐變得蒼白如寒冰。她的電擊棍鏗鏘墜地，發出電流聲。瑪熙特繼續跑，跑到她所在的位置——她仍然不動聲色地站著，彷彿震驚得愣住——瑪熙特抓住她沒有流血的那隻手臂，拉著她一起跑。

那個東西裡面有多少彈藥？

〈夠多了，〉伊斯坎德在她腦中說，變成了一個緊繃的存在。〈夠把你們射死。繼續跑。不要回頭——〉

瑪熙特回頭了。

三海草緊跟著她，一如往常在她的右肩旁，但十二杜鵑不在——他翻滾倒地，在走廊上一動也不動，周圍積著鮮紅的血。

五瑪瑙的白衣助手將電擊棍直直捅進六直升機張開的嘴裡。藍色的火焰穿過他的頭顱。射擊武器又擊發了一次——那個助手的肚子上開了個洞，像一個奇異點，一隻直勾勾往外望的眼睛——

「快跑！」三海草尖叫道，瑪熙特乖乖聽從。她一面跑，一隻手一面抓緊五瑪瑙的手臂，直到她跑出情報部大樓，來到街上。

第十九章

鎮靜與耐心乃安全之道，
世界之鑽明白如何自保。
粗心攀折的花朵凋萎衰亡，
乾枯荒瘠的水中花床，
使邪惡的園丁高呼歡唱。

——相傳由五冠冕所作之詩歌，日後於帝國各地作爲公共安全宣導用途。

۞

如果這些軍團的戰艦摧毀了我們，不管我們延續十五代的議會將被何種政府取代，我都會拔掉你的官位。你和安拿巴都是。一個是諂媚者，一個是孤立主義者。我會拔了你們的官位，銷毀你們的憶象傳承鏈。

——署名D.O.的字條，親送至達哲・塔拉特之辦公室，日期爲251.3.11-6D

五瑪瑙甩開瑪熙特的手，全身顫抖搖晃，正在適應突如其來的改變。從她肩膀流出的血跡繼續擴散，紅色的藤蔓沿著她的白色衣袖一路爬下。「沒有時間了。」她說。瑪熙特不太懂她的意思。她什麼都不懂。

「我得去找他，」三海草說。「他在裡面快要死了——」

「沒有時間了。」五瑪瑙又說了一次，這下瑪熙特懂了：十二杜鵑躺在那灘逐漸擴散的血泊中。十二杜鵑，她的朋友，三海草的朋友。

她感覺胸口好緊好熱，彷彿被射擊武器打中的是她，彷彿她就是射出的子彈，即將粉碎四散。

「我不在乎時間。」三海草說。

「而且我不知道情報部裡還有多少非法射擊武器。」五瑪瑙啐道。瑪熙特幾乎無法將眼前這個人和十九手斧辦公室裡那個敏捷安靜的隨從參謀聯想在一起。「我也不知道三十翠雀還有多少黨羽在等待可以開開心心把人射死的時機——幹，我的肩膀好痛，我很遺憾妳朋友遇到這種事——我對二十二石墨更遺憾，該死，繁星在上，我眞的很遺憾——但妳求救了，街上的人都在頌唱那首天殺的詩，所以快來吧，我們照妳的意思盡速離開這裡。」

「他們在唱那首詩？」瑪熙特無助地問。

「對，『他們』指的是那些沒有在放聲大吼『一閃電上臺』的人。」五瑪瑙說著，大步走向廣場。

瑪熙特將三海草的手握在自己手中，她的手掌出了汗，濕滑而黏膩。五瑪瑙快步移動，僵硬的肩膀高高聳起，完全沒有試圖遮掩自己正在流血。她們跟在她後方。似乎沒有人立刻追上來——也許六直升機已經垂死倒地，就在十二杜鵑旁邊，這眞是光想就令人心痛，十二杜鵑的命運不該如此。爲了分散注意力，瑪熙特試著辨認她們正朝哪個方向走。她本以爲自己認得通往十九手斧辦公室的路，但路上的景物在大白天看起來完全不同，而且上次她來的時候是搭陸行車，由太陽警隊護送。

天空又是一片不可思議的湛藍，無窮無盡，只有地平線上模糊渺小的建築物標示出邊界。瑪熙特大有可能就這麼從星球表面跌落。她輕捏一下三海草的手，對方沒有回應。

她們拐過轉角，離東宮中央廣場愈來愈遠，朝著一片樓房前進，瑪熙特猜想十九手斧的官邸也許就在其中，肯定就是那一閃而現的玫瑰色大理石建築——此時她們差點跟一支太陽警隊撞個正著。二十個無面人，戴著金色頭盔。他們就像日蝕一樣：神出鬼沒地突然現身，擋住光線。

「別動。」其中一人說。她不確定說話的是哪一個，他們的聲音全都一模一樣。五瑪瑙停下來，胸口一起一伏。

「妳受傷了。」另一名太陽警員說。從音量判斷，是距離他們比較近的成員。「現在待在外頭很危險，皇帝已經宣布對公民施行宵禁。妳打算去醫院嗎？」

「我——」五瑪瑙開口。「我打算回家——我為勳衛十九手斧閣下工作——」

「妳不能待在街上，這是強制要求。」第三名太陽警員說。

「宵禁的執行，可以使用任何我們認為適當的手段。」第四名警員補上一句——於是二十名太陽警員同步向她們靠近，宛如自動機器。

個人性的暴力和體制性的暴力，哪一種比較具威脅性？

接著出現的念頭是：我騙得過演算法嗎？

她往前踏了一步，用顫抖的聲音插話：「我們被射擊武器攻擊，」她嘗試表現出歇斯底里的樣子——並且依據伊斯坎德的知識拔高音調，說出口音道地的泰斯凱蘭語。就算只有這一刻也好，她不能像個徹底的野蠻人。「我們剛才在情報部——那裡被瘋子占領了，我們——那真是太恐怖了，我的朋友可能已經死了——」

三海草聞言立刻眼淚奪眶而出，她的眼淚在瑪熙特看來是真情流露，可能也真的是——她只是把眼淚忍到這一刻，讓它們派上用場。

離他們最近的太陽警員又說話了，語氣變得輕柔一些。「哪種瘋子？」他問。「各位公民，請提供我們資訊。」

「射殺我朋友的人，」淚流滿面的三海草說。「是三十翠雀的手下——他說他們占領了情報部，因爲部長被滲透了——」她擦擦鼻子、抹抹眼睛。「抱歉，我平常不會這樣的。真的。」

「怎麼個滲透法？」兩名太陽警員一齊問道，然後又有第三個人重複問了一次，像是人工智慧演算法自我調整時發出的回音：「怎麼個滲透法？」

「我不知道，」瑪熙特說，謊言從她齒間脫口而出。「就是——被滲透了——也許部長欣賞元帥的政策？這太混亂了——而且他們對我們射擊——」

整支隊伍似乎同時轉過身來俯視她們，就像鐵粉被磁鐵的移動吸引移位。他們的手都仍握著電擊棍。瑪熙特等著他們出擊，等著體制性的暴力不可避免地以電擊的形式重重襲來，都城這個網絡的可動部位會起而攻擊她，就像它的靜態部位前幾天攻擊三海草那樣——但如果她的計策成功，如果她能夠支開警隊，讓他們去攔截情報部可能派出的任何一種追兵——那麼這個風險也就值得了。

「我們可以回家嗎？」五瑪瑙說。「我不想違反宵禁。我兒子在家裡——我只是想回家而已，我家就在那邊。」她用沒受傷的手朝一棟樓房比劃，瑪熙特猜想那就是十九手斧的官邸，或是距離很近的地方。

最後這一招似乎足以生效。站在隊伍外圍的一名太陽警員抽開身，和其餘隊友拉開幾步遠的距離。

「去吧，」他們說。「我們會去調查情報部的狀況。一位警員將護送妳們。」太陽警員離開隊伍、單獨行動時，幾乎變得像是活生生的眞人。瑪熙特實在很想知道泰斯凱蘭人要怎麼樣才會變成他們的一員。

〈如果妳有辦法搞清楚，〉伊斯坎德對她說。〈妳就算是青出於藍了。〉

其餘警員流暢地往她們三人剛剛通過廣場的路線移動。瑪熙特繪聲繪影地想像，他們是循著五瑪瑙滴落的血跡氣味而行，進行一場逆向的狩獵。

留下來的那個太陽警員舉起一隻手，於是她們三人——瑪熙特還握著三海草的手，而三海草仍在不可自制地落淚——跟著他的手勢向前。就這樣，瑪熙特第二次在警察護送下來到十九手斧的官邸門前。

環形結構，她心想。*我們兜了一圈又回來了。*接著，她又想起那一項令人不敢置信的資訊：有人在街上吟誦她的詩嗎？

〈沒有任何事物能保持完好如初，〉伊斯坎德喃喃說道——年輕、屬於她的那個伊斯坎德，那個像電荷般活躍的熟悉嗓音。〈妳沒有任何一項作爲能不留下泰斯凱蘭的印記。連我也學會了這一點。〉

❁

十九手斧將她的前臺辦公室改成戰情室。她和先前一樣，站在一片大海般層層疊疊的全像投影畫面中間，但原本秩序井然的資訊蒐集團隊現在變成一群滿臉疲態的年輕男女，用手勢交換傳遞影像，徒手在紙上做筆記，以迅速而低沉的聲音透過雲鉤對身在他處的人說話。

在這一片混亂中，十九手斧像一根白色柱子般昂然佇立，依舊光鮮亮麗，但她雙頰的深色肌膚在眼下的部位發灰，雙眼泛紅。瑪熙特第一時間想到的是她剛哭過，而且徹底缺乏睡眠——不知道這份突如其來的擔憂究竟有多少來自她自己，又有多少來自伊斯坎德。她判斷這個問題不重要。就在此時，十九手斧瞥見她們的身影，以一個俐落的手勢揮散周圍聚積如雲的投影畫面，然後直直朝五瑪瑙走來。

「妳受傷了。」她說著握住五瑪瑙的雙手。

「一點點。」五瑪瑙說。瑪熙特從她的神情看得出來，就爲了這一刻、爲了她所服務的動衛閣下，她會心甘情願地走回六直升機的射擊火線上。「不要緊的，眞的。我失去了二十二石墨——」

「你們倆都是自願前往。他跟妳一樣知道可能會發生這種事。去後面吧，」十九手斧說。她展現了一種鎮懾人心的奇異溫柔，就像瑪熙特誤觸毒花之後，她們在浴室裡時一樣。「妳表現得太好了。妳完成了我的託付。坐下來吧，喝點水，我們去找個博理官檢查妳的手臂。」

*妳表現得太好了。*就算剛失去了一個自己的人手，十九手斧還是能爲倖存的人提供慰藉。瑪熙特喉嚨裡的痛楚一定不是單單屬於她。伊斯坎德想必也希望聽到那句話吧？特別是從十九手斧口中說出——（一個畫面倏然閃過，是十年前十九手斧赤身裸體的模樣；瑪熙特感覺到的不是肉欲，而是想望，想要碰觸她，與她同在）。

〈不，〉伊斯坎德對她說。〈我想要她認同我。妳想要她像是肯定妳的正直公義一般看著妳。〉

「……妳還眞是一份大獎，瑪熙特．德茲梅爾，」十九手斧接著說。「我甘願爲妳付出多大的代價啊。那首詩完全由妳自己撰寫嗎？」

「大部分是三海草寫的。」瑪熙特說。她還是握著三海草的手，而此刻，她的聯絡官輕輕捏了捏她的手指。

「我親愛的情資官。還是如此文采飛揚。」

三海草發出一聲小小的、嚇人的嗆咳，然後說：「閣下，請別在我滿臉鼻涕時稱讚我文采飛揚。」

十九手斧的樣子像是想笑卻忘了該怎麼笑；歡笑已經徹底離她而去。她改而聳肩，露出別緻的半幅微笑說：「一旦重獲自由，我會是太陽手中的尖矛。眞是順口。妳們去坐著好嗎？我得考慮考慮該怎麼處置妳們。」

「我要和陛下談談，」瑪熙特說。「這就是妳該對我做的處置。談完後，妳想做什麼都好。」

她往沙發走去——她第一次被十九手斧審問時坐的那張。她再度心想，環形結構。她的雙腿感覺化成了水，她整個人潑灑在靠枕上。三海草和她一起過來，像軌道上的衛星。她坐在瑪熙特旁邊時，她們的大腿彼此相碰。瑪熙特希望自己有一條手帕可以遞給她，拭淨她的臉，擦掉一些眼淚，讓她重新擁有那麼一點點尊嚴，儘管尊嚴現在算是稀缺資源。

十九手斧看著她們走開，看著她們坐下。有那麼一個漫長而難受的片刻，她看起來茫然失措——她的方向感和動力都耗盡了。然後，她高高抬頭，挺直背脊，邁步走過辦公室，站在她們倆面前。

「我不能就這樣送妳進去見他，」她說。「有守衛，而且他狀況不好。妳知道的，瑪熙特。」

「他狀況不好已經很久了，」瑪熙特說。「這妳知道，他也知道，還有伊斯坎德也知道。」

「知道？」十九手斧問，她的頭微微向側邊一抬。

「他生前知道。這……很複雜。現在更複雜了。我——十九手斧閣下，我上一次在這裡告訴您，不管他或我國政府原本的計畫爲何，他已經走了，您無法和他對話，我當時所言爲眞。現在情況不同了，而這也是眞的。我——我們——說來話長，我動了手術，造成有生以來前所未有的頭痛，然後——妳好嗎，我很想念妳——」

她退後，讓她意識中屬於伊斯坎德的那部分接管身體，就算只有微小片刻；他將她的臉部肌肉牽動成他的開闊笑容，眼角擠出笑紋，雖然她年輕的肌膚尚未長出皺紋。

十九手斧的臉上掠過一陣紅暈，像鍛燒的金屬表面亮起火光，而後又熄滅。

「那我現在又爲何要相信妳？」她說。但瑪熙特已經知道她相信了。

「妳殺死我，」她說。伊斯坎德說。他們說。「或是，妳讓十珍珠下手，沒有阻止他，那也一樣。但我還是想念妳。」

十九手斧喘了一大口氣，深深吸進肺部，幾乎喘得不受控制，然後才重新鎮定下來。她在對面的沙發坐下，動作小心翼翼，彷彿覺得一旦不小心就會倒下。

「我猜你想談談這件事——你之前總是想談選擇——」

「也許吧，」伊斯坎德藉瑪熙特之口說，她從不知道他的語氣能夠這麼溫柔。「等這一切結束之後。我們快要沒有時間了，對吧，我親愛的？」

「沒錯，」十九手斧說。她又大力喘了幾口氣。「你變回瑪熙特吧。我沒有想到這種事多恐怖。你的表情。像見了鬼似的。」

「這個比喻錯了，」瑪熙特說。「鬼——」

〈噓，〉伊斯坎德對她說。〈她現在不需要聽這個。〉

〈我們現在有整個帝國要保護，瑪熙特。〉

你還說我是在跟人調情——

噢，這是我們在做的事嗎？我以為我們是在拯救我們的太空站免受侵略——

瑪熙特知道，這種來回交鋒對他們沒有好處。她感到暈眩反胃，頭痛在太陽穴蓄勢待發，而十九手斧和三海草都看著她，彷彿她輕輕滑進了名為瘋狂的深淵。

「我有情報，」她說，並努力重整旗鼓，成為曾經是伊斯坎德的瑪熙特，而不是兩者的失敗混合體。「我個人花了非常大的代價才取得，我在萊賽爾太空站的同胞可能也有所犧牲，這項情報必須立刻上達皇帝陛下。我一直努力嘗試回去找他。我被拘留，我的朋友被人射傷，可能已經死了，我還得跟太陽警隊交涉——您似乎是我唯一的機會——」

十九手斧輕輕咒罵了一聲。「請接受我對妳的朋友致上誠心的慰問。我希望他的狀況沒有妳擔心的那般嚴重。」

瑪熙特想起十二杜鵑周圍的血跡有多大灘，動脈血的顏色有多鮮紅。她心想：希望是不夠的。

「我也希望，」她說。「他……他對我的慷慨，遠超過我這個野蠻人對任何人的期待。」

三海草發出一種介於嗤笑和抽泣之間的聲音。「他爲了妳害自己送命，瑪熙特，」她說。「如果他不是我的朋友，他根本就不會惹上這個麻煩。」

十九手斧揮手召來一個侍從。那個年輕人突然出現在沙發旁，就像全像投影一般。（不是先前丟掉毒花的七天秤，花也可能一開始就是他拿來的。瑪熙特必須問問關於他的事，以及那天晚上發生的種種，還要問十九手斧爲什麼那麼努力想救她的命。）

「幫情資官拿一杯水和一條手帕來好嗎，」十九手斧對那名侍從說。「還有，幫我們大家倒點白蘭地，我想我們都需要。」

他消失得跟出現時一樣快。十九手斧點頭，彷彿在對自己確認某件事，然後說：「如果——我說的眞的是如果，瑪熙特．德茲梅爾——我要在這個動盪不安、風雲詭譎的時刻帶妳去見陛下，拿我的地位、可能還有我的性命作賭注，那麼妳最好告訴我妳要對他說什麼。細節也要一五一十告訴我。這個行動必須是有價值的，大使。價值要高於一具把妳的摯友變成鬼魂和雙重人格的續命機器。」

同時，侍從端著托盤上的三杯深銅色烈酒和一杯清水回來了。瑪熙特這輩子從來沒有因爲看到酒而這麼開心。她拿起最靠近她的那杯，她晃動杯身時，酒液向兩旁晃動，發出浮油般的邪佞閃光。

「三海草，請告訴我這喝起來不會是紫羅蘭的味道。」

三海草咕嚕嚕地猛喝水，好像已經脫水了好幾個小時——瑪熙特發現這的確是實情，她一路又哭又跑的。她放下水杯，打量了一下白蘭地，然後乾巴巴地說：「如果這是我想的那種東西，它喝起來就像火和血，還有春天暴雨後犁起的泥土的味道——您想要灌醉我們嗎，閣下？我保證您在我身上不用出多少力就能成功了。」

「我想要的是，」十九手斧說。「一點點文明的時光。」她拿起杯子，以小小的動作無聲地敬酒。「喝吧。」

瑪熙特喝下。*敬接下來十二小時的生命*，她心想，同時燙熱醇厚的酒液流下她的喉嚨。電漿化的火焰和燃燒的土壤，獨特的雨後香氣。*願萊賽爾太空站仍然會是萊賽爾太空站*。

〈敬我們，〉伊斯坎德在某個她幾乎感覺不到的地方悄悄說。不太像是一個聲音，倒更像單純一陣湧升的情緒。〈敬文明，如果它能保存下來。〉

瑪熙特放下杯子。她感覺全身暖洋洋，用這個代替勇氣應該行得通。

「好的，閣下。我會告訴您。但首先，如果您能解釋您為什麼保住我的性命，而不救我的前輩，我會非常感激。我必須知道，我信任您是因為不得不這麼做，還是因為我想要這麼做——我的確信任您，但我也沒有其他選擇。」

「是哪一個『你』在提問？」十九手斧問道。她已經將白蘭地一口飲盡。

「這不是個好問題，十九手斧。是我在提問。」瑪熙特沒有進一步解釋。

她嘆了一口氣，雙手在膝上交疊，深色的皮膚襯著骨白色的衣衫。「有兩個理由，」她開口。「第一：妳不是伊斯坎德・阿格凡。妳想要的事物跟他不同。我費了很大一番工夫詢問、研究、思考；我的理解是，他想給六方位一種延續永恆生命的機器——那機器會將我的摯友、我的君主、我的皇帝陛下放進一個小孩的身體，讓他變成某種……稱不上是人類的東西，而且可能對他造成無可彌補的傷害。若是讓那個小孩坐上烈日尖矛皇座，可能對我們所有人都造成無可彌補的傷害。」

瑪熙特點頭。「我不是來這裡拿憶象機器交換我們太空站的自由，不是的。」她們的位置反了過來；她十分突然地發覺，自己正在主導這場審問。這是一場審問，又或是交涉。

〈都是同一種東西。〉

「第二個理由是什麼？」瑪熙特繼續說。

「這種事我沒辦法做第二次，」十九手斧說。「我沒辦法——看著它發生第二次。我不是懦弱之人，大使，我也曾經領軍征服異星。但妳即使不完全是他，沒有跟他相同的意圖，妳也稱得上我的朋友。而且妳還沒有做出任何值得妳賠上性命的事情。這會讓我倍感痛苦。」

儘管現在說話的不是她，瑪熙特感覺自己赤裸地被剖開，所有的神經都極度敏感地暴露於空氣中，就像在五廊柱的手術檯上。

「花是誰送來的？」她問。隱約地，她察覺三海草的一隻手貼住她的下背，施加一股善意的壓力。

「那是一份禮物，」十九手斧說。「從與我同為動衛的三十翠雀家中送到我的寓所。當然，如何處置它由我決定。」

這也就代表——代表十九手斧起初認為瑪熙特必須死，看著她差點吸入花的毒素，然後改變了主意。這也代表三十翠雀挑釁地要十九手斧除掉新任萊賽爾大使，就像她坐視前任大使被除掉。三十翠雀並沒有想要伊斯坎德死；那是十珍珠，也許還有十九手斧的傑作。三十翠雀並不在乎伊斯坎德。三十翠雀想要瑪熙特的命，並且覺得曾經協助剷除前任萊賽爾大使的十九手斧可能會故技重施。

他認為，放任瑪熙特留在此地太危險了——他也許認為所有能夠將憶象機器交給六方位的人都太危險。憶象機器——特別是在泰斯凱蘭人的想像中——就是延續永生的機器，代表六方位會永永遠遠坐在皇座上。三十翠雀也將無法利用此時的政治動盪，推翻另兩位帝國皇儲，將皇位據爲己有。就算有個自命不凡的元帥出來號稱是繁星庇祐的正當統治者也沒辦法。如果六方位取得憶象機器，三十翠雀計畫中所需的時機就將毀於一旦。

她猛然對她們竟能逃出情報部感到驚愕，這千鈞一髮的成功，完全要歸因於六直升機是這麼一個戀棧權位的政客，而不是那種會認眞請上級指示下一步該怎麼做的人。

「還有最後一個問題，」瑪熙特說。「然後我們就可以繼續了。皇帝陛下的政府中，有多少人知道妳默許伊斯坎德被人殺害？」

十九手斧露出萊賽爾風格的笑容，嘴角微微牽動，讓瑪熙特想要用伊斯坎德習慣的笑法回應她。（他們還眞喜歡彼此。就算她坦承參與謀殺，他的內分泌系統還是有所反應。）「政府要員都知道，」十九手斧說。「包括皇帝陛下。雖然他知道爲什麼，我想他還是非常生我的氣。他總是知道我行事的原因。」

瑪熙特回想起她在狂亂的幻覺中看見床上的伊斯坎德和十九手斧：伊斯坎德說*我愛他，我知道我不該如此，但我愛他*，而十九手斧告訴他，*我也是*。

*我也是，而且即使他不再是他自己，我也希望我仍然愛他。*現在不用擔心這個風險了。皇帝陛下仍然會是他自己。現在泰斯凱蘭全國再也沒有其他憶象機器，只有瑪熙特顱骨裡的那一具以外——還有她交給反帝國叛軍密醫的那一具。

她得晚點再想這件事。這已經超出她的控制範圍。

三海草直瞪著動衛閣下，彷彿對方長出了兩顆頭或是四條手臂。「您使我誠惶誠恐，閣下。」她說。她用來表達害怕的字眼，在詩詞中也代表「敬畏」之意，用來形容殘酷暴行或神聖的奇蹟。或是用來描寫皇帝，瑪熙特猜想，皇帝也在許多方面同時帶有暴行和奇蹟的成分。

「這就是，」十九手斧懊喪地說。「認識一個人所帶來的危險。」她看著自己的白蘭地酒杯，彷彿想要飲下杯中的空氣。她閉眼片刻，泛灰的眼皮上有著淡淡的靜脈紋路。「說這些說夠了。現在，告訴我，妳有什麼事要告訴我的皇帝陛下。」

瑪熙特先在心中勾勒要說的內容，然後才開口：她盡可能說得簡單直接，沒有矯飾或影射。只說事實。（政治跟在事實之後，衍生自事實的本質，往往是如此。）「萊賽爾太空站議會的礦業大臣透過多層加密的管道來信告訴我，我們所在的象限以及另兩個空域有危險外星生物活動，逐漸增加、而且具威脅性——這是侵略行動的前兆。我們並不認識這種外星生物，也無法建立溝通管道。它們懷有敵意。萊賽爾太空站上的我們，和泰斯凱蘭廣大星際疆域中的你們，都面臨重大的危機。」

十九手斧合起上下排牙齒，發出一陣小小的、帶有探問意味的聲音。「為什麼萊賽爾議會的礦業大臣想讓妳知道這項資訊？」

「我相信，」瑪熙特小心翼翼地說。「比起太空中不受我們控制的力量，達哲・塔拉特寧願面對我們已知的巨獸，也就是和我們交涉了許多個世代的帝國。」

「那是他想要妳對我們說的話，」十九手斧說。「我問的是他為什麼想讓妳知道。」

她問的問題其實更接近塔拉特認為妳能夠用這項資訊對我們造成什麼影響？瑪熙特往後靠，靠著三海草的手。她的眼皮好沉重，舌頭受白蘭地的影響而有點發麻。「我原本也想不通，」她閒聊般地說。「要不是看到前幾天報紙上那些關於八迴圈的文章。」

「繼續說。」十九手斧表示。

「她在文章中質疑發動侵略戰的合法性。」三海草豁然開朗地說；她懂了。她當然會懂。

瑪熙特點頭。「她在文章中質疑發動侵略戰的合法性，因為泰斯凱蘭的邊境並不安全，」她說。「她所指的可能只是……你們在歐戴爾星系的那些問題。我認為她當時指的是那個。但我知道——實際的外星威脅比內部動亂更嚴重。如果帝國的邊境不安全，就不能合法發動侵略戰，就算是處於權力高峰的強人皇帝，也可能會被議會、部長級大臣和勳衛所否決。現在，有了這項資訊，我就能證明泰斯凱蘭的邊境確實存在威脅。我們都受那些外星人威脅。礦業大臣想要我利用泰斯凱蘭法律中的這個漏洞使帝國的勢力遠離我的家鄉。邊境不安全，就不會有侵略戰，萊賽爾也能維持獨立。簡而言之就是如此，勳衛閣下。我在我所知範圍內盡我所能對您清楚說明了。」

唯一的問題只剩下亞克奈・安拿巴是否曾試圖從中作梗，如果有的話又是為什麼。但這不是泰斯凱蘭的問題，瑪熙特心想。這是萊賽爾的問題，應該由她和伊斯坎德一起思考，前提是他們能活過這週。在這場嚇人的告解中，她可以保守這最後一個祕密。另外，安拿巴動手的時候，還不可能知道伊斯坎德已經死了。這一定始終都是伊斯坎德做的主，跟她現在一樣，將訊息提供給十九手斧，使盡最後一股力，拯救萊賽爾免於帝國征伐。

〈我真想問問她是怎麼想的，竟對我們做出這種事。〉伊斯坎德喃喃自語。另一個伊斯坎德化為一道明亮閃光，沿著她的手臂竄下，像靜電的電流。

我也想，瑪熙特在心中說。跟我談話時，她說我們是完美的一對：我們都了解泰斯凱蘭。我以為那是讚美——

〈安拿巴的讚美？不，安拿巴痛恨帝國。〉伊斯坎德說。他的態度先是興味盎然，然後……像是突遭打擾。

「聰明極了，也挺令人不安，」十九手斧說。「不論是否屬實。」

「讓我告訴六方位，」瑪熙特請求道。她可以晚點再跟伊斯坎德談。「帶我去見他。拜託。念在我們的情分、他和伊斯坎德的關係，還有我們雙方的人民。」

「妳知道我不能像上次一樣趁天黑送妳進去吧？」十九手斧說。「他甚至不在地宮——現在這裡對他來說太危險了。」

「我知道。我曉得我是在請妳幫一個很大的忙，」瑪熙特開口，接著就被剛剛送上白蘭地的侍從打斷。他這次空手而來；即使以泰斯凱蘭人的標準而言，他的臉色也是死氣沉沉。

「閣下，」他說。「恕我打擾。」

「我有沒有下過命令，說任何進度回報都不算打擾，四十五日落？」

一抹微笑倏忽閃過，他的眼睛睜大了一會，然後眨了眨，恢復正常。「有的，閣下。很抱歉要通知您，元帥的兵力已經進入市中心，正在向宮殿區行進。有多起平民死亡的消息傳出，您需要的話，我這邊有資料。」

十九手斧短促俐落地點頭。「衝突都是同一陣營的人造成的嗎？」

「是的，都是由佩花者唆使。」

「我們一定要跟著用三十翠雀的宣傳語言嗎，四十五日落？」

「非常抱歉，閣下。主要都是三十翠雀那些別紫花的支持者在對元帥手下的士兵挑釁。」

「謝謝你，」十九手斧說。「我想這樣稍微好一些，如果只是三十翠雀，而不是所有那些頌唱妳的詩的人，三海草。我們或許還能保有他們的忠誠。我不確定。」

「『我們』是誰？」三海草問。瑪熙特也在自己的骨頭中聽見回音：泰斯凱蘭語中，『我們』的定義是什麼？

「『我們』就是想要看到六方位終其一生坐在烈日尖矛皇座上的人。」十九手斧說。

「我發誓我是，」三海草說。「如果妳想要，我可以當場以我的血起誓。」

這是一項古老的泰斯凱蘭習俗：屬一屬二地古老，可以上溯到帝國尚未擴張到其他大陸、當然也尚未擴及其他星球的時代。這是爲了祈求幸運，也是爲了證明誓言，以表示忠誠或是讓某個人接受任務的羈絆。滴血在碗裡攪勻，然後灑出去，作爲獻給太陽的祭品。

「眞是傳統，」十九手斧說。「瑪熙特——妳也願意發誓嗎？」

你發過這種誓嗎？瑪熙特在心中無聲地問伊斯坎德。

〈就一次。〉伊斯坎德說。瑪熙特想起他手上那道長長的弧形傷疤，就在十珍珠用毒針刺他的部位下方。〈六方位問我願不願意，我告訴他，我不願意被他束縛，如果我要爲他效力，我要保有自由，自己選擇在哪些方面效力——但我承諾不會對他說謊，我如此發了誓。〉

我會被束縛嗎？

〈妳很快就會知道了，對吧。〉

「拿碗來，」瑪熙特說。十九手斧的手一揮，隨即準備完成。一只黃銅小碗，一把鋼鐵短刀，瑪熙特可以想像十九手斧使起那把刀有多流暢，就像某種猛獸的爪子。三海草握著刀柄，食指壓在刀刃上，割了深深的一道，鮮血迅速冒出滴進碗裡。輪到瑪熙特時就沒那麼容易了。她握在刀柄上的手指不斷顫抖，但刀刃極爲鋒利，幾乎毫不費力、一點也不痛，就在她手上割出傷口。最後換十九手斧，她們的血混和在一起，全是相同的紅色。

就瑪熙特所知，這項習俗最古老的版本是要參與者全部喝下碗裡的液體。泰斯凱蘭人雖然對於取食死者遺骸一事大驚小怪，自己卻會食用活人的身體組織。

「願六方位皇帝陛下長治久安，直到他嚥下最後一口氣。」十九手斧說，然後瑪熙特和三海草也重複她所說的話。

什麼也沒發生。不知道爲什麼，瑪熙特就是期待會發生些什麼事，例如以血獻祭能創造魔法，或是神聖的奇蹟，或是——

〈或是像詩歌裡描寫的那樣。〉伊斯坎德幫她說完。她不得不同意。

她們沉默了片刻，接著十九手斧起身，流血的手指安全地遠離身上的布料。她說：「先來包紮一下，大使、情資官，然後我想我們就要去謁見皇帝了。」

第二十章

我心中仍惦記著流離在外的歲月。它驅動了我的詩作和政治表態，那段遠離泰斯凱蘭的漫長時光造成的影響，我永遠無法擺脫。我永遠在測量，我和一個長居世界中心的人之間有多長的距離；我若留在原地會變成的模樣，又和我在邊疆的壓力下發展出的樣貌相差有多遠。當第十七軍團駕駛著閃亮的奪星船，穿過跳躍門，在伊柏瑞克的天空填滿代表我家鄉的形影，我一開始感覺到的是害怕，一股深沉的斷裂感。在自己臉龐的形狀看出恐懼。

——摘自《神祕邊疆外訊》，十一車床著。

我親愛的，什麼事物值得保存？工作帶給妳的喜悅？或是發現帶給我的喜悅？

——伊斯坎德·阿格凡大使致動衛十九手斧之私人信件，日期不明。

他們讓皇帝待在北宮的一處避難所。

瑪熙特、三海草、十九手斧和一名侍從——那個叫做四十五日落的年輕人——走了四十五分鐘才抵達。他們走地道，避開宵禁和到處巡邏的太陽警隊。整個宮殿區的地底都有地道分布。三海草在她左邊咕噥著說，「根據謠傳，宮殿在地面上開的花長得有多高，地下的根就有多深。我們這些在白天服務的帝國公僕只看得見花——也就是司法部、科學部、情報部、戰爭部——地底的根雖不可見，卻十分強大。」瑪熙特喜歡聽她講話。她們身爲野蠻人和聯絡官的互動就是這麼開始的，三海草爲她解讀泰斯凱蘭。她喜歡這樣，但同時她也知道，三海草這麼做是爲了讓自己保持冷靜。

十九手斧帶她們通過檢查哨，這裡的關卡先是都城的幾道人工智慧牆——十九手斧用她的雲鉤開通——然後有更多的泰斯凱蘭人守衛，他們穿著非常簡素的灰色長衫長褲，左臂上戴著皇家的山峰紋章。瑪熙特想到那些追捕十二杜鵑的司法部探子，也想到八迴圈；她是六方位的手足，可能爲他提供了由司法部訓練的祕密私人護衛。他們都配備了電擊棍。有些人持有射擊武器——愈往地道深處走，人數愈多。看到其中一位女性扛著的武器時，瑪熙特敢發誓那是通常裝置在小型戰艦前端的雷射砲。這些人都沒有配戴太陽警隊那種遮住全臉的雲鉤。

最內層的守衛完全沒有佩戴雲鉤。他們取下十九手斧的雲鉤，她也輕鬆地交出去。

一閃電透過戰爭部對都城的人工智慧演算法動了手腳，滲透程度一定很深，皇帝才必須由完全不受該系統影響的人員保護。他們赤裸地被遺棄於泰斯凱蘭的文學、歷史、文化與即時新聞組成的龐大資訊流之外，就像瑪熙特曾失去和自己的憶象溝通的能力。

十九手斧和其中幾個人說了話，其他人只對她頷首。瑪熙特好奇她先前走過這條路多少次——這是她初次接觸到這種層級的災難和威脅，抑或是，在她效命於六方位的漫長歲月中，他也曾被迫躲藏在帝國這個設計奇特的中心點。

〈我從來不知道。〉伊斯坎德說。

他也許曾與你同床共枕，但你不屬於他，瑪熙特對他說。

〈我不想要屬於任何人。我愛他。這兩者有所不同。〉

你怎麼能把皇帝當成一般人來愛，伊斯坎德？她沒有說的是：我能嗎？我會嗎？

她不會。這都是伊斯坎德的情感。她見過皇帝兩次，一次在公開場合，一次是私下——她留下深刻印象，感覺到伊斯坎德帶來的熟悉感在她整個人的神經和邊緣系統迴響，但那不是她的情感。

但也許是他們的情感，她和今昔兩個伊斯坎德共有、融合的情感——這可能是個問題，她想要盡可能保持客觀。

通過最後一道門、最後一群守衛，隨即來到一個以皇宮標準而言很小的房間，室內滿溢太陽燈的光線——整個天花板都是全光譜光源的照明燈。燈光很溫暖，讓人宛如坐在觀景沙發上，沐浴於太陽射線中。瑪熙特覺得這裡亮得會令人睡不著。角落站著更多灰衣守衛，其中一人上前搭住三海草的手肘，溫和地將她和瑪熙特與十九手斧分開。她配合地走開了。

六方位本人坐在房間中央的一張臥榻上，穿著鮮豔的紫紅和金色衣裳。在地宮的居所裡，他背後有太陽燈的光環，在這裡、在都城地底的別宮中，他的身邊則是圍繞著全像投影所組成的發亮堡壘，一大片訊息和報告，猶如偏頭痛前兆的模糊眩目閃光。他的狀況看起來糟糕極了，皮膚變得像灰棕色的薄紙，眼下透出青紫。當他轉過頭來對著十九手斧——然後是瑪熙特——微笑，他的笑容燦爛且鮮明，她的心臟在因而胸中驚跳。她爲他感到害怕，發自內心的害怕。

〈我死的時候，他的狀況還沒這麼糟。〉伊斯坎德對她說。

我覺得過去三個月對誰都不好過，包括陛下。垂死者如果無法休息，就會更快走向死亡。

〈皇帝是不睡覺的。〉

「陛下，」十九手斧說。「我又給您帶麻煩來了。」

「可不是嗎。」皇帝說。「還是坐到我旁邊來吧，瑪熙特。看看我們能否比上次談話更有進展。」

瑪熙特被隱形的絲線牽引著上前。那些絲線是欲望，有些是她的、有些不屬於她；是對皇權的服從；是她爲了成就這場會面所做的一切努力和犧牲。她坐下來，也成爲那座資訊堡壘的一部分，成了又一筆環繞在六方位身邊的資料。靠近一看，皇帝手腕的靜脈有明顯可見的瘀傷，想必是失去彈性的皮膚和薄薄的血管在無數次注射後留下的痕跡。她好奇地想，不知道他現在是靠什麼續命。

「我也給您帶麻煩來了。」她說。

「一點也不意外，從萊賽爾太空站來的麻煩是吧。」六方位對著她笑了，萊賽爾式的咧嘴露齒。一時之間，她不知道該拿自己的感受怎麼辦。如果她什麼感受都沒有，那就太有幫助了。如果她可以當單純的政治工具，單純爲了防止泰斯凱蘭侵略萊賽爾而存在，冰冷而透徹，那該有多麼簡單——

〈說話吧，瑪熙特。不然就換我說了。〉

有一刻，瑪熙特考慮退到一旁，讓伊斯坎德掌控她，讓伊斯坎德再和他的皇帝說一次話——然後她感到令她作嘔的驚恐。*滾出我的邊緣神經系統，伊斯坎德。我不是你的轉生。我們的關係不是這樣。*

一陣嘶聲，像導線上的靜電。然後他說：〈妳說話吧。〉

「陛下，」瑪熙特開口，「我從我們萊賽爾的政府得到具體情報，提及泰斯凱蘭遭遇的嚴重威脅；恐怕要說，這比現下外面發生的混亂更加嚴重。」

「請繼續說，」六方位表示。「有其他問題讓我分心也好，不管多麼嚴重，只要稍微比我眼前的難題輕鬆就行了。」

瑪熙特繼續說明。她解說了整段訊息，包括其中明顯的政治運作——像她對十九手斧解說的一樣。然後她等著聽皇帝的反應。

有幾次呼吸的時間，他沉默不語。她聽得見他肺中傳來微乎其微的氣泡聲。然後他轉向十九手斧。

「妳認為我們最新的這位萊賽爾大使和上一位一樣可靠嗎？」他問她。

十九手斧站在三海草旁邊，離房門較近。她點頭道：「如果我不相信她，就不會帶她來了。我認為她將太空站政府告訴她的訊息如實稟報我們，即便其中存在她的偏見，她也誠實地傳達了。如果換作其他時候，陛下，我會認為她是來向我們求助，做一場公平的外交利益交換，以重要情報換取她的太空站繼續不被泰斯凱蘭正式統治。」

「但現在不是其他時候。」六方位說。他轉回來面對瑪熙特。「在肯定與感謝妳通報這項威脅之餘，我要再問一次先前問過妳的問題，瑪熙特・德茲梅爾：妳肯同意妳前任所同意的事嗎？給我伊斯坎德原本要給我的那樣東西——若非我美麗的摯友十九手斧和科學部與司法部聯手阻止。讓我獲得重生，妳就能保護萊賽爾的利益，甚至不需要利用這項威脅。」

「我們不能放棄這個嗎，六方位？」十九手斧說。她的聲音中有一種不滿而疲憊的苦痛。「我想要你活下去，永遠掌握皇權；你若逝去，我此生的每一天都會思念你。但是烈日尖矛皇座不能、也不該拿來做野蠻人的醫學實驗——陛下，您看看瑪熙特。伊斯坎德存在於她體內，她卻不是伊斯坎德。」

皇帝的目光緊鎖瑪熙特的雙目。她覺得自己彷彿即將溺斃。她想像中血誓儀式所召喚的超自然力量就發生在這裡，但也不過就是邊緣系統的反射反應，神經傳導的惡作劇。但她感覺胸骨後方懸著一只極輕極細的鉤子，懸著一股痛楚。六方位舉起一隻手托住她的臉頰——絲毫沒有顫抖，她甚至為他的力道感到不可思議。

她讓伊斯坎德靠向他的手掌——由一連串的反應，以及記憶、情感與行為模式的連續性構成的伊斯坎德。讓他沉沉地、慢慢地合上她的眼皮。

然後她一把奪回控制權，挺直身子，睜大雙眼，「陛下，他愛著您。而我只跟您見過三次面。」

接著，在短暫而驚愕的沉默中，她繼續說：「此外，我沒有憶象機器可以交給您。而且，就算現在的情勢不是如此緊張，我也無法在您的生命結束前及時找來一具機器保存您的記憶。我很抱歉，六方位陛下，但我的答案是否定的。」

皇帝用拇指摩挲她頰骨的線條。「妳的體內，」他說。「不就有一具機器嗎。」

「如果您想要，」瑪熙特一面對他說，一面在燙熱的恐懼之下猛吞口水。他可是皇帝，如果他想切開她的身體，只要一揮手，就會有某個灰衣守衛當場完成他的命令，而且她身上還有五廊柱留下的手術疤痕給他們作爲指引。「您可以將我和伊斯坎德——甚至該說有兩個版本的伊斯坎德，這很複雜，這全都複雜得要命——放進您的意識中。或是放進任何您指定的人選的意識中。但是陛下，現在沒有憶象機器能將單單您一個人放進另一個人的意識中。在來往交通所需的兩個月內都不會有。」

六方位嘆了一口氣，放開她。她仍然感讀覺到他的手殘留的觸感，宛如烙印般紅熱，她的皮膚因而極度脆弱敏感。「我想這也沒有太大影響了，」他說。「自從妳的前任死去，我就沒有將希望寄託在轉生上。我也沒有預期妳會帶給我這個希望。我只是……痴人說夢罷了。」他晃了一下手指，十九手斧趕到他跟前，跪在他旁邊的地上。他將一隻手放在她的後頸，她挺直頸背貼著他。

瑪熙特一向將她想像成一頭巨虎，生著利爪，凶惡危險——然而她也會屈膝。也會靠向那隻撫摸她的手。

〈帝國碰觸過的一切，都不會是原本的樣子。〉伊斯坎德對她喃喃說道。

又或者那是她自己的聲音，僞裝成她最有可能信任的腔調。

「這場愚蠢至極的叛亂進行得怎麼樣了，十九手斧？」皇帝問道。

「雖然愚蠢，」十九手斧說。「但禍及全國。一閃電殺害平民。三十翠雀試圖透過直接的內部政變推翻您，我相信這是因爲他認爲您死後，八迴圈和八解藥會將他逐出政府體制——所以他用一閃電當作藉口，趁您還在世時先發制人，他的手段是派那些戴著可笑胸花的支持者上街滋事。我們失去了情報部的二玫瑰木，她或者死了，或者凶多吉少。我對戰爭部的九推進器也不抱太大希望，就算她原本還沒投身一閃電的陣營，只要她認爲能在他未來的政府中爭取到勳衛的地位，她現在隨時會倒戈……」

「既然妳已經無所不知，十九手斧，妳想當情報部長嗎？」

「……我喜歡我目前的頭銜。我之前說過好幾次了。」十九手斧說完，輕輕嘆了一口氣。「不過，如果您需要我當，我就會當。」

「我需要妳做的不是這件事。」六方位說。瑪熙特從他的用字遣詞中感覺不到任何寬慰。從十九手斧的表情看來，她也有同感。

「八解藥在哪呢？」十九手斧問。「不知道您能不能告訴我。我很——擔心他的安危。」

身爲跟皇帝有百分之九十相同基因的複製體，儘管只有十歲，他的下落仍然至關重要——*他是在你和六方位終於達成協議時孕育的嗎，伊斯坎德？或者他是原本就存在的保險措施？*在六方位死後，基於八解藥所擁有的基因，他可能成爲三名皇位繼承者中的首選。如果六方位在這孩子成年前就死去。

「他跟我們一起在下面這裡。」六方位說。「十九手斧，妳會保護他，對吧？」

「我當然會。我哪次不是考量您的最佳利益而行動，陛下？」

〈就是她害死我的那次。〉伊斯坎德悄聲說。瑪熙特好奇皇帝是否也想到同一件事。

「噢，有一兩次吧。」六方位說。十九手斧沒有退縮或慌亂，反而笑了。突然之間，瑪熙特可以想像他們初遇時的畫面：十九手斧是年輕的將領，六方位的權力盛極一時。他們輕易自然地建立起友情，還有成功的同盟關係。

然後，皇帝轉身過來，重新面向瑪熙特。她感覺自己好渺小，無比年輕，一點也無法像伊斯坎德那般得到這兩名泰斯凱蘭人的好感。她無法打入這個奇異的三角關係。

〈妳確定嗎？我花了十年，妳才剛開始一個星期。〉

不，她不確定，她只是還沒準備好。

「那麼，瑪熙特・德茲梅爾——如果妳無法解決我最根本的治理問題，如果妳無法給予我永恆而穩定的統治——妳從達哲・塔拉特那裡得到的資訊，對我還有何益處？當我藏身於我的宮殿中心，躲避死亡與篡位叛亂，我還能對帝國邊境的外星人侵略做些什麼？」

就這樣，她面對著一場測試。就像她第一天抵達這裡時的感覺，突然之間心知自己必須隨時說泰斯凱蘭語，而不只是在心裡說、跟朋友交談時說。現在她可以用泰斯凱蘭語溝通無礙，她懂得用字遣詞，懂得詞句之間的微妙差異。她有伊斯坎德和六方位長年的互動來引導她——他們在餐桌上、立法會議中、床笫間進行過的所有對話。她全身隱隱作痛的部位——手、臀部，還有無窮無盡的頭痛——都消失了，她心想：好吧，就是現在。

「您可以摧毀一閃電的信譽，」她說。「您還可以將八迴圈的地位擢升到三十翠雀之上。」

她飛快地說：「一閃電正在發動篡位——他試圖自立爲皇。但他在戰場上有勝績嗎？沒有。他有努力作戰求勝嗎？也沒有，他放任泰斯凱蘭的邊界門戶洞開，遭受外星人威脅。而這個消息甚至要由一個野蠻人通知您，也就更顯得您的元帥怠忽職守、顏面無光。他應該第一個發覺這項威脅，卻將他自己、將他虛榮的野心擺在帝國的安全之前。」她不得不停下來換氣。她感覺得到三海草的眼神望著她的背後。她眞希望她的聯絡官在她身邊，近到能握著她的手。「還有……八迴圈針對侵略戰對整個都城提出警告，表示開戰的合法性有可疑之處，因爲邊境可能存在威脅。而三十翠雀在您的上一場詩賦大賽公開支持這場戰爭。八迴圈身爲司法部長，可謂克盡職守，反倒是三十翠雀，他利用了他對您的影響力，讓您陷入政治危機。」

她畏縮了一下。「我得承認，這需要您坦承自己或許曾經被您的動衛所誤導。」

「只是小小一點代價，」六方位說。「我是個老人了，輕易地被眩惑了，是這樣吧？」

〈才不輕易，陛下。〉伊斯坎德說。瑪熙特得咬緊下巴，不讓他的話語脫口而出。她聳了聳肩，攤開雙手。最好什麼也別說。最好用泰斯凱蘭人自己的話語聲援萊賽爾太空站。

六方位低頭看著十九手斧，兩人之間進行了某種無聲的交流。她點點頭。他的手從她的頸後放下，她則站起來，以一個至少一天半沒合眼的中年女子而言，她的動作十分流暢優雅。

「我們必須在所有頻道公開這則訊息，」她說。「當作國家緊急公告。陛下，必須由您親自出面——現在沒有人會相信他人代您發言。大使的陳述會以事先預錄的方式適時插入。」

「一如往常，十九手斧，我相信妳的判斷。」

十九手斧的微笑看起來更像是瑟縮。瑪熙特懷疑她想起當時她是如何任憑伊斯坎德被人殺害，同時也注定了六方位的命運。對她而言，那想必像是心頭的一根刺。六方位肯定樂見這個發展，那根刺讓他有個支點可以扭轉施力——

「德茲梅爾大使，」十九手斧說。「瑪熙特——妳願意爲我們錄下來自萊賽爾政府的聲明嗎？」

如果計畫是這樣，就這樣辦吧。「好的，」瑪熙特說。「我願意。我該去哪裡錄？」

「噢，我們這裡萬事俱備，」六方位說。「曾經有皇帝在這裡避居數月。一部全像錄影機當然不成問題。」他朝一群灰衣侍從揮了一下手，他們便開始動作：有些離開房內，有些帶著戒備走近寢榻上的瑪熙特和皇帝。

「她看起來好像在暴動中被人拖行過，」其中一個侍從說。「她臉上的血——我覺得應該留著。跟她傳遞的重大消息很相襯。」

「即使是野蠻人，也能做出犧牲，」六方位說。「我們可以關注這一點。」

侍從協助她從寢榻上起身，帶她走進另一個房間；她在十九手斧的早餐餐桌上看到宣戰消息時，新聞裡的帝國簡報室和這裡一模一樣。她努力不要覺得自己汙穢、腐敗、被人利用。她的努力沒有奏效。

不但沒奏效，也沒有阻礙她把她的祕密再說一次，這次是對著錄影機，盡可能清晰且具說服力。

✺

針對應該在何處進行公告直播，皇帝和十九手斧之間展開一場簡短而激昂的爭論——十九手斧主張所有人都應該繼續躲在地下，但六方位等她說完那些奉承話，諸如關心他的福祉和孱弱的身體狀況云云，然後他便宣告，他終究是泰斯凱蘭的一國之君，他要坦蕩無畏地在北宮頂層的太陽神殿宣讀公告，而十九手斧要陪在他身旁。跟他爭論實在是徒勞無功；即使他的權勢已經在危機下削弱，瑪熙特仍然感覺得到他威重如山——他治下八十年的和平化爲長長的影子，形塑出這個時刻。

爭論結束後，緊接著就是手忙腳亂的準備工作；突發的公開露面行程往往會導致如此結果——緊迫的二十分鐘內，皇家侍從們彼此匆匆對話、傳送訊息。皇帝和十九手斧在重兵護送下消失。瑪熙特曾見那個孩子——八解藥——被推進混亂的陣仗中。她心想，不知道他已經被這樣帶來帶去多少次了，在一個個敏感的政治時刻轉移陣地。他在離開的途中看著她；他是個瘦小的男孩，抬頭挺胸，觀察力敏銳。瑪熙特想起東宮庭園裡的鳥兒。他們甚至連碰都不用碰到妳，八解藥是這麼說的。她當時以爲他指的是那些鳥，但這話對照起他現在的處境同樣不假。那些人沒有碰到他，他們的手沒有放在他身上，就能讓他跟著移動。

她則被帶到另一個更小、更隱密的房間，資料微片和紙本書散落其中，螢幕上有抹除到一半的全像投影。這是一間工作室。房間中央擺了一張沙發，瑪熙特坐上去。有人幫她拿來溫毛巾，讓她擦拭臉上的血跡和塵土。另一個人把三海草帶來。她一臉迷惑地捧著一大杯茶，跟瑪熙特在沙發上並肩而坐，一起看著周遭旋風般的動態。瑪熙特覺得自己的心神飄忽不定，與世隔絕。她所擁有的聯繫全部消失了，連她心中的伊斯坎德也變成一個靜止沉默的存在。

她們面前的牆壁有一半被巨大的全像投影占據，只剩下這個畫面還在更新，開始播放帝國的紋章和旗幟，搭配著倒數計時數字——四十八分鐘後，皇帝將對臣民發表談話。倒數至三十七分鐘時，所有侍從都不見了，只剩下門口的守衛，帝國的龐大機器整個搬移他處。瑪熙特已經扮演完她的角色，交出了她的祕密。現在她除了等待，再無其他事可做。

三海草將空茶杯放到地上。倒數三十五分鐘。她們之間的靜默柔軟如絲絨，瑪熙特難以忍受。

「妳覺得他們在做什麼？」她問。

她只是想要在自己的呼吸和三海草較輕較快的呼吸之外聽見其他聲音。

三海草嚥了一下口水，兩隻手指按著眉心，彷彿想忍住淚水。「噢，我猜他們在找八迴圈。」她說。她的聲音完全稱不上穩定——瑪熙特轉過頭，帶著真心的擔憂看向她。「爲了呈現帝國權威性的視覺效果，讓他們全部站在一起——」

「三海草，妳還好嗎？」

「噢，該死，」三海草說。「不，並不好，但我實在很希望妳不會發現。」

這裡只有她們。門口的守衛轉開視線，沒有動作、沉默無聲。她們被排除在時間之外，排除在漠然前進的世局之外。瑪熙特伸出手——她驚駭地意識到，這個動作不屬於她，甚至也不是出於伊斯坎德的習慣，而是屬於皇帝——她托起三海草的臉頰。

「我發現了。」她說。

三海草突然哭了起來，瑪熙特並不意外，但還是爲她難過。瑪熙特覺得愧疚，彷彿是她造成對方這場小小的崩潰，彷彿她在蛋殼上敲得太用力，敲出了裂痕，只剩下殼內的薄膜撐著不讓蛋支離破碎。

「嘿，」她說。「嘿，一切會——」不會沒事的，她也不打算這麼說。仰賴著直覺和一股突然湧出的關切——感覺像是她的迷走神經被準確地觸發，搏動了起來——她將三海草拉進懷裡。三海草順從地靠了過去，微微的重量倚在瑪熙特肩上，臉貼著她的鎖骨，熱淚沾濕了襯衫。

瑪熙特輕撫她的頭髮，髮絲依然披散，沒有編成平常的辮子。世界不斷旋轉、旋轉——倒數剩下三十二分鐘——她無法想像三海草對這一切的感受。先前在十二杜鵑家裡，光是提到內戰兩個字，三海草就一副泫然欲泣的樣子。

「我以爲我很好，」三海草悶悶地說。「但我一直想到那一堆血。該死。我好想念小花。才過了三個小時，我就這麼想他了，而且他那樣死掉實在是笨透了——」

噢，不是內戰的緣故，完全不是。是某種更深沉、更迫切的情感。瑪熙特用雙臂擁緊她，她發出一種打嗝般的可憐聲音。「這真是——整個世界都在變化，我卻在爲我的朋友痛哭，」她說。「我算什麼詩人呢。」

「等這一切結束，」瑪熙特說。「妳會幫十二杜鵑寫一首輓歌，讓人們在街上詠唱。現在有許多泰斯凱蘭人在無端受苦，而他將成爲他們所有人的象徵。他永遠不會被遺忘，而這要歸功於妳，還有——噢，我真的很抱歉，都是我的錯——」她也要哭了，她們兩個這樣在地底下的沙發抱頭痛哭，有什麼用呢？

三海草從瑪熙特的肩膀抬起頭看著她，整張臉哭得發紅、淚痕斑斑。在一陣短暫而緊張的停頓間，瑪熙特很肯定自己聽見了血液在微血管裡奔流的聲音。她們的呼吸頻率完全同步了。

三海草親吻她的時候，瑪熙特整個人對著她敞開，宛如都城某座水上花園裡的蓮花在黎明時分綻放——緩慢而堅定，彷彿她今晚已經爲這一刻等待了好久好久。三海草的嘴裡溫熱，雙脣豐厚柔軟，她的一隻手伸進瑪熙特的短髮間抓緊，緊得幾乎抓痛了她。瑪熙特發現自己的雙手落在三海草的肩上，手掌感覺到肩胛骨銳利的稜角。她將對方拉近，半靠在自己腿上，相吻的脣仍然沒有分開。

這是個糟糕透頂的主意，可是又如此美妙。好幾個小時——甚至好幾天——以來，發生在她身上的所有事中，就屬這件事最美好。三海草親吻她的方式，像是已經徹底研究演練過這個動作，而瑪熙特很開心，開心她做了這件事，開心她們可以分神不管其他一切。

她們分開的時候，三海草的眼睛離她只有幾吋，那雙眼睛又黑又大，拭過淚的眼角仍然泛紅。

「小花對我的判斷從來不會錯，」她說。瑪熙特將她一綹散落的頭髮撥到耳後，聽她繼續說。「我就是喜歡外星人、野蠻人、任何新事物、不同的東西。但我也——假如我是在宮廷裡遇見妳，假如妳是我們的一分子，我還是會這樣做。」

這是很美的一段話，帶來了療癒與安慰，但也同時非常駭人：**假如妳是我們的一分子，我還是會一樣渴望妳**。瑪熙特既想爬回她脣邊，又想將她從自己腿上一把推開。她不是泰斯凱蘭人，她是——她再也不曉得她是什麼了，她只知道，不論多少個可愛的情資官在幾乎爲她犧牲一切之後淚眼迷濛地倒進她的臂彎、渴求她的擁抱，她都不是泰斯凱蘭人。

「我很高興妳喜歡。」她勉強地說。因爲她確實感到高興，因爲這樣說很貼心。「過來這邊，讓我——我來——」她的手鑽進三海草的髮間，靠在她纖細的背脊上，擁抱著她。

她們沒有再度親吻，只是用同步的呼吸等待著全像投影螢幕的變化——倒數十五分鐘。畫面上開始出現一系列都城的空拍影像，像是高高站在北宮頂層太陽神殿的人望出去的視野。像是皇帝的眼睛，現在睜了開來。

第二十一章

都城子民蜂擁奮起
耀眼如千百星芒
一旦重獲自由，我們將述說異象
一旦日蝕復盈
我將是太陽手中的尖矛
——都城流傳的抗議歌曲，作者佚名（可能出自一等貴族三海草）。

即使在多方威脅之下已經不若以往強大，泰斯凱蘭以象徵符號全面展現的帝國勢力依舊銳不可當。瑪熙特在三個層面上有所感受：第一是她自己心中的期盼與欣賞；她的童年有大半都沉浸於對泰斯凱蘭這個故事、這個詩人帝國的熱愛，在她的幻想花園中，帝國是一頭戰無不勝、貪食無厭、歌唱不歇的巨獸。第二是來自兩個伊斯坎德的回音，這兩個版本的伊斯坎德曾經來到帝國、落腳定居，變成能夠在此地生活的人；他們能夠使用這裡的語言，眼中所見、口中所說的一切都只屬於泰斯凱蘭，萊賽爾成了記憶中親愛但遙遠的家鄉。最後，則是來自她懷中那名泰斯凱蘭女子的急促呼吸和全身顫抖。她們一起觀看著這場為了瓦解叛亂行動而展開的表演。

表演的開端，是皇帝視野中的都城移動全景影像——畫面緩慢地變化，疊上花朵、尖矛、帶著向日葵花瓣金黃光澤的帝國紋章，還有帝國的旗幟——不是戰旗，而是懸在烈日尖矛皇座後方，承平時期的國旗。畫面還配上音樂，不是軍樂，而是古老的民謠，有弦樂和低音域的笛聲，宛如女性人聲。

「那是什麼曲子？」瑪熙特問三海草。三海草稍微坐直，一隻手臂仍然環在瑪熙特腰上。

「那是——那是九洪水皇帝時代的一首歌，就是在我們突破太陽系之前不久的時期——很古老了。這曲子人人都認得。那是——該死，他們眞懂得怎麼做宣傳，那曲子讓我覺得懷舊、害怕又勇敢，我完全知道他們在製造什麼效果。」

全像投影螢幕上的畫面轉到一座太陽神殿的內部——那神殿比瑪熙特藉由全像投影或資料膠片影像所見都更大、更華麗。中央的主殿築成鐘形瓶的形狀，頂端敞開，鑲上透鏡，讓明亮的光束灑落中央高臺和擺著青銅缽的祭壇。整個空間通透澄淨如寶石，切面反射光線，閃爍著半透明的金色和石榴石的紅色。音樂逐漸淡出，畫面上出現站在祭壇正前方的六方位。他們幫他化的妝眞是鬼斧神工：他看起來幾乎完全健康，只有突出的顴骨顯得憔悴。八迴圈還是不見人影，但他跟前站著十九手斧，穿著一身奪目的骨白色——那是她在他們離場時穿的同一套白衣，袖口還沾了一道五瑪瑙的血跡。為了服務帝國不惜浴血的動衛。皇帝右邊則是他的百分之九十複製體，八解藥。他小小的肩膀挺得筆直，臉上和皇帝長著一模一樣的高聳顴骨，但他的肌膚健康而稚嫩。

皇帝、皇儲和顧問大臣，權力中心的成員全體俱在。這是一幅安定民心的畫面，但以此作為向泰斯凱蘭全民公告訊息的開頭，不免有些嚇人：他們聚集在北宮頂層的太陽神殿，強調了這則訊息的嚴重性與必要性。

〈艦隊的戰艦此刻就在軌道上。〉伊斯坎德對她喃喃低語。也就是說，如果一閃電心有此意，他只要一下令，就能將神殿和皇帝雙雙轟炸得灰飛煙滅。

泰斯凱蘭全國上下的人民也都知道這一點。

六方位兩手指尖相觸，傾身鞠躬，向所有觀眾行禮。他沒有微笑，這個場合嚴肅到容不下笑容。鏡頭宛如輕柔的撫觸般懸在他嘴巴的位置，等著迎接他的話語。他開口說話時，所有人都鬆了一口氣，突然釋放了一股小小的壓力，然後才開始理解他的一字一句：我們仰賴艱鉅的努力、悉心的文明教化，共同撐起了這個帝國，在必要處修剪，促使花朵在社會的至美之處開放。我的手引導著你們所有人的手——然而，現在是帝國脆弱危殆的時刻，新生的花朵顫抖飄搖，眼看就要解體墜入星光之中，我們所有人都面臨危機。有些人心中知道這項危機，有些人透過身體，透過軍隊的腳步聲，透過都城所受的傷害而感覺到，我們自己的手腳，在我們文明的心臟上造成的傷口——

瑪熙特覺得她的心臟跳到了喉嚨，躲在舌頭後方，她整個人只感覺到脈搏的跳動。她預期中的演講並不是這樣。她預期這會是一個安撫人心的場合，迅速用她錄下的影片證實外來威脅的存在，表明泰斯凱蘭的空域邊界有外星勢力集結。她預期的不是這番精心修辭的鋪陳和關於革新的講題；對一位同時遭受軍隊與官僚體制挑戰的皇帝而言，這是一個危險的主題。

「他在做什麼？」她喘著氣說。

「繼續看吧，」三海草說。「等一下，我知道他在做什麼了，我不希望我料中。」

「妳不希望——」

「安靜，瑪熙特。」

她安靜下來。皇帝繼續發言，要求眾人冷靜反省。黎明來臨前，有一個沉靜的時刻，我們既能看見遠方的威脅，也能看見溫暖微光的預兆，他說。十九手斧在他身邊，平靜中立的表情變了，瑪熙特看出那是一種恍然大悟的怖懼——一種放棄——然後又勉強自己恢復不動聲色。有什麼事不對勁，而十九手斧注意到了。某些事正在發生，但瑪熙特並不理解。

現在，六方位談起萊賽爾——簡短地點出這是一個位於泰斯凱蘭空域邊界的礦業太空站，一隻遠方的眼睛，將它所觀察到的危險向我們轉述。接著，她自己的影像出現在十九手斧、六方位和八解藥所在的畫面上方：瑪熙特·德茲梅爾，身材高大，額頭高、臉頰窄、狹長的鷹勾鼻，看起來就十足像個野蠻人，在一間帝國簡報室裡解說著即將來臨的侵略。她的樣子很疲憊，同時也很誠懇。

〈妳表現得很好，〉伊斯坎德悄聲說。〈要是在法庭上，不管哪一方都很難抓到妳的把柄。妳恰好走在雙方之間的中線上。〉

皇帝的臉在她投影出的臉龐後方，她的全像投影動口說話時，皇帝的嘴巴一動也不動，宛如純靠意志力在指揮她的表演。

然後整個影像——他們所有人和太陽神殿——都被一幅熟悉的地圖取代：繪出泰斯凱蘭空域的廣大星圖。瑪熙特上次看到這張地圖時，它是用來標示侵略萊賽爾及其周邊地區的範圍。現在戰爭範圍的標示線淡去了，她一面看著，達哲·塔拉特給她的座標位置一面在地圖上亮起：受到最大威脅的地點，觀測到外星人駕駛武裝太空船出現的地點。同一幅地圖上也有反恆星：它們散發片刻的光亮，然後散成一片深暗而危險的紅色，宛如血泊。

瑪熙特想起十二杜鵑；直到地圖消失，她的思緒還是在他身上。於是，在格外漫長的幾秒間，她迷失在回憶和浮想中，因而誤解了她在太陽神殿裡看見的畫面。

皇帝拿著一把出鞘的利刃，某種暗色閃亮金屬所鑄成的刀，最鋒利處呈現半透明的灰色。他已褪下罩袍，任它堆在腳踝，透過他身上輕薄的衣褲，每根骨頭的輪廓都清晰可見，削瘦的病體在攝影機前展露無遺。八解藥用手掌的側邊按在嘴上，做出孩童表示憂懼的動作——十九手斧則說了某些話，瑪熙特只聽到句尾片段：陛下，我——不要——

六方位說：泰斯凱蘭需要一隻堅強穩定的手——受到繁星祝福的手，有備而來的巧舌，能夠緊握陽光的拳頭。自我知曉何謂效忠，我便效忠於你們，如今面對我們即將遭遇的危機，我將為這座神殿、為這場將至的戰爭獻身。

「他真的要這麼做了，」三海草說。在瑪熙特身邊的沙發上，她的聲音聽起來太真實、太響亮、太靠近。「好幾個世紀以來——不曾有皇帝如此——」

我指定動衛十九手斧為我的繼承人，以及這場保衛戰爭的執行人，六方位說。她並將擔任我的基因之子八解藥的攝政皇，至他成年為止。

瑪熙特心想，我究竟引發了什麼事？並且感覺到一陣劇烈、痙攣般的悲傷：來自她自己、來自三海草，也來自伊斯坎德——

皇帝後退兩步，踏上高起的祭壇中央。我以鮮血為我們犧牲，他說。這一幕無可阻擋地播送到每一個省分、帝國空域中每一顆星球上的泰斯凱蘭人眼前。一旦重獲自由，我會是太陽手中的尖矛。

她的詩句。

瑪熙特和三海草的詩句，她們寫來為自己騙取自由的詩句——人們在街上頌唱的詩句——

六方位舉起刀，陽光在刀鋒上粼粼閃爍——然後他持刀的手往下揮。大腿內側飛快地被劃出兩道切口，股動脈化為血紅的噴泉。好多血。他站在血泊中，又劃下另外兩刀，從左右手腕劃到手肘。

刀子在太陽神殿的金屬地板上鏗鏘掉落。

皇帝不久後便死去。

在後續的靜默中，瑪熙特發現自己把三海草的手握得太緊，指甲都掐進她手掌裡了。整個宇宙裡唯一的聲響似乎就是她們的呼吸。在她的腦海中，伊斯坎德化為一個勝利但悲傷的空洞，廣大而虛無。她別過頭不看他。她什麼也不看。

螢幕上是全身染血的十九手斧，衣服已看不出原本的顏色。她拿起那把刀。

泰斯凱蘭的皇帝向各位問候，她說。她的臉被血與淚沾濕。那張臉濡濕、陰沉且堅定決絕。保持冷靜，秩序是黎明時分綻放的花朵，而黎明即將來臨。

稍後有片刻的安靜，接著便一如預期混亂四起；那些身穿灰衣的皇家守衛都忙著搞清楚該做什麼、該去哪裡、該如何帶他們的新皇帝到安全的地方，畢竟空中還有一艘在低軌道上的戰艦用武器瞄準都城。瑪熙特和三海草靜靜坐在這一片混亂之中——所有人似乎都不怎麼留心她們。她們什麼也沒做，她們不像是會對任何人造成立即的威脅。

「他設計了她，」三海草驚嘆地說。「她到了那裡、站在他身邊時才知情。十九手斧陛下，她的芳蹤如刀鋒的閃光使滿室生輝。總之，我想這個安排也剛好適合她。」

她們的角色莫名地逆轉了。瑪熙特不可自制地哭了好久，雖然背後的內分泌反應不純粹是出於她自己，但她的身體決定徹底屈服於哀傷的重擔下。伊斯坎德還在——她覺得自己應該再也不會感覺到他消失時那種不對勁的空洞——但兩個版本的他都變得像是冰冷荒涼的風景、缺少空氣的房間。瑪熙特哭個不停，即使在她想說話時，她還是止不住哭泣。

她用掌根抹了抹鼻子。「當然適合了，」她勉強地說。「她會讓朝廷天翻地覆，朝廷也會讓她不得安寧，這會是個精采的……故事。十九手斧皇帝陛下，刀鋒的閃光。簡直就像天造地設。」

三海草聽到這段話似乎感到十分欣慰，瑪熙特卻完全不這麼覺得，她憤怒、破碎而空虛。她不斷回想起滿地的鮮血，回想起六方位是怎麼說出一旦重獲自由，我會是太陽手中的尖矛，彷彿那句話是她為了他而寫下。

為了他，而不是為了她自己，也不是為了萊賽爾。

經過帝國觸碰的一切，都將不再潔淨無瑕，她心想。她試著想像這句話是出自伊斯坎德之口，但其實並不是。

❁

過了三十六個小時，叛亂才宣告結束。

瑪熙特透過三海草的情報部新聞頻道得知大部分的動態。她躺在大使寓所裡曾經屬於伊斯坎德的那張床上，一隻眼睛上戴著三海草的雲鉤，彷彿那是一頂永久固定的王冠。起床感覺像是一件既困難又不必要的事。

瑪熙特猜想，一閃電原本指望他手下的軍隊會樂於屠殺泰斯凱蘭的大批遊行群眾，但事實並不如他預期。但話說回來，他原本預期的對手是六方位——年老體衰，已多年未曾贏得戰功，皇位繼承的難題又懸宕未定。他沒預期到會有一位新皇帝，像最古老的史詩情節般在血祭中受冕登基。十九手斧繼位尚不滿一天，一閃電便宣稱都城已不再需要軍力保護，隨即召回部隊。他還和十九手斧一起登上新聞節目，他屈膝跪下，雙手放在她掌中，宣誓效忠。

再也沒有人提起侵略戰。

「我們的太空站得救了。」瑪熙特對著天花板說。唯一聽她說話的對象，是伊斯坎德設置在天花板的那幅地圖，張揚又華麗、從泰斯凱蘭視角描繪出萊賽爾空域；她姑且將它的沉默當成嘲弄。

伊斯坎德本人僅僅發出一句耳語，〈妳表現得比我更好。我們的憶象傳承鏈得到保存的理由了。〉

瑪熙特不理他。太過關注他的時候，她會一陣陣地大哭，淚流不止，直到完全筋疲力竭。這讓她感到生氣，因爲她甚至不是爲自己的悲傷而哭。雖然她也還沒想清楚自己在悲傷什麼。

那天晚上，她夢見六方位讀出她的詩句，說出她的意念。她覺得自己也許就快想清楚了。

如果她還在家鄉、還在萊賽爾太空站，她覺得融合療程的心理師絕對會視她和伊斯坎德的案例爲大顯身手的機會。他們肯定會以此爲題發表論文。隔天早上，連伊斯坎德也覺得這個念頭挺有趣的——他恢復爲她神經中微微的閃爍，有了點實際的能量。她起床，吃了拌辣油的麵和一塊蛋白質營養品，味道幾乎和萊賽爾太空站上的一樣，或許是用同一種植物做成。消耗了這麼一點點力氣之後她又累壞了，回頭躺下，看著新聞。

二檸檬和其他反帝國叛亂分子不見蹤影。餐廳裡不再出現炸彈，抗議也停止了。瑪熙特猜想他們應該是再度轉入地下，等待時機。她也好奇——就像一個人在想著要抬起巨岩、看看底下長著什麼東西，即使根本不可能辦到——五廊柱會拿她那具故障的憶象機器去做什麼。

三十翠雀引起的動亂則花了更長一點的時間才塵埃落定——鬆散的緩和政策開始實行，一系列次要新聞報導指出情報部有新部長接受任命——是個瑪熙特沒聽過的男人——三十翠雀則弄到某個商業方面的顧問職位。

他沒當上十九手斧陛下的動衛，但也沒有被逐出政府。

這不是瑪熙特要負責的問題。

但和她的希望正好相反，這也是問題的一部分。要她放下一切，相信每個角落的每個人都會各盡其職，實在太困難了。要她相信在這個地方有安全可言，實在太困難了。

她好奇十九手斧對此又有何觀感。她猜大概也跟她一樣吧。

⁂

六方位死後第三天，瑪熙特收到一片造型美麗的資料微片匣，骨白色——原料來自某種動物——以皇家紋章封緘，邀請她代表她的政府參加國喪與加冕儀式。她決定自己至少也應該重拾職務，好好回信。她還有一整碗的訊息，存在各種不同顏色的資料微片匣內，從樸實的灰色塑膠到十九手斧用的眞骨和眞金，那些信現在已經擱置了三個月又兩週。而且——

——而且她來這裡是爲了服務萊賽爾太空站，以及移居泰斯凱蘭的太空站民。還有那些剛度過叛亂、見證皇權更迭的新來者，他們需要的可能是申請許可和批准簽證。

她用樸實的灰色微片匣給三海草寄封訊息：妳的備用雲鉤遺落在這了。還有，我需要人幫忙讀信。她並不眞的需要——伊斯坎德知道怎麼做，所以她也知道。但她們還沒有交談過。自從那次之後。

過了四個小時，三海草隨著一道斜射穿過窗戶的日光出現了，她看起來單薄細瘦，太陽穴和眼周皮膚灰白。但她打扮得無懈可擊，就像她迎接瑪熙特踏出種子艇時一樣：制服的每個衣角都平平整整，火焰般的亮橘色沿衣袖往上擴散。她又恢復地位，重回情報部。

「——嗨。」她說。

「嗨。」瑪熙特說。突然之間，除了三海草在她懷裡的觸感之外，她什麼也想不起來。她懷疑自己的臉一定紅透了。「——謝謝妳過來。」

她們之間的空氣感覺好脆弱，三海草在她身邊坐下時更是如此。她聳聳肩，顯然不知道該說什麼。

她們對寫詩比較拿手；她們對政治比較拿手。該死，她們連親吻的時候都比較順利，儘管那只是狂亂地在彼此身上尋找撫慰。瑪熙特還想重來，但隨即打消念頭。當時，她們一起看著一位皇帝的統治走到盡頭。現在只有她們兩人，還有正在緩慢推移的餘波。瑪熙特想像不到她們能怎麼開始。

「我差點以爲妳要當上情報部長。」瑪熙特說。她的語氣輕快，輕快得可以當成玩笑。「然後就不會有時間理我了。」

三海草緊繃的肩膀放鬆了一點。「其實陛下要升我當情報部次部長，」她說。「但如果妳想，我還是可以當妳的文化聯絡官。」

瑪熙特想了想——她一面想，一面拉起三海草的手，跟她十指交扣，用自己記得的所有敬稱語對她說「謝謝」，聽起來既十足誠懇，又無比滑稽。她想像自己跟三海草在這間曾經屬於伊斯坎德的寓所裡共事，並且設法努力成爲——成爲什麼？烈日尖矛皇座上的十九手斧陛下所需要的某種角色？（這也許是個合適的開始，跟三海草共事的部分也是。）

〈我努力了二十年才不幸喪命，〉伊斯坎德說。〈妳的時間或許會比我長。〉

或許。然後她想起三海草說*假如妳是我們的一分子，我還是會一樣渴望妳*，她感覺到那股排山倒海的憤怒又在她心中迴盪——即使她留下來，即使她做了伊斯坎德做過的所有事，她終究不會成爲泰斯凱蘭的一分子，她不會成爲那種能夠把玩語言與詩歌於股掌間的生物，就像詩賦大賽上的三海草那樣。而且她永遠都會察覺自己做不到。

「我想，」瑪熙特清楚地說了出來，就在三海草止住笑聲，讓瑪熙特輕輕摸一下她的臉頰時。「妳應該去當情報部次部長。三海草，妳太有趣了，不該屈就於聯絡官的工作。妳應該照妳當初的計畫，用我當墊腳石，邁向妳虛榮的野心。然後再回頭當個詩人。」

「那妳沒有我該怎麼辦？」三海草問。除此之外，她沒有提出其他抗議。

「我會想到辦法的。」瑪熙特說。

餘波

原來，美在一個人身上是能繁盛到滿溢的，當那份美麗被集體哀傷和深沉的崇外心理給強化時更是如此：光芒萬丈如刀鋒閃光，一統泰斯凱蘭的君主，十九手斧皇帝陛下的加冕儀式——瑪熙特只記得一連串令人無所適從的片段。隊伍蜿蜒穿過都城，在一面面螢幕上放映並重播。十萬名太陽警員集體遊行，在皇帝穿著白色拖鞋的腳邊下跪然後起身，繼續行進。演算法重新調整，或單純接受了十九手斧成為帝國的合法統治者。都城亮起金色、紅色和深邃濃豔的紫色，漸次盛開。六方位的屍體抽血後下葬，埋進地底腐敗。新秀詩人如雨後春筍，一首接一首吟出詠頌詩。士兵集結起來——青年泰斯凱蘭公民自願上場和外星人作戰，一群接著一群接著一群。有時候，他們一邊走一邊歌唱。

有兩首歌的歌詞裡唱道「我是太陽手中的尖矛」。一首寫得哀戚優美，在輝煌的皇冠戴到十九手斧頭上的當下，就有一組合唱團唱著那首歌。另一首寫得下流淫穢，全曲圍繞著一個泰斯凱蘭雙關語；就算是在瑪熙特剛學泰斯凱蘭語一年的時候，她也能聽懂：誰都曉得**尖矛**可以有多少種解讀方式。

瑪熙特學會那首歌。想不學會也難。

十九手斧一臉不動聲色，喪禮時面無表情，加冕時也面無表情——瑪熙特也學會那項本事。想不學會也難。

都城像個精疲力盡的跑者，上氣不接下氣地彎著身子，企圖舒緩肺臟裡深深的痛楚，等它辦完夠多場儀式，小型喪禮紛紛如雨後眞菌般冒出：訃聞一天天增加，有些是用資料微片通知，有些則是登上公共新聞頻道。據官方報告，有三百〇四位泰斯凱蘭人在叛亂期間遇害；瑪熙特懷疑實際數量應該比那多十倍。

※

她穿著她最好的黑色喪服參加十二杜鵑的喪禮。黑色，如星辰間的漆黑空洞，萊賽爾的風格——而非泰斯凱蘭公民穿的血紅色。喪禮上沒有屍體。他把大體捐給醫學院了，這實在太像他的作風，令人心痛。現場只有一塊紀念碑——上面刻著他美麗的簽名字符——和其他數百人的簽名一起鑲在情報部的一面牆上，他們都是因公殉職的情資官。

她在那裡見到三海草，聽她朗誦了一首致十二杜鵑的詩：蒼白陰鬱，哀戚而憤怒。一首墓誌銘，寫天崩地裂的世界，寫不公不義，寫所有不明不白的死亡。詩寫得很美，而瑪熙特感到……自責，當她想到那些死得不明不白的人，和那些即將到來的犧牲。那些泰斯凱蘭公民，唱著歌入伍從軍。所有會被他們觸及並吞噬的星球。

※

她將伊斯坎德的屍體火化——如此簡單，最後她終於向司法部寄出申請，簽了名並封緘在資料微片匣裡，寄給博理官暨驗屍官四槓桿。骨灰當晚就在她寓所裡等她。全身的骨骼和半木乃伊化的血肉，全部化成灰，裝在和她的手一樣大的盒子裡。

你想要我吃下去嗎？她對她詭異的雙生憶象問道。

漫長的停頓。〈我不覺得吃我對妳有益。那些防腐劑。〉只有第一個出現的年輕伊斯坎德這麼說道。屬於她的那一個。接著則是，〈等到妳問都不用問的時候再說吧。〉

這單純就是年老的伊斯坎德，記得自己瀕死狀態的那位。瑪熙特思考了一下，那要等到何時，何時她才不再需要確認她沒有辜負自己的憶象鏈——然後將那盒骨灰放在一邊。

❁

她和皇帝不是在地宮的皇帝寢宮見面，也不是在十九手斧位於東宮那頭的辦公室。瑪熙特想像她原本的官邸應該已經封了起來。

黎明將至之際，她們在司法部前的廣場相會，廣場水池裡滿滿漂著深紅色的花朵。瑪熙特被敲門找她的灰衣皇家侍從叫醒，心裡無比希望能喝到咖啡或茶，甚或一顆簡單的咖啡因錠也好。十九手斧的模樣卻彷彿不需要睡眠，彷彿那是皇帝之外的人才必須做的事。這副模樣在她身上開始顯得自然；或說她的臉愈來愈融入其中，這股新的空靈之感，長久凝望的專注眼神。

「陛下。」瑪熙特說。

她們坐在一張長椅上。附近有名侍衛，她沒戴雲鉤，配有一把射擊武器。

十九手斧雙手交疊在腿上。「我差不多就快習慣，」她說，「別人稱我爲陛下了。我想，等我習慣的時候，就代表他眞的死了。」

「只要被人記得，」瑪熙特審愼地說，「就不會死去。」

「那是萊賽爾的宗教經文嗎？」

「算是哲學吧。實際也是如此。」

「我想也是。考量妳對過世的前輩有多掛心。」十九手斧抬起一隻手，然後又任其垂下。「我想念他。我無法想像把他放在我腦袋裡是什麼感覺。妳要怎麼下決定？」

瑪熙特努力呼了口氣。伊斯坎德在她腦中，帶著滿滿的愛意、溫情、歡笑。「我們會爭論，」她說。「稍微吧。但通常我們都有共識。要不是我們通常都能取得共識，我們……我們就不會相配，我就不會是他的繼任者了。」

「嗯。」十九手斧於是沉默了良久。紅花的花瓣被風吹起漣漪：一面寬廣但有限的海洋。天空從墨灰轉亮成較蒼白的灰，在烏雲將被太陽燒盡的地方泛起金光。

等到瑪熙特再也忍受不住沉默時，她問：「您爲什麼想見我？」她省略了尊稱。她讓它就只是一句話：爲什麼您這個人，會想見我——另一個人？

「我想問妳，妳想要什麼。」十九手斧說。她微笑著；溫柔得殘忍的微笑，全神貫注於瑪熙特身上。「我可以想像，妳應該會想從我身上撈到幾個承諾。」

「您打算讓泰斯凱蘭併吞我的太空站嗎？」瑪熙特問。

十九手斧猛地大笑一聲，肩膀跟著晃動。「沒有。沒有，繁星在上，我根本沒時間。我根本沒時間做任何事。你們很安全，瑪熙特。妳跟萊賽爾太空站想當多久主權獨立的共和國都行。但我問的不是那個。我問的是**妳**想要什麼。」

一隻長腿的鳥落在水池上：白色的羽毛，長長的喙。脖子以下至少就有兩呎高。牠踏步時沒有動到花朵；狹長的鳥腿在一朵朵之間滑行，然後才抬起濕淋淋的腳。瑪熙特不知道那種鳥叫什麼名字。也許是鶴，或是鷺。泰斯凱蘭語中有許多各式各樣的鳥名，太空站語裡卻只有「鳥」一個字。曾經有更多，但現在沒那個需要了，一個字就足以代表這個概念。

她可以要求……喔，在大學裡任教；在詩歌沙龍取得一席之地；泰斯凱蘭頭銜，配個泰斯凱蘭名字。金錢、名聲、讚譽。她可以什麼東西都不要，然後繼續萊賽爾大使的工作，回應郵件，在泰斯凱蘭的酒吧裡唱一首她許久以前曾經塡過一點詞的歌。

帝國碰觸過的一切，都不會再屬於她。屬於她的早已所剩無幾。

「陛下，」瑪熙特・德茲梅爾說，「麻煩送我回家，趁我還想走的時候。」

「妳總是出乎我的意料。」十九手斧說。「妳確定嗎？」

瑪熙特說：「不。這就是爲什麼我想要妳送我回家。我並不確定。」

〈妳在做什麼？〉

試著看清我們是誰。我們還剩什麼。我們還能是什麼。

❁

萊賽爾星系由眾多坑坑洞洞、無大氣層的金屬星球組成，而太空站就懸在其中最大的一顆底下，在兩顆恆星和四顆星球間的重力井取得完美的平衡。它是個顏色暗沉的小型金屬環形體，靠轉動來控制溫度。經過十四個世代以來的太陽輻射和小粒子衝擊，外殼表面粗糙不平。約莫有三萬人棲居於這裡的黑暗中，如果把憶象也計入，人數就更多了。其中至少有一個人近期曾嘗試破壞其中一條歷史悠久的憶象鏈，正等著看她的嘗試結果如何。

瑪熙特看著太空站映入眼簾。

在廣場上，皇帝伸出手——修長的深色手指，感覺親密又熟悉。她伸出手，手指端著瑪熙特的下巴，讓她轉頭。瑪熙特應該要感到害怕，或是在震驚之下導致內分泌激素暴增。但她只感覺自己懸空著——遙遠，自由。

「我們還是需要一位萊賽爾大使，」十九手斧說，「雖然目前來說並非急需。如果我想要妳，瑪熙特，我就會派人去接妳。」

此刻，隨著萊賽爾出現在她太空船的觀察孔，瑪熙特感覺就和當時一樣。非常遙遠，帶有某種自由。

終究不像眞的回到家。

致謝

二〇一四年的夏天，我在亞利桑那州坦佩市的Cartel Coffee Lab開始寫這本書，當時我剛上了兩週當代東部亞美尼亞語的密集課，滿腦子都是外語文字符號。我於二〇一七年仲春在巴爾的摩的一個房間裡完稿。當時時間太早，我太太還沒醒。我看著陽光緩緩照過城市；思考著流放離散，以及一個人可以離家如此近，卻又未曾眞正回到家。

在亞利桑那和巴爾的摩之間，還有三個國家、四座城市、三份工作，和多到難以形容的幫助，這本書才得以完成。值得感激的人太多，終究只能在致謝區草草提及。即使如此：我對Elizabeth Bear永懷感激，她先是我的朋友，後來成爲我的老師，然後再回到好友的角色。她不斷告訴我，我完全有能力寫小說，而且寫得出一本優秀的小說，即使我並不這麼覺得；感謝在'zoo、AIM或Slack上，或在現實中碰面的其他人，你們是最棒的酒吧，學習當作家和學習做人的最佳處所。感謝Liz Bourke，她不小心就賣出這本書，並理解我的創作計畫。感謝Fade Manley，以大無畏的精神忍受我把最初幾章複製貼上給她看；感謝Amal al-Mohtar和Likhain鼓勵我在文化同化、語言，及帝國的誘人和可怕上多加著墨，並在後續敦促我力求突破；感謝Viable Paradise工作坊，讓我結識許多朋友，並提升我的寫作技巧；感謝我優秀的經紀人DongWon Song，一眼便看出這項創作計畫的核心及潛力（我保證下次不會再從瑞典打電話談重要公事了）；感謝我的編輯Devi Pillai叫我去探尋這個宇宙的全貌，並爲你們記載成書。

此外，也要感謝Theo van Lint介紹我認識亞美尼亞；感謝Ingela Nilsson不介意我在跟她做博士後研究，應該要針對拜占庭帝國著述立論的時候，卻跑去寫了一本科幻小說；感謝Patrick和Teresa Nielsen Hayden，不只歡迎我進入這個業界，還熱情地照顧我；感謝我的母親Laurie Smukler，她是第一個問我想不想離開學術圈改投入寫作，並贊同我這麼做的人；感謝我的父親Ira Weller，在我還小不懂事的時候，就先帶我進入科幻小說的世界——願你我之間的「科幻煩惱」永無止盡。

最後，也最誠心地：感謝我的太太Vivian Shaw，我非凡出眾的第一位讀者，妳讓我明白故事本身也能是一種樂趣——再多的感謝都嫌不夠，親愛的，但我的感謝全歸妳，就跟其他所有一切一樣。

H＋W 18／名爲帝國的記憶

原著書名／A MEMORY CALLED EMPIRE
作　者／阿卡蒂・馬婷
翻　譯／葉旻臻
責任編輯／詹凱婷
特約編輯／郭湘吟、許瀞云
行銷業務／徐慧芬、陳紫晴
編輯總監／劉麗眞
總 經 理／陳逸瑛
榮譽社長／詹宏志
發 行 人／涂玉雲
出 版 社／獨步文化
城邦文化事業股份有限公司
104台北市中山區民生東路二段141號5樓
電話：(02) 2500-7696　傳眞：(02) 2500-1967
發　行／英屬蓋曼群島商家庭傳媒股份有限公司
城邦分公司
104 台北市中山區民生東路二段141號2樓
網址／www.cite.com.tw
讀者服務專線／(02) 2500-7718；2500-7719
服務時間／週一至週五：09：30～12：00　13：30～17：00
24小時傳眞服務／(02) 2500-1900；2500-1991
讀者服務信箱E-mail／service@readingclub.com.tw
劃撥帳號／19863813
戶名／書虫股份有限公司
香港發行所／城邦（香港）出版集團有限公司
香港灣仔駱克道193號號1樓東超商業中心
電話／(852) 2508-6231　傳眞／(852) 2578-9337
E-mail／hkcite@biznetvigator.com
馬新發行所／城邦（馬新）出版集團
Cite (M) Sdn Bhd
41, Jalan Radin Anum, Bandar Baru Sri Petaling,
57000 Kuala Lumpur, Malaysia.
Tel: (603) 90578822
Fax:(603) 90576622
email:cite@cite.com.my
封面設計／高偉哲
排　版／游淑萍
印　刷／中原造像股份有限公司
●2022（民111）6月初版
售價460元

ISBN 978-626-7073-53-7

國家圖書館出版品預行編目資料

名爲帝國的記憶／阿卡蒂・馬婷著；葉旻臻譯. –初版. – 台北市：獨步文化，城邦文化出版：家庭傳媒城邦分公司發行，民111.06
面；公分. --（H+W；18）
譯自：A MEMORY CALLED EMPIRE
ISBN 978-626-7073-53-7（平裝）
978-626-7073-58-2（套書EPUB）
873.57　　111005159